mtb

*Zum Buch:*

Immer auf Achse: So kann man Darcy Barretts bisheriges Leben beschreiben. Wenn es schwierig wird, läuft sie davon und reist mit ihrem Rucksack um die ganze Welt. Nur dann fühlt sie sich frei. Auf ihren vielen Reisen hat sie jedoch auch eins feststellen müssen: Es gibt keinen perfekteren Mann als Tom Valeska! Seit Kindertagen ist sie so unsterblich wie unglücklich in ihn verliebt. Denn Tom ist das absolute Gegenteil von ihr: zuverlässig, ordentlich und unverschämt gut aussehend, ein echter Mr. Perfect. Als sie ihn nun wiedertrifft, wird die wilde Darcy plötzlich ganz schwach. Und träumt plötzlich sogar davon, ihr Abenteurerleben an den Nagel zu hängen …

»Die perfekte Liebesgeschichte – Boy-Next-Door trifft auf Rebel-Girl. Lustige Dialoge und eine mitreißende Geschichte von Freunden, die sich ineinander verlieben.«

*Publishers Weekly*

*Zur Autorin:*

USA-Today-Bestsellerautorin Sally Thorne war in ihrem früheren Job den ganzen Tag damit beschäftigt, Anträge zu schreiben und Verträge aufzusetzen (gähn!). Zum Glück kann sie nun als Vollzeitautorin den ganzen Tag in farbenfrohen fiktiven Welten verbringen (yeah!). Sie lebt mit ihrem Ehemann in Canberra, Australien, in einem Haus, randvoll gefüllt mit Vintage-Spielzeug, viel zu vielen Kissen, einem Puppenhaus, in dem es spukt, und dem süßesten Mops der Welt.

*Sally Thorne*

# Verliebt in Mr. Perfect

Roman

Aus dem Englischen von
Nele Junghanns & Sophie Wölbling

mtb

MIRA® TASCHENBUCH

FSC
MIX
Papier
FSC® C014496

1. Auflage: August 2019
Deutsche Erstausgabe

Originaltitel: »99 Percent Mine«
Erschienen bei: William Morrow,
an imprint of HarperCollins *Publishers*, US

Published by arrangement with
HarperCollins *Publishers* L.L.C., New York

Umschlaggestaltung: Nele Schütz Design, München
Umschlagabbildung: Donnay Style, Mallinka1 / Shutterstock
Satz: GGP Media GmbH, Pößneck
Printed in Germany
Dieses Buch wurde auf FSC®-zertifiziertem Papier gedruckt.
ISBN 978-3-7457-0033-6

www.mira-taschenbuch.de

*Für Roland, die Flamethrowers
und mich*

# 1. Kapitel

Niemand hatte es mir damals gesagt, als ich anfing, als Barkeeperin zu arbeiten, aber zum Glück lernte ich es schnell: Wenn eine Gruppe Männer hereinkommt, sollte man herausfinden, welcher davon der Alphamann ist.

Wenn man mit dem klarkommt, bekommt man vielleicht ein bisschen Respekt von den anderen.

Heute Abend erkenne ich ihn sofort. Es ist der größte und bestaussehende mit dem einnehmenden Leuchten in den Augen. War ja klar.

Er und seine Kumpel haben sich vermutlich von einer Verbindungsparty in der Nähe abgeseilt, weil sie sich gelangweilt haben. Jetzt sind die Jungs auf der Suche nach Abenteuern. Sie tragen allesamt pastellfarbene Poloshirts. Okay, schnallt euch an, ihr Lackaffen. Wenn ich euch richtig einschätze, könnte es ziemlich amüsant werden. Die *Devil's End Bar* ist nämlich nichts für Weicheier. Ich beobachte, wie die Biker über die Billardtische hinweg belustigte Blicke austauschen. Unser Security-Mann richtet sich auf seinem Hocker neben der Tür auf. Verrückt, dass solche Jungs uns immer den meisten Ärger machen.

Ich lächele den Alphamann nicht an. »Habt ihr euch verlaufen, Jungs?«

»Hey, Mister«, antwortet er – ein Seitenhieb auf meinen Kurzhaarschnitt.

Seine Freunde lachen und stimmen ein »Ach du Scheiße« an.

Ich heiße Darcy, daher hat er ohne es zu wissen einen Jane-Austen-Witz gemacht. Wobei ich mal schwer bezweifeln würde, dass er das kapiert hat. Das Lachen vergeht ihm ein Stückweit, als ich die Augen zusammenkneife und ihn noch schärfer ansehe. Dem Alphatyp ist wohl eingefallen, dass ich die absolute Macht über den Alkoholausschank habe. »Aber bei dir sieht es echt geil aus.«

Meine Kollegin Holly weicht etwas zurück. Sie ist noch zu neu hier, um den Blicken der Typen standzuhalten. »Ich gehe mal neue … Kassenrollen holen.« Sie verschwindet nach hinten, und zurück bleibt eine Wolke Gardenienduft.

Ich starre dem Alphamann immer noch in die Augen, und als er zuerst wegsieht, verschafft mir das eine gewisse Genugtuung. Jetzt bin ich das Alphatier. »Anscheinend haben wir denselben Frisör, du siehst nämlich auch echt gut aus. Also Jungs, bestellt was oder zischt ab.«

Der Anführer ist so etwas von Frauen nicht gewohnt und selbst überrascht, dass es ihm gefällt. Er kaut mit offenem Mund Kaugummi und mustert mich interessiert. »Wann hast du Feierabend?«

Ich stelle mir eine Ken-Puppe vor, die zu lange in der Sonne liegen gelassen wurde. In meiner Fantasie trete ich auf den weichen gebräunten Kopf wie auf eine Zigarette. »Nicht in einer Million Jahren.«

Er ist sichtlich angefressen. Schließlich öffnet ihm sein gutes Aussehen doch sämtliche Türen im Leben. Warum sollte das ausgerechnet bei mir nicht funktionieren? Stimmt mit mir was nicht? Das Licht fällt schattenlos auf sein Gesicht, das fahl und reizlos erscheint, absolut uninteressant. Ich hab's mit Gesichtern. Die Schatten sind das A und O.

»Was bekommt ihr?« Ich stelle schon mal die Schnapsgläser bereit.

»Sambuca«, ruft einer. Natürlich. Das Elixier der Vollpfosten.

Ich mache die Reihe voll, kassiere ab, und das Trinkgeldglas füllt sich. Sie lieben es, wie Dreck behandelt zu werden.

Diese Jungs wollen das volle Bikerkneipe-Safari-Paket, und ich bin ihre Reiseleiterin. Der Anführer flirtet weiter mit mir, fest entschlossen, mich weichzukochen, doch ich lasse ihn mitten im Satz stehen.

Es ist Sonntagabend, aber die Leute hier machen sich keine Sorgen, dass sie früh genug ins Bett kommen, um morgen zur Arbeit zu gehen.

Meine Großmutter Loretta sagte einmal, wenn du weißt, wie man einen Drink einschenkt, kriegst du überall einen Job. Sie hat in ihren Zwanzigern selbst als Barkeeperin gejobbt. Es war ein guter Ratschlag, ich habe auf der ganzen Welt Drinks eingeschenkt und mit jeder denkbaren Variante von Alphamännern zu tun gehabt.

Ich frage mich, was Loretta wohl sagen würde, wenn sie mich jetzt sehen könnte, als ich mit einer abrufbereiten Beleidigung auf den Lippen dieses Bier eingieße. Sie würde lachend applaudieren und sagen: *Wir könnten Zwillinge sein, Darcy Barrett*, denn das sagte sie immer. Auf ihrer Beerdigung gab es eine Diashow mit Aufnahmen von ihr, und ich konnte die Blicke der anderen auf mir spüren.

Zwillinge. Ach nee! Jetzt schlafe ich in ihrem Schlafzimmer und brauche ihre Konserven auf. Wenn ich jetzt noch anfange, Kristalle in der Handtasche mit mir herumzutragen und Tarotkarten zu legen, kann ich mich offiziell als ihre Reinkarnation betrachten.

Holly scheint diese Kassenrollen aus der Fabrik zu holen. Einer der Lederjacken-Rocker wird ungeduldig und wirft einen Seitenblick auf die Pastellhemden. Ich nicke ihm zu und gebe ihm mit einem gehobenen Finger zu verstehen, *nur noch einen Moment*. Er brummelt und schnaubt, sieht aber davon ab, jemandem ernsthafte körperliche Schäden zuzufügen.

»Ist das eine Lederhose?« Einer der Pastelltypen lehnt sich über die Theke und betrachtet meine untere Körperhälfte. »Du bist wie Bad Sandy aus *Grease*.« Sein Blick heftet sich auf das falsche Namensschild, das ich mir über meine Möpse gepinnt habe. »Joan.« Skeptisch rutscht sein Blick nach unten. Ich sehe wohl nicht wie eine Joan aus.

»Sandy? Vergiss es, Blödmann. Ist ja wohl offensichtlich, dass ich Rizzo bin. Und wenn du nicht aufhörst, dich zu verrenken, um auf meine Titten zu glotzen, kommt Keith rüber. Das ist der an der Tür. Er ist zwei Meter acht und sehr gelangweilt.«

Ich winke Keith zu, indem ich die Finger wie Schmetterlingsflügel flattern lasse, und er kopiert die Bewegung von seinem Hocker aus.

»Er ist gelangweilt, ich bin gelangweilt, und die Lederjacken sind sehr, sehr gelangweilt.« Ich bewege mich hinter der Theke hin und her, gebe Getränke aus, nehme Zahlungen entgegen und schubse immer wieder mit meiner Hüfte die Kassenlade zu.

»Joan hat recht. Wir sind sehr gelangweilt«, sagt einer der Rocker gedehnt. Er hat die ganze Zeit an der Theke gelehnt und interessiert das Gespräch verfolgt. Die Pastellhemden zucken allesamt zusammen und starren auf ihre Handys. Der Rocker und ich grinsen uns an, und ich schiebe ihm ein Bier aufs Haus rüber.

Ich habe ihr dämliches Rudelverhalten satt. »Sambuca schrumpft das Gehirn. Ach, Mist, zu spät. Und jetzt verpisst euch.« Das machen sie.

Als sich der Staub gelegt hat, lugen Hollys große Augen um die Ecke. Ihre Hände sind leer. Sie besteht nur aus Beinen und Ellbogen, und unser Boss Anthony hat sie eingestellt, ohne ihr auch nur eine einzige Frage zu stellen. Mit einem solchen Gesicht bekommt man problemlos einen Job. Auch wenn Holly weder richtig rausgeben noch Drinks einschenken kann, geschweige denn mit Männern umgehen.

»Ich bin immer so erleichtert, wenn ich sehe, dass wir zusammen Schicht haben.« Holly setzt sich auf die Bank und atmet lang und geräuschvoll aus, als hätte sie Schwerstarbeit geleistet. Auf ihrem Namensschild steht HOLLY, und sie hat einen rosa Herzsticker mit Glitzer dazu geklebt. »Mit dir zusammen fühle ich mich sicherer. Ich wette, du kümmerst dich sogar noch um Keith.«

»Allerdings.« Ich begegne Keiths Blick. Er hebt bestätigend das Kinn und lehnt sich auf seinem Hocker mit dem Rücken gegen die Wand. Noch ein Barkeeper-Tipp: Freunde dich mit der Security an. Ich mache diese Typen betrunken, und Keith sorgt dafür, dass hier nichts aus dem Ruder läuft. Mir kommt der Gedanke, dass ich Holly an diesen Perlen der Weisheit vielleicht teilhaben lassen sollte. Aber ich will nicht, dass sie länger in diesem Job hängen bleibt als nötig. »Wenn ich hier aufhöre, musst du dir ein dickeres Fell zulegen.«

Holly zieht eine Schnute. »Wie lang bist du denn noch da?«

»Die Renovierungsarbeiten im Haus meiner Grandma fangen in zwei Monaten an, vorausgesetzt, sie werden nicht wieder verschoben. Und dann bin ich hier weg.« Hollys Glitzeraufkleber nervt mich ohne Ende. »Ich würde mir hier nie meinen richtigen Namen auf die Brust heften.«

Sie neigt den Kopf zur Seite. Die Kleine wäre das perfekte Brautmodel, fehlen nur noch das Sahnetörtchenkleid plus Diadem. »Ich bin nie auf die Idee gekommen, mir ein falsches Namensschild zu machen. Wer könnte ich denn sein?«

Wenn bei meinem alten Kumpel, der Etikettiermaschine, noch durchsichtiges Klebeband drin wäre, würde das an ein Wunder grenzen. Wie gut sich Anthony um seine Angestellten kümmert, kann man an diesem riesigen Berg Namensschildern sehen. Aber mein Boss wird wohl erst etwas gegen die ständige Mitarbeiterfluktuation unternehmen, wenn auch die letzten hundert Schilder aufgebraucht sind.

»Du würdest eine hervorragende Doris abgeben.«

Holly zieht die Nase kraus. »Das klingt so alt.«

»Du willst einen sexy Fake-Namen? Ach, komm schon, Hol.« Ich krame ein Etikett hervor und setze das Namensschild zusammen. Als ich es ihr gebe, ist sie erst mal still.

»Du findest, ich bin eine Bertha?«

»Definitiv.« Nebenbei bediene ich ein paar Kunden.

»Bin ich nicht eher eine Gwendolyn. Oder eine Violet?« Trotzdem steckt sie es sich pflichtschuldig an.

Ich lasse mir von ihr das alte Schild aushändigen und werfe es in den Müll. Vielleicht kann ich mich in meinen Schichten etwas mehr entspannen, wenn sie diesen Kurs beibehält.

»Eines Tages wirst du Dr. Bertha Sinclair sein, depressive Papageien therapieren und jeden Abend um neun im Bett liegen.« Ich klinge wie eine große Schwester mit übermäßigem Beschützerinstinkt, deshalb setze ich rasch hinzu: »Oder vielleicht Tierärztin im südamerikanischen Dschungel, wo du den Aras hilfst, wieder lieben zu lernen.«

Grinsend steckt sie die Hände in ihre engen Hosentaschen. »Bei uns im Veterinärstudium geht es wirklich nicht nur um Papageien. Das sage ich dir immer wieder.«

»Hey, Baby«, wendet sich ein Typ an Holly. Böse Jungs lieben brave Mädchen.

»Wenn du das sagst«, sage ich zu ihr. Zu ihm sage ich, »Mach dich vom Acker.«

Sie spielt unser Spiel weiter. »Ich wette, während ich bei einer alten Tigerkatze eine diagnostische Laparoskopie durchführe, schlägst du dich mit deinem Wanderrucksack im südamerikanischen Dschungel durchs Gestrüpp.« Sie macht eine Handbewegung wie mit einer Machete.

»Hab ich sogar schon mal gemacht, in Peru«, gebe ich zu und versuche nicht zu angeberisch zu klingen. Es gibt nichts Schlimmeres als selbstgefällige Weltenbummler. »Junge, jetzt im Moment könnte ich auch ein Buschmesser gebrauchen.« Ich werfe einen Blick in den Raum auf unsere Klientel.

»Ich war mal auf deinem Instagram-Profil. Irgendwann

habe ich aufgehört zu zählen, in wie vielen Ländern du schon warst.«

»Leider habe ich meinen Reisepass verlegt, sonst könnte ich die Stempel für dich zählen.« Ich fange an, schmutzige Gläser einzusammeln, während ich im Geist einmal mehr den Grundriss des Cottages durchgehe. Wahrscheinlich spielt mir Lorettas Geist einen Streich. Entweder das, oder mein Bruder Jamie hat den Pass versteckt.

Allein der Gedanke, dass Hollys hübsche Augen sich mein altes Leben ansehen, lässt mich erschaudern. Ich stelle mir vor, wie verschiedene Leute sich durch die Fotos klicken: Ex-Freunde, dubiose One-Night-Stands, frühere Kunden oder, noch schlimmer, Jamie. Ich muss die Privatsphäre-Einstellungen für das Konto ändern. Oder es löschen.

»Da waren auch Fotos von dir und deinem Bruder. Unglaublich, wie ähnlich ihr euch seht. Er ist echt attraktiv. Könnte Model sein.« Ich habe das schon tausend Mal gehört.

»Er hat es mal versucht, aber er hatte ein Problem damit, sich sagen zu lassen, was er tun soll. Trotzdem danke. Das ist auch für mich ein Kompliment«, sage ich, obwohl mir klar ist, dass sie es nicht kapieren wird.

Jamie und ich sehen uns so ähnlich, weil wir Zwillinge sind. Es gibt eine Zwillings-Rangliste. Auf der stehen wir ganz unten. Ein Junge und ein Mädchen. Wir können uns noch nicht mal gleich anziehen und die Rollen tauschen. Zweieiig, wie öde.

Aber wenn wir unseren Zwillingsstatus preisgeben, finden das viele faszinierend. Sie fragen, wer der Erstgeborene ist, ob wir die Gedanken des anderen hören oder seine Schmerzen spüren können. Ich zwicke mich fest ins Bein und hoffe, dass Jamie in irgendeiner schicken Szenekneipe jetzt aufschreit und sein Getränk verschüttet.

Wenn er gut aussieht, müsste ich das theoretisch auch, aber ich wurde in der Schule zu oft *Jamie mit Perücke* genannt, um das zu glauben. Wenn man uns nebeneinanderstellt und ich ungeschminkt bin, kann man mich für seinen kleinen Bruder halten. Das weiß ich, weil es schon vorkam.

»Wohin wirst du als Erstes reisen?«, fragt Holly. Sie selbst ist definitiv der Typ Baskenmütze, Baguette im Fahrradkorb auf Kopfsteinpflaster.

»Ich vergrabe alle meine Namensschilder in Aokigahara, diesem japanischen Selbstmordwald. Erst dann wird meine Seele frei sein von der Devil's End Bar.«

»Also nicht nach Paris«, sagt sie, malt mit der Spitze ihres weißen Sneakers etwas auf den Fußboden, und ich muss fast darüber lachen, dass meine Einschätzung genau richtig war. Ich lehne einen Wischmop an ihr Bein, aber sie nimmt ihn nur in beide Hände und legt die Wange an den Stiel, wie eine Musicaldarstellerin, die gleich zu singen anfängt. »Warum reist du so viel?«

»Angeblich habe ich Impulskontrollprobleme.« Ich schneide eine Grimasse.

Sie denkt immer noch über das nach, was sie ausspioniert hat. »Du warst Hochzeitsfotografin. Wie das denn?« Sie mustert mich von oben bis unten.

»Das ist ziemlich einfach. Man findet die Dame im weißen Kleid und macht so«, ich halte eine unsichtbare Kamera hoch und drücke auf den Auslöser.

»Nein, ich meine, warst du nicht die ganze Zeit unterwegs?«

»Ich habe in der Hochzeitssaison gearbeitet und hier bei meiner Großmutter gelebt. Den Rest des Jahres bin ich gereist.« Dass ich von der Hand in den Mund gelebt habe, kann man nicht gerade behaupten, aber viel Geld hatte ich nicht. Trotzdem hielt ich dieses Arrangement sechs Jahre lang aufrecht. »Wenn ich Kohle brauche, arbeite ich in Kneipen. Ich mache etwas Reisefotografie, aber die verkauft sich nicht besonders gut.«

»Also, nicht böse gemeint, aber …«

»Auf diese Ankündigung folgt meistens etwas bös Gemeintes«, unterbreche ich sie, doch dann rettet mich einer der älteren Biker mit blauen Tattoos auf den Unterarmen und einem braunen Fleck im Bart. Er ist die Personifikation von widerwärtig, aber er sagt nichts, als ich ihm seinen Drink einschenke, und ich belohne ihn mit einem Lächeln. Er wirkt etwas verstört.

Als er weg ist, gehe ich auf die Toilette und lächele mich höflich im Spiegel an. Ich sehe aus, als hätte ich das lange nicht gemacht. Mein Spiegelbild erinnert mich an *Shark Week*.

Holly ist gut darin, ihre Gedanken auf Pause zu schalten. Ich versuche eine Weile, irgendwas mit meinen Haaren anzustellen, trage noch etwas Eyeliner auf, wasche mir minutenlang die Hände, und trotzdem fährt sie, als ich wiederkomme, nahtlos fort: »Aber ich finde, Hochzeiten, das passt irgendwie nicht zu dir.«

»Wieso das denn, Bertha?« Diesen Kommentar habe ich schon von zahllosen Besoffenen auf Hochzeitsempfängen zu hören bekommen, die an mir hingen, während ich versuchte, den ersten Tanz abzulichten.

Holly sagt: »Hochzeiten sind romantisch. Und du bist nicht romantisch.«

»Ich muss nicht romantisch sein. Ich muss nur wissen, was der Kunde romantisch findet.« Ihre Aussage sollte mich nicht treffen, aber ich versetze einem der Kartons unter dem Tresen einen Tritt, bevor ich wieder in die ungewaschene Menge starre.

Ein Pärchen macht gerade an der hinteren Wand bei den Toiletten rum. Bei den stoßartigen Bewegungen, die der Typ mit seinem Becken macht, könnte ich kotzen. Aber immer mal wieder heben sich ihre Köpfe, um Luft zu holen, und ihre Lippen lösen sich voneinander. Seine Hände vergraben sich in ihrem Haar, und sie schauen einander an. Das ist der Moment, in dem ich auf den Auslöser drücken würde. Ich könnte selbst diese Arschlöcher schön aussehen lassen.

Dann würde ich den Löschschlauch aufdrehen und sie hier rausspülen.

»Bist du bei diesem Vince romantisch? Irgendwie bezweifele ich das.« Als sie ihn das erste Mal hier reinschleichen sah, sagte sie: »Das ist kein netter Kerl, Darcy.«

Ich entgegnete: »Er hat ein Zungenpiercing, ein Teil von ihm ist also sehr nett.« Ihr blieb der Mund offen stehen.

Ich überprüfe die Lagerbestände im nächstbesten Kühlschrank. »Ich habe ein Sonett in der Gesäßtasche. Das lese ich ihm vor, wenn ich ihn das nächste Mal sehe.«

»Aber du bist nicht in ihn verliebt.«

Darüber kann ich nur lachen. Ich habe es aufgegeben, bei Männern irgendwas zu empfinden.

»Er ist eine Möglichkeit, die Zeit totzuschlagen. Ich bin hier schon viel länger, als ich vorhatte.« Stell jetzt bitte nicht die nächste Frage: *Warst du je verliebt?* »Hmm, na ja, wahrscheinlich bin ich unromantisch.«

»Warum hast du das mit den Hochzeiten aufgegeben?«

Das Wort »aufgeben« ist ein wunder Punkt, und das sieht Holly mir an. Sie senkt den Blick und fummelt an ihrem Bertha-Schild herum. »Sorry. Auf deiner Website steht, dass du bis auf Weiteres keine Aufträge annimmst. Und jetzt machst du Produktfotografie. Was ist das eigentlich?«

»Googel es doch einfach, Bertha.« Ich will einen Witz machen, aber ich bin sauer. Warum versucht sie die ganze Zeit, sich mit mir anzufreunden? Hat sie nicht kapiert, dass ich schon so gut wie weg bin?

Und was diese Website betrifft: Die werde ich löschen.

»Du erzählst mir nie irgendwas richtig«, protestiert sie mit piepsiger Stimme. »Und du bist nie ernst.« Ihr hübsches Gesicht läuft rosa an und ist vor Sorge ganz zerknautscht. Ich gehe ans andere Ende der Theke und wende ihr den Rücken zu. Dann nehme ich das Bierglas mit meinen Namensschildern herunter. Ich habe keine Lust mehr, Joan zu sein. Für den Rest der Schicht werde ich Lorraine sein, beschließe ich.

Worauf ich ebenfalls keine Lust mehr habe, ist Darcy zu sein.

»Tut mir leid«, sagt Holly kleinlaut.

Ich zucke mit den Achseln und schiebe im letzten Kühlschrank Wodkaflaschen hin und her. »Schon gut. Ich bin nur …« *Hier festgehalten, ohne Pass oder Flugticket. Ich lebe meinen Albtraum.* »Eine blöde Kuh. Beachte mich einfach gar nicht.«

Aus dem Augenwinkel sehe ich, wie sich das Licht in einer Whiskeyflasche fängt und ihr einen goldenen Schimmer verleiht. Ich verspüre ein Stechen tief in der Magengrube und atme aus, bis ich ganz leer bin. In letzter Zeit habe ich Anfälle von schweren Traurigkeitsseufzern, insbesondere, wenn ich an Hochzeiten denke. Weshalb ich mich weigere, das zu tun.

Stattdessen lenke ich meine Gedanken in eine andere Richtung. Ich war jahrelang selbstständig und habe das Gefühl, einen Röntgenblick für Dinge zu haben, die sich zu einem größeren Problem auswachsen können: Holly hat immer noch keine Gehaltsabrechnung bekommen. Der Lagerbestand ist alarmierend niedrig. Vielleicht ist Alkohol nicht Anthonys Haupteinnahmequelle. Ich gehe nach hinten ins Büro und schreibe auf einen Post-it: »Anthony, soll ich die Bestellung machen? D«.

Für eine harte Braut habe ich eine peinlich mädchenhafte Handschrift. Außerdem: Die Typen in der Tagesschicht schreiben garantiert keine pflichtbewussten Zettelchen. Ich knülle den Zettel zusammen.

Als ich wieder rauskomme und anfange, das Geld in der Kasse zu zählen, versucht Holly es noch mal, indem sie zu dem Punkt zurückspult, bevor sie es verbockt hat. »Ich finde jedenfalls nicht, dass Vince der Richtige für dich ist. Ich glaube, dass du einen von denen da brauchst.« Sie meint die Lederjacken.

Ich zähle weiter. Fünfhundert, fünf, fünfzig. Interessant, dass das ausgerechnet von ihr kommt. Sie verfällt in Gegenwart der Lederjacken immer in Schockstarre. Wenn ein Glas zu Bruch geht, bin ich diejenige, die mit Kehrblech und Handfeger lostrottet. »Warum glaubst du das?«

Holly zuckt mit den Schultern. »Du brauchst jemanden, der noch härter ist als du. Wie wär's mit dem da? Er sieht dich die ganze Zeit an und sorgt immer dafür, dass er von dir bedient wird.«

Ich habe jetzt keine Lust, auch nur kurz von der Kasse aufzublicken und nachzusehen, welchen sie meint. Sechshundert, sechs, fünfzig. »Lieber sterbe ich einsam und allein, als mit einem von diesen Arschlöchern zu enden.«

Der junge Lederjackentyp, der mir geholfen hat, die Collegejungs zu verschrecken, bahnt sich einen Weg zu uns. Freibier geht offenbar gut runter.

»So durstig heute?«, sage ich und gieße ihm diesmal seinen üblichen Whiskey ein.

»Sehr durstig«, sagt er, und es klingt anzüglich, aber als ich ihm ins Gesicht sehe, ist er ernst. »Gelangweilt und durstig.«

»Tja, deshalb seid ihr ja hier. Also, falls ihr diese Kids nachher verprügeln wollt, macht das bitte draußen auf dem Parkplatz.«

Seine kristallblauen Augen streifen kurz mein Namensschild. »Kein Problem. Wir sehen uns, Lorraine.« Er zahlt, gibt ein Trinkgeld und geht wieder.

»Das war der, der in dich verliebt ist«, sagt Holly eindeutig zu laut.

# 2. Kapitel

Der Lederjackentyp gerät ins Stolpern, und etwas Whiskey schwappt auf den Boden. Er fängt sich wieder, und etwas verunsichert geht er weiter. »Sei still«, zische ich Holly zu. Ich habe mir den Typen noch nie genauer angesehen, aber jetzt bemerke ich, dass er groß, gut aussehend und tätowiert ist. Muskeln, Arsch, Stiefel. Drei Häkchen. Dazu noch eine ordentliche Statur.

Ich stelle mir vor, wie ich mit ihm rede. Ihn berühre. Ihn kennenlerne. Dann stelle ich mir vor, wie er dasselbe mit mir macht.

Vielleicht könnte er mich zum Flughafen fahren.

»Passe.« Ich werfe Holly einen Blick zu, der sagt: *Kümmere dich um deinen eigenen Kram*. Die Botschaft kommt offenbar an. Fast eine Stunde gehen wir einander höflich aus dem Weg. Sie gibt Getränke aus, jeder Vorgang scheint für sie völlig neu zu sein, und sie starrt mit ernstem Blick auf die Kasse. Mit Grauen denke ich daran, ob die Kasse am Ende wohl stimmen wird.

Ich schleppe ein neues Bierfass aus dem Lagerraum, und ein vertrautes Rasseln in meiner Brust meldet sich. Eigentlich sollte ich es besser wissen, aber es überrascht mich jedes Mal, weil ich eine Idiotin bin. Man müsste meinen, dass ich mich nach so vielen Jahren an meine Herzrhythmusstörung gewöhnt hätte, aber jedes Mal: Alter Schwede! Das schon wieder. Es ist wie ein Stolperdraht, den ich wieder vergesse, sobald ich drüber bin, und obwohl ich eine ansonsten gesunde Sechsundzwanzigjährige bin, muss ich mich auf Anthonys Stuhl niederlassen und sehe Sternchen.

»Alles in Ordnung?«, ruft Holly, die den Kopf hereinsteckt. »Mädchen sollen keine Fässer schleppen.«

»Hat nur ein bisschen gezwickt«, lüge ich ihr ins Gesicht und deute auf meinen Rücken. »Geh du nach vorn.«

»Du hättest Keith Bescheid sagen sollen«, sagt sie rebellisch, und ich strecke den Finger aus, bis sie verschwindet.

In der Zwischenzeit rast mein Herz weiter. Fühlt sich an, als würde jemand mit einem Holzbein die Feuerleiter eines Wolkenkratzers erklimmen. Schritt – Pause – Stolperschritt. Immer weiter nach oben, ohne Geländer, bloß keine Panik, nicht rückwärts ins Schwarze fallen. Ich muss es nur so lange aushalten, bis es vorbei ist. Aber dieses Mal geht auch mein Atem, als würde ich die Treppe hochrennen. In solchen Momenten kann ich Jamies ärgerliche Besorgnis geradezu spüren, er würde jetzt seine Willenskraft benutzen, um mein Herz wieder gleichmäßig schlagen zu lassen.

Jamie hat meine Herzprobleme verursacht. Er hat meine Nabelschnur ausgestöpselt, um einen gemächlichen Zug zu nehmen, und sah grinsend zu, wie ich blau anlief, bevor er sie mir wieder zurückgab. Mein Kardiologe hat gesagt, das sei unmöglich, aber ich bin nach wie vor davon überzeugt. Das würde so gut zu Jamie passen.

Eigentlich war ich kurz vor der Geburt in der Pole Position, aber Jamison George Barrett zog in letzter Sekunde an mir vorbei und luchste mir den Platz als Erstgeborene ab. Er kam als Erster aus Mom rausgeflutscht, stramm und rosig, und brüllte »Erster!« Er war bei allem auf der obersten Perzentile. Ich kam mit Gelbsucht auf die Welt und wurde eine Woche lang in einen dieser Schnellkochtöpfe für Neugeborene mit Herzmonitor gesteckt. Seit dem Tag unserer Ankunft hat Jamie mich bei allem abgehängt, zahllose Touchdowns in der Schule, in Büros und Kneipen, auf spiegelnden Oberflächen und wahrscheinlich in Betten erzielt. Einfach ekelhaft!

Vielleicht komme ich deswegen so gut mit den Typen in der Kneipe klar, weil ich es schon im Mutterleib mit einem Alphamännchen zu tun hatte.

In Jamies neuer Stadt hat es heute geregnet. Er ist bestimmt zu Fuß zu seinem Job in der Bank gegangen. Ich habe nicht die geringste Ahnung, was er macht, stelle mir nur immer vor, dass er in einem Tresorraum voller Goldmünzen schwimmt. Wahrscheinlich trägt er seinen Burberry-Trenchcoat, einen schwarzen Regenschirm in der einen und sein Handy in der anderen Hand, *bla, bla, bla, Kohle, Kohle, Kohle.*

Was würde er jetzt sagen, wenn er wieder mit mir reden würde?

*Atme, du wirst ganz blass.*

Mich mit Gedanken an Jamie abzulenken, funktioniert meistens. Ich kann meinen Ärger auf ihn konzentrieren, statt auf meinen defekten Motor. Mein Peiniger ist zugleich mein Rettungsanker.

*Darce, was dein Herz betrifft – da musst du dringend was unternehmen.*

Ich zahle exorbitante Krankenversicherungsbeiträge dank diesem Luschenherz. Dafür geht mein gesamter Verdienst hier drauf. Wenn ich so darüber nachdenke, macht das diesen Job noch ein bisschen deprimierender.

Mein Herzschlag hat jetzt wieder seine traurige Version von »normal« erreicht, aber so lange, bis Jamie wieder mit mir spricht, versuche ich das Unmögliche: zwillingslos zu leben. Wir haben uns gestritten, und ich habe es verkackt. Er fehlt mir, und ich bin kurz versucht, ihm ein paar beiläufige Beleidigungen per Textnachricht zu schicken. Aber dann fällt mir ein, dass das gar nicht geht, selbst wenn ich wollte. Denn ich versuche auch hier das Unmögliche: handylos zu leben.

Vorletztes Wochenende war ich mit Vince in *Sully's Bar* und ließ mein Telefon in die Toilette fallen. Während es auf den Grund sank, leuchtete das Display auf und zeigte einen eingehenden Anruf an. Mein Bruder – denn gleich darauf erschien ein Foto seines arroganten Gesichts. Typisch: das erste Mal seit Monaten, dass er versucht, mich zu erreichen, und prompt befindet er sich fünfzehn Zentimeter tief in Pipiwasser. Das Display wurde schwarz, und ich wusch mir die Hände und ging raus.

Meine Eltern würden mich umbringen, wenn sie wüssten, dass ich kein Handy habe. Sie würden mich umbringen, wenn sie wüssten, dass ich in kalten Nächten im Cottage keinen Bademantel trage. *Dein Herz! Nerv, nerv!* Leider habe ich eher den Verdacht, dass überhaupt niemand merkt, dass ich nicht zu erreichen bin. Seit ich alles verbockt habe und Jamie weg ist, hat mein Telefon aufgehört zu klingeln. Er ist der Leitstern, dem alle folgen.

Ich höre ein Klirren von draußen, und ein paar Typen »Oooh« rufen. Männer sind fasziniert von zerspringendem Glas. Wieder versuche ich einzuatmen und meinen Herzschlag zu beruhigen. Ich mache das schon seit Jahren, trotzdem würde ich nicht sagen, dass es leichter wird.

»Was ist hier los?« Ich stampfe in meinen Stiefeln nach draußen und finde eine Reihe Kerle vor, die sich einen abgrinsen. Holly versucht mit hochroter Birne Glasscherben aufzusammeln. Überall ist Bier, und ihr T-Shirt ist vorne klatschnass. Ich habe noch nie ein Mädchen gesehen, das Rettung nötiger hatte als sie in diesem Moment.

»Die dumme Gans kann nicht mal ein Bier einschenken.« Das Alphatier dieser Gruppe ist ein Typ vom Bau mit losem Mundwerk. »Sie hat Glück, dass sie so heiß ist. Nicht so wie die da.« Er meint mich. Ich zucke mit den Achseln.

»Ist schon gut«, sage ich zu Holly. Sie nickt wortlos und verschwindet nach hinten. Ist das die Schicht, die ihr das Genick bricht?

Dieser Typ wird nicht einfach bezahlen und gehen. Er sucht nach Anregung. Ich streite mit ihm wie auf Autopilot, und die Einzelheiten langweilen mich zu Tode: Ich würde besser aussehen, wenn ich nicht so kurze Haare hätte. Ich wäre so hübsch, wenn ich mir mehr Mühe geben würde. Ich sähe irgendwie aus wie ein Kerl mit Make-up.

Okay, die letzte Bemerkung tat ein bisschen weh. Ich bin schon eine echt harte Braut, oder? Jede Beleidigung perlt einfach an mir ab, und wenn er zu weit geht, kann ich fünf doppelte Whiskeys abrechnen.

»Für wen hältst du dich eigentlich? Meinst du, du wärst was Besonderes?« Seine Stimme durchschneidet den Dunst, und mein Blick schnellt wieder in sein Gesicht. In meinem Inneren spüre ich etwas: eine große Kluft, als wäre ich gerade mit der Axt in der Mitte zerteilt worden wie ein trockener Holzscheit. Mir fällt darauf keine Antwort ein. Er sieht, dass er die Grenze überschritten hat, und lächelt.

Ich wurde schon so viel schlimmer beschimpft, in so vielen Sprachen, aber heute Nacht fühlt es sich an wie das Schlimmste, das jemals jemand zu mir gesagt hat.

Weil es so ist. Genau dasselbe hat mein Bruder zu mir gesagt, bevor er ging.

»Der da«, sage ich zu Keith, als würde ich mir einen Goldfisch aussuchen. Er packt den Typen am Kragen und befördert ihn nach draußen. Der Rest der Gruppe grummelt und flucht. In mir brennt der Ärger lichterloh. »Ihr bestellt, zahlt und gebt Trinkgeld. Das war's. Es wird nicht geredet. Ihr macht einfach diese drei Sachen und geht mir aus den Augen.«

Holly kniet neben mir und schabt Glasscherben auf das Kehrblech. »Autsch!« Jetzt läuft ihr ein schmales Rinnsal Blut übers Schienbein, in Socke und Schuh.

»Zeig mal«, bringe ich hervor, ohne dabei zu seufzen. Während ich im Erste-Hilfe-Kasten krame, überlege ich, wo sie ein neues Zuhause finden könnte. »Hast du Grundkenntnisse im Nähen? Meine Freundin Truly braucht eventuell demnächst eine Assistentin. Vielleicht könntest du das von zu Hause aus machen.«

»Ich habe den Quilt auf meinem Bett gemacht. Aber das waren nur gerade Linien, das war nicht so schwer. Ich könnte es machen, wenn es leicht ist.« Sie wischt sich die verschmierte Wimperntusche ab und blickt sich um, als würde ihr gerade klar, was ich schon die ganze Zeit wusste: dass das hier nicht das Richtige für sie ist.

Ich verarzte sie, teile das Trinkgeld und schicke sie früh nach Hause. »Wenn du nicht mehr kommen willst, schreib mir einfach, und ich sage es Anthony.« Sie nickt unter Tränen.

Holly ist so ein nettes Mädchen, aber um ihretwillen hoffe ich, dass sie geht. Sonst endet sie noch wie ich.

Die Kneipe schließt erst um vier Uhr morgens, deshalb kommen jetzt die richtig harten Bräute, die die Friedhofsschicht übernehmen. Sie sind das, was ich mal sein werde. Ich stecke mein Trinkgeld ein, und wir unterhalten uns ein paar Minuten darüber, welche Vollidioten hier drin man im Auge behalten muss.

»Ciao«, sage ich zu Keith, als ich einige Zeit später an seinem Hocker an der Tür vorbeikomme, aber er ist schon dabei, sich auf die Beine zu hieven.

»Du kennst die Regeln.«

»Die Regeln hier sind Mist.«

»So ist das Leben«, erwidert er achselzuckend.

»Und wer bringt dich zum Auto?« Ich sehe, wie er darüber nachdenkt.

»Du würdest das wahrscheinlich tun.« Diese Erkenntnis bringt ihn zum Lächeln. »Wenn du dir mal was dazuverdienen willst, könnte ich dir ein bisschen was über Security-Arbeit beibringen. Du wärst sicher großartig.«

»Ja, wahrscheinlich, aber nein danke.« Ich füge mich der Tatsache, dass er hinter mir herläuft, und gehe durch die Eingangstür. Ich trete hinaus in eine Wolke aus Zigarettenqualm und Auspuffgasen. »Im Ernst, du weißt gar nicht, wie sehr ich es hasse, wenn du meinen Babysitter spielst.«

»Ich habe eine ungefähre Ahnung«, entgegnet Keith trocken. Als ich zurückblicke, scannt er mit geübtem Blick den Parkplatz. Vor langer Zeit ist einem Mädchen, das hier gearbeitet hat, etwas passiert, und auf der Seitenstraße liegt viele Jahre später noch immer der düstere Schatten einer eiskalten Schandtat.

Ich gebe auf und gehe los. »Na komm, Wachhund, Zeit zum Gassigehen.«

Keiths unglaublich lange Beine halten ohne Weiteres Schritt mit meinem Marsch mitten durch das Grüppchen Kerle hindurch, die bei ihren Motorrädern herumstehen. Jemand sagt: »Warte mal kurz, Baby.«

»Heute kann ich nicht«, antwortet Keith mit mädchenhafter Stimme, worauf die gesamte Gruppe in Gelächter ausbricht. »Ist alles in Ordnung? Du wirkst heute ein bisschen labil.«

Ich sollte nicht unterschätzen, wie feinfühlig er sein kann. Sein Job ist es, Leute zu beobachten.

»Wer, ich? Nein, alles in Ordnung. Danke wegen vorhin. Das muss das Beste an deinem Job sein, wenn du sie über den Asphalt hüpfen lässt.« Ich wühle in meiner Tasche. Bei so einem großen Schatten brauche ich keinen Schlüssel in der geschlossenen Faust.

»Nicht ganz.« Keith stützt sich mit dem Ellbogen auf meinem Autodach ab. Er ist so groß wie Big Foot, auf eine gut aussehende Art unscheinbar und trägt einen goldenen Ring. »Übrigens schulde ich dir noch die zwanzig Piepen von neulich Nacht. Ich wollte dir nur sagen, das war echt nett von dir ... auch dass du zugehört hast.«

Jetzt habe ich ein schlechtes Gewissen, denn ich habe überhaupt nicht zugehört.

Ich habe den Dienstplan studiert wie ein notorischer Arschkriecher und die Fehler und Lücken eingekreist, während Keith auf einem Barhocker saß und mir irgendwas von seiner Frau, seiner Schwiegermutter und einer verlegten Brieftasche erzählte. Irgendwas über Krankheit und darüber, dass er die ganze Zeit arbeiten muss. Ein paar Seufzer und ein in kleine Fetzen zerrupfter Bierdeckel. So traurig und süß er auch ist, die zwanzig Mäuse, die ich ihm geliehen habe, waren ein Schnäppchenpreis, um dieses Gespräch zu beenden.

»Mach dir keinen Kopf deswegen.« Mir schwillt immer vor Stolz die Brust, wenn ich mich großzügig zeige. Ich werde langsam ungeduldig, aber Keith lehnt sich weiter an mein Auto. »Ehrlich, die zwanzig Mäuse sind mir Wurst. Du kannst mir einen ausgeben zur Feier des Tages, wenn ich endlich hier abhaue. Ich muss dann mal. Der Wein trinkt sich nicht von alleine.«

»Du könntest ihn hier trinken«, erwidert er. »Es ist eine Kneipe, weißt du.«

Ich schneide eine Grimasse. »Als würde ich auch nur eine Minute länger als nötig dieselbe Luft wie diese Schwachköpfe atmen.«

»Ich stelle dir einen Hocker neben meinen«, bietet er an, aber ich schüttele den Kopf.

»Am besten kann ich zu Hause auf der Couch trinken. Ohne Hose. Während ich mich von The Smiths so richtig schön depressiv machen lasse.« Das war ein bisschen zu ehrlich.

Ich greife an die Autotür, aber er atmet nur tief aus. Es gibt einen Grund, warum er stehen bleibt. Langsam habe ich das Gefühl, dass er auf ein größeres Darlehen hinarbeitet. »Mein Gott, was ist denn? Spuck's schon aus.«

Er schielt zu den Sternen hinauf. »Also, ein anderes Mal, ja?«

Ich stemme meine Hand in die Hüfte. »Keith, du benimmst dich echt komisch. Hör auf, mein Auto zu zerquetschen.«

»Du spürst es, oder?« Er blickt auf eine merkwürdige Art zu mir herunter. Ein bisschen, als müsste er gleich niesen.

»Eine Horde Dinosaurier, die auf uns zu rast?« Ich entlocke ihm kein Lächeln. Er sieht mich nur weiter an und lässt mich einfach nicht gehen. »Was? Was soll ich spüren?«

»Na das hier. Zwischen dir und mir.«

Schock und Überraschung sind genauso groß wie mein Ärger. »Keith, was in aller Welt ...«

»Du siehst sehr oft zu mir rüber.«

»Weil du unser Bollwerk auf dem Hocker neben der Tür bist. Nein, versuch es gar nicht erst«, ich ziehe meinen Arm zurück, als er danach greifen will. »Deine Frau wäre bestimmt begeistert.« Untreue ist das Letzte. Das komplette Gegenteil von allem, wofür Hochzeiten stehen. Nicht umsonst habe ich so viel Zeit mit Brautpaaren verbracht. Das muss irgendwie auf mich abgefärbt haben. Jemand verspricht dir, dich für immer zu lieben, und du starrst bei der Arbeit andere Mädchen an? »Hau ab, Keith, im Ernst.«

Er sinkt in sich zusammen, die Hand im Nacken, ein Bild des Elends. »Sie hat kaum noch Zeit für mich, seit ihre Mom krank ist. Ich habe das Gefühl, dass es zwischen dir und mir eine Verbindung gibt, weißt du?«

»Weil wir Freunde waren. Vergangenheitsform.« Ich reiße meine Autotür auf und verspüre einen Anflug von Angst, als seine Hand sich um mein Handgelenk legt und mich festhält. Ich versuche, mich zu loszureißen, aber er packt nur noch fester zu. Ich werde immer wütender und ziehe kräftiger. Mein Handgelenk brennt noch mehr als früher, wenn Jamie es mit Absicht verdreht hat. Aber ich will, dass es wehtut. Besser, als stillzuhalten.

»Wenn du nur mal zuhören würdest«, versucht Keith es, aber meine Haut ist zu zart und glatt. Ich gleite aus seinem Griff wie ein Seidentuch. Der Parkplatz ist inzwischen unerklärbar menschenleer. Mein Herz meldet sich wie jemand, der fragend über den Rand seiner Zeitung blickt. Nach dem Motto: *Was ist denn hier los?* Wenn es mir jetzt abschmiert, werde ich echt sauer.

Ich halte Keith den ausgestreckten Zeigefinger ins Gesicht. »Ich dachte, du wärst einer von den Guten. Mal wieder falsch gedacht.«

Ich schwinge meinen Hintern auf den Sitz, knalle die Tür zu und vernehme ein schwaches, schmerzvolles Aufheulen. Mit verriegelten Türen mache ich mich aus dem Staub, und mein einstiger Freund ist nur noch ein fremdgehender Pappkamerad in meinem Rückspiegel. »Mal wieder falsch gedacht, weil es keine Guten gibt.«

Während ich meine eigenen Worte höre, weiß ich, dass es nicht stimmt. Es gibt immer noch einen grundguten Mann da draußen. Er ist die Hochwassermarke in einer Welt voll Pfützen. Und schon habe ich einen Weinnotfall. Betrinken, schlafenlegen und vergessen.

Über Umwege fahre ich zum Kiosk in der Nähe meines Hauses und sehe immer wieder in den Rückspiegel. Währenddessen lasse ich eine zehnminütige Diskussion mit meinem weiblichen Ich über mich ergehen. War ich zu nett zu Keith? Zu locker, zu unanständig, zu vorlaut und zu großzügig mit meinem Lächeln? Nein, scheiß auf ihn.

Ich gehe verschiedene Gespräche durch, die ich mit ihm hatte, und zucke zusammen, wenn ich daran denke, wie leicht und angenehm platonisch ich sie fand. Vielleicht habe ich ihn sogar als Ersatz für meinen Bruder benutzt. Habe ich Keith zwanzig Mäuse bezahlt, damit er mein Freund wird?

Mein Gott, bin ich erbärmlich.

Unwillkürlich frage ich mich, wie viele ehebrechende Keiths auf den Hochzeitsporträts sind, die ich über die Jahre gemacht habe. Ich betaste mein schmerzendes Handgelenk. Es ist eine gute Erinnerung daran, dass ich gar nicht vorsichtig genug sein kann. Heute Nacht werde ich eine Menge Wein brauchen.

Ich fahre mit dem Auto auf den Bordstein und halte an. Früher war das hier eine Parklandschaft, eingefasst durch das Haus, in dem ich aufgewachsen bin, und Lorettas Cottage. Der Fortschritt war wohl nicht aufzuhalten, aber ein neonbeleuchteter 7-Eleven ist einfach nur demütigend. Ich kriege es immer noch nicht fertig, an meinem alten Haus vorbeizufahren. Es wurde malvenfarben angestrichen.

Ich brauche Wein, Wein, Wein.

»Nicht schon wieder«, sagt der Verkäufer Marco, als ich hereinkomme. »Nicht. Schon. Wieder.«

»Ich bin zu müde für den Mist, also fang gar nicht erst damit an.« Dieser Laden ist so bequem, wie es die Neonschrift »Convenience Store« vor der Tür verheißt. Ansonsten würde ich mir das bestimmt nicht antun. Marco hat ein Buch über Zucker gelesen, und es hat sein Leben verändert.

»Zucker ist weißes Gift.« Er fängt an, mir eine erfunden klingende Geschichte über zuckersüchtige Laborratten zu erzählen. Ich wähle eine billige Flasche lieblichen Wein sowie eine Dose Fischinnereien für Diana und begebe mich dann in meinen allerliebsten Lieblingsgang.

»Sie haben Zucker der Nahrung vorgezogen und starben dann an Unterernährung.« Marco verkauft jemandem kommentarlos eine Schachtel Zigaretten.

Ich recke den Kopf über die Regale. »Genau das habe ich vor. Hör auf mit mir zu reden.« Es nervt mich, dass ich schon so lange in der Gegend hier rumhänge, dass sogar ein Kioskangestellter weiß, wer ich bin. Ich lasse mir das nicht von ihm kaputtmachen. Das ist ein ganz besonderer Moment.

Es ist unglaublich, welche Formen Zucker annehmen kann. Es ist Kunst. Es ist Wissenschaft. Es ist kosmisch. Es ist das, was bei mir einer Religion am nächsten kommt.

Ich liebe diese Comicfarben. Saure Fruchtgummis in granuliertem Rohrzucker gewälzt. Lacklederne Lakritzstangen, glücklich machende Skittles. Rosa und weiße Marshmallows, zarter als Rosenblätter. All das gibt es hier, das ganze Regenbogenspektrum des Zuckers, und es wartet nur auf mich.

»Diabetes … Krebs …« Marco ist ein Radio, das man ein- und ausschalten kann.

Meine Freundin Truly – meine einzige Schulfreundin, die noch hier lebt – findet, dass Frauen sich jede Woche einen Trostpreis kaufen sollten. Dafür, dass sie den ganzen Mist auf der Welt ertragen. Sie kauft sich selbst Blumen. Mein Verwöhnprogramm besteht darin, meinen Insulin- und Alkoholspiegel in die Höhe zu jagen.

Sonntagabend ist mein persönliches Halloween.

Ich schlendere langsam das Regal entlang und fahre mit den Fingerspitzen über die Schokoriegel. Ihr gottverdammten, kleinen, verführerischen Rechtecke. Dunkel, Vollmilch, weiß, ich diskriminiere niemanden. Ich esse alles. Diese sauren Bonbons in Leuchtfarben, die sonst nur nervige kleine Jungs mögen. Ich lutsche die Glasur von Liebesäpfeln. Wenn der Verschluss eines Briefumschlags süß schmeckt, lecke ich zweimal darüber. Ich gehörte zu den Kindern, die hoch gefährdet waren, sich mit der Aussicht auf einen Lolli in einen Transporter locken zu lassen.

Manchmal lasse ich die Einzelhandelsverführung zwanzig Minuten andauern, ignoriere Marco und begrapsche die Ware, aber heute habe ich die Schnauze voll von männlichen Stimmen.

»Fünf Tüten Marshmallows«, sagt Marco in resigniertem Tonfall. »Wein. Und eine Dose Katzenfutter.«

»Katzenfutter ist Low Carb.«

Er macht keinerlei Anstalten, etwas einzuscannen, also scanne ich jeden einzelnen Artikel selbst und rolle einen

Geldschein von meinem Trinkgeld auseinander. »Dein Job besteht darin, Sachen zu verkaufen. Also verkauf sie. Wechselgeld, bitte.«

»Ich weiß einfach nicht, warum du dir das antust.« In Marcos Augen spiegelt sich sein moralisches Dilemma, als er auf die Kasse sieht. »Jede Woche kommst du her und machst das.«

Er zögert und blickt über die Schulter, wo, von einer Staubschicht bedeckt, sein Zuckerbuch steht. Er weiß, dass es nichts bringt, mir das Buch zu meinen Einkäufen in die Tasche zu schmuggeln.

»Ist mir schleierhaft, warum dich das überhaupt kümmert. Bedien mich einfach. Ich brauche deine Hilfe nicht.« Er hat nicht ganz unrecht damit, dass ich süchtig bin. Ich würde jetzt und hier eine Line Puderzucker vom Tresen lecken, wenn ich unbeobachtet wäre. Ich würde in eine Zuckerrohrplantage gehen und direkt reinbeißen.

Ich arbeite jetzt schon seit vielen Jahren an dieser kohlrabenschwarzen Verkleidung, und sie ist kugelsicher. Aber manche Menschen merken trotzdem, dass ich ein Schwächling bin, und versuchen, mich zu bevormunden und mir zu helfen. Es muss so ein Überleben-des-Stärkeren-Ding sein. Aber sie liegen alle falsch. Ich bin keine lahmende Gazelle, ich bin diejenige, die den Löwen erlegen wird.

»Gib mir mein Wechselgeld, oder ich schwöre bei Gott …« Ich kneife die Augen zusammen und versuche, mein Temperament im Zaum zu halten. »Behandele mich einfach wie jeden anderen Kunden.«

Er gibt mir ein paar Münzen und steckt meine süßen, schwammigen Drogen in eine Tüte. »Du erinnerst mich nur so an mich selbst. Wie ich früher war. So abhängig. Wenn du bereit bist, aufzuhören, leih dir mein Buch. Ich habe seit fast acht Monaten keinen Zucker mehr zu mir genommen. Meinen Kaffee süße ich nur noch mit etwas Agavenpulver …«

Ich bin bereits am Rausgehen. Keinen Zucker? Warum geht es im Leben immer darum, auf Dinge zu verzichten? Was habe ich überhaupt noch zum Genießen? Das Schwere-Seufzer-Gefühl in mir wird schlimmer. Trauriger. Ich bleibe an der Tür stehen.

»Ich werde mich bei deinem Chef über dich beschweren.« Es ist echt feige von mir, die *Kunde-ist-König*-Karte zu ziehen, aber na und? »Du hast gerade eine Kundin verloren, Zuckerbärchen.«

»Du kannst so fies sein«, brüllt Marco, als sich die Schiebetür hinter mir schließt. Ich nehme wieder in meinem Auto Platz, verriegele die Türen, lasse den Motor an und drehe die Musik noch mehr auf. Ich weiß, dass Marco mich sehen kann, weil er in seinem kleinen mördersicheren Kabuff an die Fensterscheibe hämmert und meine Aufmerksamkeit auf sich zu ziehen versucht. Männer hinter Plexiglas.

Auf meinem Schoß öffne ich eine Packung und stopfe mir vier rosa Riesenmarshmallows in den Mund, was in Hamsterbacken resultiert. Dann zeige ich ihm den Mittelfinger und beobachte, wie seine Augen fast aus dem Kopf springen. Es ist einer der besten Momente seit Langem, und ich lache noch bestimmt fünf Minuten beim Fahren und bekomme Zuckerstaub in die Lunge.

Gott sei Dank lache ich, denn ansonsten würde ich vielleicht heulen. Für wen halte ich mich eigentlich?

»Hey, Loretta«, sage ich laut zu meiner Großmutter. Sie hockt hoffentlich direkt über mir auf einer Wolke, während ich an einer roten Ampel anhalte, meine Hand in die Zellophantüte stecke und die weiche Fluffigkeit an den Fingerspitzen spüre. Wenn irgendjemand mein Schutzengel sein wird, dann sie. Sie würde darauf bestehen.

»Bitte, bitte, gib mir etwas, das besser ist als Zucker. Ich brauche es wirklich.« Schon als ich es laut sage, schnürt es mir die Kehle zu. Ich brauche eine Umarmung. Ich brauche das

Gefühl warmer Haut an meiner. Ich sterbe vor Einsamkeit, und das würde ich selbst, wenn Vince kommen und wieder gehen würde.

Für wen halte ich mich? Ich bin ungeliebt, ungebunden. Und zwillingslos.

Die Ampel wird genau in diesem Moment grün, als wolle sie mir ein Zeichen geben, aber ich genehmige mir noch ein paar Marshmallows, bevor ich mir die Mühe mache, zu beschleunigen. Die Welt ist schlafen gegangen, und ich bin völlig allein.

Obwohl, vielleicht auch nicht.

Als ich in die Marlin Street einbiege, sehe ich ein merkwürdiges Auto vor meinem Haus parken. Ich stelle die Musik leiser und verlangsame das Tempo. Es ist ein großer schwarzer Transporter, wie ihn Baufuzzis fahren würden. Er sieht nagelneu aus und glänzt, mit einem Nummernschild aus einem anderen Bundesstaat. Hat er herausgefunden, wo ich wohne? Die Haare auf meinen Armen stellen sich auf.

Ich drehe den Kopf, während ich langsam vorbeirolle. Im Auto sitzt keiner. Es kann unmöglich Jamie sein – er würde sich niemals von einer Autovermietung einen Lieferwagen andrehen lassen, und er würde auch niemals auf dem Bordstein parken. Ich fahre einmal um den Block, und mein Herz versucht, sich zu Tode zu hämmern. Kurz wünsche ich mir Keith herbei, bevor es mir wieder einfällt.

Dann drehe ich durch.

Mit einem aggressiven Aufheulen des Motors biege ich in die Einfahrt und mache das Fernlicht an. Ich lasse das Fenster ein Stück herunter und schreie über das ohrenbetäubende Pochen meines Herzens hinweg: »Wer ist da?«

Gleich darauf höre ich ein Kläffen, und aus der Dunkelheit kommt ein steifbeiniger mit einem gestreiften Pulli bekleideter Chihuahua angaloppiert. Dann taucht ein Mann auf, und ich atme erleichtert auf. Selbst ohne den Hund würde ich seine riesenhafte Silhouette überall erkennen. Ich bin nicht kurz davor, umgebracht zu werden, sondern am sichersten Ort der ganzen Welt.

»Danke, Loretta«, sage ich zu der Wolke über mir. Es gibt nur eine Sache, die süßer ist als Zucker. »Das ging ja schnell.«

# 3. Kapitel

In Tom Valeska steckt ein Tier, das habe ich schon immer gespürt, wenn ich ihn ansah.

Jamie hat ihn damals entdeckt, als er ausgesperrt vor dem Haus gegenüber herumlungerte. Jamie nannte es *das Haus für Arme*, weil dort mit alarmierender Regelmäßigkeit traurige Familien einzogen. Mom schimpfte ihn deswegen. *Bloß weil wir viel haben, heißt das nicht, dass du das Recht hast, gemein zu sein, mein Prinz*. Sie ließ Jamie den Rasen drüben mähen, ohne dass er dafür Geld bekam. So ungefähr alle sechs Monate machten wir einen Willkommenskorb für unsere neuen Nachbarn, in der Regel verängstigte Frauen, die mit dunklen Ringen unter den Augen hinter ihrer neuen Haustür hervorlugten.

Aber der Sommer war heiß gewesen, Mom hatte eine Menge Singschüler, und Mrs. Valeska war einfach nie anzutreffen. Der Willkommenskorb war bereits in Cellophan eingewickelt und mit einer Schleife zugebunden, aber Mrs. Valeska verschwand schon bei Sonnenaufgang in ihrer alten Rostlaube und kam erst nach drei Uhr morgens zurück, immer mit Eimern und Körben voll Putzutensilien.

Ihr Sohn, acht Jahre alt wie wir, streunte herum und hackte zum Zeitvertreib mit einer Axt auf einem Holzklotz in seinem Vorgarten herum. Ich wusste das, weil ich ihn schon Tage bevor Jamie ihn aufgabelte, gesehen hatte. Wenn es mir erlaubt gewesen wäre, mich weiter als bis zur Fußmatte vom Haus zu entfernen, wäre ich rübergegangen und hätte ihn herumkommandiert. *Hey, ist dir nicht heiß? Keinen Durst? Setz dich doch in den Schatten.*

Jamie fand Tom, als der spätabends ausgesperrt war, und brachte ihn mit nach Hause. Er musste ihn am Ärmel in die Küche ziehen. Tom sah aus, als könnte er ein Flohbad gebrauchen. Wir gaben ihm Hähnchen Nuggets zu essen.

»Ich wollte auf der Hollywoodschaukel schlafen. Ich hab noch keinen Schlüssel«, erklärte Tom meinen Eltern schüchtern in heiserem Flüsterton. Die waren so an Jamies Bellen gewöhnt, dass sie ihn kaum verstanden. So gelassen nahm er die Aussicht auf kein Abendessen und kein Bett hin? Ich war voller Ehrfurcht. Und jedes Mal wenn er mich mit seinen orange-braunen Augen für eine halbe Sekunde ansah, schien sich in meinem Bauch ein Reißverschluss zu öffnen.

Tom wirkte, als würde er mich kennen, in- und auswendig.

An jenem Abend wendete sich das Blatt am Esstisch der Barretts.

Tom war vor lauter Schüchternheit praktisch stumm und überstand so den Ansturm von Jamies Redeschwall. Seine einsilbigen Antworten hatten einen knurrenden Unterton, der mir gefiel. Unsere Eltern, die nicht mehr Schiedsrichter zwischen uns Zwillingen spielen mussten, konnten sich aneinanderkuscheln und sich murmelnd unterhalten. Und ich war zum ersten Mal in meinem Leben vergessen und unsichtbar.

Ich fand das gut. Niemand klaute mir Nuggets vom Teller. Ich konnte zwischen zwei Bissen mit der alten Pentax-Kamera auf meinem Schoß spielen und heimlich Blicke auf das interessante Geschöpf erhaschen, das Jamie gegenübersaß. Alle hatten automatisch akzeptiert, dass er ein Mensch war, aber ich war mir da nicht so sicher. Meine Großmutter Loretta hatte mir viele Feengeschichten über Menschen erzählt, die ihre Gestalt änderten und zu Tieren wurden, um mich misstrauisch zu machen. Was sonst konnte seinem Blick diese Schärfe verleihen und mein Inneres derart zum Vibrieren bringen?

Der Willkommenskorb wurde spät an jenem Abend bei

seiner erschöpften Mutter abgeliefert. Sie weinte und saß noch lange mit meinen Eltern bei einem Glas Wein auf der Veranda. Wir beschlossen, Tom den Sommer über bei uns zu behalten, während sie bei der Arbeit war. Er war der Puffer, von dem meine Familie nicht gewusst hatte, dass sie ihn brauchte. Meine Eltern bettelten förmlich darum, ihn mit nach Disneyland nehmen zu dürfen. Mrs. Valeska hatte ihren Stolz und versuchte, abzulehnen, aber sie sagten: »Es wäre wirklich zu unserem Besten. Dieser Junge ist sein Gewicht in Gold wert. Wir müssen abwarten, bis Darcys Medikamente eingestellt sind, aber dann können wir häufiger verreisen. Oder wir lassen sie bei ihrer Großmutter. Das wäre vielleicht das Beste«.

Und nach jenem ersten Abendessen machte ich zugegebenermaßen etwas sehr Verrücktes. Ich ging in mein Zimmer und zeichnete in einen Notizblock, den ich im Lüftungsschacht versteckt hielt, einen Schlittenhund. Auf dem Namensschild des Schlittenhundes stand, so winzig, dass man es kaum lesen konnte: *Valeska*. Ich stellte mir ein Geschöpf vor, das am Fußende meines Betts schlief. Valeska würde mir aus der Hand fressen, könnte aber jedem, der durch meine Tür kam, die Kehle durchbeißen.

Ich wusste, dass das bescheuert war. Jamie hätte mich gekreuzigt, wenn er rausgefunden hätte, dass ich basierend auf dem neuen Nachbarsjungen ein fiktionales Tier erschaffen hatte. Aber genau das hatte ich getan, und bis heute zeichnet meine Hand wie von selbst Valeskas Umriss mit den Augen eines Wolfs oder eines verwunschenen Prinzen, wenn ich bei meinem Stromversorger in der Warteschleife hänge.

Offenbar hatte ich damals schon eine ausgezeichnete Menschenkenntnis.

Wenn einer der verwöhnten blonden Barrett-Zwillinge in eine Gletscherspalte fiel, tauchte unser treuer Valeska auf. Seine hübschen geisterhaften Augen taxierten die Situation, und schon spürte man seine Zähne am Kragen. Und als

Nächstes seine demütigende Stärke und das Gefühl, in Sicherheit gezerrt zu werden. Du bist nutzlos, und er weiß, wo es langgeht. Barbie-Cabrio kaputt? *Es ist bloß die Achse. Die musst du wieder einrasten lassen.* Echtes Auto kaputt? *Mach mal die Haube auf. Versuch jetzt noch mal. Na also.*

Und das war nicht nur bei mir als dem weiblichen Zwilling so. Tom hat Jamie am Kragen aus Faustkämpfen, Kneipen und Betten gezerrt. Und in jeder Stadt, in die ich je gereist bin, habe ich beim Abbiegen in eine unheimliche, dunkle Gasse im Geiste Valeska heraufbeschworen, um den Rest des Wegs mit mir zurückzulegen.

Das ist wahrscheinlich beknackt, aber so ist es.

Also, um die Situation zusammenzufassen: Mein Leben ist beschissen, und Tom Valeska steht auf meiner Veranda. Er wird von der Straßenbeleuchtung, dem Mond und den Sternen angestrahlt. Der eine Reißverschluss in meinem Bauch öffnet sich, und ich stecke schon so lange in einer Gletscherspalte, dass ich meine Beine nicht mehr spüren kann.

Ich steige aus dem Auto. »Patty!« Dem Himmel sei Dank für kleine Tiere, die peinliche Situationen durchbrechen. Tom setzt sie auf den Boden, und Peppermint Patty tippelt steif die Einfahrt entlang auf mich zu. Mit einem Auge fixiere ich die Dunkelheit auf der Veranda hinter Tom. Wenn keine elegante Brünette ins Licht tritt, falle ich auf die Knie und spreche ein stummes Gebet.

Patty ist ein kurzhaariger schwarz-brauner Chihuahua mit einem großen apfelförmigen Kugel-Kopf. Sie hat eine Art, die Augen prüfend zusammenzukneifen, als würde sie einen verurteilen. Ich nehme es inzwischen nicht mehr persönlich – aber dieser Hund sieht einen verdammt noch mal an, als wäre man ein dampfender Kackhaufen. Das ist einfach ihr Gesicht. Sie erinnert sich an mich. Was für eine Ehre, für immer in ihrem walnusswinzigen Gehirn eingebrannt zu sein. Ich nehme sie hoch und küsse sie auf die Wangen.

»Was machst du denn hier, Tom Valeska, der perfekteste Mann der Welt?« Manchmal ist es eine Erleichterung, die wahren Gefühle zu verbergen, indem man sie ganz offen ausspricht.

»Ich bin nicht der perfekte Mann«, entgegnet er nach dem gleichen Prinzip. »Und ich bin hier, um mit dem Haus anzufangen. Hast du meine Nachrichten nicht bekommen?«

»Mein Telefon liegt im Klo einer Kneipe. Wo es schon immer hingehörte.«

Er rümpft die Nase, wahrscheinlich froh, dass er nicht gerufen wurde, um es wieder rauszuholen.

»Na ja, es weiß sowieso jeder, dass du nie drangehst. Die Genehmigungen sind schon durch, also beginnen wir … na ja, jetzt.«

»Aldo hat uns immer wieder mit den fadenscheinigsten Ausreden vertröstet. Und jetzt seid ihr zwei Monate früher dran? Das kommt … unerwartet.« Meine Nerven flattern. Es ist nichts vorbereitet. Am allerwenigsten ich. »Wenn ich gewusst hätte, dass du kommst, hätte ich meinen Kwench-Vorrat aufgestockt.«

»Kwench wird nicht mehr hergestellt.« Er lächelt, und der Reißverschluss in meinem Bauch gleitet seine silberne Bahn entlang. Bis zu meinem Herz. In vertraulichem Ton fügt er hinzu: »Keine Sorge, ich habe einen ganzen Weinkeller voll davon.«

»Bäh, das Zeug ist einfach nur schwarzes Plastikwasser.« Ich spüre, wie sich mein Gesicht zu einer Grimasse verzieht, lege die Hand an die Wange und lächele. Wenn ich gewusst hätte, dass er kommt, hätte ich ein Badetuch perfekt gefaltet und den Kühlschrank mit Käse und Kopfsalat vollgestopft. Und ich hätte am Fenster gestanden und nach seinem Wagen Ausschau gehalten.

Wenn ich gewusst hätte, dass er kommt, hätte ich zugesehen, dass ich meinen Scheiß auf die Reihe kriege.

Ich laufe auf den Randsteinen des Wegs entlang und spüre, wie sie wackeln. »Du solltest es nur zu besonderen Gelegenheiten trinken. An deinem achtzigsten Geburtstag könntest du ein Glas Kwench zu deinen Käse-und-Salat-Sandwiches trinken. Das ist doch noch dein Mittagessen, oder?«

»Genau.« Er sieht verlegen weg. »Ich habe mich wohl nicht verändert. Was ist dein Mittagessen?«

»Kommt drauf an, in welchem Land ich gerade bin. Und ich trinke etwas stärkere Sachen als Billig-Cola.«

»Tja, dann hast du dich auch nicht verändert.« Er sieht mich nie länger als eine Sekunde an, bevor er blinzelt und wegguckt. Aber das ist okay. Eine Sekunde fühlt sich bei ihm wie eine sehr lange Zeit an.

Ich rede mit Patty. »Du hast ja mein Weihnachtsgeschenk bekommen, Kleine.« Ich meine ihren Pulli.

»Danke, er passt hervorragend. Meiner übrigens auch.« Das St. Patrick's-Day-T-Shirt, das er vermutlich aus Höflichkeit trägt, zieht sich hauchdünn im verzweifelten Versuch, überallhin zu reichen. Es passt wie ein Traum.

Die Art von Traum, aus der man schweißgebadet und voller Scham aufwacht.

»Ich wusste, dass du nicht zu cool bist, um ein Patty-T-Shirt zu tragen.« Ich habe das T-Shirt in einem Second-Hand-Laden in Belfast gefunden, und im selben Augenblick fand ich Tom wieder.

Ich hatte ein paar Jahre nicht mit ihm gesprochen, aber das hier war das perfekte Geschenk für ihn. Ich schickte ein Luftpostpäckchen mit den beiden Kleidungsstücken, adressiert an »Thomas und Patricia Valeska«, und lachte mich darüber kaputt, bis mir einfiel, dass wahrscheinlich seine Freundin es annehmen würde. Megan hatte ich total vergessen. Für sie hatte ich noch nicht mal einen Schlüsselanhänger mit ins Päckchen gelegt.

Ich werfe einen prüfenden Blick auf seine linke Hand – immer noch ringlos. Dem Allmächtigen sei Dank! Aber langsam sollte ich mir Megans Existenz ins Gedächtnis rufen. Gleich nachdem ich den nächsten Satz gesagt habe.

»Gute T-Shirts können also sterben und in den Himmel kommen.« Ich grinse über seine Miene, auf der sich Entgeisterung, Überraschung, Abstreiten und Geschmeicheltsein widerspiegeln. Und mit dem nächsten Blinzeln ist auch alles schon wieder verschwunden. Ich bin süchtig.

»Du bist immer noch eine freches Stück.« Voller Missbilligung sieht er auf seine Uhr.

»Und du bist immer noch ein heißer Opi.« Ich drücke diesen alten Knopf, und seine Augen glühen irritiert auf. »In letzter Zeit mal Spaß gehabt?«

»Ich würde dich ja bitten, das Wort ›Spaß‹ näher zu erläutern, aber ich fürchte, ich ertrage die Antwort nicht.« Er gibt ein mürrisches Stöhnen von sich und tippt mit seiner Stiefelspitze gegen die baufälligen Treppenstufen. »Soll ich das jetzt reparieren oder nicht, Klugscheißerin?«

»Ja, bitte. Während Daddy einen auf ernst macht, haben wir beide Spaß, stimmt's, Patty?« Ich schaukele sie sanft wie ein Baby. Ihre Augen haben eine bläulich-milchige Färbung. »Ich kann nicht glauben, wie viel älter sie geworden ist.«

»Das Vergehen der Zeit hat im Allgemeinen diesen Effekt«, sagt Tom trocken, aber sein Tonfall wird weicher, als ich aufblicke. Ich muss verzweifelt aussehen. »Sie ist jetzt dreizehn. Kommt mir vor, als wär es erst gestern gewesen, dass du ihren Namen für mich ausgesucht hast.« Er faltet sich zusammen, um auf der obersten Stufe Platz zu nehmen, den Blick auf die Straße gerichtet. »Warum bist du eben vorbeigefahren?«

Ich lasse den dunklen Bereich hinter ihm immer noch nicht aus den Augen. Bestimmt tritt gleich Megan daraus hervor. Das hier ist die längste, ununterbrochene Unterhaltung, die Tom und ich seit vielen Jahren geführt haben. Ich warte darauf, dass Jamie durch das Hoftor platzt.

Ich kann mich nie entscheiden, ob seine Haare die Farbe von Karamell oder von Schokolade haben. Egal, beides lecker. Ihre Struktur gleicht einem Liebesroman, der in die Badewanne gefallen und wieder getrocknet ist: sinnlich anmutende Knitterwellen und hier und da ein gerollter Rand oder ein Eselsohr.

Diese *Muskeln*. Ich glaube, ich fange an zu schwitzen.

»Du hast mich zu Tode erschreckt. Ich dachte, du wärst …« Ich unterbreche mich und lasse Patty auf meinem angewinkelten Knie tanzen. »Hach, sie ist so süß.«

»Wer dachtest du, bin ich?« Seine raue Stimme bekommt noch eine Spur mehr Bass, und meine Eingeweide ziehen sich ängstlich zusammen. Große Männer sind so beiläufig brutal. Man muss sich nur mal die Größe dieser Stiefel ansehen. Diese Fäuste. Er könnte jemanden umbringen. Aber dann lege ich die Erinnerung an einen achtjährigen Jungen über seine erwachsene Gestalt, mir fällt Valeska wieder ein, und ich atme auf.

»Nur so ein Kerl, den ich aus der Kneipe geschmissen habe. Ernsthaft, Tom, ich habe wegen dir fast einen Herz…« Verdammt. Sein Blick fällt auf meine Brust. »Nicht«, sage ich im Befehlston, und er beugt sich herunter und zupft an seinem Stiefel herum. Er kennt die Regeln: Kein Aufheben um die Sache machen.

»Ich darf mir ja wohl noch Sorgen machen, Prinzessin«, brummelt er in Richtung Boden. »Das kannst du mir nicht verbieten.«

»Niemand nennt mich mehr Prinzessin. Sehe ich etwa aus wie eine Prinzessin?« Ich setze Patty auf den Rasen. Tom mustert mich mit einem Sekundenblick von oben bis unten und sieht dann weg. Die Antwort behält er für sich. Sein Mundwinkel zieht sich minimal nach oben.

O Mann, der Drang, ihm diese Antwort zu entlocken, ist stark. Wahrscheinlich müsste ich ihn dazu mit beiden Händen packen und drücken.

Ich verlangsame meine Schritte und bleibe stehen, um eine Herzkasperei zu vermeiden, dann sehe ich mir noch mal die Aufschrift auf der Seite seines schwarzen Transporters an. Endlich fällt der Groschen. Ich wirbele zu ihm herum. »*Valeska Bau-Service*. Heiliges Kanonenrohr. Du bist frei.«

»Ja«, sagt er, als mache er ein Geständnis. Er kneift ein Auge zusammen, als er zu mir aufblickt.

»Du hast es geschafft.« Ich kann nicht anders, als von einem Ohr zum anderen zu grinsen. »Du hast dich von Aldo getrennt. Tom, ich bin so verdammt stolz auf dich.«

»Sei nicht zu stolz«, warnt er und zieht den Kopf ein, damit ich nicht sehe, dass er zufrieden ist. »Noch habe ich nichts gemacht.«

Als Aldo in der Stadt war, um das Cottage zu begutachten, schlug er eine Firma vor, von der wir einen Bulldozer mieten konnten. Das war sein Taktgefühl-Niveau, wenn es um den Grundbesitz einer verstorbenen Großmutter ging. Jamie lachte über den Witz, sein Niveau ist also vergleichbar.

Ich erinnerte die beiden daran, was schwarz auf weiß in Lorettas Testament stand: Dass nämlich das Cottage renoviert werden sollte und dass sie ein bestimmtes Budget dafür beiseitegelegt hatte. Das Gelächter verstummte. Aldo seufzte tief und füllte die Formulare aus, um die Genehmigungen zu erhalten, wobei er mehrmals behauptete, sein Stift schreibe nicht. Ich drückte ihm einen anderen in die Hand, und er sah mich mit zusammengekniffenen, blutunterlaufenen Augen an.

»Das ist verlorene Liebesmüh«, erklärte Aldo daraufhin. »Ein großer, teurer und riskanter Fehler.«

»Was Sie nicht sagen, Sherlock«, erwiderte ich. »Schreiben Sie weiter.« Warum hatte Loretta die letzte Bedingung aufgenommen, dass Jamie und ich verkaufen? War ihr nie in den Sinn gekommen, dass ich vielleicht für immer hier wohnen bleiben wollte, um mich in meiner Einsamkeit zu suhlen?

Bei Zwillingen muss alles gerecht geteilt werden.

»Ich schätze, Aldo hat dich die wichtigste Lektion deiner Karriere gelehrt«, sage ich jetzt. Dann warte ich einen Augenblick, während Tom darüber nachdenkt. »Was du nicht tun solltest.«

»Das stimmt«, antwortet Tom schließlich mit einem sachten Lächeln, den Blick auf den Schriftzug auf seinem Wagen gerichtet. »Wenn ich Zweifel habe, frage ich mich, was würde Aldo machen?«

»Und dann machst du genau das Gegenteil. Wusstest du, dass er mir an den Hintern gefasst hat? Als Jamie und ich dich auf deiner ersten Baustelle besucht haben? Was für ein Drecksack. Ich war gerade erst achtzehn. Noch ein Kind.«

»Das wusste ich nicht.« Toms Lippen werden schmal. »Hast du ihm die Hand gebrochen?«

»Du hattest Glück, dass ich dich nicht angerufen habe, um eine Leiche für mich zu verscharren. Das würdest du doch tun, oder?« Ich kann nicht anders, ich will wissen, ob ich Valeska immer noch zu Hilfe rufen kann, auch wenn ich es nicht sollte. Er gehört jetzt Megan.

»Ich habe eine Schaufel hinten im Wagen«, sagt er. Es verursacht ein verstörendes Kribbeln, zu wissen, dass er nicht scherzt. Wenn ich ihn darum bitten würde, würde er mit bloßen Händen ein Loch graben.

»Ich weiß, dass Aldo ein unprofessionelles Arschloch war, aber er hat mir meine erste Chance gegeben. Ich hatte nicht viele Optionen, um es mal so auszudrücken. Nicht wie du und Jamie.« Tom richtet sich auf und stellt die Füße nebeneinander wie ein braver Junge. »Auf meiner Baustelle wird es keine Hinterngrapschereien geben.«

»Kommt drauf an, wer der Grapscher ist«, sage ich gedankenverloren, breche aber in Gelächter aus, als ich Toms erschrockenen Blick sehe. »Ja, ja, schon klar. Keiner ist professioneller als du. Mein Hintern ist in Sicherheit.«

»Ich werde alles perfekt machen.« Als Kind gewann Tom Ausmalwettbewerbe. Dieses Haus wird auch preisverdächtig sein, wenn er damit fertig ist.

»Ja, ich weiß.« Ich blicke auf Toms Schultern hinab. Sein T-Shirt gibt sein Bestes. Er ist so kräftig geworden, seit ich ihn das letzte Mal gesehen habe. Er war schon immer groß und muskulös, aber das hier ist die nächste Stufe. Er hat sich aufgerieben. »Also, worauf wartest du? Ich wette, du hast einen Schlüssel. Lass die Renovierungsarbeiten beginnen.«

»Ich würde gern morgen früh anfangen, wenn es dir nichts ausmacht.« Er lacht, stöhnt und streckt sich, alles in einer einzigen Bewegung. Als läge er im Bett anstatt auf einer alten, wackeligen Treppe zu sitzen. »Ich habe zwar keinen Schlüssel. Aber ich weiß, wie wichtig dir deine … Privatsphäre ist.«

Er sagt das, als wäre *Privatsphäre* nur eine seiner Optionen gewesen. So macht er das immer. Er fängt an, über mich zu sprechen, wirft mir einen Brocken hin. Dann macht er dicht, bis Megan mit dem Autoschlüssel klimpert, und er wieder für sechs Monate verschwindet.

Der hingeworfene Brocken lässt mich stets hungrig zurück, und wie immer halte ich die Klappe, traue mich nicht nachzubohren. Ich schwitze so stark, dass mir mein Tanktop am Rücken klebt.

Wir sehen Patty zu, wie sie, die Nase am Boden, im Laub auf dem Rasen plantscht. Sie hockt sich versuchsweise hin, überlegt es sich aber wieder anders. Tom seufzt erschöpft. »Jetzt muss sie pinkeln? Sie hatte fast eine Stunde Zeit dazu.«

»Also, ich bin jetzt entschlossener denn je, meinen Reisepass wiederzufinden. Er ist definitiv irgendwo im Haus, aber Loretta hat ihn versteckt.« Ich schnippe mit den Fingern, um Patty zu rufen. *Komm her, kleiner Racker*. Dann lasse ich mich neben Tom auf die Treppe sinken.

»Vielleicht musst du einen neuen beantragen«, sagt Tom in widerwilligem Tonfall.

»Im alten sind alle meine Stempel drin. Er ist so was wie mein Sammelalbum. Ich finde ihn bestimmt morgen beim Einpacken.« Zum Himmel gerichtet sage ich: »Ich muss hier weg, Loretta. Gib ihn mir zurück.«

»Vielleicht will sie, dass du endlich mal hierbleibst.« Mit dem *endlich mal* ist er endlich mal ein Risiko eingegangen.

»Das werde ich ignorieren«, warne ich ihn, während ich zum Sternenhimmel aufblicke. Offenbar bin ich ziemlich berechenbar. Genau wie mein Bauch. Denn in dem beginnt es prompt zu prickeln.

Seine Statur ist von der Art, die mich mit blöden Sachen herausplatzen lässt. So wie jetzt. »Jedes Mal wenn ich dich sehe, kann ich nicht fassen, dass du kein Kind mehr bist.«

»Groß geworden, was?«

Sein Oberkörper erinnert an eine Tafel Schokolade, bei der die Rechtecke durch das Einwickelpapier sichtbar sind. Schokolade hat doch diese matt-glänzende Struktur. Genau wie seine Haut. Ich würde am liebsten mit den Fingernägeln auf ihm herumkratzen. Ich will mit meinem allwöchentlichen Halloween-Gelage anfangen.

*Megan, Megan, Diamantenring.* Aber die Zauberformel wirkt nicht so richtig.

Beim Blick auf seinen Körper muss ich ständig darüber nachdenken, was er wohl wiegt. Wiegen Muskeln mehr als Fett? Er ist ein Koloss. Fast zwei Meter groß. Ich habe ihm dabei zugesehen, wie er so groß geworden ist, trotzdem überrascht es mich jedes Mal wieder, wenn ich ihn sehe. Es ist ein Körperbau, wie man ihn bei Ersthelfern sieht. Bei riesenhaften Feuerwehrmännern, die die Tür eintreten, um einen zu retten.

»Wie kommst du mit einem so großen Skelett klar?«, frage ich, und er blickt verwirrt an sich herunter. »Ich meine, wie koordinierst du alle Gliedmaßen, um ganz normal herumlaufen zu können?« Meine Augen wandern wieder zu seinen

Schultern, über die gebogenen Linien nach unten, die flachen Bereiche, die Senkungen, das Spiel von Licht und Schatten, die Falten des Baumwollstoffs.

Ich kann seinen Gürtel sehen, der gar nicht weiß, wie glücklich er sich schätzen kann, diesen Körper zu umschlingen, und einen heißen Zentimeter schwarzen Unterhosenbund. Meine Wangen fangen an zu glühen, ich kann mein Herz hören, und …

»Augen nach oben, DB.« Er hat mich erwischt. Nicht, dass ich besonders unauffällig war. »Ich und mein Skelett kommen wunderbar klar. Also, was ist mit dieser klapprigen Veranda los?«

Ich überlege, wie ich ihm das erklären soll. Was ist mit dem Haus passiert? Ich schätze, ich hab's verkackt und es vernachlässigt. Zum Beispiel dieses lose Brett. Ich hätte mir einen Hammer suchen und es festklopfen sollen.

»Meine Theorie ist, dass Lorettas Magie das ganze Haus zusammengehalten hat.« Ich reibe schnell die Handflächen über meine Oberschenkel, um das weinerliche Gefühl zu vertreiben, von dem ich weiß, dass es gleich in mir hochkommt.

Er weiß immer, wann es besser ist, das Thema zu wechseln. »Und was ist mit deinen Haaren passiert? Deine Mom hat schon davon erzählt.«

»Sie hat wohl jeden angerufen, den sie kennt. Völlig hysterisch wegen eines blöden Haarschnitts. Oh, Prinzessin, warum?«, äffe ich sie nach und bemühe mich um möglichst beiläufige Bewegungen, als ich mit den Händen hindurchfahre. Es fühlt sich jetzt wie ein Jungenkopf an. Ich schlage die Beine übereinander, und meine enge Lederhose quietscht. Mit schwarz lackierten Fingernägeln streiche ich sie glatt. Ich war nie weiter davon entfernt, eine Prinzessin zu sein.

Wenn Mom wüsste, dass ich jetzt ein Brustwarzenpiercing habe, würde sie mir einen Vortrag darüber halten, dass mein

Körper ein Tempel ist. Sorry, Mom, ich habe einen Bilderhaken durch mich jagen lassen.

»Sie war in Tränen aufgelöst. Ich stand gerade auf einem Dach, als sie angerufen hat. Ich dachte, du wärst ... na ja.« Toms Stirn runzelt sich bei der Erinnerung. »Stell dir meine Erleichterung vor, dass Darcy Barrett sich nur den Zopf abgeschnitten hat. Warst du in einem Herrensalon?«

»Ja, ich habe einen alten Barbier dazu gebracht, es zu machen. Was denn? Ich wollte nicht zu einem Damenfriseur. Die hätten mir einen Bubikopf oder irgend so was Widerliches verpasst. Aber ich wollte einen Pilotenhaarschnitt, wie aus dem Zweiten Weltkrieg oder so.«

»Aha«, sagt Tom belustigt. »Und? Wusste er, wie man den schneidet?«

Ich haue nach einer Mücke. »Ja. Aber im letzten Moment hat er dann doch gekniffen.«

Tom schaut dorthin, wo früher mal mein langes Haar war. »Es war schon was Besonderes.«

Ich wusste nicht, dass er das dachte. Verdammt. »Der Typ hatte vergessen, dass Frauenhaare weich sind. Er hat mich angefleht, aber ich habe ihn überredet. Das Geräusch der Schere, wie sie durch mein Haar ging ...« Ich kriege jetzt noch Gänsehaut. »Es hörte sich an, als würde er Sehnen durchtrennen. Er betete auf Italienisch. Das ganze kam mir vor wie ein Exorzismus.«

In Toms Blick liegt eine Spur Ironie. »Du bringst verängstigte Männer zum Beten. Du hast dich definitiv nicht verändert.«

»Amen.« Ich strecke die Arme in den Himmel, und meine feuchten Klamotten bewegen sich kaum mit. Mit Tom Valeska herumzusitzen, hat mir massenhaft Lustschweiß beschert.

Der Drang, es zu weit zu treiben, überwältigt mich jedes Mal. Das ist schon so, seit wir beide in die Pubertät kamen.

»Ich liebe es, wenn sie auf Italienisch beten«, flüstere ich mit erotisch gedämpfter Stimme, und er weicht meinem Blick aus. »Bitte, bitte, Signora Darcy, zwingen Sie mich nicht dazu.«

»Signora heißt doch, dass man verheiratet ist, oder? Du bist nicht verheiratet.« Er klingt schwach, und als ich ihn von der Seite mustere, entdeckte ich, dass die Haare auf seinen Unterarmen sich aufgerichtet haben. Sehr interessant.

»Nee, wer sollte mich auch heiraten.« Jetzt bin ich diejenige, die sich runterbeugt, an ihrem Stiefel herumzupft und das Thema wechselt. »Sag mal, gehen eigentlich alle davon aus, dass sie eines Tages einen Anruf erhalten, dass ich tot bin?«

Er weiß nicht, was er darauf antworten soll, also schätze ich mal, das heißt Ja.

»Mom ist gut in dramatischen Anrufen und im Weiterleiten von Fotos. Ich habe von ihr auch einen Sonderbericht über dich bekommen.« Jetzt weigere ich mich, ihn anzusehen. Ich schlinge die Arme um meine Knie und knurre. »Verdammt, Tom. Was sollte das?«

Er weiß genau, was ich meine. »Tut mir echt leid.«

*Tom ist verlobt! Endlich, nach acht Jahren! Seine Mutter ist überglücklich! Zwei Karat, kannst du dir das vorstellen? Darcy, sag doch was, ist das nicht fantastisch?*

Wenn ich auf einem Dach gestanden hätte, wäre ich in einem Streckverband geendet. Stattdessen ging ich aus und trank zwanzig Toasts auf das hübsche Paar. Es war eine Sauftour, die sich seit acht Jahren angebahnt hatte.

Ich wachte mit dem Bild eines zuckerwürfelgroßen Diamanten an einer perfekt manikürten Hand auf und musste kotzen. Ich kam zu spät zu der Hochzeit, auf der ich fotografieren sollte. Einer der Hauptgänge beim Empfang war Seebarsch, und im Raum stank es wie an einem Schiffsanleger. Nachdem die Braut mir ihre Meinung über meine mangelnde

Professionalität mitgeteilt hatte, kotzte ich in einen Regenschirmständer neben der Tür.

Das war zu jener Zeit, als Loretta unauffällig im Garten verschwand, um ihre Hustenanfälle vor mir zu verbergen, und Jamie sich für abgehobene Jobs in der Stadt bewarb und immer weniger Zeit mit mir verbrachte. Das ganze Jahr war zum Kotzen, und ich habe noch immer den Geschmack im Mund.

»Ich akzeptiere deine Entschuldigung nicht. Du hast mich nie selbst angerufen, du Arsch. Kommunizieren wir jetzt nur noch über meine Mom? Sind wir keine Kumpel mehr?« Ich trete mit meinem Stiefel gegen seinen größeren, sanfter als beabsichtigt. »Werde ich von diesem Ring geblendet, wenn ich ihn sehe?«

Etwas, das einem *Herzlichen Glückwunsch* näher kommt als das, kriege ich nicht über die Lippen. Oder einem *Wann bringst du sie denn mal mit?* Immerhin habe ich ihnen eine Karte geschickt. Wahrscheinlich haben sie sich kaputtgelacht, als sie sich Darcy Barrett in der Grußkartenabteilung vorgestellt haben.

Tom macht den Mund auf, um zu antworten, wird aber von einem Auto abgelenkt, das im Schritttempo die Straße entlangkommt. Es ist eine Proletenkarre, schwer und tiefergelegt. Der Motor dröhnt, als es vor meinem Cottage auf den Bordstein fährt.

Ich habe das ungute Gefühl, dass ich weiß, wer das ist, und dass Tom sich nicht freuen wird, ihn zu sehen.

# 4. Kapitel

Tom macht Anstalten aufzustehen, da beschleunigt das Auto und braust mit quietschenden Reifen davon. Hach, so eine große, furchteinflößende Gestalt an seiner Seite zu haben, ist schon was Feines. Das Leben könnte so einfach sein, wenn das immer so wäre.

»Wer war das?« Tom lässt sich wieder nieder.

Es war Vince, der hier herumstreunt wie ein rolliger Kater. »Keine Ahnung.«

Ich stecke mir ein Marshmallow in den Mund, damit ich nicht mehr reden kann. Tom weiß, dass ich lüge, und als er etwas einwenden will, stopfe ich ihm auch ein Marshmallow in den Mund. Er ist verärgert und belustigt zugleich. Ich habe seine Lippen an meiner Handfläche gespürt. Diese Nacht ist gar nicht so schlecht.

Als er mit seinem Blick meinen Stiefel fixiert, wirft die Straßenlaterne einen Schatten unter seinen Wangenknochen, der an eine schwarze Klinge erinnert. Jetzt würde ich auf den Auslöser meiner Kamera drücken. Und jetzt noch mal, als er auf meine Beine schaut und seine Wimpern einen dunklen Halbmondschatten verursachen. Und gleich noch ein drittes Mal, als sein Blick jetzt meinem begegnet und es in seinen Augen aufblitzt, weil ihm wieder etwas über mich eingefallen ist. Dann sieht er weg.

Es dauert nur eine Sekunde, bis mein Herzschlag zu zappeln beginnt wie ein Fisch im Netz.

»Kann ich ein Foto von dir machen?«, platze ich heraus.

»Nein«, antwortet er sanft und geduldig, wie bisher jedes Mal. Er versteht sein eigenes Gesicht nicht. Man muss ihn aufs Weihnachtsfoto zerren, wo er dann mit einem wenig überzeugenden Lächeln steht, das eher besorgt wirkt.

Ach ja, ich bin eine heiße Kandidatin dafür, Fotos von ihm im Anzug vor dem Altar zu machen.

»Ist okay. Menschliche Gesichter sind zurzeit eigentlich auch nicht mein Broterwerb.« Ich verschränke meine Finger und ringe innerlich um Selbstbeherrschung.

*Reiß dich zusammen, Darcy. Es ist nicht seine Schuld, dass er mit deinem Lieblingskörperbau geboren wurde. Er ist ein süßer, schüchterner, grundguter Mensch. Verlobt. Du bist eine freche Rotzgöre. Lass ihn in Ruhe.*

Er hat total dicht gemacht. Langsam gehen uns die Themen aus. Arbeit ist sicheres Terrain. »Dann bist du also endlich dein eigener Chef. Wie hat Aldo es aufgenommen?«

Tom lacht erleichtert auf. »Was glaubst du denn?«

»Jetzt muss er selbst mal anpacken. Tja, ich würde sagen, es lief nicht so gut.« Mein Beschützerinstinkt führt dazu, dass ich mich aufblähe, größer und finsterer werde. »Soll ich mit ihm reden, damit er sich bei dir entschuldigt?«

Tom lacht darüber, wie ich aussehe, warum auch immer. »Jetzt werd nicht gemein.«

»Ich kann nichts dagegen tun. Die Leute nutzen dich aus. Sogar wir.« *Wir* heißt die Zwillinge.

»Ihr nutzt mich nicht aus.« Er lehnt sich zurück und stützt sich mit den Handflächen auf der Veranda auf, die endlos langen Beine ausgestreckt. Ich lehne mich ebenfalls zurück, nur um unsere Körper miteinander zu vergleichen. Meine Hand hat Chihuahua-Dimension neben seiner Valeska-Pranke. Mein Stiefel befindet sich auf halber Höhe seines Schienbeins. Ich drehe den Kopf.

Ich bin nicht gerade zierlich, aber er gibt mir das Gefühl, weich zu sein. Klein und leicht. Eine Prinzessin. Ich runzele die Stirn, setze mich auf und zwinge mich wieder in einen rechten Winkel.

»Aldo wollte euren Auftrag zugunsten eines größeren, einfacheren aufschieben. Ich habe ihm erklärt, dass ihr nicht länger warten könnt. Wenn ihr euch das mit der Renovierung anders überlegt habt, bin ich sozusagen am Arsch«, sagt er halb scherzhaft, halb ernst. »Ich habe fast die ganze Truppe mitgenommen.«

»Keine Sorge, es ist alles geklärt. Mach das Haus wieder schön, damit ich hier weg kann.« Er hat die Truppe mitgenommen? Ich kann mir eine solche Machtdemonstration von ihm gar nicht vorstellen. Aus dem Augenwinkel betrachte ich seine brachiale Gestalt, und vielleicht kann ich es doch.

»Es ist krass, auf keiner Gehaltsliste zu stehen. Davon kann ich ein Lied singen.« Ich stupse seine Schulter leicht mit meiner an und widerstehe dem Drang, mich an ihn zu lehnen. »Danke, dass du uns vorgezogen hast.«

»Ich danke euch dafür, dass ihr mich, äh, engagiert habt.«

»Ach, ich bin jetzt deine Chefin?« Während mich ein Dopaminrausch erfüllt und mir diverse anrüchige Reaktionen einfallen, lässt mich das Bild von Megan den Mund halten. Ihn zu ärgern ist eine olympische Disziplin, in der ich nur alle vier Jahre antreten kann. Aber er wird bald ihr Ehemann sein, und ich werde mich zurückziehen müssen.

»Betrachte uns als Geschäftspartner.«

Er wirft mir einen merkwürdigen Blick zu. »Alles in Ordnung?«

»Klar, alles bestens.«

Er steht auf. »Ich hatte mich auf eine klassische Darcy-Spitze gefasst gemacht. Wie hast du es geschafft, zu widerstehen?« Er streckt eine Hand zu mir herunter und zieht mich mit solcher Leichtigkeit hoch, dass ich für einen Augenblick den Bodenkontakt verliere.

Ich versuche möglichst würdevoll zu klingen. »Du warst ein gutes Übungsobjekt, aber ich muss mir wohl jetzt einen neuen Mann suchen, den ich sexuell belästigen kann. Aus naheliegenden Gründen.«

Ich erklimme ein paar Stufen, um wenigstens ansatzweise mit ihm auf Augenhöhe zu sein. Patty zockelt immer noch im Garten herum. »Mach hin«, sage ich zu ihr und schlinge die Arme um meine Taille. »Mir wird langsam kalt.«

»Was ist das?« Tom hat die Rötung an meinem Handgelenk entdeckt. Gefahr wittert er immer sofort.

»Nur eine Reaktion auf mein neues Parfüm.«

Tom nimmt meinen Arm behutsam in seine riesige ledrige Handfläche. Er misst den Abdruck mit seiner Hand ab und wird sauer. Entrüstet. Der Mund bleibt ihm offen stehen angesichts dieser Dreistigkeit. Ich bin überrascht, dass sich am Himmel keine schwarzen Unwetterwolken auftürmen, aus denen Blitze zucken. »Wer war das?«

»Reg dich nicht auf.« Ich verstecke den Arm hinter meinem Rücken und stecke mir mit der anderen Hand noch ein paar Marshmallows in den Mund. Durch den weißen Zuckerschaum hindurch nuschele ich: »Es sieht schlimmer aus, als es ist.« Was für ein schrecklicher Satz.

»Wer war das?«, wiederholt Tom, und seine Augen sind von einem unnatürlichen Orange. Er blickt wieder zur Straße. Er wird dieses schwarze Auto jagen und zur Strecke bringen, ihm die Kehle durchbeißen.

Wie kann es sein, dass niemand sonst dieses wilde Tier in ihm bemerkt hat?

»Nein, nicht der. Ein anderer Vollidiot bei der Arbeit. Er hat kapiert, dass er das nicht noch mal machen sollte.«

Ich habe meine nächste Erwiderung schon schussbereit: *Ich kann selbst auf mich aufpassen.* Er weiß es. Wir starren uns an, als würden wir uns hassen.

Ich kann die Energie förmlich in ihm schimmern sehen. Er hat Gedanken und Meinungen, aber er schluckt sie hinunter, und sie schmecken fürchterlich. Wahrscheinlich denkt er daran, was er mit jemandem anstellen würde, der Megan ein Haar krümmen würde. Er würde sein Blut auflecken.

»Wenn seine Erinnerung aufgefrischt werden muss, sag Bescheid«, bringt er schließlich hervor. Jetzt entwindet er sich mir, geht auf Distanz. Das ist eine Sache, die er an mir nicht mag. Mein düsterer, chaotischer Lebenswandel jagt ihm eine Heidenangst ein.

Ich muss ebenfalls einige Gefühle runterschlucken. Allerdings sind die ganz anderer Art: Wetten, dass Megan zu beschränkt ist, um zu erkennen, was sie an ihm hat? Sie sitzt zu Hause und balsamiert sich, bleicht sich die Nagelhäute, schmiert sich die Follikel ein oder was immer gepflegte Frauen so tun. Schließlich ist sie Schönheitstherapeutin und kann sich keine Schlampigkeit erlauben. Ich wette, sie starrt gerade in ihr eigenes hübsches Spiegelbild.

Währenddessen steht ihr Verlobter hier vor mir – wie ein Apfelkuchen auf dem Fensterbrett. Ahnt diese Frau denn nicht, dass die Welt voll von Zuckersüchtigen wie mir ist? Es ist ihre gottverdammte Gleichgültigkeit, die mich schon immer an ihr aufgeregt hat.

Wenn er mir gehören würde … Ich versuche nicht daran zu denken.

Mein Kiefer schmerzt schon, weil ich die ganze Zeit alles zurückhalte. »Lass uns reingehen.«

Der Schlittenhund Valeska schüttelt sich den Schnee aus dem Fell. Und ich ebenso. Er hält einen alten Schlüsselanhänger hoch. »Sieh mal, was ich hier habe.«

»Das ist ja wie ein Gruß aus der Vergangenheit.«

Es ist ein Schlüsselanhänger, den Tom von Loretta bekommen hat, als wir klein waren. Darauf ist Garfield mit Kopfhörern zu sehen. Neben ihm befindet sich der bellende Odie, und darunter steht: SCHWEIGEN IST GOLD! Das war Lorettas Spitzname für Tom: Gold. Ich war die Süße und Jamie der Salzige.

Spitznamen bestimmten unsere Kindheit. Prinz, Prinzessin. Der Name, den mein Dad Tom verpasste, war Tiger. Vielleicht wusste Dad ja, was wir uns an jenem Abend ins Haus geholt hatten.

»Ich finde es toll, dass du einen Schlüssel hast«, sage ich ohne nachzudenken. »Wahrscheinlich wäre der schon ein Sammlerstück.« Ich schließe mit seinem Garfield-Schlüssel die Tür auf, während Tom mit dem Daumennagel an den leeren Schraubenlöchern herumkratzt, wo einst mein Messingschild mit der Aufschrift BARRETT HOCHZEITSFOTOGRAFIE hing. Wahrscheinlich denkt er darüber nach, dass ich nun nicht auf seiner Hochzeit fotografieren werde.

»Ja, ja, tut mir leid.« Aber irgendwie auch nicht.

Mit dem Knie drücke ich die Tür auf. Jetzt schaut er auf das verbliebene Schild, auf dem »Maison de Destin« steht. Loretta hat es aufgehängt, um ihre Tarot-Kunden einzustimmen. *Huuh. Irgendwas mit Schicksal. Wie originell.* Etwas wehmütig prüft er mit den Daumen, ob es fest angeschraubt ist.

»Ich vermisse sie so«, sagt er zu mir, und wir schweigen betreten, bis Patty mit ihrem Hindernislauf durch unsere Beine hindurch anfängt, schnaufend und schnüffelnd. Danke, du kleines Tierchen.

Ich knipse die nächstbeste Lampe an, und das Erste, was wir zu sehen bekommen, ist meine Unterwäsche. Über dem Kamin hängt eine Reihe schicker BHs zum Trocknen an den alten Nägeln, die einst Halter für unsere Weihnachtsstrümpfe waren.

»Tja«, sagt Tom nach einer kurzen Pause. »Da würde der Weihnachtsmann wohl einen Herzinfarkt kriegen.«

Ich lache und werfe meinen Schlüssel auf den Couchtisch. »Ich hatte keinen Besuch erwartet.« Fraglich, ob Tom mir glaubt angesichts von Vince' Auftritt vorhin. Das Echo seines Autos scheint im Raum widerzuhallen und mich einer weiteren Lüge zu bezichtigen. Patty pest mit entschlossener Zielstrebigkeit den Flur entlang.

»Wehe du pinkelst hier drin«, sagt Tom zu ihrer sich entfernenden Gestalt.

Ich hänge die BHs ab und werfe sie auf den Sessel. »Gott, was für eine Nacht. Ich bin so froh, dass du hier bist.« Dann hole ich die Weinflasche hervor und mache mich mit dem Saum meines Tops an dem Schraubverschluss zu schaffen.

Tom streckt seine riesenhafte Hand aus. Für ihn wäre das natürlich ein Kinderspiel. »Komm, lass mich.«

»Ich schaffe das schon.« Ich gehe an ihm vorbei in die dunkle Küche. Wenn ich ihm gegenüber nicht bestimmt auftrete, verfällt er in die Gewohnheit, mir alles abnehmen zu wollen. Der Prinzessinnenmodus. »Willst du auch was? Oder müssen brave Jungs wie du früh ins Bett?«

»Brave Jungs wie ich stehen um fünf Uhr morgens auf.«

»Böse Mädchen wie ich gehen um sechs Uhr morgens ins Bett«, erkläre ich. Im Lichtschein, der aus dem Wohnzimmer hereinfällt, sehe ich, wie Tom mir folgt und die Hand nach dem Lichtschalter ausstreckt. »Nein! Mach das nicht. Da kriegst du einen Stromschlag.«

»Im Ernst? Hast du schon einen bekommen?« Bestürzt blickt er auf meine Brust, wo sich das Einzige befindet, das er nicht reparieren kann.

»Nein, weil ich aus Jamies Fehler gelernt habe.« Ich kann nichts dagegen machen, dass ich grinsen muss, als ich mich an den fluchenden Jamie erinnere.

»Lächelt bei dem Gedanken daran, dass ihr Bruder einen Schlag bekommen hat«, Tom versucht, streng zu klingen, muss dann aber ebenfalls grinsen. »So ein böses Mädchen.«

»Ich bin echt schlimm.« Mithilfe eines Holzlöffels lege ich den Schalter um. »Tja, also, hier sieht es furchtbar aus.«

Ich beobachte, wie er den Raum von oben bis unten mustert. Die Decke mit den Stockflecken, die Blasen werfende

Tapete, die Bodendielen, die unter seinen Füßen wippen. Ich habe mich daran gewöhnt, aber jetzt wird mir die Schäbigkeit in ihrem ganzen Ausmaß bewusst.

»Kannst du mir sagen, worum es in deinem Streit mit Jamie ging? Ich habe seine Version gehört. Aber ich würde gern deine hören.« Er wendet sich ab und verfolgt mit den Augen einen Riss in der Wand. Hinter seinem Rücken leere ich geräuschlos den gesamten Inhalt meines Weinglases. Als er sich wieder umdreht, halte ich ein zweites volles Glas in der Hand. Das perfekte Verbrechen.

»Was soll ich sagen? Mein Temperament ist mit mir durchgegangen.« Ich nippe anmutig an meinem Glas.

»Okay«. Halb lachend dreht Tom den Wasserhahn in der Küche auf. Er spritzt und sprüht ihn voll, und als Tom ihn wieder zudreht, vernehmen wir ein lautes Plätschern. Er entdeckt den Eimer im Schrank unter der Spüle. »Ach du meine Güte.«

Sein Handy gibt einen Signalton von sich. Er sieht mit leicht hochgezogenem Mundwinkel darauf. Er tippt eine Antwort, vermutlich so was wie: *Alles ok. Bin gut angekommen. Vermisse dich.*

Mir wird heiß, und ich spüre das dringende Verlangen, das Telefon zu nehmen und es in hohem Bogen Richtung Kläranlage zu schleudern. Ich trinke einen Schluck Wein, und es hilft ein bisschen.

»Also, der Tag, an dem ich Jamie stinksauer gemacht habe. Wo soll ich anfangen? Wir sind uns schon die ganze Zeit gegenseitig auf die Nerven gegangen. In nebeneinander liegenden Zimmern zu leben war einfach, als wir Kinder waren und dich in einem Etagenbett dabeihatten, um zu vermitteln.«

Aber ohne jeden Puffer stritten und diskutierten wir die ganze Zeit. Jamie wollte, dass wir in die Stadt ziehen. Ich wollte bleiben, aber ich konnte ihm seinen Anteil am Haus nicht ausbezahlen. Es war ein Tauziehen, das ich nicht gewinnen konnte, denn, wie Mom sagte, Loretta wollte, dass wir das Cottage herausputzen und uns das Geld teilen. »Sieh es als kleinen Notgroschen an«, riet mir Mom und legte die Hand auf mein Herz.

Ich sagte ihr, dass ich diesen Notgroschen nicht wollte. Weil ich es unerträglich fand, wie ich dazu gekommen war. Mom erwiderte sanft: »Es tut mir leid, Prinzessin. Ich weiß, wie viel sie dir bedeutet hat. Das ist ihre Art, dir zu zeigen, wie viel du ihr bedeutet hast.«

»Und eines Samstagmorgens klopfte es an der Tür. Jamie war joggen. Es war früh, und ich war sehr ... müde.«

Seine Augen wandern zu meinem Glas.

»Na gut, es war ungefähr elf, und ich hatte einen tierischen Kater«, räume ich ein. »Ich öffne also die Tür und entdecke einen heißen Typ, der mir seine Visitenkarte in die Hand drückt. Als hätte ich einen Sextraum.«

»Bis jetzt deckt es sich genau mit Jamies Version.« Tom entriegelt das Küchenfenster, hebt es ein Stück an, um dann so lange zu rütteln, bis es ganz geöffnet ist. Nur jemand, der quasi in diesem Haus aufgewachsen ist, kennt diesen kleinen Trick. »Ich wollte das immer für sie reparieren.« Sein Blick wird traurig. Seine eigenen Großeltern hat er nie kennengelernt. Ich bin froh, dass wir unsere mit ihm teilen konnten.

»Loretta hätte dir gesagt, dass dieses Fenster nicht kaputt ist.« Der Wein breitet sich wie warmer Samt in meinen Adern aus. Irgendwie schenke ich mir ein drittes Glas ein. Tom denkt, es wäre mein zweites. Hehe.

»Du hattest also möglicherweise einen Sextraum ...«, drängt Tom, und mir wird bewusst, dass ich im Licht des Kühlschranks stehe und das Nichts darin anstarre. Was mache ich ihm morgen zum Frühstück? Ein solcher Körper braucht Proteine. Ein Wikinger-Festmahl, Krüge mit Bier, ein knisterndes Feuer. Eine um seine Hüften gewickelte Tierhaut. Mich, die erschöpft in seiner Armbeuge liegt und immer noch mehr will.

Ich fülle meinen Mund mit Wein und schließe den Kühlschrank.

»Ein Sextraum«, bohrt Tom weiter.

Ich pruste den Mundvoll Wein gegen die Kühlschranktür. Meine überfällige Telefonrechnung ist jetzt ein Aquarell.

»Ja, also, der Typ holt mich raus in die Einfahrt. Er beteuert, wie leid ihm das mit Loretta tut, bla bla bla. Er redete, als hätte er sie gekannt. Obwohl er mit mir flirtete, weiß ich, dass es kein Sextraum ist, der Kerl ist nämlich noch angezogen. Er quatscht mich voll, von wegen wie schlimm das Cottage aussieht. Dann wird mir klar, dass er ein Bauunternehmer ist.«

»Douglas Franzo von der Shapley Group, stimmt's?«

»Genau.« Jamie hat Tom wahrscheinlich schon tausend Mal damit zugetextet. Scheiß Douglas Franzo! Der Sohn des Geschäftsführers! Wichtig! Reich! Mächtig! »Also bitte ich ihn zu gehen.«

»Laut deinem Bruder«, sagt Tom mit einem Stöhnen, weil er dabei ist, das klemmende Fenster wieder herunterzuziehen, »bist du in die Luft gegangen, und er hat das schriftliche Angebot zerrissen. Dann bist du seinem Auto bis zur Ecke Simons Street nachgejagt, barfuß und nur mit einem Morgenmantel bekleidet.«

»Klar, dieses Detail hast du dir gemerkt, was?« Ich versuche es mit meinem Spezialblick für Alphas, aber diesmal sieht er nicht weg. Ich schaue hinab in mein Weinglas. »Du weißt, dass ich es hasse, wenn du unsere Versionen vergleichst. Warum fragst du mich überhaupt, wenn du sowieso schon weißt, wie es war? Jamie kam mit seinen Schweißbändern um die Ecke gejoggt, bellte: ›Was zum Teufel‹, und der Rest ist Geschichte.«

Ich hoffe, mein Zwillingsbruder hat den weiteren Verlauf der Sache nicht auch noch erzählt. Dass nämlich in dieser Küche hier der Dritte Weltkrieg tobte. Nachdem er irgendwann gegangen war, um mich nicht eigenhändig zu erwürgen, kniete ich erst mal ziemlich lange auf dem Boden und sammelte die Scherben des Royal-Albert-Porzellans auf, das wir zerschmettert hatten. Wir hatten uns gegenseitig damit beworfen, Teller für Teller.

Noch etwas Schönes, das die Barrett-Zwillinge nicht verdient hatten. *Für wen hältst du dich eigentlich?*

Tom ermahnt mich mit einem Blick, nicht motzig zu werden, während er mit der Stiefelspitze gegen die Fußleisten tippt. Was immer er berührt, wackelt und lockert sich. »Ich glaube nicht alles, was dein Bruder mir über dich erzählt. Es klingt eigentlich immer ausgedacht.«

»Dann stellst du fest, dass es doch stimmt, und wieder einmal werden deine Illusionen zerstört.«

»Na ja, was heißt Illusionen. Ich kenne dich schon ziemlich lang.«

Mein drittes Glas Wein leere ich auf ex. »Jamie ist auf allen vieren in der Einfahrt herumgekrochen, um die Schnipsel des Angebots aufzusammeln. Er hat es wieder zusammengeklebt. Ist das zu fassen?«

»Ja. Da war sicher ein Dollarzeichen, das ihn motiviert hat.«

»Er hat einen Termin mit dem Typ gemacht und alles versucht. Fehlte nur noch, dass er ihm einen Obstkorb schickt. Aber ich hatte es ein für alle Male verbockt.«

»Wie ich dich kenne, bereust du es nicht«, sagt Tom. Sein Gesicht nimmt einen sorgenvollen Ausdruck an. Ich lehne mich an den kaputten Ofen und sehe ihm zu, wie er sich durch den Raum bewegt. Wonach sucht er? Nach irgendwas, das noch zu retten ist? »Wie sieht dein Plan nach dem Verkauf aus?«

»Ich steige in den erstbesten Flieger.« Als er mich zweifelnd ansieht, zucke ich mit den Schultern. »Ich meine es ernst. Vielleicht buche ich einfach irgendein Schnäppchen, fliege irgendwohin, wo es warm ist und man kein Visum braucht. Und was ist dein nächstes Reiseziel?« *Flitterwochen* bringe ich nicht über die Lippen, das würde sich bei mir wie ein Rülpsen anhören. Ich stelle mir Tom und Megan am Strand vor. Dann schneide ich Megan aus dem Bild raus.

»Ich finde was Billiges und mache was Schönes draus. Das ist immer mein nächstes Ziel.«

»Denk doch nicht ständig an die Arbeit! Achte darauf, dass es im Hotel einen tollen Pool gibt«, presse ich durch die Zähne. Als Teenager saß ich immer am Rand und zählte seine Runden. Hypnotisiert von seinem rhythmischen Keuchen nach Luft kam ich ganz durcheinander. Ich brauchte ein paar Jahre, um zu kapieren, dass mein Kribbeln im Bauch daher rührte, dass der Anblick hoffnungslos erotisch war.

»Du schwimmst doch noch, oder?«

Reflexartig rollt er mit den Schultern. »Ich habe keine Zeit. Schon seit bestimmt zwei Jahren nicht mehr. Wo ziehst du danach hin? Mietest du was?« Er runzelt die Nase. »Tu mir einen Gefallen, such dir eine hübsche Wohnung.«

»Ich weiß nicht. Ich hatte mich gerade erst daran gewöhnt, eine Postadresse zu besitzen. Wahrscheinlich lagere ich mein Zeug ein und wohne im Strandhaus, wenn ich zurück bin.« Ich hoffe, das klingt nicht wie »Ich reise für immer durch die Welt wie ein großes verwöhntes Baby, und ansonsten wohne ich bei meinen Eltern und frühstücke im Bett«.

»Ich habe ihre hintere Terrasse umgebaut. Sie war zu klein.« Typisch Tom, immer bereit, sich für die Barretts abzurackern. »Ich bin sicher, dass sie in diesem Moment dort sitzen und sich im Mondlicht küssen.«

»Igitt. Wahrscheinlich schon.« Zwischen Mom und Dad stimmt die Chemie. Dabei will ich es jetzt mal belassen. »Bist du noch nicht mal im Meer geschwommen, während du da warst?«

»Daran habe gar nicht gedacht«, sagt er und sieht etwas überrascht aus. »Ups.«

»Du gehörst ins Wasser. Nächstes Mal schwimmst du.« Ich gehe zurück ins Wohnzimmer und lasse mich auf die Couch fallen. Patty kommt aus dem Nichts hereingepoltert, lauter als ein T-Rex und mit einem Bleistift zwischen den Zähnen. Ich muss die schweren Fragen stellen, um sie aus dem Weg zu räumen.

»Wo verbringt ihr eure Flitterwochen?« Keine Antwort. Neuer Versuch. »Ich war schon überall. Ich kann euch bei eurem Reiseprogramm helfen.« Er weicht meinem Blick aus, und ich versinke in den Kissen. Wenn ich mich nicht einverstanden erkläre, die Fotos zu machen, kann ich wahrscheinlich froh sein, wenn ich überhaupt eingeladen werde. Ich höre schon Mom, wie sie es mir erklärt. *Ganz klein und intim. Nur im engsten Familien- und Freundeskreis.*

Verdammte Hacke. Das ist es. Ich bin nicht eingeladen, und er weiß nicht, wie er es mir sagen soll.

Tom geht ins Esszimmer und riskiert es, das Licht einzuschalten. Dort ist jetzt mein kleines Fotostudio. Kartons mit Produkten stehen entlang der Wand aufgereiht. »Das machst du also momentan?«

»Jepp.« Ich wühle in meiner Marshmallow-Tüte. Zeit, diese schmerzhafte Leere in mir zu stopfen. Ich drücke bei Lorettas Retro-Stereoanlage auf die Zufallswiedergabe, und The Cure ertönt. Die Leere breitet sich genussvoll aus.

»Kaffeebecher.« Er sagt es voller Zweifel. »Du machst Fotos von Kaffeebechern, damit sie im Internet verkauft werden können? Ich dachte, das hätte Jamie sich ausgedacht.«

»Es ist wahr.« Ich fülle meinen Mund mit weißem Zuckerschaum und kippe etwas Wein hinterher, um alles aufzulösen. »Nicht nur Kaffeebecher. Nicht in den da schauen«, warne ich Tom, als er sich neugierig den Kartons nähert.

»Was ist denn da drin?« Er klappt den Deckel auf. »Aha.«

»Es ist schwieriger, als man denkt, einen fünfundzwanzig Zentimeter großen lila Dildo richtig auszuleuchten.«

»Ich bin sicher, dass es unmöglich ist.« Er ist total schockiert. Es ist echt süß. Aber er kann nicht widerstehen und späht weiter in die Kiste.

»Wühl besser nicht in dem Schmuddelkarton, Tom, sonst brauchst du eine Gehirnbleiche.« Ich habe das starke Gefühl, dass er das will.

Ich würde meine linke Herzkammer dafür geben, zu erfahren, was er von diesem Silikonteil hält. Abstoßend? Interessant? Dem ebenbürtig, was sich in seiner Cargohose befindet? Es ist schwer zu sagen, als er aufblickt. Er ändert seinen Gesichtsausdruck in sittsame Missbilligung.

Gott, so ein braver Junge. Ich grinse wie ein Haifisch. »Manchmal darf ich auch Sachen behalten.« Ich sehe dabei zu, wie sein Blick durch den Raum jagt und von Wänden und Möbelstücken abprallt wie eine große Flipperkugel. Dann erlöse ich ihn. »Ich habe echt viele Kaffeebecher.«

»Kaffeebecher«, sagt er wieder, als wären sie der Ursprung allen Übels in der Welt. »Das passt einfach nicht zu … dir. Du bist eine preisgekrönte Porträtfotografin.«

»Ganz im Gegenteil. Sehnsuchtsvolle Porträts von Sexspielzeug passen heutzutage absolut zu mir.« Ich zucke mit den Achseln, als ich seinen Gesichtsausdruck sehe. »Hey, ich knipse einfach, was sie mir schicken. Ich habe jede einzelne Produktaufnahme im gesamten Internet gemacht.«

Meine Stimme ist an den Rändern vom Alkohol verwackelt, und ich weiß, dass er es hört. »Niemand denkt darüber nach, von wem die Fotos stammen. Die Leute klicken einfach drauf und fügen diesen Dildo ihrem Warenkorb hinzu.«

Ich drücke den Rücken durch, löse den Verschluss meines BHs und sacke ächzend wieder zusammen. Dann befördere ich ihn durch den Armausschnitt hinaus und auf den Haufen zu den anderen. Tom wendet die ganze Zeit den Blick ab.

Aber irgendwie habe ich trotzdem das Gefühl, dass er mich dabei beobachtet.

# 5. Kapitel

Ich kann nicht anders, als erneut den Finger in meine Wunde zu legen.

»Jamie hat gesagt, selbst Loretta hätte mich für verrückt erklärt, weil ich das Angebot dieses Bauunternehmers abgelehnt habe. Vielleicht hätte ich anders reagiert, wenn ich gewusst hätte, dass ich deswegen meinen Bruder verliere.«

Wow. Ich klang absolut normal, als ich das eben laut ausgesprochen habe.

Tom sagt mit so sanfter Stimme, dass ich heulen könnte: »Du hast ihn nicht verloren, DB. Du hast ihn bloß stinksauer gemacht.«

»Ich habe über die Jahre so oft mitbekommen, wie er Leuten den Rücken gekehrt hat. Aber ich hätte nie gedacht, dass es eines Tages mich treffen könnte. Erinnerst du dich noch an diesen Glenn, mit dem er mal zusammengearbeitet hat? Er hat sich von ihm ein Darlehen zurückzahlen lassen, als Glens Frau noch auf der Entbindungsstation lag.«

»Ja. Weil Glenn die Beförderung bekommen hatte, auf die er hingearbeitet hat. Jamie ist so gut zu den Menschen, die ihm am Herzen liegen.«

Ich schnaube verächtlich. »Ach ja? Davon gibt es aber nicht allzu viele, oder?«

»Nur wenn man ihn verärgert, er sich übergangen oder betrogen fühlt, wird er zu …«

»Eis. Er ist Eis. So wie ich.«

»Du bist Feuer«, entgegnet Tom ohne nachzudenken. »Ihr seid absolute Gegensätze.«

Ein weiterer Brocken. Noch eine überraschende Ansicht

über mich. Jeder, der mich heute bei der Arbeit gesehen hat, würde sagen, dass ich eiskalt bin. »Ich wäre lieber Eis.«

»Glaub mir, Eis ist das Schlimmste. Bitte bleib Feuer.« Er macht eine Pause und seufzt. Irgendwas stimmt ihn traurig. »Jedenfalls finde ich nicht, dass du einen Fehler gemacht hast. Oder willst du etwa, dass hier ein Wohnkomplex entsteht? Willst du ihrem letzten Willen zuwiderhandeln?«

»Natürlich nicht. Aber dazu kommt es jetzt sowieso nicht mehr. Ich habe es bei diesem Typ so dermaßen vermasselt, dass er sich einfach eine andere Straße ausgesucht hat. Und sagen wir es mal so: Ich kann jetzt nicht mehr einfach zu den Nachbarn gehen und um eine Tasse Zucker bitten.« Ich trinke einen Schluck Wein. »Aber noch schlimmer war, dass ich als Zwilling eine Entscheidung im Alleingang getroffen habe. Ohne Absprache: eine Todsünde.«

»Du hast ihm ganz schön ans Bein gepinkelt.« Tom weiß genauso gut wie ich, wie mein Bruder funktioniert. Es gibt drei große Knöpfe, die man bei ihm drücken kann: GELD, LOYALITÄT und EFFIZIENZ.

Die mickrigen Reste meiner Herzmedikamente, wann auch immer ich das letzte Mal daran gedacht habe, sie zu nehmen, gehen eine interessante Verbindung mit dem Wein ein. An dieser gegenseitigen Toleranz habe ich hart gearbeitet.

Ich streife meine Stiefel ab. »Ein bisschen besoffen bin ich immer noch von der Tatsache, dass Jamie und ich zu je fünfzig Prozent Eigentümer von irgendwas sind. Ich glaube, das ist noch nie vorgekommen.«

Er geht zur Wand und fängt an, auf den Blasen in der Tapete herumzudrücken. »Natürlich gab es das schon.«

»Komm, jetzt entspann dich mal.« Ich deute auf den Sessel. Er räumt den BH-Haufen weg und setzt sich hin. Er kann so herrlich gehorsam sein. »Jamie hat mir nie von irgendwas die Hälfte gelassen. Selbst wenn Mom uns ein Stück Kuchen gab und wir es uns teilen sollten …«

Tom beendet den Satz für mich. »Dann hat Jamie 60:40 daraus gemacht.«

»Er behauptet, das müsse so sein, weil er größer ist. Deswegen hätte er das größere Stück verdient.« Ich betrachte Tom, wie er dort in diesem Sessel sitzt und wie ein Stück Kuchen aussieht oder ein weiteres wunderschönes Foto, das ich nie machen werde. Das Lampenlicht liebt sein Gesicht. Ich bin langsam echt betrunken, aber ich kann mich nicht zurückhalten. »Von dir habe ich nie etwas abbekommen.«

Ich beobachte, wie er darüber nachdenkt. Er kann es nicht leugnen. Unsere ganze Jugend haben wir an gegenüberliegenden Tischenden verbracht, mein diktatorischer großer Bruder redete und lachte die ganze Zeit, dominierte sämtliche Unterhaltungen. Er sorgte dafür, dass Tom und ich uns nicht näherkamen. »Lass Tom in Ruhe«, war Jamies ständiger Refrain. »Beachte sie nicht.« Hier allein mit ihm zu sitzen, ist völlig neu für mich.

Wir besitzen alle nur einen Teil von Tom Valeska: Jamie, Megan und ich. Seine Mom und meine Eltern. Loretta und Patty. Jeder, der ihm je begegnet ist, will ein Stück von ihm abhaben, denn er ist der tollste Mensch auf Erden. Im Geiste zähle ich all diese Personen auf. Auch seinen Zahnarzt und seinen Hausarzt. Vielleicht gehört er mir nur zu einem Prozent. Das muss reichen. Ich muss ihn teilen.

Der Wein durchspült meine Adern in warmen, kuscheligen Wellen. »Warum musste er als Erster geboren werden? Ich wette, wenn ich seine große Schwester wäre, wäre alles anders.«

»Dein Dad hat immer gescherzt, dass Jamie der Prototyp war.« Toms Augen funkeln belustigt. »Das bedeutet, du bist das Endprodukt.«

»Ziemlich beschissenes Endprodukt, mit lauter Defekten.« Ich klopfe mir auf die Brust, und mein Busen wackelt schamlos.

»Das wollte ich auch noch fragen«, sagt Tom vorsichtig und vermeidet den Augenkontakt, als würde er sich an einen Silberrücken heranschleichen. »Was macht dein kleines Garnröllchen?«

So nennt er mein Herz, seit wir klein waren. Ich weiß schon gar nicht mehr, warum. Dieser Kerl verfügt über so viele Methoden, die Barrett-Zwillinge zu handhaben, es ist wirklich beeindruckend. Sein niedlicher Euphemismus holt mich immer von der Palme runter.

»Meinem Garnröllchen geht es hervorragend. Ich werde ewig leben und dir Kwench auf dein Grab gießen. Ach nee, auf gar keinen Fall will ich das der in die Jahre gekommenen Megan erklären müssen. Hab's mir anders überlegt. Ich sterbe zuerst.«

»Ich mache mir Sorgen um dich.«

»Ich mache mir Sorgen über große, sexy Trottel, die zu viele Fragen stellen und mitten in der Nacht mit mir in einem Haus festsitzen.« Ich strecke die Beine aus, und mein Träger rutscht meine nackte Schulter hinunter. Unwillkürlich frage ich mich, ob mein Brustwarzenpiercing wohl das macht, was es am besten kann: durch meine Kleidung hindurch das Offensichtliche hervorheben. Toms Blick gleitet von mir zu den BHs und dann zur nächtlichen Dunkelheit draußen vor dem Fenster. Offenbar ist ihm gerade klar geworden, dass unsere achtzehn Jahre alte Freundschaft endlich einen längst fälligen Meilenstein erreicht hat.

Wir sind allein.

Ich blicke ihm in die Augen und spüre wieder, wie es in ihm knistert. Alle sehen immer nur einen sanftmütigen Goldschatz. Aber was ich zwischen uns wahrnehme, ist nicht von menschlicher Art. »Du weißt, warum sich das hier so krass anfühlt, oder?«

Quietschend öffnet sich eine Tür, und wir fahren beide zusammen. Wenn irgendjemand in diesem Haus einen Geheimgang hinter einem Bücherregal hätte, wäre das Jamie.

Lorettas Katze Diana kommt herein, die grünen Augen eingeschnappt und verärgert auf Patty gerichtet. Sie ist ein weiteres unserer Erbstücke. Ich hege eine Abneigung gegen sie, aber wieder einmal bewundere ich, wie Tiere angespannte Situationen wie von Zauberhand durchbrechen können.

Ich schnippe mit den Fingern in ihre Richtung, und sie sieht mich an, als wollte sie sagen: *Willst du mich verarschen?* »Ich will ja nicht zynisch sein, aber meinst du, Loretta hatte diese Katze, um ihren Kunden die nötige Mystik vorzugaukeln?«

Tom schüttelt den Kopf. »Sie war keine Betrügerin. Sie glaubte wirklich daran.«

Er hat so ziemlich alles ausprobiert, was Loretta im Angebot hatte. Sie war fasziniert von seiner Handfläche. Wie man sich schon denken kann, hat er eine Wahnsinns-Herzlinie. »Wie eine Klinge, die mitten durch dich gefahren ist«, sagte sie zu ihm mit einer aufschlitzenden Bewegung. »Eine richtig große. Sein Kindergesicht verzog sich vor Überraschung«, als er in seine Hand sah, als suche er nach Blut.

Lorettas Spezialität war Tarot, aber sie bot alles an: Teeblätter, I Ging, Numerologie, Astrologie, Feng Shui. Handlesen, Traumdeutung und Pendeln. Vergangene Leben. Krafttiere. Auren. Als ich als Teenager einmal rüberkam, wurde ich von einem Post-it an der Tür aufgehalten, auf dem »Séance. Bitte nicht stören!« stand.

Ich mache eine Handbewegung, die alles um uns herum einschließt. »Ich weiß. Loretta hatte besondere Fähigkeiten. Da bin ich mir sicher. Aber sie hat sich mit verdammt viel Atmosphäre den Rücken gestärkt.«

Auf der Tapete sind blutrote hyper-reale Hortensien abgebildet. Die Vorhänge sind mit pechschwarzen Perlen gesäumt, in denen das Licht funkelt und zurückgeworfen wird. Der niedrige Couchtisch lässt sich ohne Weiteres verwandeln, indem man ein dickes glitzerndes Tuch darüber wirft, und erst recht, wenn die Kristallkugel darauf steht.

Es ist, als sitze man im Inneren einer Dschinn-Flasche. Wenn das Feuer im Kamin knistert und die rubinfarbenen Lampen brennen, würde man in diesem schönen Zimmer wirklich an alles glauben. In der Luft hängt immer noch schwer dieser Duft nach Zedernholz, Salbei, Sandelholz, vermischt mit dem schwachen, aber verräterischen Aroma von Cannabis. In diesem Raum vermisse ich Loretta am wenigsten.

»Dieser Kamin gehört zu meinen fünf liebsten Dingen auf der Welt.« Ich deute mit dem Kinn darauf. »Ich kann gar nicht erwarten, dass er erkaltet und ich ihn wieder anmachen kann.« Im Geiste zähle ich die Seiten im Kalender. »Ach, Mist.«

Tom verschränkt seine Finger und lehnt sich nach vorn. »Wir können ihn ja noch mal anmachen, bevor …«

Ich nicke und versuche, die Traurigkeit runterzuschlucken. »Das wäre toll. Ich schätze, ich habe noch nicht richtig darüber nachgedacht, wovon ich mich demnächst verabschieden muss.«

Mit einem abschätzigen Naserümpfen springt Diana auf die Lehne von Toms Sessel, und Patty bebt vor Empörung. Diese lieben kleinen Puffer.

»Ich habe Jamie angefleht, sie zu nehmen.« Ich mache noch eine Tüte Marshmallows auf, weil die Leere wächst. »Jeder böse Overlord braucht eine flauschige Katze zum Streicheln.«

Tom bietet ihr seine Hand an, und sie reibt grob ihre weiße Wange an seinen Knöcheln, bevor sie mich arrogant aus giftgrünen Augen ansieht. Ich muss zugeben, dass ich das ebenfalls gern bei ihm machen würde. Er gähnt und sackt leicht zusammen, ohne sich bewusst zu sein, dass sich meine Schrauben von Sekunde zu Sekunde weiter lockern. Dann fällt mir was ein.

»Also, Jamies Zimmer ist ein Problem.«

Sofort packt er die Gelegenheit beim Schopf, sich umzudrehen und rüberzugehen. Weg von mir. Ich vermute mal, dass ihm mein Starren auf die Nerven geht. Ich rufe ihm hinterher: »Es ist nicht meine Schuld. Ich wusste nicht, dass du kommst.«

»Die Kisten stapeln sich ja bis unter die Decke«, ruft er vom Flur aus. »Darcy, ist das dein Ernst?«

»Ich habe sonst keine Lagermöglichkeit, und Jamie kommt einfach nicht, um sein Zeug zu holen. Also habe ich es bis oben hin vollgestopft.« Als er wieder auftaucht, bin ich gerade wieder dabei, Wein in mein Glas zu füllen. Er beschlagnahmt die Flasche, baut sich vor mir auf und hält sie ans Licht, um den Pegel zu überprüfen.

»Das ist genug für heute.« Er zerzaust mit den Fingern mein Haar, um seinen Tadel abzuschwächen. »Ich kann mich nicht daran gewöhnen. Es ist einfach so kurz.«

Er hat immer noch nicht gesagt, dass es gut aussieht. Ich werde ihn nicht danach fragen, denn er kann nicht lügen. Megan hat eine wunderschöne glänzende dunkle Mähne. Selbst ich würde gern ihr Haar berühren.

»Ich sehe aus wie ein Mitglied einer koreanischen Boygroup, aber das ist mir egal. Jetzt kann ich den Wind in meinem Nacken spüren.« Ich recke mich seinen Fingerspitzen entgegen, als er sie wegnimmt, und hoffe, dass er es nicht merkt. Körperliche Berührung ist etwas, das ich momentan mehr brauche als Sonnenlicht, auch wenn das einfach nur peinlich ist. Ein Hologramm von Vince erscheint vor meinen Augen, und ich blinzele, bis es verschwindet.

»Ich persönlich wusste noch nicht mal, dass du einen Nacken hast. Was ist denn mit deinem Zopf passiert, nachdem er abgeschnitten wurde? Doch nicht im Mülleimer gelandet?« Der Gedanke entsetzt ihn.

»Ich habe ihn gespendet. Irgendjemand da draußen läuft jetzt mit einer hellblonden Echthaarperücke herum. Und, sehe ich wie Jamie aus?«

Er lacht, und im Raum wird es heller. Wortwörtlich. Alle Lampen lodern auf. Stromschwankungen – oder Loretta, die uns hinterherspioniert? Ich weiß, auf welche der zwei Varianten ich mein Geld setzen würde. »Was hat denn dein Bruder gesagt, als er es gesehen hat?«

»Dass ich wie eine Möchtegern-Gothic-Jeanne-d'Arc aussehe und dass ich meine einzig positive Eigenschaft abgeschnitten habe. Ist mir egal. Mir gefällt's.«

Er stellt Flasche sowie Glas außer Reichweite. Dann nimmt er die Tüte mit den Marshmallows, die ich die ganze Zeit umklammere, und legt sie ebenfalls weg, auf den Kaminsims. »Du siehst ganz anders aus.«

»Ist das ein Kompliment oder eine Beleidigung? Mein Bruder ist schön, wie du weißt.«

Er schüttelt amüsiert den Kopf, sagt aber immer noch nichts. In dem Gewässer fische ich schon seit vielen Jahren. Er kommt näher, und leicht wie eine Feder greift er nach meinem Handgelenk und berührt sanft den Abdruck dort.

»Das ist nicht in Ordnung. Ich werde …« Er verkneift sich den Rest des Satzes, und die Sehnen an seinem Hals spannen sich an. Seine Hände ballen sich neben seinem Körper zu Fäusten. Ich weiß, was er tun wird. Er braucht es nicht auszusprechen. Ich spüre es.

Gerade habe ich beschlossen, nach seinen Händen zu greifen und seine Fäuste zu lösen, als er beschließt, sich an den einzigen Ort zurückzuziehen, an den ich ihm hier nicht folgen kann.

»Ich gehe duschen«, sagt er und verlässt das Haus, um kurz darauf mit einem riesigen Koffer zurückzukehren.

»Was ist denn das? Hast du vor, ins Ausland zu fliegen?«

»Ha, ha«, entgegnet er trocken. Er tut sich nicht so leicht mit dem Fliegen. Die Vorstellung, wie er sich in einen winzigen Flugzeugsitz zwängt und nervös an den Armlehnen festklammert, ist merkwürdig. Und süß. Und macht mich traurig. Wein kann manchmal diese Wirkung haben. Und The Cure tun ihr Übriges.

Ich lehne mich zurück und schlage die Beine übereinander. »Also, die Dusche hat ein Eigenleben entwickelt. Soll ich mit reinkommen und es dir zeigen?« Ich sage es ohne jeden Unterton, trotzdem kann ich sehen, wie seine Wangen eine rötlich-goldene Färbung annehmen, als er den Reißverschluss seines Koffers öffnet.

»Nein danke.« Er holt einen Pyjama hervor und einen schwarzen Kulturbeutel.

»Ach, Moment«, ich springe auf und renne durch den Flur, Patty dicht hinter mir. »Ich sehe lieber mal nach …«

»Darce, entspann dich«, sagt er hinter mir, während ich Unterwäsche von den Haufen am Fußboden aufklaube. »Wir haben uns früher praktisch ein Bad geteilt.« Und dass er mit einer Frau zusammenlebt, braucht er nicht zu erwähnen. Er hat schon alles gesehen.

Der Raum schrumpft auf die Hälfte zusammen. Ich rühre mich nicht vom Fleck.

»Du musst dann wohl rausgehen.« Seine Hand geht zum Saum seines T-Shirts. Dann greift er danach. Alles zieht sich straff. Ein paar Zentimeter Bauch werden sichtbar, und sie haben die Farbe von Karamell. Ich beschwöre mich selbst. *Augen nach oben, DB.*

Seine Knöchel laufen schon weiß an. »Los. Raus mit dir.«

Keine Ahnung, ob er mit mir oder mit Patty redet. Ich bete zur heiligen Megan, mir Kraft zu geben. Er schiebt mich hinaus. »Handtücher da, wo sie immer sind?«

»Ja«, sage ich und nehme beschämt zur Kenntnis, dass er hörbar die Tür verriegelt hat. Wie peinlich. Wie vernünftig. »Tut mir leid, dass ich mich so bescheuert verhalte.«

»Schon okay.« Auf der anderen Seite der Tür zieht Tom sich gerade nackt aus. *Na los, Maison de Destin. Lass deine Wände fallen.* »Du vergisst, dass ich dich schon lange kenne.«

»Und ich habe mich die ganze Zeit dir gegenüber so bescheuert verhalten.«

»Ja.« Es ertönt ein Knall, ein Krachen, und er jault auf. »Diese Rohre.« Ich höre den Duschvorhang rascheln, während ich an der Wand hinunterrutsche. Patty scheint plötzlich eine Zwillingsschwester zu haben. Wenn Tom geht, behalte ich eine von den beiden.

»Dieser verdammte Glückspilz von einem Abfluss.« Der Wein hat mir die Beine weggehauen, und ich sollte mir vielleicht Sorgen machen. So viel habe ich nicht getrunken. Sterbe ich gerade? Mein Herz fühlt sich stabil an, schlägt tapfer immer weiter. Ich schaue in die beiden kleinen Gesichter neben mir. »Hey, ihr beiden Pattys, diese Dusche weiß gar nicht, was sie gerade für ein Glück hat.«

Fassen wir noch mal zusammen, wo dieser Abend hingeführt hat:

Tom Valeska hält soeben sein makelloses Gesicht unter den Strahl meiner Dusche, Seife rinnt an seinem Körper hinunter, das Wasser läuft über seine goldene Haut, tropft von den Muskeln. Ich habe ihn bestimmt schon zehn Milliarden Mal aus einem Schwimmbecken steigen sehen, deshalb glaube ich zu wissen, wie er jetzt gerade aussieht. Fast.

Ich ziehe den Stoff meines Tops hoch und tupfe mir damit den Glanz von Gesicht und Nacken.

Er hat endlos lange Beine und einen prallen Hintern. Hüften, auf die man auf der Stelle draufsteigen will. Und diese Schultern, über die jetzt das Wasser fließt … Die Dusche ist aus, und jetzt legt sich vermutlich gerade eins von Lorettas Handtüchern um seine Taille. Diese Handtücher reichen kaum, um mich darin einzuwickeln.

Ich habe Bilder im Kopf, die zusammen mit den Dildos in jener Kiste weggesperrt werden sollten.

Vermutlich ist nichts von all dem heute Abend wirklich passiert. Ich muss auf der Couch eingeschlafen sein und einen von Fieberwahn und Dehydrierung hervorgerufenen Sextraum haben. Aber wenn das ein Traum wäre, würde diese Tür ein Stück offen stehen und Dampf würde sich zu mir herausschlängeln. Wenn Tom mich jetzt bitten würde reinzukommen, würde ich die Bolzen mit den Zähnen aus den Angeln ziehen und sie auf den Boden spucken.

Eins kann ich mit absoluter Sicherheit sagen: Kein Mann hat in mir je zuvor den Wunsch geweckt, eine angelaufene Badezimmerfliese abzulecken. »Megan, Megan«, flüstere ich für mich und habe eisig weiße Diamanten vor Augen, während ich mich zum Stehen hochrappele.

In meinem Zimmer rubbele ich mir die Augen mit Reinigungstüchern sauber und ziehe mir meine Schlafklamotten an: Leggings und ein altes Band-T-Shirt. Meine Zähne lasse ich heute vor sich hin gammeln. Als Tom mit einem anderen hautengen T-Shirt und Jogginghose in der Tür erscheint, beginne ich wieder, an der Realität zu zweifeln.

»Hast du nicht was vergessen?« Er deutet mit dem Daumen nach nebenan. »Dieses Zimmer.« Sein Kiefer spannt sich an, und er unterdrückt ein Gähnen. Meine Gastfreundschaft lässt sehr zu wünschen übrig. »Wo willst du mich denn haben?«

»In meinem Bett. Also, nicht mit mir! Ich schlafe heute Nacht auf der Couch.« Ich schiele zu meiner Nachttischschublade. »Warte kurz, ich muss nur noch schnell das Zimmer umkrempeln.«

Er lacht, als hätte er mich durchschaut. »Ich nehme die Couch.«

»Die ist zu klein für dich. Hier.« Ich ziehe die Bettdecke weg, fasse ihn am Handgelenk und werfe ihn aufs Bett. Es ist verstörend leicht. Müsste er nicht schwer zu bewegen und niederzuwerfen sein? Vielleicht habe ich Superkräfte. Vielleicht ist er leicht wie eine Feder.

Oder, was am realistischsten ist, er ist erschöpft. Trotzdem wirft er mir einen Blick zu, der die Innenseiten meiner

Oberschenkel zum Beben bringt. Und als er die Decke hochzieht, kommt sie tief auf seinen Hüften zum Liegen. Er sieht aus wie ein schöner großer Wikinger, daran kann nicht mal die Tapete mit den bonbonfarbenen Streifen etwas ändern. »Das sollte ich nicht.« Er lehnt sich an das Kopfende und wirft einen Seitenblick auf meinen Nachttisch. Allzu große Sorgen mache ich mir nicht. Seine moralische Richtschnur ist aus Stahlseil. Meine dagegen weniger. Ich muss raus aus diesem Zimmer. Aus diesem Land.

»Jamie würde mich umbringen, wenn ich dich auf der Couch oder dem Fußboden schlafen lasse. Betrachte mich als die Gastgeberin mit dem gewissen Etwas.«

Ich klinge unglaublich betrunken. Komisch, eigentlich fühle ich mich inzwischen wieder ziemlich nüchtern. Ich durchwühle die große Holztruhe am Fußende des Bettes auf der Suche nach einem Quilt. Die Matratze gibt ein unbehagliches Quietschen von sich. Der Laut scheint direkt aus seiner Seele zu kommen.

»Was?«, frage ich. »In meinem Bett zu schlafen heißt ja nicht, dass du Megan betrügst. Und die Laken sind frisch, also denk gar nicht erst darüber nach.« Aus dem Augenwinkel sehe ich, wie Tom auf jene Hälfte der Matratze blickt, auf der sonst Vincent mit weit aufgerissenem Mund seinen Schrecken verbreitet.

Während ich mir ein Kissen schnappe, vermeide ich geflissentlich, in seine Richtung zu schauen. Ich muss nicht hinsehen, um zu wissen, dass Tom in mein Doppelbett passt wie ein Traum. Einer von diesen Träumen, nach denen man schmutzige Dinge mit sich selbst tut.

»Na dann, gute Nacht«, ich ziehe mich rückwärts in den Flur zurück, stoße mir überall die Ellbogen und falle auf die Couch.

Dort rolle ich mich in die Decke ein, weil ich weiß, dass es morgen früh in diesem Zimmer eisig sein wird. Und dann beschließe ich, mich selbst ein wenig herauszufordern. Ich setze mir ein Ziel.

Kein besonders ehrgeiziges Ziel. Nichts, wofür ich den Mut aufbringen müsste, meine Fingernägel von der Kante dieser Couch zu lösen und wieder durch den Flur zurückzugehen. Denn so mutig bin ich nicht. Weshalb direkter Körperkontakt, schweißtreibende Beschäftigungen und das Gefühl von Haut an Haut leider nicht im Bereich des Möglichen liegen.

Nicht jetzt, nicht in Zukunft, nicht mit Tom.

Aber das ändert nichts an meinem neuen Ziel: Ein Prozent von Tom Valeskas Herz zu besitzen, kam mir einst vor wie der Jackpot, aber ich glaube, ich habe mich geirrt. Es reicht mir nicht mehr.

Ich werde ihn zu zwei Prozent mein machen.

# 6. Kapitel

Ich habe letzte Nacht nicht viel geschlafen, weil ich die ganze Zeit darüber nachdenken musste, wie Tom mir einmal vor langer Zeit genau gesagt hat, was er empfindet, und ich es nicht kapiert habe. Damals, als ich möglicherweise bei einhundert Prozent war, ohne es zu wissen.

Ich war achtzehn und gerade dabei, mir schwarze Plateauschuhe über die Netzstrümpfe zu ziehen, um mit üblen Leuten abzuhängen, als ich Tom entdeckte, der am Türrahmen lehnte. Er bat mich, nicht auszugehen. Dass er mit diesen schwarz gekleideten Typen und damit, dass ich die ganze Nacht wegblieb, nicht einverstanden war, war kein Geheimnis. Daher hielt ich seine Bitte für den typischen Valeska-Schneeverwehungen-Modus. Der Versuch, mich aus der Gefahrenzone zu zerren.

Auf meine sorglose Art erwiderte ich: »Warum? Warum sollte ich nicht gehen?«

*»Weil ich dich liebe«, erklärte er mit fester, nüchterner Stimme.*

»Ich weiß«, entgegnete ich, ohne auch nur eine Sekunde darüber nachzudenken. Schließlich hatte ich es schon immer gespürt. Natürlich. Wie oft hatte er mich schon gerettet? Ich hätte total beschränkt sein müssen, um das nicht zu merken. Bis heute weiß ich, dass er mich liebt, auf jene alte Teil-der-Familie-Art.

Wie sich herausstellte, war »Ich weiß« nicht die richtige Antwort.

Er stand da wie ein begossener Pudel, und dann ging er. Ohne sich umzudrehen marschierte er zur Tür hinaus, die

Treppe runter und durch das Tor. Er blieb noch nicht einmal stehen, als ich ihm über die Straße nachlief. Sobald er sein eigenes Haus erreicht hatte, schlug er mir die Tür vor der Nase zu.

Das war das erste Mal, dass ich ein Angebot abgeschmettert hatte, das man nur einmal im Leben bekommt.

Ich versetzte meine Freunde und ging stattdessen zu Loretta. Als ich ihr erzählte, was passiert war, sagte sie: »Das hatte ich kommen sehen.« Aber, okay. Was sollte man von einer Wahrsagerin auch anderes erwarten? Als ich ihr das sagte, schüttelte sie den Kopf. So hatte sie es nicht gemeint.

»Dieser Junge würde eine Kugel für dich abfangen.«

Wir saßen draußen und teilten uns einen Joint, und es war total aufregend. »Erzähl das bloß nicht deinem Vater! Wie konnte ich nur so einen Spießer zur Welt bringen? Es wächst in der Erde, Himmel Herrgott.« Sie erzählte mir von ihrem ersten Ehemann, lange bevor sie Grandpa kennengelernt hatte. Ich hatte gar nicht gewusst, dass sie zweimal verheiratet gewesen war, und war völlig baff.

»Ich war noch ein Kind«, hatte sie während eines tiefen Zugs mit zusammengekniffenen Augen gemurmelt. »Vielleicht hätte ich ihm zehn Jahre später begegnen müssen ... Es war ein schrecklicher Fehler. Ich habe ihm sehr wehgetan, weil ich zu jung und unreif war, um ihn richtig zu lieben. Ich bereue es bis heute. Mein Ratschlag: Werde erst mal erwachsen, lebe dein Leben. Besondere Menschen wie Tom verdienen es nicht, verletzt zu werden.«

Ich lachte und sagte, es ginge ja nicht ums Heiraten. Nur darum, dass Tom und ich uns vielleicht mal versuchsweise küssen würden.

Loretta fand das gar nicht lustig. »Glaubst du das wirklich?« Als handele es sich um einen Notfall, kaufte sie mir mein erstes Flugticket und gab mir etwas Geld. Ein paar Tage später fuhr sie mich im Schutz der Dunkelheit zum Flughafen. Sie besänftigte meine entsetzten Eltern sowie meinen Bruder, und ich warf meine erste Münze in den Trevi-Brunnen in Rom.

Was ich mir wünschte, als ich die Münzen warf? Dass Tom durch meine Unbekümmertheit nicht allzu verletzt war.

Langsam dämmere ich auf der Couch hinüber, den Quilt übers Gesicht gezogen. Ich sehe mich die mit Teppich ausgelegte Brücke vom Gate in ein Flugzeug entlanggehen. Den Teil liebe ich am meisten.

Wenn ich das reale Leben hinter mir lasse.

»Lebst du noch?« Über mir ertönt eine Stimme. Mit einem prustenden Geräusch wache ich auf, werfe die Decke von mir und öffne die Augen. »Autsch.« In Toms Stimme schwingt Mitgefühl mit, ich muss also ziemlich schlimm aussehen. Er stellt einen Coffee to go auf den Couchtisch. Und dann eine Styroporbox, in der sich offenbar Essen befindet.

Ich versuche, mit meinem abgestorbenen Mund zu sprechen. »Habe ich schon erwähnt, dass du der tollste Mensch auf der Welt bist?«

»Ein paarmal. Waffeln. Stimmt das noch?« Genauso wie sein Käse-Salat-Lunch hat sich auch mein Katerfrühstück nicht geändert. Ich nicke und stütze mich auf die Ellbogen. Gut, dass er nichts von meiner Reise in die Vergangenheit weiß.

»Wie spät ist es?« Der Kaffee hat die perfekte Temperatur und Süße, sodass ich nach jedem Schluck sofort noch einen trinken muss. Viele schnelle Schlucke hintereinander. Wie ein Kolibri. »Lieber Gott.« Ich lasse die letzten Tropfen in meinen Mund fallen und lecke den inneren Rand ab. »War das gut!«

Schmeckt alles so gut, wenn es aus seinen Händen kommt? Megan, du glückliches Biest. Er könnte die Kruste eines kalten Toasts saftig machen, ich schwöre es. Er nimmt den Deckel seines eigenen Kaffees ab, schüttet ein Bündel Zuckertütchen hinein und reicht ihn mir. Diese Selbstlosigkeit. Diese Gutherzigkeit.

Und ich habe es abgeschmettert. Ich habe alles einfach abgeschmettert.

»Nicht weinen, sind bloß Waffeln«, sagt er lächelnd. »Es ist bald Mittag. Ich muss dir noch ein paar Sachen zeigen, bevor wir Jamie anrufen.« Sein Handy fängt an zu klingeln. »Wenn man vom Teufel spricht.«

Ich nehme das klingelnde Telefon und tippe auf »Lautsprecher«. Selbst mit Tränen in den Augen und reuevoll zugeschnürter Kehle kann ich noch sagen: »Hallo, hier ist die Mikropenis-Beratungsstelle.«

Einen Moment herrscht Stille am anderen Ende, dann erklingt ein tiefes Seufzen, das ich überall erkennen würde. Wahrscheinlich habe ich es schon gehört, bevor ich geboren wurde. Das Weiß seiner Zähne strahlt auf, als Tom grinst, und es fühlt sich wahrscheinlich besser an als ein ganzes Stadion voller lachender Menschen. Er gehört mir zu zwei Prozent. Jetzt steht es fest.

Jamie spricht. »Urkomisch. Sie ist wirklich urkomisch.«

»Fand ich auch«, erwidert Tom.

Ich bleibe in meiner Rolle. »Wie klein ist Ihr Penis, Sir?«

»Ermutige sie nicht auch noch«, befiehlt Jamie, als Tom sich nicht mehr zurückhalten kann und loslacht. »Darcy, wo ist dein Telefon?«

»Damentoilette bei Sully's. Zweite Kabine von hinten.«

»Dann besorg dir gefälligst ein neues, Dumpfbacke.«

»Ich habe noch ein altes im Auto, das kannst du haben.« Tom liefert Lösungen, vor allem, wenn sein Boss Jamie in Hörweite ist.

»Nein, ich glaube, so gefällt es mir viel besser«, sage ich zu ihm. Kaffee, Waffeln, Tom, Patty, die sich an mein Schienbein schmiegt, und mein Bruder nennt mich wieder Dumpfbacke. Tom hat alles in Ordnung gebracht.

Jamie sagt: »Lass mich raten: Sie hat einen derartigen Kater, dass sie mehr tot ist als lebendig.«

»Also …«, sagt Tom, weil er keinen Lügenmodus hat.

Bei mir ist der Lügenmodus auf Autopilot. »Ich bin gerade erst von einem Spaziergang zurückgekommen.«

Mein Bruder lacht nur als Antwort, ein bisschen zu lang. »Ja, klar. Und du stehst Tom bitte nicht im Weg herum, wenn er mit dem Haus anfängt.«

»Keine Sorge, ich bin weg, bevor er überhaupt seinen Werkzeugkasten öffnet.«

»Ja, genau.« Jamies Stimme trieft vor Sarkasmus. »Sich immer schön aus der Affäre ziehen, bevor es zu anstrengend wird. Und der arme Tom muss alles allein machen.«

»Der arme Tom ist hier, um einen Job zu erledigen und bezahlt zu werden«, ruft Tom meinem Bruder ins Gedächtnis.

Ich öffne den Deckel der Box, und darin befinden sich zwei perfekte Waffeln. »Hey, ich muss alles im Haus zusammenpacken. Das ist ziemlich anstrengend.« Ich tunke sie in Sirup und fange an, sie mit den Händen auseinanderzunehmen. Ich stecke Patty ein winziges Stück in den Mund und mir ein riesiges.

»Du wirst Tom schon so lange bezirzen, bis er es macht.«

»Werde ich gar nicht«, rufe ich beleidigt mit vollem Mund und lecke mir die Finger ab. Toms Gesicht über mir ist irgendwas zwischen schmerzverzerrt und amüsiert.

»Wirst du wohl. Jetzt noch schlimmer denn je«, spöttelt Jamie. »Deine Mitleidsbekundungen waren bestimmt kein bisschen überzeugend.«

»Wieso schlimmer denn je? Was meint er damit?« Ich blicke zu Tom auf. Er zuckt mit den Achseln und unterbricht unseren albernen Schlagabtausch.

»Wir haben eine Menge zu tun, bis nächsten Montag die Truppe eintrifft. Darce muss packen, und ich will, dass ihr beiden euch über den Stil einigt.«

»Modern«, sagt Jamie genau im selben Moment, im dem ich »Vintage« sage.

Mit einem Stöhnen lässt Tom sich schwer auf das Ende der

Couch plumpsen. Ich ziehe gerade noch rechtzeitig die Beine weg. Er greift sich an die Nasenwurzel. »Adieu, du schnöde Welt.«

»Es wird alles gut«, versichere ich ihm zwischen zwei Bissen Waffel. »Keine Sorge.« Ich reiße ein Stück ab und stecke es ihm in den Mund.

»Das sagst du so einfach«, entgegnet Jamie. »Du läufst ja auch mit einer Eistüte in irgendeinem Land herum, während Tom und ich die ganze schwere Arbeit erledigen. Was steht eigentlich als Nächstes auf dem Programm bei deinem persönlichen Selbstfindungstrip? Das Piercing und den Extrem-Haarschnitt hast du ja abgehakt. Als Nächstes kommt dann ein Tattoo oder was?«

Ich überhöre die Bemerkung, denn Tom sucht nach dem Piercing. Nase? Ohr? Augenbraue? Fehlanzeige. Jetzt wendet er den Blick ab und geht im Geist die verbleibenden Möglichkeiten durch.

Böse funkele ich das Telefon an. »Und deine schwere Arbeit besteht darin, in deinem Büro rumzuhocken, gelegentlich Toms Anrufe und E-Mails zu beantworten, hier eine Armatur und da ein paar Fliesen im Internet zu bestellen? Das ist schwere Arbeit?«

»Es ist mehr, als du machen wirst«, zischt Jamie zurück. Etwas flammt in mir auf. Ich will dagegenhalten, wie in alten Zeiten. *Herausforderung angenommen!* Aber mein verkatertes Gehirn scharrt auf der Suche nach einer passenden Erwiderung vergeblich im Dreck umher. Ich könnte alles im Haus superschnell zusammenpacken?

»Es versteht sich von selbst, dass ich die schwere Arbeit erledige und ihr mich dafür bezahlt«, schaltet Tom sich ein, wie immer der gelassene Schiri. »Wären fünf Prozent des Verkaufspreises okay für dich, Darce?«

»Mathe ist nicht ihre Stärke«, sagt Jamie, gemein wie er ist, genau im selben Moment, als ich »Klar« sage.

»Du weißt noch nicht mal, wie viel das sein wird«, bohrt Tom nach und gibt Jamie damit unfreiwillig recht. »Weißt du, wie der Markt in der Gegend zurzeit ist?«

Er hält das Handy ein Stück weg und senkt die Stimme. »Pass auf, dass du weißt, wozu du Ja sagst. Das hier ist dein Erbe, Darce. Ich habe Verträge, die ihr beide unterschreiben müsst. Auch wenn wir Freunde sind, muss alles seine Richtigkeit haben. Sobald ihr unterschreibt, seid ihr meine Kunden.«

»Geschäft ist Geschäft«, klingt Jamies Stimme schwach aus dem Lautsprecher. »Das habe ich dir schon immer gesagt.«

Ich hätte auch zu zehn Ja gesagt. Zwanzig. Fünf Prozent seines Herzens. Egal.

»Macht doch nicht so ein Brimborium. Ich vertraue dir. Ich bin sicher, dass es fair ist. Das Einzige, was für mich zählt, ist, dass das Haus restauriert wird.«

»Du musst anfangen, dich mehr ums Geld zu kümmern.« Tom sieht nicht aus, als würde er sich darüber freuen, dass ich blindes Vertrauen in ihn habe. Er sieht aus, als wäre ihm schlecht.

»Hast du das gehört, Tom? Du bist der einzige Mensch auf der Welt, dem Darcy Barrett vertraut!«, sagt Jamie etwas übertrieben und ziemlich eifersüchtig. Ich blicke mit zusammengekniffenen Augen auf das Telefon.

»Er ist der perfekte Mann«, sage ich, nur um Jamie eins reinzuwürgen.

»Du musst aufhören, solche Sachen zu sagen«, erklärt Tom. Er klingt angestrengt. Zu sich selbst sagt er: »Nur kein Stress.«

»Du hast ihr doch alles erzählt, oder?«, sagt Jamie, und eine lange Pause entsteht. Endlos lang. Die Baumwollnähte an Toms Körper quietschen. »Aha, verstehe«, meint Jamie nach einer Weile in bedeutungsschwangerem Tonfall. »Ja, ich glaube, ich weiß, warum du es so angehst. Sehr schlau.«

Zum ersten Mal beschleichen mich Zweifel. Tom weicht meinem Blick aus. »Was zum Teufel führt ihr zwei im Schilde?«

»Nichts«, sagt Tom mit einem schweren Seufzer. »Also, das hier führt ja zu nichts. Ich lasse jemanden kommen, der sich das Fundament ansieht. Und ihr solltet euch wirklich bis Mittwoch über den Stil einigen. Ich muss Material bestellen.«

»Lass es einfach genauso aussehen wie vorher, nur in neu«, verkünde ich mit einem Nicken. Fall erledigt.

»Lass es aussehen wie meine Wohnung«, ordnet Jamie an. »Arrangiere dich einfach mit ihr, bis sie geht, dann machst du dein Renovierungsprogramm. Wie das Haus, das du letztes Jahr gemacht hast, mit der schicken grauen Feature-Wand. Mach, was sich verkauft.«

»Graue Feature-Wand? Loretta lacht gerade, bis ihr die Tränen kommen.« Ich werfe einen Blick auf die schöne Tapete. Ich dachte, ich könnte Tom vertrauen, dass er diesem Haus gerecht wird. »Du weißt, dass ein altes Cottage wie dieses lächerlich aussehen wird, wenn es auf modern gemacht ist.«

»Wir werden eine wöchentliche Budgetbesprechung abhalten müssen«, fährt Tom beharrlich fort, »Und wenn wir das Grundsätzliche geklärt haben, muss jeder Änderung von euch beiden zugestimmt werden. Ich will bei diesem Job im Zeit- und im Budgetplan bleiben.«

»Ich bin mir sicher, dass du das hinkriegst«, sagt Jamie in absolut zuversichtlichem Tonfall. So habe ich ihn noch nie gehört. »Ich muss zu einem Meeting. Tom, mach es modern.« Er legt auf. Tom wirft das Telefon auf den Couchtisch und lehnt sich zurück. Unter der Decke werden meine Füße von seinem Oberschenkel eingeklemmt.

»Modernes Vintage«, sagt Tom zu sich selbst. »Barrett gegen Barrett. Ich bin nicht sicher, ob ich es diesmal hinkriege. Du weißt, dass ich euch nicht beide glücklich machen kann, oder?«

»Du musst dich nur entscheiden, wen du glücklicher machen willst. Kleiner Hinweis: Das bin ich.« Ich lächele ihn an. Als sich Zweifel in seinem Gesicht abzeichnen, lächele ich noch breiter, noch süßer, ziehe die Nase kraus und lege jedes bisschen *verwöhnte kleine Schwester* hinein, das ich aufbringen kann.

»Natürlich will ich dich glücklich machen«, gibt er widerwillig zu, und ich werde einen Kopf größer. Drei Prozent. Ich fühle mich wie der millionste Kunde eines Kaufhauses.

»Wieso hat Jamie diese merkwürdigen Anspielungen gemacht? Habt ihr ein Geheimnis? Du kannst mir alles erzählen, das weißt du doch.«

Er nimmt mir die leere Styroporbox ab, und ich lecke den Sirup-Behälter aus und trinke den Rest. Nach seinem Gesichtsausdruck zu urteilen, war das ekelhaft.

»Du kriegst noch Diabetes«, sagt er schwach. »Oder dir faulen deine perfekten Zähne weg.«

Perfekt? »Das ist es mir wert.«

»Wenn es um diese Renovierung geht, gibt es keine Geheimnisse. Ich werde ganz offen zu euch beiden sein.«

Sein Blick bleibt an meinem Mund hängen. Ich lecke, und alles ist süß. Alles ist schwer. Er sitzt immer noch auf meinem Fuß, und ich wusste gar nicht, dass das ein Fetisch ist. Aber ist es offenbar. Mit einem Bauchmuskelzittern richte ich mich auf, was ein Fehler war, denn jetzt sind wir dichter beieinander.

»Übernachtest du immer noch auf den Grundstücken, wenn du ein Haus renovierst?«

»Ja, hab meine Campingausrüstung immer dabei.« Er streift sich mit den Handflächen über die Knie, als würde er Schweiß wegwischen. »Hat Jamie nicht gesagt, dass du dich irgendwo hast piercen lassen?«

»Jepp. Und es hat höllisch wehgetan.«

Er fragt mich nicht, wo. Er weigert sich. »Ich dachte, du hättest genug von Nadeln in deinem Leben.«

»Eine brauchte ich noch.« Ich war so lässig damit umgegangen, stellte mir meinen nächsten Herz-Check vor und wie knallhart ich damit aussehen würde. Es tat so weh, als wäre mein ganzer Körper plus meine Seele durchstochen worden, und ich genoss es, denn unter diesen allumfassenden Schmerzen konnte ich nicht über Diamantringe und den Zorn meines Bruders nachdenken.

Außerdem sieht es *heiß* aus. Silber und rosa ist eine verdammt geile Kombination.

Er überlegt, wo es sein könnte, ich weiß es genau. Zeit, Megan wieder hier zu uns ins Zimmer zu holen.

»Wie findet Megan es denn, dass du so oft von zu Hause weg bist? Sie hasst es«, folgere ich ohne Pause.

»Es ist ihr egal«, sagt Tom ohne Verbitterung. »Sie ist daran gewöhnt.«

»Wenn du mir gehören würdest«, sage ich, und die Worte scheinen seine Wirbelsäule hinabzugleiten, denn er setzt sich gerade auf, »würde mir das nicht gefallen. Aber du weißt ja, wie ich bin.«

»Wie bist du denn?« Als ich ihm auf seine Frage einen ungläubigen Blick zuwerfe, fügt er hinzu: »Ehrlich, ich habe keine Ahnung.«

»Bei den meisten Typen ist es mir scheißegal, ob sie tot oder lebendig sind. Aber bei dir …« Ich schaue auf die beiden leeren Kaffeebecher, spüre das Gewicht seiner Gutherzigkeit und will ihm meinerseits die Wahrheit sagen.

Der Gedanke, dass eine Million Menschen seine Freundlichkeit ausnutzen – ich eingeschlossen –, macht mich wahnsinnig.

Ich würde gern zwei Schritte vor ihm laufen, wo immer er geht, und die Welt für ihn ein bisschen ebnen. Wenn er mir gehören und auf einer Baustelle übernachten würde, wäre ich mit ihm im Zelt. Die ganze Nacht, jede Nacht, ob es regnen oder stürmen würde. Ich würde niemals eine andere Frau so nah bei ihm sitzen lassen, wie ich das gerade tue. Megan lässt *diesen Mann* ernsthaft völlig unbeaufsichtigt herumlaufen?

Wenn ich Megan wäre, würde ich mich fertigmachen dafür, dass ich so dicht neben ihm sitze, dass ich den Duft seiner Haut riechen kann. Er riecht nach Geburtstagskerzenwünschen. Ich neige nicht dazu, Besitzansprüche auf Männer zu erheben. Aber bei Tom Valeska? Da habe ich Gefühle, die ich in mir festzurren muss, weil ich kein Recht darauf habe.

Vielleicht ist er ja nicht der einzige wolfsartige Schlittenhund in der Gegend.

Meine Gedanken müssen sich wohl in meinen Augen widerspiegeln, denn er blinzelt und schluckt. Er versucht, die Unterströmung zwischen uns zu ignorieren. Weil er ein Guter ist. Mein Gehirn will nichts anderes in ihm sehen. Aber mein Körper will, dass er mich hochhebt und gegen die Wand presst. Fensterbank. Boden. Bett.

Ich muss die Situation retten.

»Ach, komm schon. Du weißt besser als jeder andere, wie ich bin. Also, erzählst du mir jetzt das Geheimnis?«

»Es wäre keine gute Idee, glaub mir«, sagt er vorsichtig, doch seine Pupillen verraten ihn. Seine Augen sind schwarz wie unter Drogen, und ich weiß, dass er es mir sagen will. Warum sonst hätte er diese kleine Lücke gelassen? Er hat nicht einfach *Nein* gesagt.

Es liegt ihm auf der Zunge. Ich muss es mir nur schnappen. Ich frage mich, ob ich ihn überzeugen kann. »Geht es um das Haus?«

Wie hypnotisiert schüttelt er den Kopf. Seine braunen Augen mag ich am liebsten. In diesem Morgenlicht schimmern sie wie eine Schatzkiste. Gold, Sand, Gräber, Münzen, Reichtümer. Ägyptische Pyramiden, ewiges Leben. Vergoldete Sarkophage. Kleopatras Essgeschirr.

»Geht es um Jamie?« Wieder schüttelt er verneinend den

Kopf. Ich blicke tiefer in diese ahornsüßen Augen und lege alles in diesen Blick, was ich habe. »Du kannst es mir sagen.«

Er scheint sich einen geistigen Klaps zu geben, und seine Stirn runzelt sich. »Jetzt hör endlich auf damit.«

»Womit?«

»Mit dem, was Jamie gesagt hat. Hör auf, mich so lange zu bezirzen, bis ich nachgebe.« Er ist empört. »Du solltest beruflich in Lorettas Fußstapfen treten.«

Tja, würde ich ja gerne. Nur bin ich leider nicht gut genug. Gelegentlich gelingt es mir, Tom für einen kurzen Moment zu hypnotisieren. Aber Jamie kann ihn über heiße Kohlen laufen lassen. Und genau deshalb mache ich mir Sorgen über das Haus. Es ist der Willkür meines Bruders ausgeliefert. Dieser tyrannischen genetischen Kopie von mir. Ein Mann, der noch nie irgendwas mit Kreativität am Hut hatte.

»Und du solltest damit aufhören, irgendwas vor mir zu verbergen. Ich werde am Haus arbeiten.«

Als ich das laut ausspreche, rastet irgendwas in mir ein.

Es ist die perfekte Antwort, die ich Jamie hätte geben sollen. Das übliche feige Schuldgefühl verschwindet wie ein Pickel, den man ausdrückt. Ich werde daran arbeiten, Lorettas Wunsch für dieses Haus wahr werden zu lassen und es vor jedem zu beschützen, der den Zauber des Maison de Destin nicht zu schätzen weiß.

»Ich habe das Gefühl, wenn es überhaupt eine Chance gibt, wieder Jamies Gnade zu finden, wird das Blut, Schweiß und Tränen erfordern. Ich werde mich rehabilitieren müssen.«

»Verschwende nicht zu viel von deinem Blut, deinen Tränen oder deinem Schweiß«, bemerkt Tom nachdenklich. »Sei einfach da, wenn ich Jamie anrufe, weil eine schnelle Entscheidung erforderlich ist. Kannst du solange ausziehen und bei Truly wohnen?«

»Auf keinen Fall. Ich arbeite hier und schlafe in einem Zelt genau wie du. Ich gehöre zu deiner Truppe.«

Er grinst bei dem Gedanken, aber das Grinsen erstirbt schnell. »Geht nicht, sorry.«

»Gibt es dafür einen bestimmten Grund? Kannst du keine kostenlosen Arbeiter gebrauchen?«

»Ich kann mich nicht konzentrieren, wenn du da bist«, sagt er mit absoluter Ehrlichkeit, und in meinem Bauch findet eine kleine Sternenexplosion statt. Sein Augenkontakt ist locker, daher glaube ich, dass nicht mehr hinter dieser Aussage steckt. »Aber es ist dein Haus, also kann ich dich nicht daran hindern. Du könntest bei dem einen oder anderen kleinen Projekt helfen. Den Zaun an der Straße streichen vielleicht.«

»Nein. Ich mache keinen Mädchenkram. Ich benutze Werkzeug.«

»Kein schweres Heben, keine körperliche Arbeit, keine Leitern, keine elektrischen …«, Tom unterbricht sich. Ich wette, er stellt sich mich mit dem Finger in einer Steckdose vor. Diese Vorstellung treibt ihm eine tiefe Falte auf die Stirn. »Ich glaube nicht, dass meine Versicherung das abdeckt. Du bist eine Belastung.«

Mir bleibt der Mund offen stehen, die Kluft öffnet sich tief wie ein Canyon in meiner Brust, und alles rauscht hindurch. Eine Belastung.

»So habe ich das nicht gemeint.« Er ist offenkundig selbst schockiert über das, was er gerade gesagt hat. »Darce, das kam jetzt total falsch rüber.«

»Ja ja, schon gut. Es stimmt ja. Mach, was du willst mit dem Cottage. Es wird sowieso an irgendeinen reichen Jamie-Klon verkauft. Was spielt es da für eine Rolle.« Es ist ein Wunder, dass ich überhaupt noch sprechen kann. Wankend stehe ich auf und stolpere fast über den Couchtisch.

»Es ist dir nicht egal«, protestiert er und folgt mir auf dem Fuß, als ich auf das Bad zusteuere. Ich schlüpfe hinein, schließe die Tür und verriegele sie. »Es ist dir so was von nicht egal, dass es schon verrückt ist. Ich werde hier keine Umbauarbeiten durchführen, mit denen du unglücklich bist.«

»Es ist mir egal. Ich werde schon zehn Millionen Meilen weit weg sein, bevor du die erste Dose Farbe öffnest. Mach einfach, was Jamie will, ohne Belastung.« Zeit, diese Gefühle wie lose Papiere zusammenzuklauben, zu stapeln und zu schreddern.

»Es tut mir so leid.«

Zeit zu gehen, bevor ich etwas tue, das sich nicht rückgängig machen lässt.

»Mach auf, bitte«, sagt Tom und klopft wieder. Hat er denn gar keinen Selbsterhaltungstrieb? »Ich habe es wirklich nicht so gemeint, wie es klang. Natürlich bist du keine Belastung.«

»Du lügst nie.«

»Doch. Jeden Tag.«

Ich sehe mich in dem alten, fleckigen Spiegel an. Ich sehe furchtbar aus. Lila Schatten unter beiden Augen. Varieté-artig rote Wangen. Ich habe Megan immer wenn ich Weihnachten zu Hause war eingehend studiert, und ich bin mir sicher: Sie ist *porenlos*.

»Hau ab«, sage ich, weil ich spüren kann, dass er immer noch da ist. Hierher kann er mir nicht folgen. Ich ziehe meine Klamotten aus und blicke an meinem komischen Körper hinab mit seinen zu großen Gelenken und seiner Waffelwampen-Schwabbeligkeit. Das Piercing an meiner Brustwarze sieht jetzt aus, als würde es zu einem Kostüm gehören.

»Ich könnte die Angeln aufschrauben«, sagt er mit freundlicher Stimme. Ich denke daran, wie ich letzte Nacht wie ein Hund vor dieser Tür auf dem Boden lag.

»Wenn du das machst, wirst du fürs Leben gezeichnet sein. Ich gehe duschen.«

»Zieh dich nicht in dein Schneckenhaus zurück. Es ist doch nicht schlimm, dass dieses Haus dir etwas bedeutet. Und ich will hören, wie du dir das fertige Produkt vorstellst.« Mit verändertem Tonfall sagt er durch die Tür: »DB, bitte zieh dir was an, damit ich dich umarmen und dir sagen kann, dass es mir leidtut.«

»Du hast doch gehört, was dein Boss gesagt hat. Mach es modern.« Meine Stimme klingt noch härter, wenn sie von den Kacheln zurückgeworfen wird. Ich drehe das Wasser auf, und es spritzt und dampft. Dann stehe ich unter dem Strahl, und als ich weine, werden die Tränen weggewaschen. Das perfekte Verbrechen.

Ich stehe an genau derselben Stelle, wo Tom Valeska nackt stand.

Ich werde jetzt damit aufhören, über derartige Sachen nachzudenken.

# 7. Kapitel

Nach dem Mittagessen taucht ein Elektriker auf, kommt rein und betätigt den Lichtschalter neben der Haustür. Es knallt, das Licht flackert, und der Elektriker zieht fluchend die Hand weg. Das Haus ist heute eine Giftschlange. Es will jemandem wehtun.

Auf dieser Tasse steht WELTGRÖSSTES ARSCHLOCH. Es wäre das perfekte Geburtstagsgeschenk für Jamie. Falls wir bis dahin immer noch nicht miteinander reden.

Ich drücke auf den Auslöser, verschiebe die Tasse minimal auf dem kleinen weißen Drehteller, mache noch ein Foto und nehme danach eine 360-Grad-Umdrehung auf. Dann übertrage ich die digitalen Dateien und bezeichne sie mit Seriennummern. Ich hake die Checkliste ab. Wenn ich den Überblick verliere, welche Tasse welche ist, verliere ich den Verstand. Es ist eine langwierige, stinklangweilige, akribische Arbeit.

Wenn ich darüber nachdenke, dass ich mit zwanzig den Rosburgh-Porträt-Preis gewonnen habe, fängt meine Hand an zu zittern, und ich muss die Serie noch einmal machen. Warum musste Tom mir das ins Gedächtnis rufen?

»Weltgrößtes Arschloch. Ich glaube, die brauche ich«, sage ich zu Patty, die auf einem Kissen schläft. »Das ist meine Tasse, da bin ich mir sicher.«

Ich nehme die Tasse in die Hand und sehe zum Fenster hinaus zu Tom, der gerade sehr professionell und kompetent wirkt. Ordentlich und angemessen gekleidet zeigt er auf das Dach, neben ihm ein lahm nickender Handwerker.

Es ging verdammt schnell, dass ich den Verstand verloren habe. Wenn ich mein Handy noch hätte, würde ich mir ein Foto von Megans Verlobungsring ansehen, um mich neu zu kalibrieren. Ich schließe die Augen und kann ihn vor mir sehen: mit Kissenschliff und kälter als Eis. Als könnte sie einen Knopf an der Seite drücken und ein kleines Lichtschwert würde herauskommen.

So was wäre nicht mein Ding. Was ich wollen würde, wäre ein Ring wie Lorettas. Genauer gesagt: Ich will Lorettas Ring, Punkt. Dass sie ihn per Testament Jamie vermacht hat, ist mir unbegreiflich. Sie wusste, dass ich ihn liebe. Sie lieh ihn mir wochenlang aus und sagte: »Ach, meine Süße, steht er dir nicht wunderbar?« War es ihre Art, mich für irgendwas zu bestrafen? Jamie bekam ihn, zusammen mit einer Nachricht, die er mich nie lesen ließ.

Noch auf dem Parkplatz des Anwalts bot ich ihm an, ihm den Ring abzukaufen. Schwerer taktischer Fehler. Seine grauen Augen wechselten zu blau, und sein Mund verzog sich zu einem genüsslichen Lächeln. »Nein«, antwortete er.

Jetzt weiß er, wie sehr ich den Ring haben will. Was dazu führt, dass dieses Schmuckstück jetzt wertvoller als die Mona Lisa für ihn ist. Zum Glück für mich wird niemand so verrückt sein, Jamie zu heiraten.

Die Sonne geht bereits unter, als ich beschließe, erwachsen zu werden und wieder Normalität einkehren zu lassen. Ich treffe Tom allein im Garten hinter dem Haus an, als er gerade etwas in ein Notizbuch schreibt. Seine Zungenspitze schaut zwischen den Zähnen hervor.

»Sieh mal an, du bist ja besonders sorgfältig.«

»Klar.« Er macht mit seinem Handy ein Foto von der Treppe. Es ist mir noch nie aufgefallen, aber sie ist auf eine schöne Art rustikal. Ich trampele die Stufen hinunter und spüre, wie sie wippen.

»Es tut mir so leid …«, beginnt er seine wahrscheinlich eingeübte Rede. Ich bringe ihn mit einer Handbewegung zum Schweigen.

»Schon gut.« Ich nehme ihm das Smartphone ab und sehe mir seine letzte Aufnahme an. »Damit könntest du wahrscheinlich einen Preis gewinnen. Warum habe ich das nicht gesehen? Gibt es irgendwas, was du nicht kannst?« Es ist eigentlich nicht als Witz gemeint.

»Vieles. Warum holst du nicht deine Kamera und machst das? Oder vielleicht könntest du wieder Fotos von Menschen machen.« Er schleicht um die Frage herum, ob ich auf seiner Hochzeit fotografiere, wie die Katze um den heißen Brei. Jetzt zögert er, und ich weiß, dass es gleich kommt. Die Bitte, die ich ihm nicht werde abschlagen können. »Wenn du ein Foto von mir ...«

Ich kann nur noch denken: *Frag bloß nicht*, und unterbreche ihn sofort.

»Ich mache mehr Fotos denn je, und ich werde nie wieder zu Portraitaufnahmen zurückkehren. Tassen beschweren sich nicht. Sie haben keine Nervenzusammenbrüche und ruinieren nicht ihr Mascara. Und sie schreiben keine Online-Rezensionen.«

»Hat das jemand getan?« Mich zu googeln käme ihm niemals in den Sinn.

»Vernichtend«, ist alles, was ich herausbringe. Offenbar verdiene ich jene leeren Schraubenlöcher neben der Haustür voll und ganz.

*Unprofessionell. Unpünktlich. Verkatert – möglicherweise noch betrunken? Abgelenkt. Schlecht präsentiert. Unfreundlich und unhöflich zu den Gästen. Verwackelt. Schlecht gerahmt. Hat mir meine Erinnerungen verdorben. Werde zum Anwalt gehen.*

Tom steckt die Frage, die in der Luft schwebt, klugerweise wieder in die Tasche. Er sollte sich seine Erinnerungen nicht verderben lassen. »Wenn ich das Studio fertig bekommen hätte, würdest du vielleicht immer noch Porträts machen.«

Sein Blick ist auf den alten Schuppen in Lorettas Garten

gerichtet. Das sollte mein Fotostudio werden, und davor war die Idee, Lorettas Tarot-Zimmer daraus zu machen. Es ist eine kleine Hütte, an der im Laufe ihres Daseins viele Pläne hingen, die momentan aber bloß voll mit Mäusedreck und Gartengeräten ist.

»Mach dir deswegen keinen Kopf«, ermahne ich ihn, was aber vermutlich zu spät kommt. »Du hattest extrem viel zu tun. Du bist nicht der Grund für meine berufliche Veränderung.« Ich meine, eigentlich schon, aber das braucht er ja nicht zu wissen. Ich hatte bereits eine lange Talfahrt hinter mir.

»Wenn du mich angerufen hättest, wäre ich gekommen«, sagt er mit einem leichten Vorwurf. »Das weißt du.«

»Keine Sorge. Du bist jetzt hier, wo ich dich am meisten brauche. Wie immer.«

Patty steht am Rand des verschlammten Fischteichs und hebt ein Vorderbein. Ich nehme sie hoch und küsse sie auf ihren kleinen Kuppelkopf. Vom Waschküchenfenster aus macht Diana ein so entsetztes Gesicht, dass sie aussieht wie die Katzenversion von *Der Schrei.*

Ich neige ihren Kopf zu mir herauf. »Patty, du musst aufhören, mit der Gefahr zu spielen.«

»Sagt das Mädchen, das in einem Haus mit brandgefährlichen Stromleitungen wohnt.« Tom gibt mir sein Notizbuch und beginnt, eine Leiter auseinanderzuklappen. »Ich kann nicht glauben, dass Loretta hier gelebt hat. Warum hat sie mich nicht schon vor Jahren renovieren lassen?« Er wird sauer. »Sie hätte hier nicht so leben sollen.«

Ich muss lachen.

»Man konnte ihr die ganze Packerei doch nicht zumuten. Sie sagte, ich zitiere: *Darum kannst du dich dann kümmern.*« Ich blättere die letzten Seiten seiner Notizen durch. Ich hatte seine Handschrift schon fast vergessen: rechteckige Blöcke, flache Linien und eine faszinierende Kurzschrift. Pfeile nach oben und nach unten, Maße, Kostenschätzungen. Seitenweise schlechte Nachrichten.

»Und sie hielt die Probleme für Marotten. Was sie auch sind.«

»Du bist deiner Großmutter so ähnlich, dass es einem Angst macht«, Tom stellt die Leiter an die Hauswand. »Bitte versprich mir, dass du keine Steckdose berührst. Oder mir die Zukunft voraussagst.«

»Ich weiß, wie man mit dem Haus umgehen muss. Schließlich habe ich hier fast mein ganzes Leben verbracht. In Teilzeit, aber trotzdem. Jede einzelne Skisaison war ich hier, schon vergessen?« Mir ist klar, dass ich trotzig klinge. Meine Eltern sind davon besessen, in gefütterten Einteilern im Partnerlook verschneite Hügel runterzurutschen. Ich frage mich, wie das ist.

»Hast du mich damals gehasst?« Er nahm bei diesen Skiausflügen meinen Platz ein. Ich blieb bei Loretta, machte Fotos, bis das Licht weg war, und las Bücher am Kamin, die Hand in einer Bonbonschale. Wunderbar, aber eben keine schwarze Piste.

Ich schüttele den Kopf. »Nein, ich war froh, dass du mitgefahren bist.«

»Froh für mich, weil ich arm war«, sagt Tom im ironischen Ton. Er blickt die Leiter empor und setzt einen Fuß auf die unterste Sprosse. »Froh, dass deine Eltern so unglaublich großzügig waren und mich überallhin mitgenommen haben.«

»Nein, froh für dich, weil es ätzend war, zurückgelassen zu werden, und ich dir das nicht wünsche.«

Ich weiß noch, wie Loretta zu mir sagte: *Jetzt wink ihnen schon zum Abschied, um Himmels willen, sie könnten alle mit dem Flugzeug abstürzen. Du wirst es bereuen, wenn du es nicht tust.* Aussagen dieser Art sind noch verstörender, wenn sie von einer Wahrsagerin gemacht werden. *Lächle und gönne ihnen eine schöne Zeit.*

Mir war nicht ganz klar, wie sie das meinte. Aber ich übersetze mir die Aussage folgendermaßen: *Wer könnte sich schon in deiner Gegenwart entspannen? Du bist eine tickende Zeitbombe.*

»Ich bin froh, dass ihr alle mal Ferien machen konntet von den Sorgen um mich.«

»So war es doch gar nicht«, sagt Tom überrascht. Er beginnt, die Leiter hinaufzuklettern. »Du solltest nicht alles glauben, was deine Großmutter dir erzählt hat.«

Für einen kurzen Augenblick habe ich das Gefühl, dass er es weiß. Dass ich mich Loretta anvertraut habe und sie mich aus der Stadt gejagt hat. Aber das ist unmöglich. Ich habe es keiner Menschenseele erzählt. Seine Augen sind mild, ohne schlechte Erinnerungen, als er zu mir hinuntersieht.

»Wenn ich drinnen irgendwas für dich ein- oder ausschalten soll, sag Bescheid. Ich habe deinen Fön versteckt.«

»Das bedeutet doch bloß, dass du ihn irgendwo hochgelegt hast, wo ich nicht hinsehen kann. Im Verstecken warst du nie besonders gut.« Ich betrachte seinen Hintern, während er weiter hinaufklettert. »Was machst du überhaupt da oben?«

»Ich sehe mir nur mal die Rinne hier hinten an.«

»Ich auch.« Ich grinse verzückt zu ihm hinauf, während er mir einen finsteren Blick zuwirft. »Was denn? Ich interessiere mich eben für den Zustand meines Hauses.«

Ein klapperndes Geräusch ertönt. Tom rüttelt an der Regenrinne, die sich etwa dreißig Zentimeter von der Dachlinie entfernt. Schleimiges Laub platscht auf mich herunter. Patty und ich heulen auf wie Seehunde.

»Blödmann.«

»Du hast es verdient, du Perversline.« Er rüttelt wieder an der Rinne.

»Die ist so schmutzig wie deine Gedanken!«

»Willst du mal diese Leiter hochklettern, während ich unten stehe und dir auf den Hintern glotze? Dann weißt du, wie sich das anfühlt.« Wieder ertappt. Falls er es jedes Mal merkt, wenn ich ihn beobachte, bin ich verloren.

»Ich kann dir nicht das Wasser reichen, Baby.«

»Jedenfalls hast du dich vorhin ganz schön lang in der Dusche verkrochen. Wusste gar nicht, dass der Wasserboiler das schafft.« Toms Hand wandert an seine Gesäßtasche, und er zieht einen Schraubendreher heraus.

»Der Wasserboiler ist eine Blechdose. Am Ende war es eiskalt.« Ich ließ das Wasser einfach kalt werden, mich bis auf die Knochen betäuben und die merkwürdige rastlose Energie in mir auf ein annehmbares Niveau abkühlen. Noch nie musste ich wegen eines Typen eine kalte Dusche nehmen.

Er schaut zum Dach der Nachbarn hinüber, und im Profil sehe ich die Schluckbewegung seiner Kehle. Wahrscheinlich denkt er gerade: *Iih, widerlich.* Darcy Barrett, eine schlotternde, triefende Ratte mit jungenhaften Haaren, die platt am Schädel anliegen.

Er zieht sich etwas höher auf die Dachkante. Ein Geräusch wie das Kratzen auf Dachziegeln ist zu hören, und die Leiter wackelt. Mit einem Satz bin ich zur Stelle und umschlinge die Leiter mit meinem ganzen Körper. »Scheiße! Sei bloß vorsichtig.« Ein weiteres nasses Blatt landet auf meinem Gesicht.

»Alles in Ordnung«, sagt er und steigt die Sprossen wieder hinunter. Er dreht sich nicht um, stattdessen lässt er sich viel Zeit damit, die Leiter herunterzuholen und akribisch zusammenzuklappen. Ich bin froh. So kann ich mein plötzliches Herzstolpern vor ihm verbergen.

»Ich dachte schon, ich muss dich auffangen.« Mit dem Rücken zu ihm gehe ich zum Gartenteich. Das Herz schlägt mir bis zum Hals. Ich schlucke immer wieder, aber es beruhigt sich einfach nicht. Das Blut in meinen Adern fängt an, in die falsche Richtung zu fließen.

Mein Herz sagt: *Huch, hast du dich gerade ein bisschen erschrocken? Klasse, ich mach einfach mal ein Riesending draus.*

Und jetzt pumpen und pumpen wir. Herzrasen, Stop-and-go, alles nimmt seinen Lauf.

Schnell, denk an irgendwas anderes.

Abgesehen vom Zustand meines Herzens, verfallen wir hier gerade in ein ungutes Muster: Ich necke ihn wie immer, er schimpft mit mir, und mir fällt Megan ein. Mein Inneres wird zerquetscht wie eine leere Bierdose. Dann sehe ich ihn wieder an, dieses freudige Gefühl dehnt sich erneut aus, und das Ganze fängt von vorne an.

Ich kenne die Lösung für dieses Problem, und die hat mit einem Taxi zum Flughafen zu tun.

»Ich wette, du würdest mich auffangen. Du würdest dich einfach …« Er streckt dramatisch die Arme gen Himmel. »Plattmachen lassen. Hey.« Ihm ist meine Schweigsamkeit aufgefallen. »Was ist los?«

»Nichts«, sage ich und atme langsam aus. Mein Herz scheint gerade aus meinem Körper herauszuklettern und in meiner Kehle flatternd um sein Leben zu kämpfen.

Toms Hände sind an meinem Körper. »Dein Garnröllchen«, sagt er mit tiefem Mitgefühl. »Oje, es rattert da drinnen herum, oder?«

»Hör auf. Mach kein Drama draus.« Ich weiche zurück, aber er kommt mir nach. »Es wird schon aufhören, wenn ich einfach nicht mehr daran denke. Deine Hände machen es noch schlimmer.«

Er lässt sie fallen, als hätte er sich verbrüht.

Er riecht, wie er schon immer gerochen hat: nach einer ausgeblasenen Geburtstagskerze, scharf und rauchig. Es ist jener Geruch, den man in der Nase hat, wenn man die Augen schließt und sich etwas Unmögliches wünscht und einem das Wasser im Mund zusammenläuft vor Appetit auf etwas Süßes.

»Atme«, redet er mir gut zu, genau wie Jamie es tun würde. Als ich mir einen Blick in sein schönes Gesicht gestatte, erinnert mich der krasse Ausdruck in seinen Augen daran, warum ich als Kind am Flughafen zurückblieb. Ich bedeute Stress. Unsicherheit.

Ich bin eine Belastung.

Um ihn zu beruhigen, täusche ich ein paar tiefe Atemzüge vor. »Keine Sorge. Es ist nichts, was ein paar Wochen am Strand nicht wieder hinbiegen könnten.«

Er löst sich von mir, und eisige Luft füllt die Lücke zwischen uns aus. Ich ziehe mich komplett aus seiner Reichweite zurück, bis sogar der Teich zwischen uns liegt. Währenddessen klopfe ich mir auf die Brust, als würde ich ein Baby Bäuerchen machen lassen. Wenn ich es fest genug mache, spüre ich die einzelnen unregelmäßigen Schläge nicht mehr.

Tom wirkt ein bisschen bemitleidenswert. »Tut mir leid, was ich vorhin gesagt habe. Das weißt du doch, oder? Du bist keine Belastung. Das ist dein Haus, und du hast jedes Recht, daran zu arbeiten.«

Er wendet sich wieder seinen Notizen zu, sieht aber durch sie hindurch. »Ich finde, du solltest besser nicht verreisen. Dir geht es eindeutig nicht gut.«

»So geht es mir schon seit Jahren. Nicht«, warne ich ihn.

Er seufzt schwer und entgegnet dann: »Also, meine Leiter wackelt, und du kannst dich darauf werfen wie auf eine Handgranate. Aber umgekehrt funktioniert das nicht. Du erstarrst zur Salzsäule, und ich soll … was? Es einfach ignorieren?« Dass er mit seiner Geduld am Ende ist, merkt man immer daran, dass er die Hand in die Hüfte stemmt. »Du hast gewisse Regeln, mit denen ich nicht einverstanden bin.«

»Mein ganzes Leben lang wurde Aufhebens um mich gemacht.« Ich hebe die Hand, um nach meinem Zopf zu greifen, und greife ins Leere. Es ist eine gute Gedächtnisstütze. Ich bin jetzt ein neuer Mensch. »Du brauchst dir nur Sorgen um dieses Haus zu machen.«

»Ich mache mir aber Sorgen um dich«, sagt er in einem Tonfall, der sagt: *Schluss mit lustig.* »Sag mir, was wirklich mit dir los ist. Ich habe in meinem ganzen Leben nicht so viele leere Weinflaschen gesehen.« Er deutet mit dem Daumen auf die Wertstofftonne neben dem Haus. »Es geht dir nicht gut.«

»Fang nicht damit an«, setze ich an, aber er bringt mich zum Schweigen.

»Du trinkst, obwohl du genau weißt, dass das nicht gut für dich ist. Deine Medikamente sind so alt, dass sie schon abgelaufen sind, ist dir das überhaupt klar? Du arbeitest irgendwo, wo Kerle dich angrapschen, dir sogar wehtun. Und dir die ganze Nacht hinterherfahren.«

»Das stimmt doch gar nicht …«

»Dein Kühlschrank ist leer. Du machst keine richtigen Fotos«, sagt er in einem Tonfall, als wäre das ein Weltuntergang. »Und du versuchst mich wie immer auf Abstand zu halten, indem du das machst, was du immer machst.«

»Was denn?«

»Du weißt genau, was ich meine. Du nimmst mich auf den Arm.«

»Aha, und wie ist es, von mir auf den Arm genommen zu werden?« Ich muss die ganze Zeit auf seine kurzen gepflegten Fingernägel schauen, die sich an seiner Hüfte in den Baumwollstoff bohren. Ich bin ins Schwitzen geraten. Gerne würde ich mir mit dem Ärmel den Schweiß von der Stirn tupfen, aber das würde er sehen.

»Von Darcy Barrett auf den Arm genommen zu werden?« Er denkt über die Frage nach. »Es klingt, als würde sie Witze machen, aber es fühlt sich an, als würde sie die Wahrheit sagen. Und ich weiß nie, was davon stimmt.«

Puh. Er hat mich echt durchschaut. »Du bist doch ein schlauer Kerl, also wirst du schon noch dahinterkommen.«

Er fährt sich mit der Hand durchs Haar. Dieser Bizeps. Diese Konturen. Er ist ein Kunstwerk. »Siehst du, du machst es schon wieder. Es ist deine Methode, um mich aus dem Konzept zu bringen, damit du mir nicht wirklich eine Antwort geben musst.«

Er dreht sich zum Haus um, als hoffe er auf dessen moralische Unterstützung. Patty folgt dem Ruf, kommt zu ihm gerannt und macht Männchen an seinem Schienbein. Er blickt zu ihr hinunter. »Ich bin nur ein Kauspielzeug, Patty. Tante Darcy hört mich einfach gern quietschen.«

»Wenn ich Megan wäre, würde ich mir eine reinhauen.« Ich balle die Faust und verpasse mir selbst einen leichten Kinnhaken. »Es tut mir wirklich leid. Ich weiß nicht, was immer über mich kommt. Falls es dich irgendwie tröstet, ich mache das bei niemand anderem. Du bist ... ein Sonderfall.«

»Wirklich?« In seinen Augen erscheint ein neuer Glanz, als er meinen Blick erwidert. Unwillkürlich muss ich an Keith denken. Toms Herz ist der Felsen von Gibraltar, aber ich sollte trotzdem keine Risiken eingehen.

»Du solltest dich darüber nicht freuen«, erinnere ich ihn. »Wie gesagt. Sie sollte mir echt eine dafür reinhauen.«

»Es wäre ihr egal.« Es ist dieselbe Formulierung, die er vorhin benutzt hat, als ich wegen seines Zelts gefragt habe. Er versucht mir irgendwas über sie zu sagen, und ich weiß nicht, ob ich es hören will. Ganz offensichtlich ist sie so cool wie ihr schneeweißer Diamant. Sie ist selbstsicher und hat den vertrauenswürdigsten Mann der Welt.

Er bestätigt meine Gedanken. »So ist es bei uns nicht.«

»Keine Geschworenengruppe der Welt würde sie verurteilen.« Anscheinend benutze ich meinen auf-den-Arm-nehmen-Tonfall. Es klingt wie ein Witz, aber ich meine es ernst. »Wenn ich mir einen so schönen Mann wie dich geangelt hätte, würde ich zur Bestie werden. Ich wette, sie ist genauso.«

Er lacht, und es klingt nicht besonders glücklich. »Es ist wohl überflüssig zu erwähnen, dass du bereits eine Bestie bist.« Nach einer Pause sagt er linkisch, »Sie ist ganz anders als du.«

»So viel ist schon mal klar.« Ich streife mit der Hand mein minderwertiges Gesicht und ebensolchen Körper hinauf und wieder hinunter. Tom sieht mich verwirrt an. »Nun ja, ich werde mein Glück nicht herausfordern. Wie gesagt, ich werde jemand anderen zum Quälen finden. Du bist erlöst. Du kannst meinen armen zukünftigen Ehemann bemitleiden.«

Ich denke wieder an Lorettas Ring und lockere die Finger meiner linken Hand.

Er schnaubt ungläubig. Wirklich sehr schmeichelhaft. »Du würdest nie heiraten.«

»Natürlich würde ich das.« Ich bemühe mich, den leichten Stich, den mir sein ungläubiger Ton versetzt hat, zu verbergen. »Warum denn auch nicht? Weil es keiner mit mir aufnimmt?« Ich fahre mir mit beiden Händen durch die Haare und forme sie zu Spitzen. Teufelshörner.

»Ich habe mir das nur nie vorgestellt.« Er seufzt, und sein Körper sackt leicht in sich zusammen, als er zum Haus hinaufsieht, als wäre bei ihm ein Schalter umgelegt worden. Vorsichtig mache ich ein paar Schritte auf ihn zu. Ist er traurig?

Ich kann mir nicht vorstellen, was er heute für schlechte Nachrichten erhalten hat. »Was haben denn der Elektriker und der Installateur gesagt?«

»Was meinst du denn, was die gesagt haben?«

»Dass es der teuerste Job ihrer Karriere wäre. Dass es ein Fall für die Abrissbirne ist.«

»Die meisten Rohre müssen erneuert werden. Oder abgedichtet. Dann neue Fliesen. Neue Stromleitungen. Eigentlich alles. Bis jetzt kann ich nicht eine Sache nennen, die nicht erneuert werden muss.«

»Wird Lorettas Budget dafür reichen?«

Er zögert. Das heißt: *Wahrscheinlich nicht.* »Ich mache euch über alles eine Tabellenkalkulation.«

»Also wird es unaussprechlich teuer. So teuer, dass Formeln und Zellen herangezogen werden müssen. Und ein großer Teil der Kohle wird in Chrom und graue Farbe gesteckt. Jamie wird seinen Willen bekommen. Du weißt, dass es so ist. Er hat dich in der Hand.«

Tom wirft mir einen ironischen Blick zu. »Er ist mir eben haushoch überlegen.«

»Du gehörst zu hundert Prozent ihm.« Ich tippe auf den Nagel seines kleinen Fingers. »Jamie würde mir vielleicht so viel von dir abgeben.«

Er zuckt mit den Achseln. »Er ist jetzt nicht hier. Hiermit schenke ich dir den hier.« Er hebt seine andere Hand, und mir wird klar, dass er seinen anderen kleinen Fingernagel meint. Jetzt habe ich zwei und freue mich wie ein Honigkuchenpferd.

»Ich werde sie hüten wie einen Schatz.« Zusammen gehen wir rein und sammeln unterwegs noch Patty ein.

»Und was kriege ich dafür?«

»Na, mein Herz, meine Seele, das Übliche.«

»Ach, Darce«, seufzt er, als hätte ich nichts gelernt. »Du nimmst mich schon wieder auf den Arm.«

# 8. Kapitel

Unerklärlicherweise wünsche ich mir, Jamie wäre jetzt hier. Der würde reinspazieren und diese unangenehme, sich ausdehnende Stille mit Geschwätz, Witzen und Beleidigungen füllen. Ich habe das Gefühl, dass ich im Schnelldurchlauf die totale Implosion meiner Beziehung zu Tom herbeiführe. Wenn das so ist, habe ich bald noch einen Menschen verloren.

Loretta, meine Eltern, Jamie, Tom, Truly. Wie viele besondere Menschen habe ich dann noch? Ich verspüre den starken Drang, von hier zu verschwinden. Wenn ich zuerst gehe, kann ich nicht verlassen werden. Dieser verstörende Gedanke verschlägt mir den Atem. Loretta starb, während ich mich auf einem Gangplatz über dem Ozean befand. Vielleicht ist meine Strategie Mist.

Vielleicht sollte ich mich lieber mit aller Kraft an die Menschen klammern, die ich liebe.

Tom checkt sein Handy. »Bist du morgen Nachmittag hier? Da wird der Strom für eine Weile abgestellt.«

»Weiß noch nicht genau.« Ich ziehe den Kalender am Kühlschrank zurate. Es war erfrischend, wieder in die analoge Welt zurückzukehren. »Nachmittags helfe ich Truly ein bisschen beim Nähen.«

»Also gehst du morgen nähen? Nicht zum Flughafen?« Tom klingt so hoffnungsvoll, dass mein altes, hartes Herz einen kleinen Sprung bekommt. Was hat er vorhin gesagt? Dass er mich glücklich machen will. Auf einen Versuch könnte ich es ja ankommen lassen.

»Nein, ich bleibe noch etwas.« Offenbar habe ich das Richtige gesagt. Ich ertrage es nicht, wenn er mich so ansieht. Seine Augen leuchten erfreut auf, hell wie Kerzen.

Er räuspert sich, hat seine Gefühle wieder im Griff. Jetzt bin ich wieder seine Kundin. »Es wäre wirklich gut, wenn du bleiben würdest, bis wir uns alle darauf geeinigt haben, wie es hier aussehen soll.«

Ich nicke. »Morgen früh fange ich an zu packen. Vielleicht können ein paar Typen von der Arbeit helfen, die Möbel zu verrücken.«

Sein Blick fällt auf mein Handgelenk. Plötzlich liegt eine enorme Spannung in der Luft. Mit viel Bass in der Stimme sagt er: »Willst du mich verarschen?«

»Die meisten sind ganz in Ordnung.«

»Würdest du mir auch helfen, ein Grab zu schaufeln?« Mein Witz von gestern klingt darin an, aber ohne eine Spur von Humor.

»Das weißt du doch.« Ich gehe in mein Schlafzimmer und schüttele mir ein paar von meinen kreideartigen Tabletten in die Hand. Sie sind tatsächlich abgelaufen. Aber bestimmt besser als nichts. »Ich werde es ganz langsam graben, damit ich mein armseliges Garnröllchen nicht überanstrenge.«

Hinter mir bebt Tom immer noch. »Ich verrücke die Möbel.«

»Na gut, das scheint dir ja irre wichtig zu sein, also bitte.«

Er steht jetzt in der Tür, lehnt sich an den Rahmen und sieht mir zu, wie ich meinen Kleiderschrank durchsehe. »Wo willst du hin?«

»Die Leiter rauf. Ich will mich ein bisschen aufs Dach setzen.« Ich ziehe ein kurzes Kleid hervor und schüttele die Knitterfalten heraus. Mein kleiner Klugscheißer-Witz hat ihn etwas entspannt.

»Es wird kalt werden da oben.«

»War ja klar, dass das dein erster Gedanke ist.« Ich forme mit den Fingern einen Kreis.

Er dreht sich auf dem Fußballen von mir weg, denn er weiß schon, was jetzt kommt. »Du warst nie besonders gut darin, deine Schlafzimmertür zu schließen«, sagt er voller Resignation. »Also, wer ist der Kerl?«

»Welcher Kerl?« Schnell ziehe ich das Kleid an, schlüpfe in meine Stiefel und gönne mir ein paar Tropfen von dem Parfümöl, das Loretta für mich gemacht hat. Sie hat keine Rezepte verwendet, daher kann ich kein neues herstellen. Das hier ist die letzte Flasche. Auf dem Etikett steht in ihrer Handschrift: FLÜSSIGES DYNAMIT.

»Na, der Kerl, für den du Parfüm auflegst.« Er dreht sich wieder zu mir. Er hat sich noch nicht ganz in die menschliche Gestalt zurückverwandelt.

»Ich lege es für mich selbst auf. Ich verschwende es doch nicht für Männernasen«, sage ich energischer, als ich den Frust in seinem Gesicht sehe.

»Ich versuche mich mit dir darüber zu unterhalten, was in deinem Leben so los ist. Mit wem gehst du aus?« Er klingt, als würde er das ablesen. Unter vorgehaltener Waffe. Hat Jamie ihm aufgetragen, einen Bericht abzuliefern?

»Mit jemandem, den du nicht mögen würdest, und ich würde es nicht ›ausgehen‹ nennen«, erwidere ich ausdruckslos und schlüpfe unter seinem Arm hindurch aus dem Zimmer. »Du kannst heute Nacht wieder in meinem Bett schlafen. Ich nehme die Couch, wenn ich heimkomme. Es gibt einen Thailänder, der liefert, die Speisekarte hängt am Kühlschrank. Grüß Megan von mir.«

Hinter mir höre ich die Schritte seiner Stiefel.

Mit flüssigen Bewegungen und ohne anzuhalten schnappe ich mir meine Schlüssel, Tasche und Jacke. Auf keinen Fall bleibe ich hier und setze mich weiter dieser unangenehmen Anspannung aus. Ich werde mir auf der Hauptstraße in der Nähe des Kiosks ein Taxi heranwinken. Er folgt mir durch die Tür und die Einfahrt entlang.

»Du siehst aus, als würdest du wieder von zu Hause wegrennen, Darce. Hast du Angst davor, dass du eigentlich mal über die Weinflaschen und dein Herz nachdenken müsstest?«

Wenn er weiter auf mich einredet, sage ich ihm noch, was das Problem ist: Erstens, dass ich ihm an die Hose will. Und zweitens, dass ich der schlechteste Mensch überhaupt bin, solche Gedanken in Bezug auf einen fast-verheirateten Mann zu haben.

Drittens: Ich bin so eifersüchtig auf Megan, dass ich am liebsten einen Mähdrescher anschmeißen und sie kleinhäckseln würde.

Aber das waren schon immer meine Probleme.

»Ich finde, du solltest aufhören, mich zu verfolgen«, ich drehe mich um und gehe rückwärts weiter. »Es sei denn, du willst auch mal ausgehen. Aber das würde vielleicht zu viel Spaß machen. Dann könnte man ja auf die Idee kommen, dass du ein Leben hast.«

Valeska will mich unbedingt wieder hinter den Gartenzaun bekommen, wo mir nichts zustoßen kann. Ich kann es ihm ansehen, an der Anspannung seiner Schultern und den verkrampften Händen. Bewachen und aus der Gefahrenzone ziehen, das will er.

»Ich muss morgen früh raus. Bitte, Darce, bleib heute Abend hier.«

Auf keinen Fall werde ich seinem übertriebenen Prinzessinnen-Beschützerinstinkt nachgeben. Auch wenn es so verlockend ist, so schön. Aber ich kann nicht mit ihm allein unter einem Dach sein. »Nein.«

»Ich habe allen versprochen, dass ich auf dich aufpasse«, versucht er es noch einmal, bevor ihm klar wird, was er getan hat. Dass er es ausgesprochen hat, wird mich nur noch schneller weglaufen lassen.

»Ich kann nicht«, rufe ich ihm zu. »Ich traue mir selbst nicht mehr.«

Ich drehe mich um, während ihm der Mund offen stehenbleibt, und jetzt sind nur noch meine Fußtritte zu hören. Ich brauche mich nicht umzudrehen, um zu wissen, dass er mir hinterherblickt, bis ich nicht mehr zu sehen bin.

Weil er es immer so macht.

***

Tom schreibt gerade JAMIE SPORT auf eine Kiste mit den Sportsachen meines Bruders. Wir versuchen das Unmögliche: sein Zimmer leerzuräumen. »Und, wie war's letzte Nacht? Du musst ziemlich spät nach Hause gekommen sein.«

»Es war noch nicht mal Mitternacht. Für einen Frühaufsteher wie dich ist das vermutlich ziemlich spät.«

»Hast du dich amüsiert?« Er ist ganz förmlich.

»Klar.« Kein bisschen. Ich habe weder Vince gesehen noch sonst irgendjemanden, den ich kannte. Ich reise in ferne Länder, daher bin ich es gewohnt, mir selbst Gesellschaft zu leisten. Aber irgendwas war anders.

Ich wollte so schnell wie möglich wieder nach Hause. Ich wollte mich auf die Couch legen, einen Film einschalten und hören, wie sich Pattys Getippel und Toms Schritte nähern. Seine Finger, die mir die Haare kraulen und das Klimpern eines Teelöffels in einer Tasse. Um diese verrückten häuslichen Fantasien zu vernichten, saß ich bei McDonalds und zog mir Eisbecher mit heißem Karamell rein, dann nahm ich mir ein Taxi nach Hause, als ich sicher war, dass er schon schlief. Ich bin halt ein McFeigling.

»Heute Nacht muss ich mir einen neuen Platz zum schlafen suchen«, sagte Tom, als ich mir heute Morgen die Zähne putzte, und ich war froh, dass ich den Mund voll Zahnpasta hatte. Sonst hätte ich womöglich reflexartig entgegnet: »Nein, musst du nicht.«

Er hat gnädigerweise diesen bescheuerten Moment gestern Abend aus seinem Gedächtnis gelöscht. Besser ist das.

Ich versuche es ihm gleichzutun. »Jamie sitzt an seinem Schreibtisch und hackt auf einen Taschenrechner ein. Du bist Zeuge, dass ich offiziell härter arbeite als er. Er steht anscheinend echt auf Bücher über Kerle, die von der Regierung hereingelegt werden.« Ich stapele sie in eine Kiste.

»Bücher mit kurzen Kapiteln, in denen es um Taschen voller Geld geht«, sagt Tom, während er allen möglichen Mist unter dem Bett hervorholt. Er hat zu seiner Zeit eine Menge von Jamies ausgelesenen Büchern verschlungen.

»Frauen mit rotem Lippenstift. Schnellboote in Monte Carlo.« Ich nehme eins mit einem Revolver auf dem Cover hoch, und es öffnet sich ein bisschen zu leicht an einer schmutzigen Stelle. An das Bettgestell gelehnt fange ich an zu lesen.

Tom blickt von ein paar Hanteln auf, die er gerade auftürmt. »Die Phase mit der harten Arbeit hat aber nicht lange gedauert.«

Ich hebe einen Finger. Es kommt zu einem fulminanten Höhepunkt, und ich ziehe die Nase kraus. »Jetzt haben Jamie und ich dieselbe Sexszene gelesen. Sie ist in unser beider Gehirnen.« Es schüttelt mich am ganzen Körper. »Warum kann ich nicht aufhören, mich selbst zu quälen?«

»Keine Ahnung.« Tom lacht. Er nimmt das Buch, und zu meiner Überraschung liest er ebenfalls die komplette Szene, blättert mit gerunzelter Stirn die Seite um, als würde er für eine Prüfung lernen.

Ich beobachte, wie seine Augen hin und her schnellen, den Kopf voll schmutziger Worte.

Mein Herz wringt sich aus, sorgt dafür, dass mein Blut erneut in Wallung gerät und mir vermutlich die Wangen rot anlaufen. Wenn ich schon so aufgebracht bin, weil ich Tom dabei zusehe, wie er eine Sexszene liest, unterlasse ich den nächsten logischen Schritt wohl besser, mir vorzustellen, wie er im Bett wäre.

Zu spät. Man sehe sich nur diese großen Hände an, die seltsam elegant sind, trotz ihrer Größe. Knöchel wie Walnüsse und hübsche, saubere Fingernägel. Solche Hände will man überall auf sich haben. Und jetzt sehe ich die gewaltige Aufwärtsbewegung seines Körpers vor mir, wie er in mich stößt, ganz tief.

Er schlägt das Buch zu und reißt mich aus meinem Tagtraum.

»Also, das war bemerkenswert direkt.« Er wirft das Buch in die Kiste, und seine Augen geben mir keinerlei Hinweise. Ist diese Szene ein vernünftiger Vorschlag für ihn?

»Die Typen in diesen Büchern bohren nach Eisenerz.«

Tom lacht, bis er sich den Bauch halten muss. Und mich reißt er mit. »Und in denen aus den Siebzigern ist immer von einem Büstenhalter die Rede. Erst mit siebzehn habe ich kapiert, dass damit einfach nur ein BH gemeint war.«

»Du warst seit jeher ziemlich naiv. Es gibt immer erdbebenartige Höhepunkte und krause Löckchen«, stöhne ich und hebe eine zweite halb leere Kiste hoch. »Und die Frau, die schon nach acht harten Stößen kommt. *Oh, Richard!* Mann, ich brauch ’ne Pause.« Ich schreibe auf die Kiste: JAMIES FICK-BÜCHER.

Tom nimmt den Stift und streicht das mittlere Wort durch. »Ich meine mich zu erinnern, dass Loretta pikante Bücher mochte.«

Ich schnaube. »Loretta hatte Softporno-Romane hier herumliegen. Während ihr weg wart, um euch zu erholen und Ski zu fahren, hab ich mir das Gehirn verbogen. Das erklärt eine Menge, was? Zum Beispiel, dass aus mir eine Frau wurde, in deren Esszimmer Sexspielzeug im Wert von tausend Dollar herumliegt.«

»Ich habe ab und zu heimlich einen Blick in ihre Bücher

geworfen«, gesteht Tom, und um seinen Mundwinkel zuckt es.

»Echt?« Ich lache vor Entzücken. »Tja, gut für dich, Tom Valeska, du unanständiger Junge.«

»Wenn Jamie auf der Toilette war oder Loretta Sandwiches machte, habe ich schnell einen Absatz gelesen. Ich bin in diesem Haus aufgeklärt worden.« Er steckt irgendwelchen Krempel in einen neuen Karton. »Ein bisschen aus dem Zusammenhang gerissen, aber ich fügte die Puzzleteile irgendwie zusammen. Es hat in mir recht … unrealistische Erwartungen geweckt.«

Ich würde nur zu gerne wissen, was er meint, aber ich sage nur: »Nicht nur bei dir, Kumpel.«

Ich stelle eine Menge Schecks aus, die mein Körper nicht einlösen kann. Ein Herz wie meins verbietet mir, mich zu sehr zu verausgaben, und die Typen, die ich mir aussuche, haben keine Ahnung. Ich schreibe auf die zweite Bücherkiste: JAMIES ABARTIGE FANTASIEN. Dann hieve ich die Kiste auf meine Hüfte, und sie bleibt mit der Kante an meinem Brustwarzenpiercing hängen. Ich fasse mir an die Brust. »Schmerz lass nach«, stöhne ich.

»Alles in Ordnung?« Ach herrje, er denkt, ich hätte einen Herzinfarkt.

»Es ist das Piercing«, keuche ich. »Egal, wie viel Zeit vergeht, es erinnert mich immer wieder gern an seine Existenz. Ich bin mir ziemlich sicher, dass es mit meinem Gehirn kurzgeschlossen ist.« Ich beobachte, wie Tom diese Information verarbeitet. Ich kann nicht sagen, ob er vor den Kopf gestoßen ist. »Es ist ein Schmerz, den man bis in die Zahnwurzeln spürt.«

Zaghaft sagt er, »Warum macht man es dann?«

»Es sieht hübsch aus.«

Tom reißt mir mit uncharakteristischer Brutalität die Kiste aus den Händen. Er geht raus Richtung Garage, und ich folge ihm. »Du brauchst dich nicht abzuplagen. Du hast die meisten hiervon gepackt. Nicht einmal Jamie könnte dir vorwerfen, dass du dich heute nicht angestrengt hast.«

Wortlos drehe ich um und gehe ins Haus zurück, um den anderen Karton zu holen.

»Ich schaffe das schon. Ich-schaffe-das.« Ich führe schnell einen System-Check durch. Mein Herz ist stark wie ein Fels. Alles in Ordnung. Außer, dass Tom seine Muskeln im Türrahmen geparkt hat. »Aus dem Weg.«

Er nimmt die Kiste. »Ja ja. Mir ist es lieber, du bist sauer als bewusstlos.« Und weg ist er.

Trotzig fülle ich eine Kiste mit Jamies Schuhen. »Mit einem Karton mit lausigen Schuhen werde ich ja wohl noch fertig«, sage ich zu Diana, die auf das Fensterbrett gesprungen ist. Ich wette, sie plant, auf Toms Bett zu schlafen. »Träum weiter, Mädchen.«

Ich gebe mir keine Mühe, die Schuhe vorsichtig einzupacken. Jamie hat sich bestimmt schon längst mit neuen eingedeckt. Er ging mit nur einem Koffer fort. So schnell musste er abreisen, um keinen Totschlag zu begehen.

Tom kommt zurück. »Danke, dass du mir dein Zimmer überlassen hast. Ich glaube, ich habe seit Jahren nicht so gut geschlafen. Deine Matratze ist …« Ihm fällt nicht einmal ein Wort ein. Ich weiß, was er meint.

»Sollte ich je heiraten, dann dieses Bett. Deshalb schlafe ich auch so viel.« Und je älter ich werde, desto müder macht mich das Leben. Wenn ich auf Reisen bin, muss ich mich nachmittags immer hinlegen. Zusammen drehen wir die gewöhnliche Matratze auf Jamies altem Bett um und beziehen Decke und Kissen mit frischer geblümter Bettwäsche. »Wenn ich auf Reisen bin, vermisse ich mein Bett mehr als die meisten Menschen, die ich kenne.«

»Du musst das Reisen sehr lieben, um so ein Bett zurückzulassen.«

»Ja, das tu ich. Auch wenn es dir schwerfällt, das zu glauben. Passt du überhaupt auf das hier?« Gemeinsam betrachten wir Jamies Bett. Es ist klein. Bei ihm war nicht viel los, als er hier wohnte. Daher die Bücher.

»Bestimmt«, sagt Tom nach einer kurzen Pause. »Hey, was ist das denn?« Er zieht eine große Leinwand unter dem Bett hervor, und wir lehnen sie an die Wand. Es ist mein mit dem Rosburgh-Preis ausgezeichnetes Porträt. Von meinem Bruder – wem sonst.

»Er hat sich damals wirklich aufgespielt wie ein Promi«, sage ich, während wir Jamie anstarren. Er starrt zurück.

Objektiv betrachtet, ist es ein phänomenales Bild. Ich habe den Auslöser betätigt, aber als Zwilling habe ich es nicht allein gemacht. Jamies Gesicht interagiert eben so mit dem Licht. Am Abend der Preisverleihung war er total berauscht von seiner eigenen Schönheit und Klugheit. Und vom Champagner natürlich. Fast kam es mir vor, als hätte er den Preis gewonnen und nicht ich. Ich musste Kurzinterviews als die jüngste Preisträgerin geben und dabei zusehen, wie Tom sich an den Rand zurückzog, mit Megan an seiner Seite.

»Er hat an dem Abend mit zwei verschiedenen Bedienungen geschlafen. Zwei.« Tom ist so verblüfft, als wäre das wissenschaftlich unmöglich. Mir kommt der Gedanke, dass Megan für ihn die Erste und Einzige ist. Ich spüre den Schlüssel für den Mähdrescher in der Hand, also fange ich an zu plappern.

»Also, wenn du unbedingt darauf bestehst, die Kisten zu tragen, könntest du diese fünf wegschaffen, und das Zimmer wäre so gut wie fertig. Jamie wird wahrscheinlich nicht glauben, dass ich geholfen habe. Vielleicht sollte ich ein Taschentuch mit Schweiß tränken, dann kann er es sich von einem Labor bestätigen lassen.«

»Du bist besessen davon zu beweisen, dass du härter arbeiten kannst als er.« Mit einem Gesichtsausdruck, den ich nicht deuten kann, betrachtet Tom das Porträt. »Ihr beiden seid so hart zueinander. Warum versucht ihr nicht, Freunde zu sein? Wenn ihr das seid, ist es wunderbar.« Er grinst über eine Erinnerung.

»Ich muss es mir selbst beweisen. Jedes Mal wenn ich spontan jemanden anrufe, ist da dieses Beben in der Stimme der betreffenden Person. Als würde er oder sie sich vorstellen, wie ich mit blau angelaufener, halb toter Hand einen Notruf absetze. Deswegen mag ich Typen wie Vince. Die behandeln mich nicht wie eine Invalidin.«

»Vince«, sagt Tom, der endlich einen Namen hat. Er dreht und wendet ihn im Kopf wie eine von Lorettas Tarotkarten. »Vince. Doch nicht etwa Vince Haberfield von der Highschool.«

»Ja, Vince Haberfield. Entweder weiß er nichts von meinem Herz, oder er hat es vergessen, deshalb spielt es keine große Rolle, wenn wir zusammen sind.« Es interessiert mich eigentlich nicht, was Tom für ein Gesicht macht, also gehe ich in die Küche und befördere die Speisekarte eines Lieferservice' zutage. »Soll ich dir eine Pizza bestellen, bevor ich zu Truly gehe? Blöde Frage. Natürlich.«

Er sitzt jetzt auf seinem neuen Bett. »Du bist mit Vince Haberfield zusammen? Wie hat sich dieses Stück Scheiße gemacht?«

»Er ist immer noch ein Stück Scheiße, und ich bin nicht mit ihm zusammen.« Ich strecke die Hand aus, bis er kapiert, was ich will. Er gibt mir sein Handy. Ich bestelle eine Pizza, von der ich weiß, dass sie ihm schmecken wird, und gebe ihm das Telefon zurück. »Sag was.«

Er sitzt einfach nur da. Ich weiß nicht, was ihm durch den Kopf geht, aber es scheint eine Menge zu sein. Ich klopfe ihm auf die Schulter. »Ich sehe, dass du nicht gerade vor Freude ausrastest. Das wird Jamie nicht gefallen, wenn du ihm Bericht erstattest, was?«

»Ich erstatte Jamie keinen Bericht.« Die Muskeln in seinem Kiefer sind angespannt. Aber er ist immer noch er selbst. Ich kann die Spur von Wolf nicht entdecken, mit der ich gerechnet hatte, wenn wir einander in die Augen sehen.

»Hey, verurteile mich nicht. Daten ist der totale Albtraum. Sei froh, dass du dir darüber keine Sorgen machen musst.«

»Ich dachte, du datest ihn nicht.« Jetzt hat er mich erwischt. »Tja, jetzt muss ich mir darüber Sorgen machen.« Er reibt sich mit der Hand das Gesicht.

»Du brauchst nicht auf mich aufzupassen«, sage ich mit meiner festesten Stimme. »Sosehr du es dir auch wünschst, das ist nicht dein Job.«

Ich sehe zu, wie so etwas wie ein wortloser Protest in ihm aufsteigt, und er legt stöhnend das Gesicht in seine Hände. Er fühlt sich miserabel. Ich sorge bei ihm für Kopfzerbrechen, allein indem ich in diesem Haus bin.

Zeit, dass ich verschwinde. Eine falsche Bewegung, und er stopft seine Sachen in seinen Koffer, genau wie Jamie.

»Ich gehe eine Weile zu Truly. Lass mir ein bisschen Pizza übrig.« Meine staubigen Klamotten kann ich anlassen. Schlüssel, Portemonnaie, Schuhe. Und ich bin zur Tür raus. Abrupte Abgänge – das ist meine Spezialdisziplin. Ich springe quasi zur Hundetür raus. »Tschüs.«

»Warte«, ruft Tom aus dem Haus, hörbar überrascht.

Patty schlüpft hinter mir hinaus. »Hey, komm zurück!« Ich jage ihr bis zum Bürgersteig hinterher und schnappe sie mir. »Böser Hund.«

Ein Auto nähert sich, und es ist kein Pizza-Taxi. Das wäre die Wunder-Sofort-Pizza. Es ist ein schwarzes, lautes Auto. Ich kenne dieses Auto. Ich sprinte in Rekordzeit zurück zur Haustür, das Blut rauscht in meinen Ohren, und ich drücke Patty in Toms offene Hände. »Tschüs.«

Der schwarze Wagen hält am Ende der Einfahrt, blockiert mein Auto, und der Motor wird abgestellt. Die Fahrertür öffnet sich.

Entweder hat Vince das perfekte Timing oder das schlechteste überhaupt.

# 9. Kapitel

In Momenten wie diesem bin ich mir sicher, dass Loretta bäuchlings auf einer Wolke liegt, sich Popcorn in den Mund stopft und Vincents Auto noch ein bisschen schneller die Marlin Street entlangschubst. Zwei Minuten später wäre ich weg gewesen und Vince einfach vorbeigerauscht.

Vince geht um die Motorhaube herum, sieht mich und Tom und kommt vor Überraschung kurz ins Stolpern, bevor er sich wieder fängt. Er setzt sich auf seine Motorhaube. Wenn man vom Teufel spricht …

»Du hast immer noch kein Telefon.« Das ist Vince' Art, mir zu sagen: Ich habe dich lange nicht gesehen, ich wollte dich sehen, und das kratzt schwer an meinem Ego.

Ich sehe ihn jetzt mit neuen Augen. Dass Tom so offensichtlich zum Anbeißen ist, hat meine Perspektive ein wenig geändert. Vince ist spindeldürr, blass, dunkelhaarig und schwarz gekleidet von Kopf bis Fuß. Mit Tattoos übersäht. Dunkle Augenringe und die Ausstrahlung eines leidenden Künstlers. Er legt schützend die Hände um eine Zigarette, sie glimmt kurz auf, und schon stößt er graue Rauchfahnen aus.

»Dachte, ich schau mal vorbei.« Vince hasst eindeutig solche Momente, in denen er seine Handlungen rechtfertigen muss und nicht so tun kann, als wäre ihm alles scheißegal. Ich habe das nie von ihm verlangt. Ein weiterer Zug, und seine blauen Augen sehen überall hin, nur nicht zu mir. »Aber du hast noch Besuch. Tom Valeska, stimmt's? Lange nicht gesehen, Mann. Wie läuft's? Süßer Hund.«

»Bestens«, sagt Tom halb lachend, während Patty, die er noch immer auf dem Arm hat, versucht an ihm hochzuklettern. Sie macht ein Gesicht wie eine Kröte. Von Zigaretten muss sie niesen. »Mir geht es fantastisch.«

»Mir geht's auch gut«, sage ich in sarkastischem Tonfall zu Vince. Er grinst mich nur an und betrachtet meinen Körper.

»Das glaube ich dir aufs Wort.« Vince sieht Tom abschätzend aus zusammengekniffenen Augen ins Gesicht. »Bist du hier, um mit dem Haus anzufangen?«

»Jepp«, sagt Tom.

»Wird auch Zeit. Was für eine Bruchbude. Und du übernachtest hier?« Vince blickt zum Transporter und denkt vermutlich daran, welche Gelegenheiten das mit sich bringen könnte.

Tom würde wahrscheinlich die Arme verschränken, wenn er nicht einen Chihuahua festhielte. »Ich werde hier sein. Jeden Tag für die nächsten drei Monate. Sie arbeitet mit mir am Haus.«

Vince lässt das sacken. »Hab gehört, dass du letzte Nacht nach mir gesucht hast. Lenny hat mir eine SMS geschickt, dass er dich bei *Sully's* gesehen hat.« Er klimpert mit seinem Schlüsselbund. »Lass uns ausgehen.«

»Ich habe nicht nach dir gesucht. Und heute habe ich schon was anderes vor. Also los, mach dich vom Acker!« Ich zeige auf die Straße.

»Mann. Jetzt komm ich mir total ausgenutzt vor.« Und mit einem verschlagenen Lächeln in Toms Richtung fügt er hinzu: »Sie will von mir nur das Eine.« Im Prinzip hat er recht. Tom hebt den Blick zum Himmel, als bete er um Kraft. Wenn es so weitergeht, muss ich ein kleines, schmales Grab schaufeln.

In den letzten Jahren haben Vince und ich uns gegenseitig ausgenutzt, wenn ich gerade mal in der Stadt war. Ich mache mir normalerweise nicht mal die Mühe, ihm zu sagen, wann ich weg bin, denn wen interessiert's? Ihn jedenfalls nicht.

Sex mit Vince ist wie ins Fitness-Studio gehen. Ich fühle mich hinterher geringfügig besser, wenn ich den Schweiß kühl auf meinem Körper spüre, aber ich erfinde jede Menge Ausreden, nicht hinzugehen.

Tom hat schon den ein oder anderen meiner Typen getroffen. Daher weiß er, dass die beste Reaktion ist, zum Aus-der-Haut-Fahren höflich zu bleiben. »Wo arbeitest du denn jetzt so, Vince?« Niemand würde auf die Idee kommen, dass er ihn noch vor zwei Minuten »ein Stück Scheiße« genannt hat. Er sieht aus, als könnte er kein Wässerchen trüben.

Vince wirft einen Seitenblick auf den Aufkleber auf Toms Transporter. »Im Moment habe ich keine Gigs. Ich versuche, Darcy dazu zu bringen, dass sie mir einen Job in der Kneipe verschafft, aber sie hält mich hin. Ich könnte aber auch auf dem Bau arbeiten.« Hier macht er eine Pause, die lang genug ist für ein Jobangebot.

Ich schüttele den Kopf. »Als würde ich für dich in der Kneipe den Babysitter spielen. Du kannst da arbeiten, wenn ich abhaue.«

Tom starrt Vince an. »Und wie findest du es, dass sie mit einem blauen Fleck von ihrer Arbeit dort zurückgekommen ist? Von einem Kerl?«

Vince mustert mich von oben bis unten, kann aber nichts feststellen, was mir fehlt. »Sie kommt allein zurecht. Ich wette, sie hat ihm was erzählt.« Unter Toms Blick knickt er ein und fügt ungeschickt hinzu: »Es geht dir doch gut, Darce, oder?«

»Sehr gut. Und du hast recht. Ich komme allein klar.« Ich finde es gut, wie Vince mich sieht. Wie eine Frau, die hart im Nehmen ist und nicht der Rettung bedürftig.

»Wer war es denn?« Vince ist eher neugierig als erbost.

Ich schnaube verächtlich. »Keith. Dieser Riesen-Vollpfosten.«

»Scheiiiiße.« Vince stößt einen Pfiff aus. »Der steht auf dich. Ist doch offensichtlich. Die Jungs lachen sich alle drüber kaputt.«

»Toll, du hättest mich ruhig mal vorwarnen können. Hat vielleicht jemand ein Röhrchen Viagra in die Wasserleitung gekippt? Denn als ich das letzte Mal nachgesehen habe, war ich nicht gerade unwiderstehlich.«

Ich scharre mit meinem Stiefel im Kies herum. Es ist mir immer noch peinlich, wenn ich daran denke, wie ich mit Keith herumgeblödelt habe, ohne auf der Hut zu sein.

»Er hat versucht, mir irgendwas zu sagen, was ich nicht hören wollte. Dann hat er mich am Arm gepackt, damit ich ihm zuhöre. Das war alles. Nichts Gewalttätiges. Nur ärgerlich.« Obwohl ich Vince ansehe, sind meine Worte an Tom gerichtet.

»Es war sexuelle Belästigung am Arbeitsplatz. Und Körperverletzung. Alles andere als in Ordnung.« Toms Augen sind Valeska-orange. In meiner schwarz-weißen Welt ist das die einzige Farbe. Einen intensiven, pulsierenden Moment lang will ich in seinen Armen liegen, will, dass mein Kopf in diese großen Hände genommen wird. Dann könnte mir niemand wehtun.

»Mit dem willst du dich nicht anlegen, Mann«, sagt Vince zu Tom. »Der Typ ist riesig.« Offenbar bemerkt er jetzt Toms Gesichtsausdruck, denn er fügt mit einem halb vom Rauch verdeckten Grinsen hinzu: »Na ja, du würdest dich wahrscheinlich ganz gut schlagen. Trainierst du?«

»Nö.«

»Dieser Körper ist durch harte Arbeit entstanden«, kläre ich Vince auf. Langsam geht er mir mit seinem leichtfertigen, abfälligen und anzüglichen Geplänkel auf die Nerven. Mit Vince eine Unterhaltung zu führen ist, als versuche man, einen Wurm lebendig auf einen Haken zu spießen.

Dann wird mir etwas klar. Die Erkenntnis ist so schockierend, dass mein Herz einen Moment lang ins Stolpern gerät: Vince ist genau wie ich. Wie kommt Tom überhaupt mit mir klar? Ach du Scheiße. Ich scheine tatsächlich einen bestimmten Typus zu bevorzugen. Und zwar mich selbst. Sein Zungenpiercing blitzt im Abendlicht. Irgendwo im Dunkeln des BH-Körbchens zwinkert mein Piercing zurück. Wir sind uns so ähnlich, wir könnten Zwillinge sein.

»Ich meine es ernst, ich muss weg.« Ich schließe mein Auto auf. »Du versperrst mir den Weg.«

»Sie ist verdammt gut im Weggehen, was?«, sagt Tom zu Vince in einem unerwarteten Moment der Verbrüderung.

»Sie ist Profi darin. Und, was läuft sonst so? Hab gehört, du heiratest diese heiße Brünette. Gratuliere.«

Vince hat davon während einer meiner traurigen Saufgelage im *Sully's* gehört. Ich hätte nicht gedacht, dass er überhaupt zuhört. Wer weiß, was ich noch alles gesagt habe.

Ich merke, wie mein Gesicht vor Peinlichkeit ganz heiß wird. Meine Schlüssel haben sich gegen mich verschworen, sie sind alle verdreht und miteinander verkeilt. Entnervt schüttele ich sie. Ich ertrage es nicht, auch nur ein Detail über die Hochzeitsplanung zu hören.

Toms Stimme durchdringt alles. »Nein, wir haben uns getrennt.«

Ich drehe mich auf der Stiefelspitze um und blicke entgeistert vom einen zum anderen. Er lügt nie. Warum sollte er auch?

»Oh. Tut mir leid.« Für Vince scheint das eine schlechte Nachricht zu sein. Er blickt zwischen mir und Tom hin und her, sondiert die Lage und fasst einen Entschluss. Er löst sein Hinterteil vom Wagen, tritt die Kippe aus, und mit Stiefeln, die meinen sehr ähneln, kommt er zu mir geschlendert.

Er legt mir eine Hand um die Taille. Mit Übelkeit erregendem Nikotin-Atem flüstert er: »Ein bisschen unwiderstehlich bist du schon. Komm später vorbei. Dann besorge ich es dir so richtig.« Mit seiner Unterlippe streift er mein Ohrläppchen.

Ich hoffe, Tom hat nicht so gute Ohren.

Vince hat schon weitaus schlimmere Sachen zu mir gesagt und wesentlich detaillierter, aber ich zucke zurück und stoße ihn weg. »Hau ab.«

Ein Pizza-Taxi hält am Bordstein. »Ich mach das«, sagt Tom knapp und kramt in der Hosentasche nach seiner Geldbörse, nachdem er Patty in den Veilchen abgesetzt hat.

»Ach, komm schon. Ich krieg dich noch rum.« Vince mag es, wenn ich eine Herausforderung bin. Er ist auch nur einer von diesen Kneipentypen, die es lieben, wie Dreck behandelt zu werden. Wenn ich bei Vince einen auf lieb und verschmust machen würde, würde ich ihn unter Garantie nie wiedersehen.

»Bis später, Darce«, sagt Tom und geht mit seiner Pizza rein. Patty folgt ihm, hochnäsig wie ein Snob. Ich mache mich auf das Zuschlagen der Tür gefasst, aber er schließt sie leise.

»Komm nicht mehr hier vorbei«, sage ich zu Vince mit drohendem Unterton. »Es macht ihn wütend.«

Vince nickt und steckt sich einen Kaugummi in den Mund. »Ich weiß noch, wie er in der High School war, vor allem wenn du in der Nähe warst. Einmal war er mir gegenüber ziemlich aggressiv.« Vince scheint von sich selbst überrascht zu sein. Er sieht mich mit einem ganz neuen Gesichtsausdruck an. »Hey, wir kennen uns schon so lang.«

»Nein, du erinnerst dich falsch. Jamie war der Aggressive.«

»Nein, definitiv Tom. Pass auf, dass er sich nicht wieder in dich verliebt«, sagt Vince in einem scherzhaften Tonfall, der den Ernst der Worte fast überdeckt. »Einen Typ wie den zerstörst du, wenn du wieder abhaust. Wir sehen uns.«

Bevor ich etwas sagen kann, ist er schon im Auto und lässt unnötigerweise den Motor aufheulen. Er setzt zurück, ohne in den Rückspiegel zu sehen, schwingt mit einer prahlerischen Schleife herum und fährt quietschend davon. Ich stehe lange da und versuche, mich zu sammeln.

Wie konnte ich übersehen, dass ich Gelegenheitssex mit meinem männlichen Doppelgänger habe? Zählt das als eine kranke Art von Masturbation?

Etwas an dem leisen Schließen der Haustür ärgert mich. Ich wette, Tom dachte, ich knicke ein, vergesse Truly und steige zu Vince ins Auto. Ich bin schon in unzählige schwarze Autos gestiegen. Er bleibt zu Hause. So läuft es immer bei uns. Wenn Abhauen eine Sportart wäre, würde man mich in der Hall of Fame ehren.

*Dass er sich nicht wieder in dich verliebt.* War ich blind? Selbst der Vollpfosten Vince wusste es? Wie konnte ich Toms Herz besitzen und es nicht merken?

Mein Schlüssel gleitet ins Türschloss, als würde Loretta mir die Hand führen. Ich irre durch das Haus mit nur einem einzigen Gedanken: Dass ich Tom finden und ihm sagen muss, dass ich mich bessern werde. Ein besserer Mensch werde. Schluss mit dem Scheiß.

Ich lausche erneut, aber kein Ton ist zu hören. Doch dann spüre ich in meinem Bauch eine Vibration, als würde ganz in der Nähe ein Bass erklingen. Ich finde Tom in der Küche. Er steht mit dem Rücken zu mir an dem alten tiefen Spülbecken, die Hände seitlich abgestützt. Mein Privatleben ist offenbar ekelerregend.

»Es tut mir leid«, sage ich, und er fährt überrascht hoch und stößt sich mit einem markerschütternden Krachen den Kopf am Schrank über ihm. Vor Schmerzen heult er auf.

»Mist. Sorry, sorry.« Ich renne zu ihm und ziehe seinen Kopf zu mir herunter und reibe ihn mit der Hand. »Ach, armer Tom. Es tut mir so, so leid. Ich wollte das nicht, ich habe nicht nachgedacht.« Die Worte reihen sich aneinander, und ich rede jetzt nicht von seinem Kopf. Es ist eine Erleichterung, es sagen zu können.

»Normalerweise höre ich dich aus einer Meile Entfernung kommen«, sagt Tom mit gequälter Stimme und rollt die

Schultern, und als er sich wieder zur vollen Größe aufrichtet, rutscht meine Hand auf seine Schulter. »Schleich dich nicht noch mal so an.«

Er lehnt sich mit dem Rücken an die Spüle, und ich lehne an ihm. Er scheint es gar nicht zu merken, so versunken ist er in der Welt des Schmerzes, die Hand an seinem Kopf. Ich versuche mich von ihm wegzustoßen, aber seine andere Hand schließt sich fester um meine Taille.

Aus dieser neuen Perspektive blicke ich hinauf. Mein Blick gleitet über den massigen Bizeps und dann die Halswölbung entlang weiter nach oben. Mit weißen, perfekten Zähnen beißt er sich auf die Unterlippe. Schmerz hat große Ähnlichkeit mit Lust. Wie kann dieser Mann trotz seiner brachialen Größe so elegant sein? Michelangelo würde sofort nach einem frischen Marmorblock brüllen.

Und ich? Will meine Kamera. Und das wollte ich schon sehr, sehr lange nicht mehr.

Wenn ich das täglich vor Augen hätte und wann immer ich wollte zwischen seinen Knien stehen könnte, wäre ich ein fester Bestandteil von ihm. Was zur Hölle stimmt nicht mit Megan? Ein Gefühl des Frusts schüttelt meinen ganzen Körper. Sie macht denselben Fehler, den ich gemacht habe. Sie begreift nicht, was es heißt, dass ihr dieses Herz gehört. Ich frage mich, ob ich irgendwie versuchen sollte, ihr das zu erklären. Aber wie sollte ich das machen, ohne wie ein Psycho rüberzukommen?

Ich spüre genau den Moment, als sein Schmerz nachlässt und ihm bewusst wird, dass unsere Körper aneinandergeschmiegt sind. Er würde zurückweichen, aber er kann nirgendwohin. Ich würde zurückweichen, aber seine Hand klammert sich noch fester an mich.

Ich saß mit diesem Jungen auf Autofahrten schon Schulter an Schulter, aber von Angesicht zu Angesicht waren wir einander noch nie so nah. Jetzt kann ich alles sehen: die Bon-

bon-Facetten in seinen Augen und die Stoppeln aus braunem Zucker an seinem Kinn. Seine Pfirsich-Wangen und seinen rosa Moschus-Mund. Er ist so appetitlich, dass meine Kehle brennt.

Der Blick, mit dem er mich ansieht, lässt einen Hauch von Panik in mir aufsteigen. »Ich dachte, du gehst aus.«

»Ich wollte noch mal zurückkommen und dir sagen, dass es mir leidtut«, sage ich und schlinge die Arme um seine Taille. »Du hast die Tür auf eine Art geschlossen, die mich traurig gemacht hat, und ich wollte dir sagen, dass ich mich bessern werde.«

»Bessern worin? Wie habe ich die Tür denn geschlossen?« Sein anderer Arm legt sich um meine Schultern. Er überkreuzt die Füße hinter meinen Fersen, und nun werde ich von seinem gesamten Körper umschlossen. Warm, weich, hart. Ich dachte, meine Matratze wäre himmlisch, aber das war, bevor ich mich auf diesen Menschen gelegt hatte. Wie soll ich mich je wieder von ihm lösen?

Ich inhaliere seine Geburtstagskerzen-Pheromone. Ich will alles an ihm spüren, schmecken, wissen. Sogar, wie seine verdammten Knochen riechen. Am besten fange ich ganz tief innen in seiner DNA-Struktur an und arbeite mich langsam nach außen.

Ich spreche mit dem Mund an seinen Muskeln. »Du hast die Tür geschlossen, als hättest du akzeptiert, dass ich nicht zurückkomme. Ich werde jetzt anfangen, so wie du zu sein. Absolut, einhundert Prozent ehrlich.« Ich schwebe über dem Abgrund und beschließe, es auf einen Versuch ankommen zu lassen. »Das hier ist die beste Umarmung meines Lebens.«

Sein Herz unter meinem Wangenknochen schlägt gewissenhaft und regelmäßig, und ich will, dass es das für immer tut.

»Ja, sie ist ganz gut«, stimmt er amüsiert zu. Wobei ich bisher eigentlich gar keinen Anteil an dieser Umarmung habe.

Er ist derjenige, der die ganze Arbeit macht. Ich schlinge meine Arme fester um ihn.

»Absolute Ehrlichkeit von Darcy Barrett? Damit komme ich nicht klar. Und so ehrlich bin ich wirklich nicht.«

Es ist lächerlich, dass das aus seinem Mund kommt, deshalb weiche ich ein kleines Stück zurück. »Warum willst du mich immer überzeugen, dass du nicht perfekt bist? Für mich bist du das. Absolut perfekt. Glaub mir, ich habe eine weltweite Erhebung gemacht, und niemand reicht an dich heran.«

Seine Hand gleitet meinen Rücken hinauf. »Womit sollte ich die absolute Ehrlichkeit und noch dazu das blinde Vertrauen von Darcy Barrett verdient haben? Ich bin nicht perfekt. Irgendwann wirst du das rausfinden, und ich habe keine Ahnung, was ich dann machen soll.« Er schluckt und versucht verzweifelt, das Thema zu wechseln. »Huch, dein Hals. Ich hab mich immer noch nicht an die kurzen Haare gewöhnt.« Und seine große, warme Hand umfasst meinen Nacken.

Hände, die meine Haut berühren, laden meinen Akku auf. So war es schon immer bei mir. Vielleicht so ein Zwillingsding? Oder weil ich eine Woche lang in einem Brutkasten gelegen habe? Keine Ahnung. Es ist ein Darcy-Ding. Einen anderen Menschen an mich geschmiegt zu spüren, räumt mit der Verrücktheit in mir auf, und Toms lederartige große Handflächen sind ein erster Schritt in diese Richtung.

Ich weiß, dass meine Augen wahrscheinlich dunkel und etwas irre wirken, aber ich drücke mich nach hinten in seine Handfläche und gebe ein seltsames Schnurren von mir. Er reagiert sofort. Ich werde fortgestoßen, und Kühle dringt an meine Haut. Er sieht so schockiert aus, als hätte ich gerade ein Fellknäuel hochgewürgt.

»'tschuldigung«, ich lege meine Hand an die Stelle, wo bis eben noch seine war, und reibe kräftig. »Das ist mein Ding.«

»Hälse?« Er sagt es zaghaft.

»Einfach … Haut.« Einen Moment lang habe ich das irrwitzige Gefühl, etwas Festes würde sich an meinen Bauch pressen. Toms Körper, weit unten, ganz hart? Ein Phantom-Abdruck? Wohl kaum. »Okay, dann gehe ich jetzt zu Truly.« Ich klappe den Pizzakarton auf und nehme ein Stück heraus. Pizza ist ein hervorragendes Rekalibrationswerkzeug. Ich beiße ab, kaue, und er sagt nichts. Er ist vollkommen erstarrt.

»Sag was«, nuschele ich beim Schlucken. »Sag mir, dass ich sie nicht alle habe, dann haben wir es hinter uns.«

»Brauchst du Vince dafür?« Er versucht sich zu räuspern, aber es kommt nur ein Knurren heraus. »Um Haut zu spüren?«

Ich nicke und beiße in mein Pizzastück, ohne den Blick von seinen Augen abzuwenden. »Besser als nichts.«

»Wie bist du von Lorettas Liebesromanen zu ›besser als nichts‹ gekommen?«

»Während du dein Pärchenleben genossen hast, wurde ich oft enttäuscht. Und habe andere enttäuscht, wenn ich ehrlich bin.« Es hilft meinem Ego, dass er schaut, als würde er mir das nicht abnehmen. »Vince ist nicht so übel.«

Tom wählt seine Worte mit Bedacht. »Willst du meine Meinung über deinen aktuellen Lover hören? Ich habe einen Vorschlaghammer im Wagen und würde ihm nur zu gern zeigen, wie der funktioniert.«

Ein Kribbeln macht sich in mir breit. »Siehst du. Du sagst immer die Wahrheit. Und das werde ich ab jetzt auch tun. Wieso zur Hölle umarmt Megan dich nicht ununterbrochen? Du bist der weltbeste Umarmer.« Ihren Namen laut auszusprechen, bringt mich zurück zu der Szene in der Einfahrt. »Warum hast du Vince vorhin angelogen?«

Er weiß genau, was ich meine. »Das war nicht gelogen.«

»Natürlich nicht … Du lügst ja nie. Aber … Megan. Ihr habt euch doch nicht getrennt.« Ich ziehe den Pizzarand mit den Fingern auseinander. »Er wird sich wohl kaum bedroht fühlen oder sich irgendwas daraus machen, wenn du hier bei mir wohnst.«

»Es stimmt aber. Wir haben uns getrennt.«

»Haha. Sehr witzig. Hör auf, mich zu verarschen.« Ich wische mir die Hände an meiner Hose ab und biete Patty ein Eckchen Pizzarand an. Ich warte, aber er sagt nichts, sondern starrt mich bloß an.

»Aber du fragst mich gleich, ob ich eure Hochzeitsfotografin werde. Du wirst mich fragen, und ich werde Ja sagen. Und ihr zwei werdet ekelhaft fotogen sein.« Ich stemme eine Hand in die Hüfte und sehe ihn durchdringend an, aber er bricht nicht ein. Meint er das etwa ernst? »Seit wann genau ist mein Handy schon im Klo?«

»Ich habe deinen Eltern und Jamie gesagt, dass ich es dir selbst erzähle. Es ist wahr. Wir haben uns vor vier Monaten getrennt.«

»Aber es ist nur eine Auszeit. Du wirst sie zurückgewinnen.«

»Nein«, sagt er sanft. »Werde ich nicht.«

»Aber du willst sie zurück. Ich helfe dir.« Er schüttelt bloß den Kopf. Und ich verliere vorübergehend den Verstand.

Ich ducke mich seitlich weg Richtung Hintertür – was ich jetzt ganz dringend brauche, ist frische Luft. Ich brauche Himmel, Sterne und Kälte. Ich muss eine Weile auf den Ringen des Saturns sitzen und die Stiefel im schwarzen Universum baumeln lassen, um allein zu sein, doch er umrundet mich, und jetzt bin ich diejenige, die an der Spüle lehnt.

»Bleib hier.«

»Geht es dir gut?« Ich will ihn an den Schultern packen und auf körperliche Schäden untersuchen. Seinen Brustkorb aufbrechen und nachsehen, wie schlimm es sein Herz getroffen hat. Er reagiert, als wäre das eine seltsame Frage.

»Mir?« Er denkt kurz nach. »Alle fragen immer nur, ob es Megan gut geht.«

»Ja, weil sie gerade *dich* verloren hat. Geht es dir gut? Soll ich zu ihr gehen und sie verprügeln?«

Ich merke, dass einer der Küchenschränke über mir ein Stückweit offen steht. Um irgendwas zu machen, hebe ich eine Hand, um ihn zu schließen. Als sich meine Finger in den winzigen Griff haken, bricht das hauchdünne Scharnier, und ich stehe mit einer kaputten Schranktür in der Hand da. Ich lehne sie an mein Bein und versuche, cool auszusehen, auch wenn ich vermutlich an einen weiblichen Wrestler erinnere.

Er muss unfreiwillig lachen.

Ich werde Megan mit dieser Tür verhauen, bis sie einsieht, was für einen Riesenfehler sie gemacht hat. Er weiß genau, was ich denke.

»Es ist keine Gewaltanwendung nötig.« Ein Lächeln umspielt seinen Mundwinkel, als er den Schaden betrachtet, den ich gerade angerichtet habe. »Woher willst du wissen, dass ich es nicht bin, der die Prügel verdient hat?« Er nimmt mir die Schranktür ab. Mehr zu sich selbst sagt er: »Ich dachte mir schon, dass es ungefähr so läuft.«

»Ist dein Herz gebrochen?« Ich greife nach oben und reiße mit einem befriedigenden Krachen die nächste Schranktür ab und reiche sie ihm.

»Es ist … wund. Nicht gebrochen.« Er blickt zu der Tür, die als Nächstes an der Reihe ist. So etwas wie *scheiß drauf* ist in seinem Gesicht zu lesen, und er bricht sie selbst aus den Angeln.

»Wer hat Schluss gemacht?« *Krach.*

»Na ja … ich habe versucht, dahinterzukommen. Nach acht Jahren war es sozusagen im beiderseitigen Einvernehmen, wie das meiste. Tut mir leid. Ich weiß, du mochtest sie sehr. Obwohl, eigentlich war ich mir da nie so sicher.«

Ich reiße die Tür von einem der Unterschränke ab und breche sie über meinem Knie entzwei. Ich weiß nicht, was ich sonst mit dieser Energie machen soll. Er ist Single. Zum ersten Mal seit acht Jahren. Und ich will Schürfwunden vom Teppich, eine Wand im Rücken, ihm das Duschwasser von der Haut lecken und ihn mitten in der Nacht mit kalter Pizza füttern, damit er seine Kraft nicht verliert.

Megan ist ein roter Fleck hinter meinem Mähdrescher, und weiter reicht mein Mitleid mit ihr nicht.

Er versucht mich zu beruhigen, indem er mir eine Hand auf die Schulter legt. »Warum machst du das?«

»Wenn ich es nicht mache, mache ich was anderes.« Etwas so Unumkehrbares, dass wir uns nicht mehr in die Augen sehen können, nicht mal, wenn wir uns im Altersheim auf dem Flur begegnen. Verdammt. Diese ganze Ehrlichkeit, die ich gelobt habe, strebt hinaus. Steigt meine Kehle hinauf und kommt raus, laut wie ein fetter, furchtbarer Rülpser.

»Lässt du mich jetzt endlich deine Hände spüren, oder was?«

# 10. Kapitel

Tom blickt auf seine Hände, in denen er eine Küchenschranktür hält. Er versucht lange, einen Satz zu formen. Schließlich bringt er ein »Wie bitte?« hervor.

»Denn ich schwöre, ich brauche deine Hände mehr als je irgendwas zuvor.«

Ich wische mir mit dem Handrücken über den Mund. Scheiß drauf. Er ist schon groß, er kommt mit Pizza-Atem klar. Mein Körper übernimmt das Kommando. Alles beginnt in mir hochzukochen. All die Jahre gestohlener Blicke und enger T-Shirts und jene Gewissheit tief in meinen Knochen, dass das Tier in ihm mich auch will.

Wie sonst könnte er mir immer dieses Gefühl geben? Heller, dunkler, hungriger. Niemand sonst bringt mich dazu, unter der kalten Dusche zu stehen oder mit bloßen Händen eine Küche niederzureißen. Ich will ihn so sehr, dass ich vor Lust heulen könnte. Ich will die Einzige sein, an die er denken kann.

»Zieh dein T-Shirt aus. Schuhe aus. Ich mache den Rest.« Das Verlangen hat meinen Kehlkopf demoliert, meine Stimme klingt ganz rau. Ich zeige auf meine Schlafzimmertür. »Bett. Los rein.« Mein Blick zielt bereits auf das solide Rechteck seiner Gürtelschnalle. »Es wird dir gefallen.«

»Hast du sie nicht mehr alle?«

Als ich die Hände nach ihm ausstrecke wie ein gruseliger Sexzombie, weicht er zurück in Richtung Kühlschrank. Ein riesenhafter Mann, der sich vor meinen ausgestreckten Fingerspitzen fürchtet. Er greift nach oben und zieht das kaputte Schieberollo vom Fenster und wirft es zwischen uns auf den

Boden, als könnte mich eine wenige Zentimeter hohe Barriere zurückhalten.

»Darcy, soll das ein Witz sein?«

»Sehe ich so aus?« Ich beobachte seinen Hals. Er schluckt, seine Kiefermuskeln spannen sich an, und seine Sehnen stehen hervor wie Gummibänder. Vermutlich sehe ich aus wie ein Raubtier. »Ich mache keine Witze. Ich habe dir doch gerade gesagt, dass ich ab sofort die Wahrheit sage. Ich will dich, so sehr. Und ich spüre, wie sehr du mich willst. Also zeig mir, was du hast.« Mein Atem entweicht aus mir, flach und schnell.

»DB, du hast den Verstand verloren. Hör auf, mich auf den Arm zu nehmen.«

Holly hat recht. Ich bin überhaupt nicht romantisch. Um die Romantik kümmere ich mich später. »Tom Valeska, ich will dich in mir.«

Er atmet zitternd aus, und ich erkenne eine Spur von Angst in seinen Augen. Ich bin eine Furcht einflößende Bestie. Und er ein scheues Reh. Valeska ist nirgendwo zu entdecken. Zum ersten Mal beschleichen mich Zweifel, und ich sehe ihm mit zusammengekniffenen Augen ins Gesicht. Ernsthaft? Ich dachte, ich würde jetzt schon seine Zähne zu spüren bekommen. »Also?«

Er drückt jetzt auf seine Gürtelschnalle, als wäre sie unbequem und störend. »Tut mir leid, dass dich das so schockiert. Ich hätte es dir gleich sagen sollen.«

Er dreht nun seinen Unterkörper von mir weg, und ich bin mir sicher: Er hat eine handfeste Erektion. Ausgelöst von mir. Also mache ich weiter, rücke ihm immer dichter auf die Pelle, bis ich ihm so nahe bin, dass ich nicht mal mehr blinzeln kann. Das Haus hier kann zur Hölle gehen.

Mein Blick lässt seinen Atem stocken. Ich brauche keinen Spiegel, um zu wissen, dass ich *wild* aussehe.

Ich werde ihm einen Moment geben, um sich zu sammeln. »Warum hast du es mir nicht gesagt, als du angekommen bist?

Mensch, Tom. Ich habe mich total zur Idiotin gemacht. Wie oft habe ich dich auf sie angesprochen, und du hast nichts gesagt?« Ich gehe zur Speisekammertür. Das Riesenteil. Was anderes kann ich nicht machen.

*Krach.* Tom fängt sie auf, bevor sie mich unter sich begräbt.

»Sehr oft.« Sein Gesicht ist schmerzverzerrt, als er sie auf unseren wachsenden Schutthaufen wirft. »Es ist wesentlich schwerer, dich anzulügen, als ich dachte.« Er schaut wieder auf meine Schlafzimmertür und schüttelt minimal den Kopf, als ob er Wasser im Ohr hätte. »Hast du gerade zu mir gesagt, ich soll …« Er kann den Satz nicht beenden.

»Du sagst Vince die Wahrheit, aber mir nicht?«

»Ich habe die Beherrschung verloren«, erklärt er humorlos. Da draußen war er ganz er selbst, hatte sich perfekt im Griff. Aber als er mich wieder ansieht, ist sein Blick dunkler geworden. Gieriger. Da ist wieder ein Magnet, der uns zueinander zieht. Endlich.

»Sagt der Typ mit dem Vorschlaghammer im Auto.« Ich schüttele den Kopf und reiße alle Knöpfe von dem kaputten Ofen und werfe sie ihm zu Füßen. »Du bist für mich der einzige aufrichtige Mensch, weißt du das? Du bist der Einzige, der die Wahrheit sagt. Und du hast mich angelogen, seit du hier angekommen bist. Warum?«

»Ich dachte, es wäre besser so. Wenn ich es dir nach der Renovierung erzähle.« Er sagt es, als wäre das vernünftig.

»Warum?« Eine kleine Stimme in meinem Kopf flüstert: *Oh nein.*

»Deswegen.« Er deutet auf den Raum, und sein Blick bleibt an meinem Mund hängen. Ich lecke mir über die Lippen und denke an den Sirup, den ich getrunken habe. Ich werde mir die ganze Nacht die Lippen lecken. Er kommt nicht lebend hier raus.

Dann holt er mich auf die süßeste, liebste Tom-Art zurück in die Realität.

»Ich dachte, es wäre sicherer, es dir erst zu sagen, wenn das Haus fertig ist. Ich dachte mir schon, dass das passieren könnte.« Als könne er nicht anders, schaut er reflexartig auf meine Schlafzimmertür. »Und das wird nicht passieren.« Seine Brust hebt und senkt sich.

Seine Augen wirken zutiefst verstört. Er wird nicht mit mir ins Bett gehen, weil er mich nicht so sieht. Kein bisschen. Und ich habe ihm gerade alle meine Karten gezeigt. Das hier ist genauso, wie Jamie auf dem Parkplatz nach Lorettas Ring zu fragen, eine Minute nachdem er ihn geerbt hat. Warum versuche ich eigentlich nie, strategisch vorzugehen? Alles bricht immer einfach aus meinem Mund heraus wie aus einem Vulkan.

Er sagt: »Ich dachte, es wäre sicherer zu lügen.«

Das Blut schießt heiß und rot durch meine Adern, meinen Oberkörper hinauf, meinen Hals, bis in meine Haarwurzeln. Die Demütigung löst mein Skelett auf. »Sicherer.« Meine Stimme klingt sehr weit weg. »Sicherer?«

Meine Eltern würden den Grund für seine kleine Notlüge wahrscheinlich verstehen, Jamie definitiv.

»Ich muss mich auf das Haus konzentrieren«, sagt er, total vernünftig. »Ich habe noch nie selbstständig ein Geschäft geführt.« Schweiß glänzt auf seiner Stirn, und er ist immer noch außer Atem. »Ich kenne dich, seit du Barbies mit einem Feuerzeug zum Schmelzen gebracht hast. Du bist Jamies Schwester. Ich habe deinen Eltern versprochen, dass ich mich um dich kümmere.«

Und plötzlich verstehe ich. Im Leben geht es darum, Puffer zu finden.

Megan ist ein Puffer, denn es war seit Jahren klar, dass ich in dem Moment, wenn sie weg ist, zuschlage. Himmel, es hat nicht eine Minute gedauert. Dafür, dass ich eine gewohnheitsmäßige Lügnerin bin, versage ich immer in den entscheidenden Augenblicken.

Er hat mit seiner eigenen Firma seinen ersten Auftrag und will nicht, dass ich mich die ganze Zeit an ihn ranschmeiße wie das liebestolle Stinktier Pepé le Pew. Ich bin seine Kundin, die Schwester seines besten Freundes, die herzkranke Tochter von Mr. und Mrs. Barrett, die Belastung. Die Frau, um die er sich kümmern muss, die er geschworen hat zu beschützen.

Ich bin eine Psychopathin, die die Küche kurz und klein schlägt, ihm die Klamotten vom Leib reißt und ihn in Grund und Boden küsst. Und ich muss mich zusammenreißen.

Ich zwinge mich zu lachen und zu nicken. »Okay. Na gut. Das ist wahrscheinlich klüger.«

Ich öffne die Haustür, und die kühle Abendluft strömt herein. Sobald ich hier raus bin, werde ich den nächstgelegenen Ozean finden und ins Wasser hineinlaufen, bis nach Atlantis, und mir dort ein Grundstück suchen. »Wenn wir uns das nächste Mal sehen, wäre es nett, wenn du mir kein Scheißgefühl wegen eben gibst. Tu so, als wäre nichts gewesen. Aber weißt du, was? Ich hätte gedacht, dass du mehr Mumm hast.«

***

Ich gehe noch schnell in einen Schnapsladen und kaufe irgendein billiges, klebrig-süßes Zeug und dann zu Truly. Sie öffnet die Tür und blinzelt eulenhaft in die Nacht.

»Ich muss mich mal kurz auf deine Couch legen«, sage ich zu ihr und streife die Stiefel ab. »Ich habe gerade etwas Unverzeihliches getan.«

»Okay«, sagt sie ohne zu zögern, ganz die tolle Freundin, die sie ist. Wir liegen schon seit der Highschool zusammen auf der Couch herum. Ich werde auf ihrer Couch liegen, bis ich sterbe.

Obwohl auf ihrer Couch zu sterben aktuell keine Option ist, wie sich herausstellt, denn sie ist überhäuft mit Unterwäsche. Truly scheint meine Ankunft kaum registriert zu haben. Sie geht zurück an ihre Nähmaschine, die von einem hellen Oberlicht beleuchtet wird, und das Surren fängt wieder an.

Truly Nicholson ist die Königin eines Kult-Indie-Unterwäsche-Labels namens Underswears, und nein, ihr Name ist kein Spitzname. Das heißt, ursprünglich schon. Sie wurde im Mutterleib Truly genannt, als sie schließlich doch noch auf dem Ultraschallbildschirm auftauchte. Dieses kleine Baby war *wahrhaftig ein Wunder*.

Ich werfe einen prüfenden Blick auf ihren vornübergebeugten Rücken. »Mach jetzt Schluss, du hast genug gearbeitet.« Ich wette, dass sie seit Stunden – möglicherweise Tagen – nichts gegessen hat, weil sie Angst vor fettigen Fingern hat. Krümel, Flecken und Spritzer sind ihre Todfeinde. »Truly, ich muss dir erzählen, was ich gerade Bescheuertes getan habe.«

*Wiiiiiii*, die Nähmaschine produziert fünf Zentimeter winzige Nähte. Ein Klicken, und dann wieder *wiiiiii*.

Roboterartig hebt Truly den Nähfuß, positioniert ihn neu, drückt ihn herunter und dann, *wiiiii*. Ihre Augen sind völlig ausdruckslos. Ich bin mir ziemlich sicher, dass sie schon wieder vergessen hat, dass ich da bin. Als ich sehe, dass sie mit der aktuellen Unterhose fertig ist, knipse ich die Lampe über ihr aus.

Der unheimliche Zauber ist gebrochen. Sie sackt vor der Nähmaschine zusammen, während ich eine Schokomilch auftreibe, die noch nicht abgelaufen ist. Ich nehme Wäschestapel von einem kaum benutzten Sessel, setze sie darauf und halte ihr den Strohhalm in den Mund.

»Ein bisschen dramatisch«, flüstert sie heiser und fixiert mich mit ihren blassgrünen Augen, während sie das ganze Glas leert und immer noch saugt, als sich schon längst keine Flüssigkeit mehr darin befindet. Ihre Hände sind derart verkrampft, dass sie im Moment nutzlos für sie sind.

Ihr glänzendes erdbeerblondes Haar wirkt stumpf und erdfarben, und ihre Wangen mit den Grübchen sind blass. Sie sagt immer, sie hätte Knuddelformat. Ich weiß nicht, was das bedeuten soll. Einen spektakulären Busen und herzförmigen Hintern? Jede Linie an ihr, die zu einem Gelenk führt, ist eine Kurve, als wäre sie mit einem pinkfarbenen Kalligrafiestift gezeichnet. Ihr Gesicht ist unglaublich fotogen. Ich wünschte, alles wäre anders gelaufen, sodass ich sie heiraten könnte.

Nur dass mich niemand heiraten würde. Ich bin eine Irre. »Baaah«, ich muss unwillkürlich laut aufstöhnen. Ist das, was ich Tom angetan habe, schon eine Form von Körperverletzung?

Ich schaue auf die fertiggestellten Slips, zehn pro Stapel. Ich fange an zu zählen. Es müssen locker dreihundert sein. Wahrscheinlich mehr. »Wie lang sitzt du schon daran?«

»Wie viel Uhr haben wir denn? Und welchen Tag?« Das soll noch nicht mal ein Witz sein.

»Dienstagabend.«

Ich stelle das Glas beiseite und nehme ihre kalte Hand. Sie schließt die Augen, während ich sanft versuche, ihre Finger geradezubiegen. Die Sehnen widersetzen sich mir wie Drähte. Ich beginne zu reiben. Ich glaube nicht, dass sie im Moment irgendwas spürt. »Du machst dich kaputt.«

»Mein Webshop hatte einen Softwarefehler und hat doppelt so viel verkauft wie meine Maximalkapazität. Zwei ... hundert ... fünfzig ... *Paar*. Ich habe über eine Stunde lang geheult.« Sie ist völlig aufgelöst. »Fünfhundert Stück insgesamt.«

Der Jamie-Teil meines Gehirns überlegt, wie viel Geld das bedeuten würde. Mathe ist nicht meine Stärke, aber es ist eine Menge. »Du hättest die Transaktionen einfach rückgängig machen sollen.«

»Aber das ... konnte ich doch nicht machen. Die Leute wären enttäuscht gewesen.« Sie zieht ihre Hand weg und streckt mir die andere hin. Die Finger sind gekrümmt, und dieses Mal heult sie vor Schmerz auf, als ich sie flach streiche. »Au, au, au.«

»Du schuldest niemandem *irgendwas*. Das Geld ist es nicht wert, dass sich deine Hände in Hummerscheren verwandeln. Karpaltunnelsyndrom ist kein Spaß.«

Um ein Haar gebe ich dem Drang nach, sie zu fragen, ob sie beim Arzt war, aber ich hasse es selbst, wenn Leute mich das fragen. Also beiße ich mir auf die Zunge und gehe wieder in die Küche. Ihr Kühlschrank ist ungefähr so gut bestückt wie meiner. Im Gefrierfach finde ich Brot und stecke ein paar Scheiben in den Toaster.

»Wenn ich bloß diese Aufträge abarbeiten kann …«, sagt sie aus dem Nebenzimmer mit schläfriger Stimme. »Ich mache diesen Posten fertig, verschicke ihn, und dann …«

»Dann denkst du dir ein neues tolles Schimpfwort aus, und das Ganze fängt von vorne an.«

*Underswears* sind hoch geschnittene Unterhosen aus Bio-Baumwolle mit breiten nahtlosen Säumen und robusten, kugelsicheren Zwickeln. Dein Arsch kann diese Unterhose unmöglich fressen! Bei jeder steht eine Beleidigung oder etwas Anstößiges auf dem Hintern. Ich trage gerade ein Exemplar, auf dem in Graffiti-Schrift ARSCHLOCH steht.

Während ich auf den Toast warte, sehe ich mir die neueste Kreation an. Sie ist rot mit einem blauen, maritimen Streifen, auf dem MENSCHLICHES TREIBGUT steht. Ich habe vor ein paar Wochen den Prototyp fotografiert. »Menschlicher Abfall im nautischen Stil«, sage ich zu mir selbst. »Davon brauche ich ein paar. Fehlt bei denen noch irgendwas?«

Truly stöhnt. »Kleine Anker. Warum habe ich mich bloß für diese Anker entschieden?«

»Aus einer Laune heraus. Du und deine Launen.«

»Tja, meine Laune bedeutet fünfhundert Miniaturanker. Das ist dein Job, bitte.«

Sie zeigt auf ein kleines Päckchen.

»Kein Problem.« Winzige Aufnäher anbringen, darüberbügeln und verpacken ist nicht neu für mich. Ich schleppe kistenweise Unterwäsche zur Post. Die bloße Anzahl der Anker demotiviert mich kurzzeitig, aber ich unterdrücke das Gefühl. Truly muss sich noch viel schlechter fühlen. Außerdem muss ich mich davon ablenken, was ich gerade getan habe.

Ich habe den roten Zeichentrick-Zünder runtergedrückt und meine zerbrechliche Freundschaft mit einem Menschen in die Luft gesprengt, der das absolut nicht verdient hat.

Diese Handarbeit ist genau, was ich jetzt brauche: etwas, worauf ich mich voll und ganz konzentrieren kann. Alles, was weniger als perfekt ist, läuft Gefahr, als zweitklassig angesehen zu werden. Ich prüfe die Farbe der Baumwolle, messe genau die Mitte des Bunds ab, fädele das Garn in die Nadel und nähe mit fünf nicht zu strammen Stichen den Anker an. Ein winziger sauberer Knoten, Faden abschneiden, und die nächste. Nur noch 499. Ich zeige es Truly, und sie nickt wortlos. Ihr Handy leuchtet auf, und sie wird mit Textnachrichten bombardiert.

»Wer ist das denn?«

»Mein geheimer, imaginärer Liebhaber«, sagt sie gedehnt und wirft das Handy mit dem Display nach unten auf den Couchtisch. Sie weiß nicht, dass sie sexy ist. Sie könnte einen echten Liebhaber haben, wenn sie wollte. Ich mustere ihr Gesicht, und mir wird klar, dass sie ein Geheimnis hat. Man sieht es an dem kaum merklich hochgezogenen Mundwinkel und dem Funkeln in ihren Augen. Jemand hat meiner Truly Schmetterlinge in den Bauch gezaubert.

»Ich lasse dir dein Geheimnis noch etwas länger. Irgendwann wirst du es schon ausplaudern.«

»Bestimmt. Dich kann man so schwer anlügen.«

Sie ist schon die zweite Person, die mir das heute Abend sagt.

Ich nähe und nähe und versuche zu ignorieren, dass auf meiner Flasche Wein ein erotischer, kühler Tau liegt.

»Ich gebe deine Nummer mal einem Mädchen, mit dem ich arbeite, Holly. Ich glaube, sie wäre gut in so was. Du solltest dir langsam eine zuverlässigere Arbeitsbiene als mich suchen.« Ich fange wieder von vorne an. Fünf Stiche, Knoten, Abschneiden. »Und ich besorge mir ein neues Handy. Nächstes Mal kommst du und holst mich zu Hilfe.«

»Sorry. Ich bin einfach nur durchgedreht und habe angefangen zu nähen.« Trulys Stimme klingt hundemüde.

»Wenn du je wieder doppelt verkaufst, setze ich eine E-Mail auf und storniere die Bestellungen. Ich bin dein gesichtsloses Verwaltungsarschloch. Die werden schon mit ihrer Enttäuschung leben können.«

»Irgendwie brauche ich das Geld«, sagt Truly, was sehr untypisch für sie ist. »Wenn ich die Firma vergrößern will, muss ich einen Kredit aufnehmen. Das macht sich gut in meinen Büchern.«

Wir sitzen lange schweigend zusammen, Truly hat die Augen geschlossen. Ich beginne mit einem neuen Anker. »Tom ist da. Wir fangen mit der Renovierung an.«

Trulys Mund bewegt sich abwärts. »Das bedeutet, dass du wegfährst, oder?«

»Nein, ich bleibe hier, solange renoviert wird. Ich arbeite am Haus.« Ich gebe einen bombastischen Seufzer von mir, damit sie nicht weiß, ob ich ernst meine, was jetzt kommt. »Mein bescheuerter Versuch, mich bei Jamie dafür zu entschuldigen, dass ich ihm sein finanzorientiertes Herz gebrochen habe. Und ich will sichergehen, dass das Haus so wird, wie ich es will.«

Ich denke eine Weile über Geld nach. Was ich nicht gern mache. Aber wie kann ich für Truly mehr davon beschaffen? Jamie arbeitet in einer Bank. »Vielleicht kennt Jamie jemanden, der dir mit dem Kredit helfen kann. Oder …«, ich richte mich begeistert auf. »... wenn das Haus verkauft ist, könnte ich ...«

»Nein«, Truly schüttelt mit geschlossenen Augen den Kopf. »Kein Vitamin B. Kein Retter aus der Barrett-Familie. Ich mache das allein.«

»Jamie wäre wohl kaum ein Retter, wenn er deinen Namen einem Kollegen gibt.«

»Ich meinte dich.«

»Mich.« Ich lache und greife nach der Weinflasche. Das beschlagene Glas benetzt meine Hand und lässt mich zurückschrecken. Ich kann nicht riskieren, dass auch nur ein einziger Baumwollfaden feucht wird und ich es für Truly vermassele. Ich wische mir die Hand an meinem Bein ab.

»Du warst damals schon mein Startkapital.«

»Du hast es mir zurückgezahlt.« So langsam wird es mir peinlich.

»Du machst alle Fotos, ohne mir etwas zu berechnen. Du nähst fünfhundert Miniaturanker an ...«

»Bis jetzt habe ich erst fünf geschafft.«

Sie überhört meinen Protest. »Du kaufst mir Lebensmittel ein und biegst meine Finger gerade. Du bist die Beste.«

»Ich bin menschliches Treibgut.«

»Du bist die Beste«, wiederholt sie, bis ich lächele und diese Weinflasche gar nicht mehr brauche. »Also, wie geht es Tom? Immer noch der heiße, gutmütige Muskelprotz?«

»Ich muss mir jedes Mal einen Maulkorb anziehen, wenn er vorbeigeht. Die Hochzeit ist abgeblasen.« Ich zähle gewissenhaft meine Stiche. Und warte auf ihren schockierten Ausruf.

»Das überrascht mich eigentlich nicht so sehr.«

»Also ich war so überrascht, dass ich einige Schranktüren aus den Angeln gerissen habe. Sie liegen auf einem großen Haufen in der Küche auf dem Boden. Dann habe ich ihm gesagt, dass er mit mir ins Bett kommen soll.«

»Haha«, bellt Truly mit geschlossenen Augen.

»Das ist kein Witz. Ich habe ihm gesagt ...« Ich verstumme und schlucke den Kloß in meinem Hals hinunter. »Ich habe ihm gesagt, dass ich ihn *in mir* will. Das ist eine Art von ... sexueller Belästigung, oder?«

Sie schüttelt sich vor Lachen. Prustend sagt sie: »Megan schien nie besonders in ihn vernarrt zu sein. Was komisch war, weil beide umwerfend sind. Sie waren eher wie Bruder und Schwester. Ich wette, sie hat ihm nie gesagt, dass sie ...«, sie schlägt die Augen auf, und sie blitzen lebhaft grün auf, »... ihn *in sich* will.«

»Wehe, wenn doch«, knurre ich.

»Ich wette, sie hat es sich in ihr Bullet Journal eingetragen: ›Samstag in einer Woche, 18:00 Uhr‹. Mit goldenem Sternchen-Aufkleber für Geschlechtsverkehr.« Truly döst wieder ein, wobei sie hin und wieder ein Kichern von sich gibt.

In mein Tagebuch würde ich in den wenigen Zeitlücken, in denen ich Tom schlafen lasse, mit verschmiertem Kugelschreiber und schwacher Hand schreiben: *Sex gehabt, gefickt, geblasen, bin halb tot, brauche dringend was zu essen.* Ich und mein romantisches Herz.

Ich werde ihn immer verteidigen. »Du kannst nicht wissen, wie es bei einem Paar abläuft, wenn es allein ist.« Ich strecke mich und stöhne vor Elend. »Ich wette, er ist absolut spektakulär im Bett. Er ist so ... kompetent. Sie konnte sich bestimmt nicht beschweren.«

»Hast du jemals gesehen, dass sie sich geküsst haben? Nur ein einziges Mal? Ich fand das immer merkwürdig. Ich hätte sie sich gern mal küssen sehen.« Truly fängt an zu lallen. Milch und Toast sind offenbar starke Opiate.

»Vielleicht wollte sie es nicht, wenn ich dabei war.«

Weil ich wahrscheinlich über sie hergefallen wäre, sie erstochen und alles abgefackelt hätte. Von einem Hügel aus hätte ich zugesehen, wie ihr Dorf bis auf die Grundmauern niederbrennt, und die Flammen hätten in meinen Wikinger-Augen geknistert. Ich vermurkse den Anker, den ich gerade annähe, muss alle Fäden abschneiden und von vorn anfangen.

Truly seufzt mit einem Lächeln auf den Lippen. »Ich bin so froh, dass du auf meiner Seite bist. Du wärst schrecklich als Gegnerin.« Kann sie vielleicht Gedanken lesen?

»Du verwechselst mich mit meinem Bruder. Er ist wie der Gegner, gegen den du auf dem letzten Level eines Computerspiels kämpfst. Jedenfalls habe ich nie irgendwas gemacht, um sie auseinanderzubringen. Ich war so höflich zu ihr.«

»Mit deinen riesenhaften grauen Augen, mit denen du sie bei jedem Weihnachtsessen angestarrt hast, als läge sie platt auf dem Objektträger eines Mikroskops.«

»Sie ist so schön«, stöhne ich, während meine Nadel auf Autopilot in den Stoff hinein und wieder heraus gleitet. »Ich glaube, ich war selbst ein bisschen in sie verliebt. Ihre Haut und ihre Haare sind einfach so … schön.« Mir fällt kein anderes Wort für sie ein.

»Deine doch auch.«

»Haare?« Ich deute mit einer Handbewegung auf meinen kahlen Nacken. »Von welchen Haaren sprichst du?«

»Darce«, sagt Truly und lächelt mich an, als wäre ich ein bemitleidenswerter Trottel, »du bist ein zäher Brocken, aber ein verdammt hübscher. Aber was spielt das überhaupt für eine Rolle? Er achtet sowieso nicht aufs Äußere.«

Ich halte inne, knote und schneide. »Tom ist der Beste. Ich hatte mich daran gewöhnt, dass er ihr gehört. Aber jetzt …« Die Nadel fällt mir auf den Boden, und ich taste vor mich hin schimpfend mit der Hand danach. »Jetzt ist er Single, und ich habe das Gefühl, ich muss mich mit einer Kanone ins Weltall schießen. Ich habe ihn gerade sexuell belästigt.« Ich steche mich in den Finger und fluche. »Er hatte Angst vor mir.«

»Ach, wirklich?« Sie fängt an, wie verrückt zu kichern. Dann geht sie ins Bad, das in ihrer winzigen Wohnung nicht weit weg ist, und pinkelt unüberhörbar eine halbe Ewigkeit.

»Er hat es mir verschwiegen. Sein Plan war, mir erst nach dem Ende der Renovierungsarbeiten von der Trennung zu erzählen. Er meinte, das wäre sicherer.« Bei dem Wort zucke ich zusammen. »Sicherer. Was dachte er denn, was ich tun würde? Ihn zerfleischen?« Die Szene in der Küche fällt mir wieder ein. »Ja, okay.«

Truly spuckt Zahnpasta ins Waschbecken. »Vielleicht traut er sich selbst nicht über den Weg.«

»Das ist wirklich nicht der Punkt.« Ich denke wieder an die Küche.

Ich war mir so sicher, den aussagekräftigsten Teil von Tom Valeskas Anatomie an meinem Bauch gespürt zu haben. »Er will mit der Renovierung fertig werden, ohne dass ich ihm hinterherlaufe und versuche ihn zu beschnuppern. Ich muss mich einfach im Zaum halten und irgendwie die nächsten Monate überstehen. Kann ich hier bei dir bleiben?«

Sie lächelt süß. »Nein. Du bleibst bei ihm.« Ich zerre sie in ihr Schlafzimmer und knipse eine Lampe an, um ihr dann die Sneaker mit dem Kirschenaufdruck auszuziehen. Truly kriecht, noch angezogen, in ihr Bett. Sie fängt an zu heulen.

»Was ist denn los?«

»Ich bin so müde«, sagt sie zwischen zwei Schluchzern. »Mich hinlegen tut richtig weh.«

Ich streiche ihr Haar auf dem Kissen glatt. »Ich weiß, aber gleich bist du weg. Ich werde hier sein, wenn du aufwachst, und dir beim Verpacken helfen.«

»Ich wette, Vince hat dich noch nie dazu gebracht, eine Küche zu zertrümmern«, sagt Truly, ihre Augen schließen sich, und Tränen kullern ihre Wangen hinunter, um dann in den Haaren zu versickern.

»Nein. Wirklich nicht.«

»Interessant. Das würde ich Jamie lieber nicht erzählen.« Meint sie mich oder sich selbst? Aber Jamie und sie kennen sich doch gar nicht. Sie ist die einzige Person in meinem Freundeskreis, die ich rigoros von ihm ferngehalten habe.

Truly gehört mir, zu einhundert Prozent.

»Was du nicht sagst. Er würde sofort ins nächste Flugzeug steigen. Business Class, Fensterplatz. Ein blonder Snob im Anzug, der Wein trinkt, finster auf die Welt hinunterblickt und Tom zu Hilfe eilt, um ihn vor meinen Krallen zu retten.«

»Irgendwie geile Vorstellung«, lallt sie im Wegdämmern, und ihr Kopf rollt zur Seite.

Großer Gott. Mehrere Fässer böser Chemikalien müssen ins Trinkwasser gelangt sein. Noch immer hallt Hollys Aussage in mir nach: *Er ist echt attraktiv* hallt im Raum nach. Ich frage mich, ob Jamie sich in Trulys urzeitliches Eidechsengehirn gegraben hat wie eine Zecke.

Falls ja, werde ich ihn mit einer Pinzette herausziehen.

Im Wohnzimmer setze ich mich mit Nadel und Faden hin. Ich vermisse meinen abscheulichen, gut aussehenden Bruder. Das passiert immer in Momenten wie diesen, wenn es dunkel ist, keine Musik läuft und niemand zum Reden da ist. Seine Abwesenheit ist die Leere in mir, und ich weiß nicht, was ich noch in sie reinstopfen kann. Obendrein habe ich es gerade so richtig verkackt. Ich denke an Toms Entsetzen. Ich war zu ehrlich. Und dabei war ich stocknüchtern.

Die Flasche mit dem billigen Wein steht dort auf dem Läufer wie ein Pinguin.

»Was?«, sage ich zu ihr. »Lass mich mal einen Moment in Ruhe.« Ich nähe und hefte meinen Blick auf die Nadel.

Sie hört nicht auf, mich anzustarren.

Nach ein paar weiteren Ankern gebe ich auf und schraube den Deckel auf, um daran zu riechen. Ich nippe ein bisschen an der Flasche, dann werden die Schlucke immer größer. Etwa ein Glas voll läuft meine Kehle hinunter. Ich denke daran, wie Tom in meine Mülltonne geschaut hat. Ich denke an die Aufgabe, die Truly mir anvertraut hat.

»Ich muss mich konzentrieren«, sage ich streng zu der Flasche und stelle sie in Trulys Kühlschrank. Das mehrmalige Aufstehen und Hinsetzen erzeugt ein gespenstisches Flattern in meiner Brust. Ich habe die Medikamente zu Hause vergessen.

Zum ersten Mal seit einer Ewigkeit mache ich mir Sorgen um mich selbst. Es ist schlimmer als damals, als ich mein Furby unter dem Bett verenden ließ, wo es wimmerte und heulte. Wie mache ich diese fundamentale Vernachlässigung bloß wieder gut? Ich klopfe mir auf die Brust. »Halte durch.« Ich sollte mich wirklich mal untersuchen lassen, ein EKG machen, aber Jamie kommt immer zu diesen Terminen mit. Ich bin ein Baby. Einfach nur die Prinzessin, die Erwachsensein spielt und es nicht schafft.

Ich werde jeden einzelnen Anker annähen, bevor Truly aufwacht. Ich bin wie die Elfen, die dem Schuhmacher helfen. Ich werde nähen und nähen. Vielleicht lenkt mich das von dem Gedanken ab, dass Tom auf der Erde herumläuft, als strahlender Single.

*Vielleicht könnte ich ihn rumkriegen*, schlägt mein Gehirn optimistisch vor, und die Nadel fährt in meinen Finger.

Wie könnte ich es riskieren, ihn zu verletzen, ihn zu verlieren, nur um seinen Körper zu bekommen? Ich müsste der schlechteste Mensch der Welt sein, um so etwas zu tun. Der rücksichtsloseste, gleichgültigste Mensch der Welt. Völlig beziehungsunfähig. Oh, Moment, das bin ich ja.

»Menschliches Treibgut«, sage ich zu mir selbst und nähe immer weiter und weiter.

# 11. Kapitel

Es ist sehr, sehr lang her, dass ich die Farben des Sonnenaufgangs gesehen habe.

In meinem alten Leben hätte ich meine Fotoausrüstung schon viel früher am Morgen ins Auto geladen und wäre zu einem Shooting davongerast, hinein in dieses buttercremefarbene Leuchten. In diesem Licht sieht jeder schön aus. Es ist ein Weichzeichner, der in meinem Softwarepaket nicht zu finden ist. Dieses Licht lässt alles erglühen, was es berührt.

Aber – Farbspektakel hin oder her: Ich. Will. Sterben. Es. Ist. Verdammt. Früh.

Im Dämmerlicht meines neuen Garten-Studio-Schlafzimmers ziehe ich mich an. Ich habe den Mäusedreck rausgefegt, Tom hat mein Bett hier reingeschafft, und jetzt wohne ich offiziell in meinem eigenen Garten.

Was trägt man als Mitglied eines Bautrupps? Ich bin mir nicht ganz sicher. Nachdem ich die Frage erfolglos gegoogelt habe, entscheide ich mich für ein Tanktop, schwarze Jeans und Underswears, bei denen DORFTROTTEL hinten draufsteht. Panda-Makeup. Elvis-Frisur. Ich schnüre meine Stiefel fest zu. Ich meine es ernst.

Ich meine es jetzt schon ganze anderthalb Wochen lang ernst, und das ist nur möglich, indem ich Tom aus dem Weg gehe. Dass ich mich bis auf die Knochen schäme, macht es mir bemerkenswert einfach.

Ich habe Schichten in der Kneipe angenommen, die ich weder will noch brauche. Ich habe Unterwäsche verpackt. Ich habe eine Lieferung billiger Zirkonia-Halsketten fotografiert, die bei Licht betrachtet grauenvoll waren. Es gab keine andere

Möglichkeit, mit der schmerzhaften Peinlichkeit zwischen uns klarzukommen, als einen Bogen umeinander zu machen, jeglichen Augenkontakt zu vermeiden und das Gespräch einzig auf Tatsachenfeststellungen und höfliche Fragen zu beschränken.

Ansonsten wird der Nachhall von *Tom Valeska, ich will dich in mir*, so laut, dass wir beide davor zurückzucken.

Ich bin nicht die Einzige, die sich zurückzieht. Tom plant wie besessen jeden Quadratzentimeter der Renovierung. Mit seiner Hilfe als Chefvermittler sind die Barrett-Zwillinge zu einer Einigung in Sachen Ästhetik gelangt. Modern, aber mit Vintage-Gegenständen, einem komplett auf alt getrimmten Bad und einer von mir ausgesuchten Tapete im Wohnzimmer. Nach diesem Telefongespräch musste Tom sich ins Bett legen.

Er hat so hart gearbeitet, und das ist auch der Grund, warum ich so früh aufstehe: um zu beweisen, dass ich mich genauso reinhänge wie er.

Ich schiebe die Studiotür auf und trete in das wunderbare Licht hinaus. Es ist so früh, dass ich das Gefühl habe, ich müsste einen Koffer hinter mir her ziehen und zum Flughafen gehen. Auf meinem neuen Handy sehe ich nach, wie viel Uhr es ist. Halb sechs. Oh mein Gott!

Höchste Zeit, sich in einen erwachsenen Menschen zu verwandeln.

Tom schläft auf dem Rasen vor meinem Schlafzimmerfenster, genau wie Valeska es in meiner kindlichen Vorstellung getan hat. An diesem Zelt kommt keiner vorbei, um sich an die Glastür meines Studios heranzuschleichen. Im Moment ist der Reißverschluss an seinem Zelt zugezogen. Es ist sehr still da drin.

Ich gehe zum Eingang und kratze leicht mit den Fingern an der Zeltwand. Patty erwidert das Kratzen. »Tom? Ist das Wasser drinnen abgedreht? Ich platze gleich.«

Jedes Mal wenn ich eine sanitäre Einrichtung benutzen

will, ist sie außer Betrieb. Oder kann nicht benutzt werden. Es ist zum Aus-der-Haut-fahren.

Es kommt keine Antwort, und auch sonst ist nichts zu hören. Ich ziehe den Reißverschluss ein Stück auf, gerade so viel, dass Patty sich hindurchquetschen kann. Sie rast auf das nächstbeste Grasbüschel zu und pinkelt endlos. Fast bin ich bereit, es ihr gleichzutun. »Tom? Bist du da drin?«

»Was?« Er klingt total verschlafen. Eine Pause entsteht. »Oh, Mist.« Es folgt ein Rascheln, ein paar angestrengte Grunzlaute, und Tom zwängt sich aus dem Zelt, als würde er gerade geboren. »Mist. Wie spät ist es?« Er mustert mich von oben bis unten. Frisur, Make-up und schwarze Klamotten.

»Halb sechs.« Es ist nicht zu überhören, wie stolz ich bin.

»Mein Handy ist tot. Ich habe verschlafen. Verdammt.« Er rubbelt sich mit den Händen das Gesicht, und sein T-Shirt rutscht ihm bis über den Bauchnabel hoch. Nicht nur sein Handy ist gerade gestorben. Das ist die Art von flachem, hartem Bauch, auf dem man ein wichtiges Dokument unterzeichnen könnte, mit Kugelschreiber.

*Sicherer*, erinnere ich mich reflexartig, als mein Körper darauf reagiert, ein wärmendes Gefühl, das mich packt. *Sicherer.* Allein das Wort verleiht mir die Kraft, meinen Blick auf etwas anderes zu richten, auf irgendetwas, das nicht sein Körper oder sein Gesicht ist.

Ich will gerade etwas sagen, um seine blank liegenden Nerven zu beruhigen, als er in vorwurfsvollem Ton fragt: »Bist du jetzt erst nach Hause gekommen?«

»Nein. Ich bin bloß früh aufgestanden.«

»Ja, klar. Mit Parfüm und Make-up.« Er sagt es mit einem ungläubigen Schnauben. Schon seit ich über Nacht bei Truly geblieben bin, reagiert er mit einer Mischung aus Misstrauen und Gleichgültigkeit, was mein Wohlbefinden und meinen Verbleib angeht. Er denkt, dass ich losgezogen bin und meine sexuelle Energie beim Vince abgebaut habe.

»Wirklich. Ich habe bis spätabends in der Kneipe gearbeitet und mir den Wecker gestellt wie eine Erwachsene. Warum ist das so schwer zu glauben?«

»Du hast mir mal gesagt, dass böse Mädchen um sechs Uhr morgens ins Bett gehen. Und du trägst dein Party-Outfit.« Er kneift die Augen zusammen, als versuche er, meine Witterung aufzunehmen. »Hast du einen Kater?«

Ich bin beleidigt, und das lässt meine Stimme scharf klingen. »Ich habe das Memo mit der Kleiderordnung nicht bekommen. Wie du weißt, habe ich noch nie auf dem Bau gearbeitet. Und nein, ich habe seit Tagen nichts getrunken. Ist das Wasser im Haus angestellt oder nicht?«

»Das Wasser ist noch an.« Sichtlich aufgewühlt verschwindet er in seinem Zelt. »Verdammt. Meine Jungs kommen jeden Moment.« Man hört das Geräusch von Klamotten, die gedehnt werden. Heutzutage sind Zelte aber auch viel zu kompakt.

Ich gehe in mein Schlafzimmer und hole die neue Powerbank, die ich mir gekauft habe. Ein weiterer meiner jämmerlichen Versuche, Verantwortung zu übernehmen. »Steck dein Handy da rein.«

»Das fängt ja gut an«, murmelt er vor sich hin. Eine Hand greift nach der Powerbank. »Bitte sag Jamie nicht, dass ich verschlafen habe. Der wird mir das ewig unter die Nase reiben.«

»Keine Sorge. Ich weiß ja, wie er sein kann. Er würde das noch jahrelang zum Besten geben. Aber deine Anfahrt beträgt heute Morgen ungefähr dreißig Meter. Du kommst also nicht zu spät. Alles ist gut.« Es ist traurig, wie hart er zu sich selbst ist. »Selbst wenn du bis neun geschlafen hättest, wäre das nicht schlimm.«

»Doch«, ertönt es aus seinem Zelt, und seine Stimme klingt leicht aufgebracht. »Ich will alles perfekt machen.« Das Wort klingt wie eine große Last. Und ich habe es dazu gemacht. Wir alle haben das.

Nachdem ich im Bad war und mir die Zähne geputzt habe, gehe ich in dem leeren Haus umher, während das magische Morgenlicht beginnt, von der Seite hereinzuscheinen. Ich habe das Gefühl, dass alles zu schnell geht. In der Aufregung des Packens und des harten Kampfes, Tom aus dem Weg zu gehen, habe ich ganz vergessen, dass all das bald der Vergangenheit angehört. Aber ich bin noch nicht bereit, mich endgültig von dem Haus zu verabschieden. Ich gehe zur Wand, streiche mit den Händen darüber und spüre, wie die alte Tapete knistert. Wie kann ich mir das für immer bewahren?

»Du bist wundervoll«, flüstere ich dem Haus zu. »Danke. Es tut mir leid.« Ich gehe zum Kamin. Sie müssen ihn unbedingt abdecken, damit er nicht beschädigt wird. Jeder von Loretta eingeschlagene Nagel ist kostbar. Wie viele kleine Verbindungen zu ihr ich wohl verliere, wenn von diesem Haus quasi nur noch die nackten Grundmauern stehen. Ich mache auf dem Absatz kehrt und würde Tom am liebsten sagen, dass er alles abblasen soll.

Wenn ich ihm in die Augen schauen und ganz lieb bitten würde, würde er es machen.

Es klopft an der Haustür. Ich mache sie auf, und vor mir stehen drei Männer in tadellosen Poloshirts, auf die »Valeska Bau-Service« gestickt ist. Für einen Moment bin ich sprachlos vor Stolz. Aber nur für einen Moment.

Wie war das Einmaleins für Barkeeper? Finde den Alphamann. »Schon wieder die Pfadfinderinnen? Seht zu, dass ihr Land gewinnt.«

Der mit der Glatze schaut zurück zur Straße, um sich zu vergewissern, dass es das richtige Haus ist. Der junge Typ grinst. Der ältere schürzt die Lippen. Da ist er.

»Ich verarsche euch nur. Ich bin Darcy. Tom ist gerade nackt, aber er ist sofort bei euch.«

»Ich bin nicht nackt«, ruft Tom verärgert, als er mit großen Schritten ins Zimmer kommt. Er sieht aus, als wäre er vor kurzer Zeit noch nackt gewesen, das Gesicht voller Bartstoppeln und eine Druckstelle vom Kissen auf der Wange. Zum Anbeißen. »Darcy, bitte.«

Ich hebe abwehrend die Hände. »Ich bin nicht für das verantwortlich, was ich vor sechs Uhr von mir gebe. Und vor dem ersten Kaffee. Also, als Erstes: Ich will, dass dieser Kamin behandelt wird, als wäre er ein Baby.« Ich tätschele den Kaminsims und gehe dann in die Küche.

»Verschlafen, Chef?«, sagt der junge Typ. Ohne auf eine Antwort zu warten, folgt er mir. Er ist ein muskulöses Schnuckelchen, das vor Jugend und Dummheiten strotzt. In der Kneipe würde ich mir von ihm definitiv den Ausweis zeigen lassen. Vielleicht ist er ein Auszubildender, der Tom der nächsten Generation. *Aufspüren. Rausziehen. Wegtragen.* Er lehnt sich an die Bank. »Sagtest du was von Kaffee?«

»Klar. Wer will einen?«

»Wir müssen die Ausrüstung ausladen«, sagt Tom.

»Kaffee dauert nur eine Sekunde«, erwidere ich und nehme ein paar Tassen aus dem leeren Regal. Wenn ich eins über dieses Leben weiß, dann, dass Menschen sich besser fühlen, wenn sie etwas Flüssigkeit intus haben. »Ich glaube, Tom braucht zwei Kaffee.«

»Ladet die Sachen aus«, befiehlt Tom. Seine Stimme hat einen Basston, den ich in meinem ganzen Leben noch nicht gehört habe. Es ist der Tonfall, in dem man sagt: *Auf die Knie!* Mein Körper will dem Befehl prompt nachkommen: *Ja, okay!*

Die Männer drehen sich alle um und verschwinden nach draußen. Tom wirft mir beim Rausgehen einen finsteren Blick über die Schulter zu. Ich atme aus, und in dem leeren Raum klingt es wie ein Keuchen. Was für eine Vorstellung, von Tom Valeska herumkommandiert zu werden. Ich glaube, er ist der einzige Mann, von dem ich mir das gefallen lassen würde.

Ich muss aufhören, solche Sachen zu denken.

»Tja, ich weiß zwar nicht, wieso, aber irgendwie hab ich's wieder mal vermasselt«, sage ich zu Patty. Ich löffele ihr etwas zum Frühstück in den Napf und finde Diana auf dem Fenstersims der einstigen Waschküche sitzend. »Wir haben dein Zuhause zerstört, nicht war, kleine Dame?«

Diana dreht sich nicht zu mir um, denn sie starrt gerade aus dem gesprungenen Fenster, das Fell aufgestellt und den Schwanz um die Zehen gelegt. Ich habe letzte Nacht nicht einmal dafür gesorgt, dass sie einen Schlafplatz hat. Bloß weil sie mich nicht braucht oder mag heißt das doch nicht, dass ich es nicht immer weiter versuchen sollte. Ich hebe ihren steifen, widerstrebenden Körper hoch und trage sie unter dem Arm in mein neues Schlafzimmer. Dort lasse ich sie mit einer Schale voller Fischköpfe und einer fadenscheinigen Entschuldigung zurück.

Ich frage mich, ob Truly gern eine Katze hätte.

Abgesehen von Diana muss ich mich hauptsächlich um meinen Pass kümmern. Ich habe den gesamten Haushalt eigenhändig in Kartons gepackt, aber er ist immer noch nicht aufgetaucht. Wie kann das sein? Ich habe in jeder Hosentasche, jeder Tasche, jedem Schuhkarton nachgesehen. Es wird immer wahrscheinlicher, dass Jamie ihn mitgenommen hat. Ich habe ihm deswegen schon zwei Nachrichten geschickt, aber keine Antwort.

Meinen Kaffee mache ich mir in meiner WELTGRÖSSTES ARSCHLOCH-Tasse, um mich gleich richtig einzuführen. Dann gehe ich dicht gefolgt von Patty nachsehen, wo die Jungs stecken. Sie sind alle in der Einfahrt und laden haufenweise Ausrüstung aus. »Willst du mir vielleicht mal alle vorstellen?« Ich schlürfe meinen Kaffee und versuche lässig zu wirken.

Tom zerrt Leitern hinten aus dem Transporter. »Ja, wenn wir das ausgeladen haben und die anderen da sind.«

»Hier, ich nehme was.«

Er blickt auf meine ausgestreckte Hand und zieht mit leichter Ungläubigkeit die Stirn kraus. »Du machst gar nichts.« Dann kehrt er mir den Rücken zu, hievt sich zwei Leitern auf den Unterarm und hebt mit der anderen Hand noch eine Werkzeugkiste auf. Ich will gar nicht wissen, was das alles wiegt.

»Aus dem Weg, bitte«, sagt er und geht seitlich am Haus entlang. Patty hat wesentlich mehr Erfahrung mit solchen Situationen als ich, denn sie steht neben dem Fußweg. Diesmal ist ihr Blick eindeutig kritisch.

»Entschuldigung«, sagt der Glatzkopf, weil ich ihnen ebenfalls im Weg stehe. Der Ältere beäugt mich und meinen Kaffeebecher. Dann kommt er offenbar zu dem Schluss, dass der Spruch darauf sehr passend ist. Er zieht die Nase hoch. So nutzlos habe ich mich schon lange nicht mehr gefühlt. Habe ich mich für mehrere Monate Im-Weg-Rumstehen verpflichtet?

»Du könntest das hier nehmen«, sagt der junge Kerl, und ich bin dankbar, wie ein menschliches Wesen behandelt zu werden. Er drückt mir einen schweren Plastikkasten in die Hand. Mit einigermaßen wiederhergestellter Würde folge ich ihnen, als sie am Haus entlangmarschieren. Patty bildet das Schlusslicht.

Ich sage zu dem jungen Typ. »Wo übernachtet ihr?«

»In dem Motel drüben auf der Fairfax. Ich bin übrigens Alex«, sagt er, als wir um die Ecke biegen. Tom schaut auf meinen Kaffee, den Chihuahua hinter mir und den Kasten in meiner Hand.

»Sie ist die Kundin«, weist er Alex zurecht.

»Ich bin die Arbeiterin«, widerspreche ich. »Hört mal zu. Ich gehöre jetzt zu diesem Team.« Mit einem Blick mache ich Tom dem Erdboden gleich. Der alte Kerl neben ihm scheint alles andere als einverstanden zu sein. »Lasst uns noch mal von vorn anfangen. Ich bin Darcy Barrett. Wie heißt ihr?«

Der Ältere räuspert sich. »Colin.«

»Ben«, sagt der Glatzköpfige hastig, als handele es sich um den Anwesenheitsappell in der Schule. Der blanke Ben, das kann ich mir merken.

Ich zeige auf den Jungen. »Alex habe ich schon kennengelernt. Und wer dieser Griesgram ist, weiß ich auch. Sein Name steht auf euren Shirts. Wo soll Patty hin?«

»Ich bringe sie in dein Schlafzimmer«, sagt Tom kurz angebunden. »Es werden noch mehr Leute kommen. Haben die Stiefel Stahlkappen?«

»Ja, tatsächlich. Das haben sie.«

»Warum überrascht mich das nicht?« Toms Handy, durch meine Powerbank wiederbelebt, beginnt zu klingeln. Nach seinem verzweifelten Gesichtsausdruck zu urteilen, lässt sich der heutige Morgen nicht so gut an. Ich erweiche vor Mitgefühl, aber er blickt zu mir hoch und runzelt die Stirn. »Unternimm irgendwas wegen dieses Tops.« Er geht ans Telefon und entfernt sich.

Ich weigere mich, auf mein Top hinunterzuschauen. Selbst wenn mir die Träger runtergerutscht sind und das ganze Teil sich auf Taillenhöhe befinden sollte, würde ich es jetzt auf keinen Fall hochziehen. Stattdessen bleibe ich ruhig stehen, nippe an meinem Kaffee und halte Augenkontakt mit dem alten Kerl, Colin. Er schlägt sich wacker, aber nach dreißig Sekunden – ich zähle mit – sieht er weg.

Lern deinen neuen Alpha kennen, Mistkerl.

»Ich würde gern mal mit euch dreien reden«, sage ich, als sie sich anschicken, ihrem Meister hinterherzuschlurfen. Zeit für ein bisschen Machtmissbrauch. »Als die Kundin bin ich der Chef, richtig?«

»Tom ist der Chef«, platzt Alex heraus, der Angst bekommt und zu Daddy will.

»Ich bin der Chef.« So wie sie aussehen, halten sie das für eine schlechte Nachricht. »Hey, ich bin nicht so schlimm.

Aber ich kann es nicht leiden, wenn ich bemuttert werde oder ignoriert oder übergangen. Ihr werdet mich alle behandeln wie jemanden aus dem Team. Vor allem du«, sage ich zu Colin, dem mürrischen alten Sack. »Ich habe keine Erfahrung mit so was, aber ich habe zwei Hände und ein Herz. Das ist das Haus meiner Großmutter.«

Das scheint die fehlende Information zu sein. Sie nehmen alle eine entspanntere Körperhaltung ein. Jetzt ergibt die energische Kundin vor Ort einen Sinn.

»Erklärst du das alles auch Tom?«, sagt Alex mit einem Blick in Richtung seines Chefs. »Er ist nämlich schlecht gelaunt. Und er ist sonst nie schlecht gelaunt.«

»Er kennt mich gut genug, um zu wissen, dass es so läuft.« Ich schütte meinen restlichen Kaffee in den Garten und stelle die Tasse auf das Geländer. »Und jetzt an die Arbeit.«

Als Team marschieren wir jetzt an Tom vorbei, und ich ignoriere seinen scharfen Blick, als ich mit einer Kiste voll Elektrokabel zurückkomme. Meinem Herz geht es hervorragend. Was auch damit zu tun hat, dass ich auf meinem Handy die Erinnerungsfunktion aktiviert habe. Jetzt ermahnt es mich ständig: »Nimm deine Tabletten, Dumpfbacke«. Und mein Alkoholkonsum wurde drastisch reduziert.

Schlag weiter, kleines Herz, denn ich brauche dich noch.

Wir laden weiter aus. Tom beendet sein Telefonat. Er sieht aus, als läge ihm eine Belehrung oder ein Tadel auf der Zunge, aber sein Handy beginnt erneut zu klingeln. Mit einem frustrierten Schnaufen geht er dran. »Jamie, ich kann jetzt nicht reden. Wir laden gerade aus. Ja. Es geht ihr gut. Ich rufe in der Mittagspause an.«

»Er ist bestimmt untröstlich, nicht hier sein zu können«, bemerke ich, als wir mit weiterer Ausrüstung vorbeilaufen. »Wenn wir nicht aufpassen, sitzt er in der nächsten Maschine.«

Tom zuckt so heftig zusammen, dass ich wette, er trägt innere Verletzungen davon. »Das ist mein Albtraum-Szenario.

Könntest du bitte …« Er kommt auf mich zu, um mir meine Last abzunehmen, aber wieder klingelt sein Handy. Seufzend geht er ran: »Tom Valeska …«

»Der mit den Nerven völlig am Ende ist«, kommentiert eine Stimme in meinem Kopf, während ich die Sachen auf die hintere Veranda hieve. »Im Ernst, was ist denn mit ihm los?« Alex und ich sehen zu ihm auf und werfen einander bestürzte Blicke zu.

Nach und nach reihen sich weitere Autos den Bordstein entlang auf. Ich lese Poloshirts: Elektriker, Fundamentbau, Dachdecker, Gerüstbau, Installateur. Überall sind Zigaretten, Coffee-to-go-Becher und Männerstimmen.

»Das gefällt ihm nicht«, bemerkt Ben mit gedämpfter Stimme, während wir Tom dabei zusehen, wie er mit dem Handy am Ohr auf und ab läuft. »Aldo war immer derjenige am Telefon und Tom der Mann mit den Muskeln.«

»Und was für Muskeln«, sage ich aus einem Reflex heraus.

Colin scheint kein Mitleid zu haben. »Er muss noch einiges lernen. Er wollte es ja so.« Da schwingt ein *Ich hab's dir ja gesagt* mit. »Jetzt ist er auf sich allein gestellt.«

Der leichte Unterton von Meuterei in seiner Stimme lässt mir die Haare zu Berge stehen. »Er ist nicht auf sich allein gestellt. Er hat uns. Und für jeden, der nicht auf seiner Seite steht, gilt: Da geht's raus«, ich deute am Haus vorbei.

»Darcy«, sagt Tom hinter mir in scharfem Tonfall. Mist, jetzt gibt's Ärger. »Küche, bitte.«

Ich schnappe mir meinen Kaffeebecher, und wir gehen einer nach dem anderen ins Haus. Kann sein, dass in Colins Augen zum ersten Mal so etwas wie Respekt aufblitzt, als er mich ansieht. Insgeheim atme ich auf. Ich kann von Glück sagen, dass er mein Angebot zu gehen, nicht angenommen hat. Sonst wäre ich jetzt tot.

»Kannst du mir eins von diesen Polo-Shirts organisieren?«, frage ich Alex. Ich hätte gern ein Valeska-Shirt. Die Spiegelschrift dieses Aufdrucks auf meiner Haut würde sich besser anfühlen als die feinste Wäsche.

»Klar, ich hab noch eins zum Wechseln.«

Ich blicke auf mein eigenes Trägershirt hinab. Es sitzt alles noch da, wo es soll, abgesehen von einem Paar Spitzen-BH-Trägern, die herausschauen. Falls diese Kerle nicht tief religiös sind, ist alles im grünen Bereich.

Das ganze Team ist in der Küche versammelt. Fehlt nur noch Tom. Während wir auf ihn warten, schenke ich mir einen zweiten Kaffee ein, und mindestens acht Augenpaare sehen mir dabei zu. Im Raum ist es warm, und ein schwerer Duft liegt in der Luft von so vielen Männern und ihren widerlichen Deodorants, deshalb gehe ich zum Küchenfenster, um es aufzumachen. Natürlich klemmt es. Die Hebe- und Wackeltechnik funktioniert nicht. Ich kämpfe und rüttele und stehe dabei im Zentrum der Aufmerksamkeit. Alles verstummt.

»Komm schon, du Scheißding«, flüstere ich, und jemand lacht.

»Morgen«, sagt Tom, und man hört die Stiefel über den Boden kratzen, als alle stramm stehen und die Ohren spitzen. »Danke, dass ihr so kurzfristig gekommen seid.«

Mit zwei Fingern zieht er das Fenster für mich hoch. Heben und Wackeln, das wunderbare Spiel eines Bizeps.

Dieses Haus kann so heimtückisch sein.

»Meine übliche Truppe ist hier – Colin, Ben und Alex.« Er zeigt auf die drei, die ich bedroht habe, kaum dass sie zehn Minuten hier waren. »Dan und Fitz machen die Installationen. Alan das Dach. Chris ist unser Elektriker, aber er wird nicht vor neun Uhr hier sein. Wie auch immer, wir haben eine Menge zu tun und fangen so ziemlich bei null an.«

Tom ist größer als jeder hier im Raum. Und obwohl sein Tag nicht allzu gut begonnen hat, liegt auf seiner Haut dieses makellose Sonnenaufgangsleuchten.

»Wer ist das?«, fragt einer ziemlich weit hinten. Er meint mich.

»Darcy Barrett. Sie ist die Hauseigentümerin.«

»Ich bin das Zerstörungskommando. Wie man hier sieht.« Ich zeige auf die offenen Küchenschränke. Tom schaut mich weiter an, als erwarte er jetzt eine Rede von mir. Einen Schlachtruf, um die Truppen anzufeuern? Ich habe keine Ahnung. Ich wünschte, ich hätte einen Tresen zwischen mir und all diesen Arschgeigen.

»Dieses Cottage gehörte meiner Großmutter, Loretta. Sie hat es mir und meinem Bruder Jamie hinterlassen. Ich bin sonst nicht sentimental, aber dieses Haus ist für mich etwas Besonderes. Ich weiß, dass es die reinste Bruchbude ist, aber es wäre toll, wenn ihr euch zurückhalten könntet, das immer wieder in meiner Anwesenheit zu betonen.«

Ben zeigt Mitgefühl. »Es ist ein hübsches Häuschen.«

Tom nickt. »Was sie meint: Es ist für uns nicht einfach irgendein altes Haus. Darcy und ich wohnen auf dem Grundstück im Garten. Alles jenseits des Gartenteichs ist tabu.«

Er nimmt mir meinen Becher aus der Hand und nippt langsam daran. Alle sehen ihm dabei zu. Sie verstehen, was ihr Chef ihnen sagen will. Ihren Gesichtern sieht man jetzt an, dass sie anfangen zu spekulieren, und ich muss mich anstrengen, dass mir nicht die Kinnlade herunterfällt.

»Gibt es einen Arbeitsplan, den wir unterzeichnen müssen?«, hakt Colin nach.

»Ach«, sagt Tom, und ich kann leichte Panik in seinen Augen aufflackern sehen. Er drückt mir den Becher wieder in die Hand und greift nach seiner Ledermappe, die vollgestopft ist mit zerknitterten Kostenvoranschlägen und einem großen rechteckigen Teppichmuster. Das würde ihn umbringen, vor allem, nachdem er nächtelang an seinen Tabellenkalkulationen gesessen hat. Ich erinnere mich dunkel, dass er mich mal gefragt hat, ob ich einen Drucker habe. Aber die Tinte ist leer, wie bei allen Heimdruckern.

»Den bekommt ihr von mir in der Mittagspause«, eile ich ihm zu Hilfe.

»Wir kriegen keine Mittagspause«, erwidert ein Typ mit sarkastischem Unterton.

Ich schenke ihm mein schönstes Haifischlächeln. »Ich meinte ja auch meine Mittagspause. Ich freue mich schon darauf, deinen Tagesplan in- und auswendig zu lernen, Kumpel.« Mit gesenktem Blick kratzt er mit seinen Stiefeln auf dem Boden herum.

»Und was ist mit Verträgen für die Leute von den Subunternehmen? Steuerformulare?« Will Colin mit diesen Fragen helfen, oder ist das ein Versuch, Toms Autorität zu untergraben? Wahrscheinlich Letzteres, auch wenn ich mir nicht ganz sicher bin. Toms Kiefer spannt sich an. Er war so damit beschäftigt, die richtige Anzahl Schrauben und Muttern zu bestellen, dass er ganz vergessen hat, dass er jetzt der Chef ist.

Ich werfe Colin einen wütenden Blick zu, und zu meiner Befriedigung schrumpft er darunter zusammen.

»Ich habe noch nie jemanden erlebt, der so besessen ist von Papierkrieg. Was habe ich gerade gesagt? Mittagspause.« Ich sehe zu Tom hinüber. »Eine ausführliche Ortsbegehung machen wir, wenn der Elektriker da ist, richtig?« Er braucht nicht zu wissen, dass auf meinem Nachttisch ein Buch mit dem Titel *Hausrenovierung für Dummies* liegt.

Tom nickt mit angespannter Miene. »Wasser und Strom werden den größten Teil des Vormittags abgestellt sein. Dixie-Klos kommen innerhalb der nächsten Stunde. Eins ist für Männer, eins für Damen.«

»Er verwöhnt dich, Darcy«, dröhnt Alex. »Warte mal ab bis eine Stunde nach der Mittagspause, dann siehst du die Schlange.« Angeekeltes Gelächter ertönt.

Tom beendet es. »Ich komme zu jedem von euch und gebe euch eure Aufgaben für heute. Fangt an auszuladen, aber bleibt bis sieben draußen. Darcy schießt bis dahin noch ein paar Fotos für mich. Dann machen wir die Einweisung.«

Die Männer verlassen das Haus und haben dabei ihre Hände überall. Mit den Zehen betasten sie Fußleisten und mit den Händen Türrahmen.

Ich spüle meinen Kaffeebecher aus. »Wozu willst du Fotos?«

Tom sprüht geradezu vor Energie, als er jetzt auf mich hinabblickt. Sein Handy klingelt, aber er lehnt den Anruf ab. Vielleicht sagt er jetzt: *Tausend Dank.* Vielleicht bin ich eine bescheuerte Optimistin.

»Kannst du mir vielleicht mal verraten, was das gerade sollte?«

# 12. Kapitel

Ich trockne meinen Kaffeebecher ab. »Ich hab dir den Arsch gerettet. Gern geschehen.«

Er sieht mich ungläubig an. »Du hättest mich gar nicht retten müssen.«

»Genauso sah das aus. Rate mal, wer immer noch eingemummelt im Zelt läge, wenn es DB nicht gäbe.« Alex hatte recht. Tom ist sonst nie so drauf. »Du musst Colin loswerden. Er versucht, deine Autorität zu untergraben.«

Jetzt stemmt Tom die Hände in die Hüften. »Ausgerechnet du redest von Autorität untergraben? Alles klar. Und wie nennst du das, was du gemacht hast?«

»Du bist etwas ins Schlingern geraten. Ich hab dir nur aus der Patsche geholfen.« Ich gehe rüber in mein Studio, ein grantiger Schatten folgt mir. »Ich merke es, wenn du Hilfe brauchst.«

»Habe ich richtig gehört, dass du Colin vorhin mit Kündigung gedroht hast?«

Ich schreite über Pattys Begrüßungstanz hinweg und schnappe mir meinen Fotoapparat. »Ich musste ihn daran erinnern, wessen Name auf seinem Shirt steht. Vertrau mir einfach.« Weiß er denn nicht, dass ich immer zum Team Valeska gehören werde?

»Colin war schon immer so. Ich brauche ihn wirklich vor Ort. Wenn du deinen Job nicht verlieren willst, solltest du die Klappe halten und endlich mal arbeiten.« Sein Telefon klingelt erneut. Er geht ran. »Kann ich zurückrufen? Gleich. Danke.«

Ich sehe ihn überrascht an. »Ich bin dein ergebenster Angestellter. Was soll ich fotografieren?«

»Alles«, antwortet Tom. »Du sollst alles fotografieren.« Mit einer Hand an meinem Hosenbund treibt er mich vom Studio zurück zum Haus und die Hintertreppe hinauf.

»Aus welchem Grund?«

»Aus zwei Gründen. Damit wir Jamie auf dem Laufenden halten, weil er sonst nämlich herkommt.« Er positioniert mich vor der Eingangstür. »Und ich brauche Content für meine Webseite. Vorher-nachher-Bilder. Was für ein Glück, dass ich eine professionelle Fotografin an der Hand habe.«

Ich überhöre den Sarkasmus bei dem Wort »professionell«. »Du willst wohl, dass ich mich entschuldige, aber es tut mir nicht leid.«

»Wie soll ich das erklären, damit du es verstehst?« Tom tritt hinter mich, umfasst mich und legt seine Hände auf meine.

Das ist der erste vorsätzliche Körperkontakt seit dieser peinlichen Situation, als er meinen Nacken berührt hat und ich wie ein Berglöwe geschnurrt habe. Er verschränkt seine Finger mit meinen und führt meine Hände nach oben, bis die Kamera etwa in Höhe meiner Augen ist.

»Kannst du so arbeiten?« Als ich den Sucher auf den Flur ausrichte, bewegt er unsere Hände. Ich drücke auf den Auslöser und habe natürlich ein verkorkstes Bild.

Ich versuche ihn abzuschütteln, er rückt näher heran, mit seinem Mund direkt neben meinem Hals. Der Mund, mit dem er aus meiner Tasse getrunken hat und damit jedem Mann im Raum gesagt hat, dass ich tabu bin.

Er atmet mich ein. Auf meiner Schulter spüre ich das leichte Kratzen seiner Bartstoppeln auf meiner Schulter. Ich komme mir vor wie ein Tier, das jeden Moment sacht von seinem Gefährten gebissen werden wird. Wobei … Vielleicht würde er fest genug knabbern, um ein Mal zu hinterlassen. Als er schließlich die Luft ausatmet, die er angehalten hat, strömt ein himmlisch warmer Hauch meinen Hals entlang.

Tom Valeska ist ein verdammter Lügner. Er will mich doch.

Ihm fehlt bloß der Mumm. Mein Puls sendet unablässig den gleichen Morsecode aus: *Bett, Bett, Bett.*

»Ich kann gar nicht mehr zählen, wie viele Trauzeugen mir so in den Nacken geatmet haben. Willst du vielleicht noch deine Hand auf meinen Hintern legen, um zu überprüfen, ob ich trotzdem weiter fotografieren kann?« Ich drücke ab und habe ein gestochen scharfes Foto. »Tom, du hast dich klar genug ausgedrückt.«

Als ich wieder ein Bild machen will, wackelt er an der Kamera. »Vielleicht kapierst du es jetzt mal. Genauso schwierig ist es für mich, hier irgendwas zu tun, wenn du da bist.« An meinem Ohr klingt seine Stimme wie ein Knurren. »Dieses Haus, diese Renovierung, das ist meine Aufgabe. Misch dich in Zukunft nicht mehr ein.«

»Und ich würde gern wie eine Erwachsene behandelt werden, nicht wie ein Kind. Kriegst du das hin? Alex besorgt mir ein Poloshirt, damit dich nicht noch einmal ein Zentimeter BH-Träger schockiert.«

»Ein Zentimeter«, murmelt er, als wäre ich bescheuert.

Ich spüre, wie er sie unter mein Tanktop steckt. Die Träger. Die mit dem Spitzen-BH verbunden sind, der sich über meine Brust spannt. Ich spüre alles. Er sagt kein Wort hinter mir.

»Bleib mir vom Hals. Ist sicherer, du erinnerst dich?« Ich klinge hart.

»Ach, dir geht's immer noch darum?« Toms Handy klingelt erneut. Ich würde es am liebsten in einen brodelnden Vulkan werfen. »Ich glaube, du hast nicht so ganz verstanden, was ich meinte.«

»Doch, ich bin doch nicht doof«, fauche ich, drücke wieder auf den Auslöser und konzentriere mich voll und ganz auf den Sucher.

»Ich war nur …« Die Pause ist so lang, dass ich schon denke, er hat den Faden verloren. »… überrascht. Ich wusste nicht, dass du so über mich denkst.«

»Du warst nicht überrascht, sondern geschockt«, verbessere ich ihn düster. »Ich habe dich gehört, klar und deutlich. Ich entschuldige mich.«

»Und warum hast du das gemacht?« Unter seinen Füßen knarren die Dielen. »Warst du einsam? Oder sauer? Wolltest du mir irgendwas heimzahlen?« Er kommt nicht zu dem Ergebnis, dass ich seinen Körper und seine Lust brauche, sogar mehr als Wasser und Nahrung.

»Ich sag dir gar nichts«, erwidere ich, denn ich weiß, dass ihn das am meisten ärgert. »Ich erzähle es dir irgendwann mal, wenn wir 80 sind.«

Ich habe so lang nicht mehr ohne Stativ und Leuchttisch gearbeitet, dass ich schockiert bin, was ich hier sehe. Alles sieht heruntergekommen aus. Kaputt. Abgenutzt. Das ist das wahre Leben, nicht die Version mit der Blümchentapete, die ich im Kopf hatte. Dieses Haus ist nicht mehr hübsch, und Tom ist unerreichbar. Und ich bin ganz unten.

Ich drücke auf den Auslöser.

»Na siehst du«, sagt er, wieder ganz schön sarkastisch. »So einfach ist dein Job, wenn niemand dazwischenfunkt.«

»Blödmann.«

»Du hast einen schlechten Einfluss, ganz klar. Also tu mir den Gefallen und lass die Jungs in Ruhe.« Sein Telefon klingelt schon wieder. »Ich muss rangehen.« Er will weg, aber ich halte ihn auf.

»Was sollte das vorhin, in der Küche?« Ich mache noch ein paar Aufnahmen. »Mit meinem Kaffee? Tu das bloß nie wieder.«

»Was habe ich denn gemacht?« Er sieht von seinem klingelnden Handy auf, der Daumen schwebt über dem Display. Seine Stirn ist gerunzelt. Er weiß wirklich nicht, was ich meine.

»Du hast einen großen Schluck aus meiner Tasse genommen. Und jetzt sehen uns deine Jungs an, als wären wir …« Ich bringe den Satz nicht zu Ende.

Tom ist so gütig, verlegen zu schauen. »Ich wollte ihnen nur zeigen, wo der Vorschlaghammer hängt.« Er geht ans Telefon. »Tom Valeska.«

Toms toller Körper gehorcht ihm nicht ganz. Er hatte sich entschieden, einer Gruppe Männer zu sagen, dass sie die Finger von mir lassen sollen. Ich grübele darüber nach, während ich mich zum Garten umdrehe und erkenne, dass ich das erdbeereisfarbene Licht nutzen sollte.

Mit der Kamera vor dem Gesicht gehe ich nach unten zum Gartenteich. Ich habe bestimmt seit einem Jahr keine Außenaufnahmen mehr gemacht. »Ich weiß nicht, was ich fotografieren soll«, sage ich so vor mich hin. Jetzt, da ich allein bin, macht sich ein drückendes Gefühl in meiner Brust breit.

»Alles«, sagt ein Typ neben mir, der einen Metalltisch ausklappt. Schnaufend packt er eine Kreissäge darauf. »Weil sich alles verändern wird.«

Ziellos streife ich umher. »Versuch einfach eine Aufnahme«, flüstere ich mir selbst zu. Der erste Klick ist der schwerste, ich wage kaum, durch die Linse zu schauen.

Ich mache Immobilienfotos, *learning by doing*, doch schnell werde ich lockerer und picke die Details heraus. Nur für mich, damit ich sie für immer habe. Ich lehne mich an den Zaun und fotografiere die schiefe Wetterfahne mit dem galoppierenden Pferd, das sich seit Jahren nicht gedreht hat.

Das hatte Tom zwar nicht gemeint, aber ich fotografiere Moos und Efeu an der Mauer, die niedrig hängende Heckenkirsche, die alles mit ihrem gelben Pollen bestäubt. Ich fotografiere dieses Haus, als wäre es eine Braut. Auch wenn es mir schwerfällt, weiß ich, dass es nun Zeit ist loszulassen. Das kann ich nur, weil das Haus jetzt in Toms Obhut ist.

Drinnen rennt mir die Zeit davon, also knipse ich, arrangiere, zoome einzelne Hortensien auf der Tapete heran. Vielleicht wirkt das verrückt, aber ich mache eine Aufnahme von der Fliese, die Loretta im Bad ausgetauscht hat, ein lachsfarbenes Viereck zwischen lauter rissigen buttermilchfarbenen Relikten.

Ich beeile mich, die Jungs machen mir Platz und schweigen ehrfürchtig, als ich einen Schritt zurücktrete, um den Kamin zu fotografieren. Nicht einmal die sanfte Berührung eines Sandpapiers werde ich auf dem Kaminsims akzeptieren.

Warum habe ich das nicht schon früher gemacht? Warum habe ich nicht Tage damit verbracht, all das aufzunehmen und für immer festzuhalten? Ich hatte wirklich vergessen, dass das eine Gabe von mir war, die man eher für den eigenen Gebrauch als für Geld nutzen kann.

Ein Krachen reißt mich aus meiner Trance. Klingt, als würde die Welt da draußen versuchen, gewaltsam hereinzubrechen. Ich glaube, ich habe mehr als zwanzig Minuten gebraucht, jedenfalls fühle ich mich etwas erschöpft. Aber bevor ich hier Schluss mache, werde ich die Aufnahmen schnell noch auf meinen Computer laden. Ich sehe auf die Uhr. Wie kann das sein? Eine Stunde lang war ich mit jeder Faser in einem kreativen Flow. Mehr als 200 Aufnahmen habe ich gemacht.

Erstaunt sehe ich auf und nehme Blickkontakt mit Tom auf. Er ist zufrieden mit mir. Ich frage mich, ob er überhaupt eine Webseite hat. Er sieht mich jetzt schon zwei Sekunden an, bevor er wegschaut. Was für ein Erfolg!

»Gute Arbeit, Darce. Jetzt zieh dir Handschuhe an und ab an die Arbeit!«

***

Ich komme um vor Müdigkeit, und es ist gerade mal Mittwoch. Und so soll es noch drei Monate weitergehen? Ständig irgendwem aus dem Weg gehen, über Stromkabel stolpern und von oben bis unten mit Staub bedeckt sein? Gestern Abend habe ich schon eine zusätzliche Schicht in der Kneipe eingelegt und gerade ein Fotoshooting für Truly beendet. Ich glaube, heute Abend gehe ich um sechs ins Bett.

Ich blättere gerade Fotos von Hintern in Unterwäsche durch, als Jamie anruft. Ausnahmsweise bin ich es, die mit einem Kloß im Hals rangeht. Ist er tot, liegt im Sterben oder ertrinkt? Wenn er nach so langer Zeit anruft, muss es ein Notfall sein.

»Was gibt's?« Ich klinge echt cool.

»Mailbox-Darcy geht zum ersten Mal selbst an ihr Telefon. Das gibt's doch nicht.«

Stimmt, das ist einer meiner Spitznamen. Selbst wenn mein Handy nicht in Pipi schwimmt, gehe ich nicht gern ran. Die meisten Leute lieben ihr Handy wie ein eigenes Kind, aber ich würde meins auch in der Babyklappe lassen.

»Es gibt für alles ein erstes Mal.«

Und dann rückt Jamie mit noch einer Premiere raus: »Ich weiß was.«

»Muss ja ein außergewöhnliches Gefühl sein«, sage ich und sehe weiter die Aufnahmen durch, die ich gerade gemacht habe. »Erzähl es lieber deinen Auftraggebern. Sie werden froh sein, dich genommen zu haben.« Ich grinse, bis sein Seufzen mich fast ertauben lässt.

»Wie geht es im Haus voran?«

Ich bin doch nicht seine Angestellte, die ihm Rechenschaft schuldig ist. Also wechsle ich das Thema. »Ich wette, du fühlst dich wie ich früher, wenn du und Tom im Sommer allen Nachbarn die Rasen gemäht und die ganze Kohle eingestrichen habt.«

»Dafür haben wir aber auch geschwitzt und geschuftet wie die Ochsen. Sei doch froh, dass du im klimatisierten Haus bleiben durftest.«

»Ich wollte das machen, was ihr macht, aber stattdessen musste ich vom Fenster aus zusehen. So wie du jetzt.« Unwahrscheinlich, dass er versteht, was ich meine oder warum es mir so wichtig ist, das jetzt durchzuziehen. »Mit der Renovierung läuft es gut. Dafür sorgen Tom und ich schon.«

»Ich weiß, dass du es auch weißt. Das mit Tom und Megan.«

»Ach das. Klar.« Ich klicke und wähle ein Foto aus. »Wir sind ganz dicke. Er erzählt mir alles.«

Das ist eine etwas freie Auslegung der Wahrheit. Eigentlich bin ich hier ständig dabei, irgendwas zu verbocken.

»Aber sicher«, sagt Jamie eine Spur sarkastisch. »Aber ich meine was anderes. Du lässt die Finger von ihm!«

»Was soll …«

»Jetzt tu nicht so. Dir läuft doch schon das Wasser im Mund zusammen, wenn ihr beide nur in einem Raum seid. Bereits seit Jahren. Das sieht ein Blinder mit Krückstock. Deshalb wollte er es dir nicht sagen.« Jamie bestätigt damit, was ich mir selbst als schlimmes Missverständnis meinerseits verkaufen wollte. »Es ist ihm peinlich, in deiner Nähe zu sein. Er wird das nie erwidern.«

Nur Jamie konnte ein Wort wie *erwidern* so aussprechen, als würde er Kacke mit dem Salatbesteck aufheben.

»Wasser im Mund zusammenlaufen ist etwas übertrieben. Aber, stimmt, er ist schon hinreißend. Ich sehe mir gern hinreißende Dinge an. Ich bin schließlich Fotografin.« Ich hasse es, dass mein Tonfall so frivol klingt. Es fühlt sich falsch an, Tom auf sein Gesicht und seinen Körper zu reduzieren. »Stehst du nicht auf hübschen Frauen?«

»Ich stehe auf Frauen, die in meiner Liga spielen«, sagt Jamie mit Nachdruck, »nicht auf Sandkastenfreunde.« Er lacht kurz auf. »Ich fasse es nicht, dass wir darüber diskutieren müssen. Du und er? Nie im Leben.« Stille. »Du hast dich also entschieden, wieder Fotografin zu sein?«

Darauf gehe ich nicht ein. »Er hat mir gesagt, dass es mit ihr aus und vorbei ist. Er scheint das überraschend gut wegzustecken.«

»Er ist am Boden zerstört. Wusstest du das nicht?«

Mir dreht sich der Magen um. Ich habe nicht wirklich zugehört, bevor ich die Welt mit bloßen Händen auf den Kopf gestellt habe.

Jamie erklärt es mir. »Er wollte sich mit ihr treffen, über alles reden und wieder mit ihr zusammenkommen. Aber das kannst du ja nicht wissen, denn ihr seid nicht ganz *dicke*. Außerdem denkst du nur an dich.«

»Du bist wirklich extrem besitzergreifend, was deine Sandkastenfreunde angeht.« Dieser Gedanke kam mir schon das ein oder andere Mal.

Jamie geht nicht darauf ein. »Der Kerl hat mir bestimmt tausend Mal den Arsch gerettet. Jetzt bin ich mal dran. Ich will, dass er die Zukunft bekommt, für die er so hart gearbeitet hat.«

»Jamie, du solltest Motivationscoach werden. Ich bin begeistert. Sein Unternehmen hat er schon. Seinen Traum. Er hat es schon.«

»Das ist nur der erste Schritt. Tom will alles. Haus, Garten, Hochzeit. Mit Drillingen Disneyland besuchen und lauter solche Sachen. Ist dir nie aufgefallen, wie gern er sich um etwas kümmert und Sachen repariert? Wir werden nicht jünger. Darce, er ist der geborene Ehemann und Vater.«

Wie ich es hasse, wenn mein Bruder recht hat! Ich sage nichts.

Jamie merkt, dass seine Botschaft bei mir angekommen ist, und sein nächster Satz klingt unausstehlich freundlich. »Das will er. So ein Vater sein, wie er ihn nie hatte. Er will eine Ehefrau und sicher sein, dass seine Mutter sie mag. Keinen One-Night-Stand mit der Profi-One-Night-Stand-Frau.«

»Vielleicht will ich …«, ich verstumme. Darüber hatte ich noch nie nachgedacht. So was passt eher zu Frauen wie Megan.

»Nicht mit ihm. Megan hat den Ring nicht zurückgegeben.

Er will ihn nicht zurück. Welchen Schluss ziehst du daraus, Darce?«

Ich könnte kotzen. »Gut, ich hab's kapiert.«

»Wenn du ihn in dein Leben reinziehst und Gefühle in ihm weckst, nur um dann wieder abzuhauen, rede ich nie mehr mit dir. Du hast das schon mal gemacht: Damals, mit achtzehn. Einmal reicht.«

Es sollte mich eigentlich nicht wundern, dass Jamie es weiß. »Das war eine komplizierte Sache.«

»Das war ein Kinderspiel, und du hast es vermasselt. So wie das Angebot von diesem Bauunternehmer.« Zu irgendwem im Büro sagt Jamie: »Einen Moment.« Dann sagt er zu mir: »Ich habe jemanden vor Ort, der ein Auge auf dich hat.«

»Colin.« Sein Name rutscht mir so heraus.

»Vielleicht, vielleicht auch nicht.«

»Beweise es.«

»Gestern hast du eine Nagelpistole fallen lassen und kaputt gemacht. Ich muss jetzt los. Witzig. Sonst sagst du das immer.« Er legt auf, und ich schlage mir die Hände vors Gesicht.

Ich fühle mich, als hätte ich ein Glückslos gezogen und gerade erst gemerkt, dass eine Zahl falsch ist. Selbstverständlich wird Tom zu Megan zurückkehren. Warum auch nicht? Acht Jahre lang hat er sich akribisch ein Leben aufgebaut. Er muss nur zurückgehen, das Licht anknipsen und die Hausnummer anbringen.

Eine Minute später öffnet sich die Tür, und ich höre das Klimpern von Pattys Namensschild. Zum ersten Mal in meinem Leben wünsche ich mir, dass Tom sich umdreht und geht.

»Na toll, was habe ich jetzt schon wieder gemacht?« Ich weiß es. *Ich hab's versaut, versaut.*

Tom lässt sich schwer auf den Bürostuhl hinter mir fallen und gähnt. »Warum glaubst du, dass du etwas falsch gemacht hast?«

»Weil du nur dann zu mir kommst.« Ich streiche mir mit den Händen übers Gesicht. Neben mir steht noch die weiße Leinwand als Hintergrund für meine Fotos, mein Bett ist voller Kleider und Underswears. »Ich hab gerade mit meinem Bruderherz gesprochen.«

»Was wollte er?«

»Mir ans Herz legen, dass ich mich benehmen soll, und mich an meine Fehler erinnern.« Das ist die Oberwahrheit.

»Er ist ganz schön streng zu dir.« Tom hat mehr Mitgefühl, als ich verdiene. »Schick ihm einfach regelmäßig Fotos von den Renovierungsarbeiten, damit er nicht herkommt.« Er dreht seinen Stuhl leicht nach links und rechts. »Deine Fotos vom ersten Tag waren unglaublich gut. Das weißt du, oder?«

»Heutzutage hat jeder eine Kamera in der Hosentasche. Ich bin überflüssig.« Ich hatte keine Zeit, die Gefühle, die Jamie in mir heraufbeschworen hat, zu verpacken. Ich versuche zu übersehen, dass Tom gerade zum ersten Mal in friedlicher Absicht in mein Zimmer kam. »Hey, wie geht's deiner Mom?«

Tom stöhnt. »Sie nervt. Oder eher: Ihr Vermieter nervt mich. Es gibt da jemanden, den du für mich zusammenschlagen könntest.«

»Kann sie nicht ausziehen?« Toms Mutter ist eine süße, leicht durchgeknallte Frau, die immer kurz vorm Nervenzusammenbruch zu stehen scheint. Sie ist ein Topf, der jeden Moment überkocht, und wenn Tom zu lange nicht hinsieht, springt der Rauchmelder an.

»Letztes Jahr hat sie eine trächtige Katze gefunden und alle Kätzchen behalten. Laut eigener Aussage hat sie es einfach nicht über sich gebracht, sie zu trennen. Alle Katzen sind schwarz-weiß. Keine Ahnung, wie sie sie auseinanderhält.« Er reibt sich mit dem Handballen über die Augen. »Manchmal erlauben Vermieter eine Katze. Aber sechs ist etwas zu viel verlangt.«

»Bei sechs Katzen gibt's eine gratis dazu«, sage ich und weise auf Dianas Körbchen.

»Untersteh dich! Ich trage ihre Kartons nur noch in eine neue Wohnung. Noch einen Umzug stehe ich nicht mit ihr durch. Ein Garten.« Tom sieht plötzlich zehn Jahre älter aus. »Das wär's.«

So wie er »Garten« sagt, klingt das gerade eher wie »Friedhof«. »Sparst du darauf?«

Er redet weiter, als hätte er mich nicht gehört. »Die Jungs fragen, wo du bleibst. Also hauptsächlich Alex. Dein Schoßhündchen weiß nichts mit sich anzufangen.« Er richtet seinen Blick auf mich und wartet meine Reaktion ab.

Ich weiß genau, dass Tom Gleichgültigkeit erwartet. Was würde er wohl tun, wenn es mal jemanden gäbe, der mich zum Strahlen bringt. Ich schaue zu meinem Computer und zucke mit den Achseln. »Der kleine Drecksack vermisst wohl jemanden, der ihm in den Hintern tritt?«

»Er meinte, es macht alles mehr Spaß, wenn du dabei bist. Wenn du dich noch mal so an ihn lehnst, kommt er noch auf falsche Gedanken. Er kennt dich nicht.«

»Ich lehne mich doch nicht an ihn«, erwidere ich, erinnere mich aber in dem Moment daran, wie meine Schulter vorhin etwas Warmes berührte und Alex und ich aneinandergelehnt dabei zusahen, wie ein Bagger abgeladen wurde. »Oh, ein bisschen habe ich mich wohl an ihn gelehnt.«

»Er vergöttert dich«, sagt Tom mit Bewunderung in der Stimme, während er zum Haus hochsieht. »Erinnert mich an mich selbst, als ich in seinem Alter war.«

»Vergöttern?« Versehentlich widersetze ich mich Jamies direkter Anweisung. »Wie süß. Ich will aber nur, dass mich der alte Sack Colin vergöttert. Am Ende soll er mir die Stiefel küssen.«

»Gibt es Grund, eifersüchtig zu sein?« Tom geht an sein Handy. »Hi. Ja, bring es vorbei. Bis um vier.« Er legt auf.

So laufen unsere Gespräche in letzter Zeit immer ab. Immer kommt uns dieses blöde Telefon in die Quere. Keine Ahnung, wie er das alles hinbekommt.

»Eifersüchtig oder nicht, das liegt nicht in meiner Macht.«

»Stimmt. Ich kam ja her, um mit dir zu meckern. Wer war das?« Tom meint die Mädchen, die vor zwanzig Minuten gegangen sind. »Du kannst doch nicht einfach Leute auf eine Baustelle lassen.«

»Das waren Models«, ich blättere weiter durch die Fotos auf dem Rechner. »Ich habe ein Fotoshooting für Truly gemacht.«

»Unterwäscheaufnahmen auf meiner Baustelle?« Tom lehnt sich zur Seite, um einen Blick auf den Monitor zu werfen. »Das hättest du mir sagen müssen. Es gibt Sicherheitsvorschriften für alle, die sich auf einer Baustelle bewegen, ohne dort angestellt zu sein. Wenn sie sich verletzen …«

»Okay, ich hab's schon wieder verbockt. Wenn du meckerst, kriegst du kein Geschenk.«

»Ein Geschenk?« Hinter mir quietscht der Bürostuhl.

Nachdenklich summe ich vor mich hin. »Hast du denn eins verdient?« Ich halte ihn hin, denn ich weiß nicht, wie er mit diesem Friedensangebot umgehen wird. Er hat unmissverständlich klargestellt, dass er meine Hilfe weder braucht noch möchte.

»Ich musste eine tote Ratte aus dem Loch hinter der Wand in der Küche holen. Wenn ich mir da mal kein Geschenk verdient habe!«

»Tote Ratten fallen doch in den Aufgabenbereich von Alex. Du bist jetzt der Boss.« Ich klicke weiter durch die Fotos und versuche, ganz lässig zu wirken. »Du sitzt drauf. Ich habe dir einen Arbeitsplatz eingerichtet. Im Haus kannst du ja nicht mehr in Ruhe arbeiten.«

Das ist meine Art, mich dafür zu entschuldigen, dass ich die wichtigen Unterlagen für das Bauamt versehentlich mit einem Kaffeefleck verziert habe. »Und die Obstkiste dort drüben ist für Patty.«

Tom dreht sich um und sieht wieder zum Schreibtisch. Es ist nur der alte Küchentisch, eine Lampe und ein Stifteglas, aber er fährt lustvoll mit der Hand darüber. »Ich war schon kurz davor, im Auto zu arbeiten.« Er knipst die Lampe an. »Danke, Darce.«

»Ich locke dich nicht aus niederen Beweggründen hier rein.« Oh Gott, warum habe ich das gesagt? Wieso gieße ich ständig Öl ins Feuer? Ich drehe mich so hastig auf meinem Hocker um, dass es vermutlich verdächtig wirkt.

Tom geht gar nicht auf meinen Schnitzer ein. »Ach, ich bin schon angelockt.« Er steht auf, geht raus und kommt mit Laptop und dem dicken Ordner voller Kostenvoranschläge zurück. Visitenkarten fallen heraus wie Motten. »Bei einem Schreibtisch kann ich einfach nicht widerstehen.«

Er geht noch einmal heraus und kehrt mit etlichen Mustern zurück: Fliesen, Teppichstücke, Laminat. Patty springt in ihr neues Körbchen und beobachtet Tom. Aus ihren großen Glubschaugen spricht die übliche Verehrung.

*Sehe ich genauso, Patty.* Ich glaube, ich könnte hier stundenlang sitzen und ihn betrachten, wie er mit ernst geneigtem Kopf Badfliesen stapelt. Er war schon immer so: ein ordentlicher Junge mit geradem Rücken an einem aufgeräumten Schreibtisch.

Löschen wir das. Und spulen vor.

Ich könnte ewig hier sitzen und diesen fantastischen Mann beobachten, den Glanz in seinem Haar und diese großen, achtsamen Hände. Der Schein der Lampe verleiht seinen braunen Augen einen Honighauch. Er atmet leicht und gleichmäßig unter meinem grauen Blick und sortiert Unterlagen auf drei Stapel.

Mit den Schuhspitzen findet er unter dem Tisch den alten Papierkorb und lächelt.

»Du hast an alles gedacht, Darcy Barrett«, sagt er, ohne

mich anzusehen. Ich weiß, dass ihm die ganz Zeit klar war, dass ich ihn beobachte, halb geblendet von dem Licht, das ihn umstrahlt. Meinen Blick hat er vielleicht die meiste Zeit seines Lebens bemerkt. Ich bin unglaublich dankbar, dass er diesen verrückten Moment in der Küche einfach übergeht.

Ich werde ihn nicht verlieren. Wenn ich mich weiterhin messerscharf konzentriere und vorsichtig bin, können wir hier nach drei Monaten als Freunde auseinandergehen.

Wenn ich die Klappe halte und nicht Dinge sage wie: *Ich will dich in mir.*

»Das bringt mir wirklich was. So kann ich arbeiten.« Genau in dem Moment klingelt sein Telefon, und er schnappt sich einen Kuli.

Während er sich etwas notiert, nach oben zum Haus schaut und dabei gedankenverloren auf seiner Lippe kaut, denke ich nur, wie sehr ich ihn in mir will. Nicht nur in meinem Körper. Ich will mehr als das. Ich will ihn in meinem Kopf. Ich glaube, das meinte ich damit.

Zieh meinen Reißverschluss auf, klettere in mich hinein und komm nie wieder raus.

Als er auflegt und mich ansieht, tue ich so, als würde ich das Haus betrachten.

»Da drüben kann man tagsüber kaum noch einen klaren Gedanken fassen.«

»Ein Zeitrahmen von zwölf Wochen ist Wahnsinn«, sagt er entschuldigend. Er sieht sich in meinem Zimmer um und lächelt. »Aber ich finde es gut, dass du dich hier drin eingerichtet hast. Sehr gemütlich.«

Ich widme mich wieder meinem Laptop. Nur nicht schwach werden!

»Ich fühle mich auch rundum wohl. Tut mir leid, aber Truly hat einen Termin mit einem Markenberater und muss eine Mappe vorlegen. Sie wird jeden Moment kommen und sagen: *Na, alles erledigt?*«

»Ich hab sie schon ewig nicht mehr gesehen. Was macht sie so?«

»Anderen die Köpfe verdrehen, wie immer.« Ich scrolle weiter und versuche, die Panik im Zaum zu halten. »Sie hält mich beim Grafikdesign für viel begabter, als ich bin.«

»Das ist ein sehr wichtiger Termin für sie, oder? Und das sind also diese Underswears.« Er trottet zu meinem Arbeitstisch und lacht. »Wer will denn Dinge wie ARSCHGEIGE auf seinem Hintern stehen haben?«

Sofort gehe ich in Abwehrhaltung. »Ich, und zwar tagtäglich. Das ist die beste Unterwäsche der Welt.«

»Dann werde ich mich ab jetzt tagtäglich fragen müssen, was da so draufsteht.«

»Du könntest mit dem, was auf meiner Unterhose steht, gar nicht umgehen.« Ich kann ihn schlecht ausblenden, wenn er an meinem Tisch lehnt und mir vielleicht auf den Nacken starrt. Ich spüre seine Körperwärme und sehe aus dem Augenwinkel, wie sich sein T-Shirt wie Fondant um seinen Bauch schmiegt.

Er macht es mir nicht leichter, als er die Hand hebt und mich berührt.

# 13. Kapitel

»Machst du das alles kostenlos?« Er berührt mich an der Schulter und schiebt meinen BH-Träger wieder unter das Tanktop. Er rutscht sofort wieder runter, und Toms resigniertes Seufzen spüre ich auf meiner Haut.

»Bleibt doch mal dort«, sagt er irritiert zu meinen Trägern, als würden sie absichtlich gegen ihn arbeiten.

»Ich werde mit Unterwäsche und Süßigkeiten bezahlt. In dieser kapitalistischen Welt sollte es mehr Währungsalternativen geben. Jamie würde mir die Leviten lesen, dass ich mich ordentlich bezahlen lassen soll. Aber wen interessiert's. Wenn ich ihr helfen kann, tue ich's.«

»Du bist eine gute Freundin«, meint Tom voller Bewunderung, sodass ich verwirrt aufsehe. »Du bist so großherzig, Darce.«

»Oh, na klar.« Ich blicke wieder auf den Monitor. Langsam wird mir das zu krass. Erst reißt er mich an sich, als ginge es um Leben und Tod, und dann erwartet er von mir, dass ich hier sitze, als wäre ich seine Schwester. Ich bin eine Psychopathin, die Küchen kurz und klein haut, aber wenigstens weiß ich das und bleibe mir treu.

Das Problem mit Tom ist, dass *er* nicht weiß, wer oder was er ist. Nicht wirklich. Ihm die Frage *»Für wen hältst du dich?«* zu stellen, wäre sehr interessant, denn ich bin sicher, seine Antwort wäre falsch.

»Du sollst wissen, dass ich eigentlich vorhatte, die Renovierung hier kostenlos zu machen, wenn ich noch für Aldo gearbeitet hätte.« Aus dem Augenwinkel sehe ich, wie er die Hände ringt. »Ich habe echt ein schlechtes Gewissen, dass ich fünf Prozent nehmen muss.«

»Du bist jeden Penny wert«, versichere ich ihm, wie es meine Mom auch immer tat. »Mach dir deshalb keine Sorgen, Tiger.« Als Zugabe nutze ich noch den Spitznamen, den Dad ihm gegeben hat. Aber auch die Erinnerung an meine Eltern hilft nicht. Er weicht nicht zurück, wie ich erwartet hätte. »Musst du nicht wieder an die Arbeit?«

»Ich will nicht wieder da rausgehen«, vertraut er mir an. »Alex hat recht. Es ist immer interessanter, wo du bist.«

»Das glaube ich«, sage ich, denn auf meinem Bildschirm sieht man gerade ein weibliches Hinterteil. Aber als ich aufsehe, betrachtet er mich mit sanftem Blick.

»Ich war in letzter Zeit ungerecht zu dir. Tut mir leid.« Einen eingehenden Anruf weist er mit einer geübten Handbewegung ab. »Ich bin nur einfach gestresst und versuche, alles zu meistern.« Wieder klingelt sein Handy.

»Du musst mich nur fragen.« Ihm ist anzusehen, dass er keine Ahnung hat, was ich meine. Stattdessen wandert sein Blick zu meinen Lippen. Mein Puls legt einen Zahn zu, und ich beeile mich, es klarzustellen. »Mich fragen, ob ich dir helfe.«

»Wie willst du denn helfen?« Jetzt sieht er mir in die Augen, und in mir entsteht dieses warme, wohlige Gefühl. Der Raum wird kleiner. Wir werden von den Wänden und der Luft zusammengedrückt, und ich kann nicht anders. Ich muss meine Hand auf seinen Unterarm legen, um seine Haut zu spüren.

»Egal, wie.« Ich drücke und merke den Gegendruck seiner Muskeln. Über meinem Blickfeld schluckt er. »Für dich würde ich mir ein Bein ausreißen.«

Er nimmt meine Hände. Jetzt will er etwas Wichtiges sagen. »Ja, das weiß ich. Aber für mich ist es wichtig, dass ich es allein mache.«

Mir kommen Colins Worte in den Sinn, und in mir fängt es

wieder an zu brodeln. »Du wirst niemals allein sein. Ich bin da. Ich bin bei dir.«

Mit einer neuen Erkenntnis im Blick sieht er mich an. »Ja. Du bist da.« Sein Blick gleitet an mir vorbei zu meiner Arbeitsbank und hakt sich dort zwischen all der Unordnung an etwas fest. An der einen Sache, die er nicht sehen sollte. »Beantragung eines Reisepasses?« Er lässt meine Hände los.

»Erwischt. Jamie muss ihn mitgenommen haben. Aber das ist unlogisch. Ich bin mir sicher, ich hatte ihn noch, als der schon weg war. Ich habe nachgesehen, wann er abläuft. Vielleicht hat Vince ihn auf dem Schwarzmarkt verscherbelt.« Ich lache, haha, damit ihm klar ist, dass das ein Witz sein sollte.

Er findet es gar nicht lustig. »Wenn das Haus verkauft wird, bekommst du eine ganze Menge Geld. Du wirst nie wieder zurückkommen.«

Truly schiebt die Tür auf. »Hallo, alles fertig? Mich hat gerade ein alter Mann angebrüllt, der mit irgendetwas am Haus beschäftigt war.« Ihr fällt auf, wie nah wir beieinander stehen, und sie zögert.

»Hi«, Tom lächelt so bezaubernd, dass ich diesen Antrag am liebsten zerreißen und ins Klo werfen will. »Colin hat recht. Du kannst hier nicht mehr so einfach herumlaufen.«

Truly mustert ihn anerkennend von oben bis unten, und ich kann ihr keinen Vorwurf machen.

Er ist wunderbar, vom Scheitel bis zur Sohle. Er ist ein großes, glänzendes, muskulöses Wunder, und da niemand etwas sagt, legt er fragend die Stirn in Falten. Er hat wohl schon länger nicht mehr in den Spiegel gesehen.

Truly schaltet ihr Gehirn wieder ein. »Wow, was für ein Anblick! So muskulös! Hast du das Kriegsbeil wieder begraben, was Darce betrifft?«

»Ich war gerade dabei«, antwortet Tom. Sein Handy vibriert. Resigniert sieht er darauf. Aus eigener Erfahrung weiß ich: Sobald sich die Sprachnachrichten häufen, fühlt man sich, als würde man während eines Schneesturms Schnee schippen.

Er steckt es in seine Tasche zurück und konzentriert sich wieder auf Truly. »Wie geht's dir?« Sie umarmen sich zaghaft, und Truly formt über seinen Bizeps hinweg mit den Lippen ein übertriebenes, freudestrahlendes *Oh*.

»Jetzt hat sich dein Besuch gelohnt, nehme ich an«, sage ich und klinge dabei ganz schön rau. »Nicht dass ich eifersüchtig wäre, aber Umarmungen gibt es derzeit so selten.« Wie ein Wasserspeier beuge ich mich über meinen Laptop und bearbeite die Bilder. Seit Toms Ganzkörperumarmung in der Küche bin ich spröde und unterkühlt.

»Hach«, schmachtet Truly, kommt zu mir und legt mir von hinten die Arme um die Schultern. Ihre Umarmungen sind himmlisch. Ich wünschte, sie würden mich beide gleichzeitig umarmen. »Tom, weißt du, wie unsere Darce ist? Wie ein Tamagotchi.«

»Wie ein elektronisches Haustier. Stimmt.« Ich lehne mich zurück, und wir legen die Schläfen aneinander. In diesem Moment ist alles in mir klar und ruhig.

Tom lehnt sich wieder an den Arbeitstisch. »Ich weiß genau, wie sie ist.«

»Sie muss mehr gekuschelt werden, als sie jemals zugeben würde«, erklärt Truly und drückt mich fester. »Ohne geht sie ein.« Sie küsst mich auf die Wange und lässt von mir ab. »Und natürlich auch ohne Süßigkeiten. Sie steht auf Zucker in allen möglichen Farben.« Neben mir packt sie ein paar Süßigkeitentüten aus.

»Kommt mir vor, als würdest du mir aus irgendeinem Grund Honig ums Maul schmieren.« Ich schnappe mir die erstbeste Tüte und reiße sie mit den Zähnen auf.

Tom grinst Truly an. »Sie ist ganz schön wild.«

Truly hält ihm eine Tüte hin. »Die ist für dich, wenn du mir sagst, dass du der Grund bist, weshalb es ihr besser geht. Ihr kleines Herz hängt an dir, weißt du?«

Das ist eine nette Umschreibung für: *Darcy jammert mir ständig deinetwegen die Ohren voll.*

Mein Hocker wird umgedreht, ich werde nach oben gezogen und Tom drückt mich an seinen Körper. »Ich werfe mich ihr zu Füßen. Tag für Tag, Minute für Minute. Sie kriegt es nur nicht mit.«

Er legt seine Hand um meinen Hinterkopf, und meine ganze Welt besteht nur noch aus seinen Muskeln und dem Geruch seines T-Shirts. Der Geburtstagskerzenduft und die Wünsche und, hach, das wird schwer, wenn er mich loslässt. *Nimm, was du kriegen kannst, DB. Du kannst froh sein, dass er überhaupt noch mit dir redet.*

Ich werde gedrückt, bis mir die Luft wegbleibt, dann werde ich wieder auf dem Stuhl abgesetzt. Das brauche ich noch mal, aber länger und langsamer. Vielleicht einen Monat lang. Ich sollte etwas sagen, aber ich kann nicht. Truly reicht ihm kommentarlos seine süße Bezahlung, ihre Augen lachen, als sie mich ansieht.

Er nimmt eine Schere von seinem neuen Schreibtisch. Kein Aufbeißen. Er ist so zivilisiert. »Wie läuft das Geschäft? Lässt sich mit Unterwäsche gutes Geld verdienen?«

Er schüttet sich ein paar Süßigkeiten in die Hand; saftig, lecker und rosa. Ich will sie. Ich lechze nach dem Geschmack in seinem Mund. Einer von seinen Leuten ruft draußen nach ihm, ein blökendes Lamm ohne Schäfer.

»Ja, total verrückt. Ich bin gut ausgelastet.« Truly wühlt in ihrer Handtasche. »Ich habe sogar ein Geschenk für Darce mitgebracht. Schau mal.«

Sie reicht Tom Underswears – ein maritim gestreiftes Exemplar aus ihrer neuesten Kollektion. Er muss riesige Hände haben, denn als er den Bund an beiden Seiten festhält, sieht die Unterhose winzig aus. Dabei weiß ich genau, dass, wenn ich sie trage, mein Bauchnabel bedeckt und mein gesamter Hintern verschwunden sein wird.

Truly grinst. »Ich weiß, dass das eigentlich ein Kompliment ist und meiner Firmenphilosophie widerspricht, aber …«

»Lass mal sehen. Oh, das ist ja süß.« Er hat den kleinen Anker gefunden. Meine Unterhose in seinen Händen. Er dreht sie um, und wir können beide den Aufdruck KEIN über MENSCHLICHES TREIBGUT lesen.

Schließlich finde ich meine Stimme wieder. »Das bin ich wirklich. Danke. Noch ein Einzelstück.« Ich stopfe sie in die oberste Schublade, wo meine andere tragbare Bezahlung liegt.

Tom grübelt und betrachtet die ganzen schlimmen Wörter auf meinem Bildschirm, als ich weiter durch die Aufnahmen scrolle. »Ich hätte wirklich gedacht, deine Kollektion wäre etwas … erbaulicher als das da.«

Truly weiß, was er meint. »Ach, du meinst so knappe lila Höschen, auf denen in Paillettenaufdruck *Göttin* steht? Das wäre aber an meiner Zielgruppe vorbei. Bissige Mädels, so wie Darce, die keinen String in ihrer Kimme wollen.«

Ihr Handy klingelt, und sie wirft einen langen Blick drauf. Als sie es wegsteckt, merke ich ihren Zwiespalt und Frust. »Warum will denn jeder, dass ich süße Unterwäsche mache?«

»Vielleicht weil du eine Süße bist«, sagt Tom sachlich, und Truly errötet bis auf die Knochen. Meine Knochen werden neongrün. Das werde ich niemals sein: eine Süße. Wieso ist das bei den beiden so einfach?

»Ich hab keine Süßigkeiten verdient«, meint er und schüttet sich den restlichen Inhalt in den Mund. »Ich war so ein Arsch. Ich verdiene ein Schimpfwort auf meiner Unterhose.«

Truly blinzelt. »Kannst du Gedanken lesen? Deshalb schmiere ich Darcy Honig ums Maul. Der Markenberater will, dass ich eine Unterhose für Männer in meiner Mappe habe.«

»Kerle tragen keine lustige Unterwäsche«, schnaube ich.

»Ich hab doch gerade gesagt, dass ich sie tragen würde.« Tom faltet seine leere Verpackung zusammen.

Truly nickt, dankbar für seine Unterstützung. »Ich glaube durchaus, dass es auch männliche Käufer geben könnte. Diese Idee hatte ich bereits vor einiger Zeit. Also habe ich angefangen rumzuprobieren, weshalb ich schon ein Muster habe. Das ist die allererste Unterhose für Männer. Du weißt, was ich jetzt brauche, Darcy.«

Sie besticht mich mit einer weiteren Tüte Süßigkeiten. Wie ein Vögelchen sperre ich den Mund auf, und sie steckt mir ein paar Ananas-Kaubonbons in den Schnabel.

»Verführ mich nicht«, flehe ich durch all den Zucker hindurch. »Bitte.«

»Worum geht's?« Tom geht zur Tür. »Ja, bin gleich da«, ruft er in Richtung Baustelle. Er hat zig Dinge am Haus zu erledigen, aber er ist in unserem Netz gefangen.

»Sei nicht so neugierig.« Mir zuliebe muss er keine Zeit verschwenden. »Geh an die Arbeit.«

»Männliche Models zu casten ist ihr Albtraum«, erklärt ihm Truly. »Bislang hat sie auf jede ihrer Suchanfragen Penisbilder geschickt bekommen.«

»Das stimmt. Ein Schwanz nach dem anderen«. Ich sehe auf den Computer, dann auf die Uhr und dann in ihr Gesicht. Toms verschränkte Arme ignoriere ich. »Bekomme ich mehr Zeit?«

»Nein«, sagt sie bedauernd.

»Kann ich ein Flatlay machen?« Noch während ich das sage, schüttele ich den Kopf. »Nein, neben den Modelaufnahmen sieht das erbärmlich aus. Okay, überlass es mir. Ich mach das schon.«

»Sicher, dass du dich nicht übernimmst?« Erneut sind Toms Finger auf meiner Schulter. Und wieder gehorcht ihm mein Top nicht und verrutscht. »Du schläfst im Moment ja noch weniger als ich.«

»Wenn es hier nur jemanden gäbe, der einspringen könnte«, sagt Truly gedehnt. Sie dreht sich um und sieht Tom an.

»Jemand vor Ort. Der gut gebaut ist und Größe XL trägt.« Ihr Blick fällt auf seine Taille.

Auf diesen Quatsch geht Tom nie im Leben ein. Ich erspare es ihm, Nein sagen zu müssen. »Er hat zu viel zu tun.«

»Tom«, sagt Truly mit ihrer süßesten Stimme.

Er weiß nicht, was er sagen soll. Und wird rot. »Truly, mein Hintern fühlt sich sehr geschmeichelt, aber ich weiß nicht, ob er deinen Vorstellungen entspricht.«

»Du willst mich verarschen«, sage ich ungläubig. Ernsthaft. Hat der sich noch nie an den Hintern gefasst? »Wir lassen dich jetzt weiterarbeiten.«

Truly versucht ihn schnell zu überzeugen. »Nimm es mir nicht übel, aber du bist perfekt für diese Aufgabe. Bitte, lass Darcy nur eine Aufnahme von deinem Hintern machen, und ich lade dich auf ein Steak ein.«

»Hmmm«, macht Tom. »Steak.« Ich glaube, er versucht ein Lachen zu unterdrücken. Man sieht mir bestimmt an, dass ich am liebsten schreien würde. »Was muss ich dafür tun?«

»Ganz einfach«, beeilt sich Truly. »Du stehst nur da. Du musst noch nicht mal den Bauch einziehen. Auf meiner Seite gibt es nur echte Menschen. Keine Magermodels. Und Darce nutzt nur selten Photoshop. Echte Menschen«, wiederholt sie empathisch und starrt auf seine Leistengegend.

»Ich glaube nicht, dass das unter echte Menschen fällt.« Meine Stimme klingt sehr schwach. Tom schmunzelt, als wäre er wirklich geschmeichelt. Ich weiß, dass ich dunkelrot anlaufe, denn er beißt sich auf die Lippe, um nicht loszulachen. »Hey, nimmst du mich auf den Arm?«

»Ein bisschen. Mir gefällt's.« Draußen blökt es wieder.

»Als wir letztes Jahr keine bezahlbaren Models gefunden haben, hat Darcy ihren Hintern für einige Aufnahmen hergehalten«, fällt mir Truly in den Rücken.

Toms Valeska-Ohren stellen sich auf. »Darcy ist ein Unterwäschemodel?« Er sprüht jetzt förmlich vor Begeisterung und Freude. Ich laufe rot an, mein Herz explodiert in meiner Brust und stößt flüssige Lava durch meine Adern.

»Untersteh dich, dir das anzusehen.«

»Sie hat den perfekten Hintern für Unterwäsche. Ihr zwei könntet das Underswears-Pärchen werden, wenn du die Unterhose einfach anziehst, Tom. Was meinst du? Steak?«

»Mich hast du nie zum Steak eingeladen«, beschwere ich mich.

»Einverstanden«, sagt Tom und lacht, als könne er es selbst nicht glauben. Und dann fügt er seinen üblichen Satz an. »Aber nur, wenn niemand es Jamie verrät.«

Er sieht auf sein Handy, dann wieder zum Haus. »Aber ein richtig großes Steak. Ich muss jetzt wirklich los. War schön, dich zu sehen, Truly. Bitte unterschreib nachher das Formular, dann geht's mir besser, wenn du hier auf der Baustelle herumläufst.« Er schaut auf seinen neuen Schreibtisch. Mit Schokokuchenstimme sagt er: »Ich bekomme diesen Drucker zum Laufen.«

»Nein, wir müssen das jetzt machen. Ich bewache die Tür. Hier.« Truly reicht ihm eine Unterhose, und er faltet sie auseinander. Hinten drauf steht UNVERNÜNFTIGES ARSCHLOCH. Tom lacht schallend.

»Wie passend.« Er sieht sie an und begreift, dass sie es ernst meint. »Ich kann jetzt nicht. Das ist doch verrückt.«

»Entweder du machst es, oder ich muss Models casten«, meint Truly nüchtern. »Ich wette, der junge Kerl aus deiner Truppe würde es machen.« Sie weiß, dass sie Tom damit hat, unterdrückt ein Grinsen, dreht sich zu mir und blickt mich finster an.

»Stimmt, würde er«, sage ich, denn, oh Gott, ich will Haut sehen.

Truly zieht die Tür fast zu. »Ich stehe Schmiere. Das dauert nur zwei Minuten. Hose runter, Unterhose anziehen, Darcy macht klick, klick und schon ist es geschafft.« Truly ruft irgendwem am Haus zu: »Er kommt in drei Minuten.«

Die Tür geht zu.

»Bei ihr klingt das so einfach.« Seine Hand ruht auf dem Hosenknopf. »Warum mache ich das?«

»Weil Truly irgendein komisches Kraftfeld um sich hat. Man kann nicht anders als Ja sagen. Los, bringen wir es hinter uns. Tu so, als wäre es eine Badehose.«

Ich setze mich auf meinen Hocker. »Du stehst dort.« Ich wechsele den Studiohintergrund und puste Staub von der Linse. Hinter mir dauern Gürtelklirren, Stoffrascheln und Bewegungen eine gefühlte Ewigkeit, dann nimmt Tom seine Position ein. Seine nackten Beine habe ich zuletzt gesehen, als er in der Schwimmmannschaft war. Wie habe ich sie vermisst.

Der Arme sieht ganz verängstigt aus. Binnen zwanzig Sekunden ist aus dem Baustellenboss ein heißes Model geworden. Das macht ihm zu schaffen. Nicht nur ihm. Diese elastischen engen Retroshorts sind wie für ihn gemacht.

»Brauchst du eine Zigarette? Irgendwelche letzten Worte? Ehrlich, du siehst aus, als hätte man dich vor ein Erschießungskommando gestellt.« Manchmal mag ich mein loses Mundwerk.

Er sieht so herrlich verletzlich aus, wenn er den Saum seines T-Shirts umklammert. Ein guter Junge im Körper eines Bad Boys. Im Körper eines Unterwäschemodels.

Gott, ist das heiß in diesem Zimmer.

Loretta war sich ganz sicher, dass er in einem früheren Leben Wikinger war, und sie hatte recht. Er ist gerade erst über die Ostsee gerudert, und jetzt steht er hier, mit einer Brust, die sich unter meinem Blick hebt und senkt.

»Gut.« Ich bemühe mich, nicht auf Haut, Beine und Haare zu sehen. Und wieso zum Teufel bedeckt er seinen Bauch? Jedes Mal wenn er sich bewegt, kann ich einen Blick auf perfekt durchtrainierte Muskeln erhaschen. Doch dann zupft

Tom sein T-Shirt wieder zurecht. Mein Mund ist so trocken, dass ich am liebsten aus Pattys Napf trinken würde. Ich habe schon Models fotografiert, aber so etwas habe ich noch nie gesehen.

»Alles okay?«, fragt er.

»Gut siehst du aus«, erwidere ich mit einer aufmunternden Fußball-Mutti-Stimme. Ich klopfe mit dem Fuß auf den Boden. Das T-Shirt ganz auszuziehen, werde ich ihm ersparen. Ein bisschen Restwürde braucht er. »Dreh dich um. Zieh das Shirt höher. Noch höher. Gut.«

Ich darf das eigentlich nicht sagen. Aber ich platze, wenn ich es nicht tue. »Du hast den heißesten Arsch der Welt.« Ich stelle die Kamera auf Hochgeschwindigkeitsaufnahmen ein und fotografiere seinen Hintern wie ein Paparazzo.

»Ist Tom da drin?« Colins Stimme ist erschreckend nah. Garantiert ist der Typ Jamies Maulwurf, und er ist kurz davor, uns in der seltsamsten Situation überhaupt zu überraschen. Tom und ich erstarren.

»Er ist gerade mit Darcy ... im Gespräch.«

»Sag ihm, er soll nach vorn kommen. Sie laden das Holz ab, aber er hat keinen Gabelstapler bestellt, also können wir es nicht transportieren.« Colin sagt das so laut, dass Tom es hört.

»Mist«, sagt Tom. »Nur noch eine Sekunde. Mach hin, Darcy.«

»Schon gut, er ist wieder weg«, Truly öffnet die Tür einen Spalt breit. »Ach, die steht dir aber gut, Tom.«

Ich liebe sie, aber ich schließe die schwere Glastür und ziehe den Vorhang zu. Die wilde Wölfin in mir will nicht, dass irgendwer diesen Körper sieht. Die Baustellengeräusche setzen wieder ein.

»Das soll niemand sehen«, murmele ich zu mir. »Kaum zu glauben, dass du den Mut dazu hattest. Besonders nach dem ... was ich gemacht habe.« *In der Küche, als ich dich zerfleischen wollte.*

»Ich habe es nicht mehr fertiggebracht, mich von dir fernzuhalten. Eigentlich dachte ich, ich könnte mich nicht konzentrieren, wenn du da bist. Aber wenn du nicht da bist und ich dich nicht sehen kann, ist das noch viel schlimmer.«

»Ich versichere dir, dass ich hier nichts mehr verbocke.«

»Ich habe dich vermisst.« Er schüttelt den Kopf. »Was meinst du … was du gemacht hast?«

»Tja, wenn ich mich recht erinnere, habe ich gesagt, dass ich dich in mir will.« Ich versuche unbeschwert und lustig zu klingen. »Man sieht dir die Angst an, wenn DB sich nicht mehr ganz unter Kontrolle hat.«

»Nicht mehr ganz«, fragt er ungläubig. »Willst du behaupten, dass du dich teilweise noch unter Kontrolle hattest?«

Ich denke an das splitternde Holz, wie ich auf die Schlafzimmertür gedeutet habe, meine ungeschickte Ehrlichkeit. Hätte es schlimmer sein können?

»Tja, ja.« Ich senke die Kamera leicht. Prompt beschlägt das Display, weil ich so schwer atme. Wenn ich so weitermache, zerstöre ich die Linse. »Hätte ich die Kontrolle ganz verloren, hätte ich …« Ich drücke auf den Auslöser, bloß um irgendein Geräusch zu machen. »Wahrscheinlich hätte ich …« Ich nehme die Hand vor den Mund, als wolle ich ein Rülpsen unterdrücken. Ich kann das nicht sagen. Auf keinen Fall.

»Sag's mir«, verlangt er über die Schulter hinweg mit der tiefen Bassstimme, mit der er am ersten Morgen auf der Baustelle die Jungs sofort zur Raison gebracht hat. Dieser Stimme muss man gehorchen. So ein Mist. Es ist die Stimme des Alphamanns.

Schön. Wenn er die Wahrheit will, soll er sie bekommen. »Ich hätte deinen Gürtel geöffnet, mich hingekniet und dafür gesorgt, dass du Gott um Gnade anflehst.«

»Großer Gott«, sagt er atemlos.

»Siehst du, du rufst jetzt schon nach ihm« Ich überschlage die Beine, um das verräterische Gefühl dazwischen zu unterdrücken. Kaum zu glauben, wie ich mich hier aufführe. Zu meiner Schande macht es mir Spaß. Jetzt könnte ich fast alles zu ihm sagen, und er müsste es sich mit dem Rücken zu mir anhören. »Dein Glück, dass ich die Kontrolle nicht ganz verloren hatte. Nur ein wenig.«

Seine starken Schultern sacken zusammen. »Du bist ein richtig böses Mädchen.«

»Das weißt du doch gar nicht. Komm, dreh dich um, und wir bringen es zu Ende. Dann kannst du zu deiner Herde zurück.« Ich rutsche von links nach rechts, was aber auch nichts bringt. Es würde mir recht geschehen, auf einem Hocker von Kmart einen Orgasmus zu kriegen.

»Ich kapier's nicht«, sagt er nach einer Weile. »Warum?«

»Wie meinst du das, warum?« Ich höre, wie ungläubig ich klinge. »Du bist der Hammer. Das weißt du.« Als er mich über die Schulter ansieht, ist sein Blick unsicher. »Das weißt du doch, oder? Ich kann dir gar nicht sagen, wie scharf du bist. Das müsste ich dir zeigen.«

Er tritt von einem Fuß auf den anderen, dreht sich aber nicht um.

»Jetzt noch von vorne, und dann haben wir's geschafft. Dreißig Sekunden. Komm schon, Tom, dreh dich um.« Er tut nichts. »Tom. Erde an Tom.«

Er seufzt schwach. »Ich habe ein kleines Problem.«

»Da sind wir schon zu zweit.« Ich habe ein dringendes Date mit einer Packung AA-Batterien. »Lass es uns einfach hinter uns bringen.«

»Eine Sekunde noch«, sagt er gequält.

»Dreh dich um«, befehle ich, damit wir endlich fertig werden. Widerwillig gehorcht er. Er rollt das T-Shirt nach oben. Sein Bauch ist in sechs schöne Segmente unterteilt. »Aaaaalter Schwede.« Mir bleibt der Mund offen stehen, und ich kann kaum die Kamera halten.

»Verstehst du, was ich meine?«, presst er hervor. Seine

Unterhose sieht vorne anders aus, als sie sollte. Völlig aus der Form. Nicht zu bändigen. In einem Winkel, der … In mir zieht sich alles zusammen. *Oh ja.*

»Jetzt verstehe ich, warum du von meiner schmutzigen Warenkiste nicht beeindruckt warst«, platze ich heraus, während ich heranzoome. »Ich glaube nicht, dass ich dich gut ausgeleuchtet bekomme.«

»Das ist lächerlich«, sagt er wütend und bückt sich nach seiner Hose. »Musst du die ganze Zeit reden?«

»Halt, ich brauche noch eine Aufnahme für Truly.« Ich senke die Kamera. »Mach dir keinen Kopf. Das passiert schon mal. Ich habe mal erotische Aufnahmen mit einem Pärchen gemacht und …«

Er hält sich die Hand vor die Augen. »Hör doch endlich mal auf zu quatschen.« Ich schlucke. Doch dann fügt er hinzu: »Deine Stimme klingt so heiß, das halte ich nicht aus. Wie man sieht.«

»Oh.« Ich drehe mich auf dem Hocker mit dem Rücken zu ihm. »Das wusste ich nicht.« Im Raum könnte man eine Stecknadel fallen hören.

»Natürlich weißt du das«, erklärt er genervt. »So wie du spricht niemand.« Man hört ihn laut Luft holen. »Du solltest besser darauf achten, was du zu Männern sagst.«

»So etwas habe ich bisher noch nie zu einem Mann gesagt, und ich verbiete mir diese Andeutung.« Ich schaue kurz über die Schulter. Könnte diese peinliche Situation jetzt mal vorbei sein? Nur noch eine klitzekleine Aufnahme. Wobei das Bild sowieso schon in mein Gehirn eingebrannt ist. Für immer im Tresor. Einem sehr großen Tresor.

»Das ist so peinlich«, meckert er.

»So schmutzig redest du nicht mit jedem halbwegs gutaussehenden Kerl, der ein Auge auf dich geworfen hat?«

»So schmutzig rede ich mit dir. Nur mit dir. Und du bist nicht nur ›halbwegs gut aussehend‹. In Florenz habe ich den

*David* von Michelangelo gesehen. Neben dir sieht der wie ein kleinschwänziger Gartenzwerg aus.«

»Fertig da drin?«, ruft Truly.

Panisch winke ich ab. »Fast! Lass uns schnell über etwas Unverfängliches reden. Die Renovierungsarbeiten. Wie läuft es so? Ich will alles wissen.«

»Okay«, sagt er motiviert.

»Erzähl mir von den Dachrinnen oder Absaugöffnungen. Der große Wasserfleck an der Küchendecke, wie sieht es damit aus? Oder …« Ich denke angestrengt nach. »Das Spalier. Die Rohre. Zargen und Zierspitzen und …«

Er unterbricht mich verzweifelt. »Ich glaube, du machst es noch schlimmer, wenn du irgendwelche annähernd architektonischen Begriffe in den Raum wirfst.«

»Du Spinner.« Jetzt klinge ich etwas anders. Habe ich tatsächlich eine sexy Stimme? Bisher dachte ich, dass seine maximale Reaktion auf mich in leicht erweiterten Pupillen bestehen würde. Und jetzt bin ich in einem Raum mit seinem Ständer.

*Sicherer. Gib ihm Sicherheit.*

Wir schweigen. Noch eine Minute vergeht. »Gut«, sagt er schließlich angespannt. »Du kannst jetzt.«

Ich mache etwa zehn Aufnahmen, und bevor ich ihm sagen kann, dass wir es geschafft haben, beugt er sich nach unten, springt in seine Hose mit der Underswear an. Er stürzt aus dem Zimmer und rennt fast Truly über den Haufen.

»Du schuldest mir mehr als nur ein Steak«, ruft Tom ihr im Vorbeiflitzen zu. »Du schuldest mir ein Steak und eine Kreuzfahrt.«

Truly kommt herein. »Was hast du denn mit dem gemacht?«

»Ich weiß es ehrlich gesagt nicht«, sage ich und wische mir den Schweiß von der Stirn. »Aber ich glaube, es ist besser, wenn er die Unterhose behält.«

# 14. Kapitel

Aktueller Stand: Ich bin so müde, dass ich wahrscheinlich sterbe. Und dabei ist erst Donnerstag.

Die Hände in die Hüften gestemmt stehe ich im Bad und sehe auf die Wand. Ich habe noch nie mit Absicht einen Raum demoliert. »Ben, kannst du mir eine Gliederung geben, was ich tun soll?«

Die merkwürdigsten Wörter rufen mir wieder das Underswears-Shooting vor Augen. Wie *Gliederung*.

Ben ist der Einzige, auf dessen Rat ich vertrauen kann. Alex nur, wenn es darum geht, wie man schwere Sachen trägt und über Witze lacht. Colin steht immer noch auf meiner schwarzen Liste, und ich bin mir fast sicher, dass er Jamies Maulwurf ist. Ich habe versucht, ihn auffliegen zu lassen, indem ich ihn mit falschen Informationen füttere.

»Ein guter Anfang wäre, die Fliesen von der Wand zu bekommen. Dazu nimmst du … das hier.« Ich versuche nicht, auf Bens glänzenden Schädel zu schauen, als er in einer Werkzeugkiste herumwühlt. Er gibt mir ein kurzes Brecheisen. »Aber vorsichtig. Ruckzuck hat man ein Loch in die Wand geschlagen.«

Mit dem Fuß schiebt er einen leeren Karton zu mir rüber. »Sie werden scharf sein, also zieh eine Schutzbrille an. Draußen ist ein Container, aber lass Alex die Bruchstücke tragen. Danach machst du mit den Bodenfliesen weiter.«

»Okay. Danke.« Es ist himmlisch, eine klar definierte Aufgabe zu haben. Ich knote mein schlabberiges Tanktop an der Hüfte und krempele meine Jeans ein bisschen hoch. Handschuhe an. Die Schutzbrille setze ich auf die Stirn.

Tom kommt an der Tür vorbei und bleibt kurz stehen. Unsere Blicke begegnen sich, dann schaut er auf die Brechstange in meiner Hand. Seine Augenlider flattern, und sein Körper verspannt sich, als würde er etwas sehen, dass er kaum aushält. Stellt er sich vor, dass ich mich verletze?

Ich erinnere mich noch gut an seine Reaktion, als ich mich mit ihm über Türzargen unterhalten wollte. Ich schwinge die Brechstange. »Ist das Outfit für dich in Ordnung?«

Er schluckt und nickt. »Äh, ja.«

Von der Leiter hinunter schüttelt Colin resigniert den Kopf. Wir lernen es auch nie.

So langsam etabliert sich der immer gleiche Ablauf: Tom kommt vorbei, wird von mir abgelenkt, und irgendwas in einem anderen Teil des Hauses läuft schief. Ich bin ein lebender Fluch.

Ich strecke den Daumen hoch. »Weitergehen.« Verwirrt gehorcht er.

Colin sagt, »Ich glaube, er erwartet nicht, dass du tatsächlich etwas abreißt.«

»Ich habe tausend Mal erklärt, dass ich zur Truppe gehöre, oder?« Mit dem Unterarm wische ich mir den Schweiß von der Stirn. Ich muss damit leben, dass ich ununterbrochen glänze. »Hast du Tom deine Steuerdaten gegeben?«

Colin zieht eine Flappe. »Noch nicht.«

»Ach was, Mr. Papierkrieg?« Es liegt mir auf der Zunge, von ihm zu verlangen, dass er bis fünf damit beikommt, aber ich verkneife es mir. Ich bleibe hinter der Linie, die Tom für mich gezogen hat.

Allerdings komme ich nicht umhin zu bemerken, dass Colin irgendwie cool wirkt, wie er da vor dem Hintergrund der weißen Wand steht. Ich nehme meine Kamera und mache schnell ein Foto. Mit gerunzelter Stirn sehe ich auf das Display. Das kann ich besser.

Ich passe die Einstellungen an, wähle einen anderen Ausschnitt, und die zweite Aufnahme ist schon besser. Wesentlich besser. »Wie würde es dir gefallen, meine Muse zu sein?«, frage ich Colin. Er tut, als wäre ich überhaupt nicht da.

Ich lege die Kamera beiseite. Ein Bild eines menschlichen Gesichts zwischen Fotos von Steckdosen und kaputten Fußleisten. Tom wird sicher stolz auf mich sein. Wie verrückt, dass mich ausgerechnet der alte Giftknoten Colin inspiriert hat.

Ich lege die Handfläche auf die erste Fliese in der Reihe. Es fühlt sich absolut frevlerisch an, aber ich setze mit dem Brecheisen über der Kachel an, und sie … fällt einfach ab. Ich bin zu langsam, um sie aufzufangen, und sie zerschellt zu meinen Füßen.

Fast augenblicklich erscheint Toms Kopf im Türrahmen.

»Sei vorsichtig.« Und schon bereut er es. »Ja, Moment«, sagt er zu jemand anderem. Es ist ein beeindruckender Jongleur-Akt: eine komplette Arbeitsstätte überwachen und nebenbei persönlich jeden meiner Schritte im Auge behalten.

»Mir geht's gut.« Ich löse noch mehr Fliesen, lasse sie in meine Hand fallen und werfe sie dann in den Karton. »Ich bin jetzt einer von den Jungs, stimmt's?«, sage ich zu Colin, der humorlos lacht. »Tschüs, Tom. Bis später.«

Er versteht meinen Wink mit dem Zaunpfahl und verschwindet wieder.

Das spontane Underswears-Shooting hat die kleine Süßigkeiten-Umarmungs-Waffenruhe zerstört, die wir gerade hergestellt hatten. Als ich Truly zu ihrem Auto begleitet habe, trugen Dutzende Typen mit der Hand Holz ums Haus herum, Colin stand mit verschränkten Armen da, und Tom war stinksauer: auf sich selbst, auf mich, auf die ganze Welt. Er hatte Mist gebaut, und die zwei Minuten in Unterwäsche in meinem Schlafzimmer hatten offensichtlich ihren Teil dazu beigetragen.

Ich versuchte auch, etwas Holz zu tragen, aber in dem Moment, als ich mich bückte, stieß er mich zurück, als hätte ich mich zu dicht an eine Klippe herangewagt.

Er hat zunehmend mehr Ähnlichkeit mit Valeska als mit einem Menschen.

Wenn ich mit einem von der Lieferfirma spreche, kommt er knurrend den Fußweg entlang. Wenn ich für Alex ein Sandwich mache, weil der Depp jeden Tag sein Mittagessen vergisst, lehnt Tom an der Bank, betrachtet mit eifersüchtigem Blick mein Profil, bis ich Käse und Kopfsalat heraushole.

Die Typen aus dem Team fangen an, einen Bogen um mich zu machen. Langsam komme ich mir vor wie eine Landmine. Wenn Tom mich noch einmal berührt, explodiere ich wahrscheinlich augenblicklich. Deshalb schwitze ich die ganze Zeit wie im Fieber.

Zur Badezimmer-Truppe sage ich: »Ich kenne Tom, seit wir acht sind. Aber manchmal frage ich mich, ob er überhaupt noch mit mir reden wird, wenn das hier vorbei ist.«

»Renovierungen sind sehr stressig«, sagt Ben diplomatisch. »Und eine eigene Firma gründen auch. Aldo hat es Tom schwer gemacht, vor allem, Leute zu finden.«

»Das hat er mir gar nicht erzählt.« Ich frage mich, was ihm sonst noch so den Schlaf raubt.

»Gehaltsabrechnungen. Versicherungen. Arbeitssicherheit. Subunternehmer. Verträge«, dröhnt Colin von seinem Hochsitz herunter. Er schnippt mit den Fingern, und ich weiß, dass das heißt, dass ich ihm seinen schnurlosen Bohrer reichen soll. Ich bin in der Hackordnung nur unwesentlich über Alex.

»Darauf reagiere ich nicht«, ich schnippe ebenfalls mit den Fingern. »Benutz Wörter.«

»Wachschutz. Lieferanten. Mietausrüstung. Rechnungsstellung. Budgetplanung.« Colin wirft mir einen bedeutungsschweren Blick zu und schließt mit, »Kundenmanagement. Gib mir den Bohrer.«

Ich reiche ihm die Maschine nach oben. »Du hast dich klar ausgedrückt. Er hat alles im Griff.«

»Das glaube ich nicht. Er ist sehr abgelenkt«, verkündet Colin durch den ohrenbetäubenden Bohrlärm hindurch. Er reicht mir einen Lüftungsdeckel herunter, wobei mir grauer Staub ins Haar rieselt. »Müll.«

Mit dem Gefühl, leicht schikaniert zu werden, werfe ich den Deckel in Alex' Kiste. »Ich würde dir ja gern widersprechen und sagen, dass er alles im Griff hat, aber mir wurde erst vor Kurzem der Tipp gegeben, dass mich das nichts angeht.« Ich wende mich wieder meinen Kacheln zu.

Nach einem kurzen Moment finde ich meinen Rhythmus wieder. Plopp, klirr. Plopp, klirr. Der Umgang mit meinem Brecheisen fällt mir immer leichter. Fairerweise sollte ich Alex eine Pause bei der Müllentsorgung gönnen.

Ich bücke mich, hebe die Kiste an, und mein Herz beschließt, sich in die Hose zu machen.

Es fühlt sich an wie ein Herzklopfen, das nach oben blubbert, in meinen Hals. Mein Sichtfeld bekommt einen Schleier. Ich lehne mich mit der Schulter an die Wand. Okay, das hilft. Ich müsste den Zustand meines Herzens wohl mal wieder untersuchen lassen, aber Jamie kommt sonst immer mit. Ich bin immer noch die kleine Darcy, die zu viel Angst hat, alleine zu einem Termin für große Mädchen zu gehen.

Aber Jamie ist nicht hier. Ebenso wenig wie Loretta. Ich kann mich einfach nicht an ihre Abwesenheit in meinem Leben gewöhnen, weil sie sich so nah anfühlt, dass ich halb damit rechne, aus dem Fenster zu schauen und sie zu sehen, wie sie irgendwen herumkommandiert.

Manchmal fühlt es sich an, als wäre Jamie derjenige, der gestorben ist, denn die Leere wird immer größer. Und mein Herz wummert mit mehr Schlagseite denn je.

»Alex trägt die Kisten raus. Ist alles in Ordnung?« Ben taucht neben mir auf. »Sollen wir Tom holen? Er hat gesagt, dass wir ihm Bescheid sagen sollen, wenn es dir nicht gut geht.«

»So, hat er das?« Ich richte mich gerade auf, und sofort ist meine Hand an meiner Hüfte. Durch die Zähne und die stechenden Tränen in meinen Augen presse ich hervor: »Ich mache bloß eine Pause. Ignoriert ihn.«

»Ihn ignorieren?«, echot Alex von der Tür aus. »Den Chef ignoriert man nicht.« Er kommt auch noch rein.

»Einfach schön tief atmen«, sagt Colin, der Alex einen warnenden Blick zuwirft, damit er die Klappe hält. Er hat genug damit zu tun, seine Leiter hinunterzuklettern, weil offenbar jede Bewegung schmerzhaft ist und sich seine Arthritis meldet. Ich muss aussehen wie kurz vor dem Abnippeln. »Solltest du dich nicht hinsetzen?«

Ich schüttele den Kopf. »Es ist wirklich nichts.« Ich werde einen Teufel tun und mich mit diesem alten Knacker verbünden und über unsere jeweiligen Zipperlein lamentieren. Er zockelt davon wie ein Bluthund, der mit der Nase am Boden die Fährte des Chefs aufnimmt. Oder noch schlimmer: Vielleicht sucht er sich ein ruhiges Eckchen, um meinen Bruder anzurufen und mit den neusten Informationen zu füttern.

»Schwindelig? Das kenn ich.« Bei Alex kann man sich immer darauf verlassen, dass er über alles, was passiert, unbekümmert hinweggeht. Das mag ich an ihm. »Vor allem, wenn ich einen Kater habe«, fügt er mit einem leichten Prahlen in der Stimme hinzu.

Dieser junge Kerl hat mein Mitgefühl. Er hat sich bei mir schon darüber beklagt, wie langweilig seine Abende sind, wenn er mit Grufti und Glatzi in seinem billigen Motelzimmer hockt.

Ich denke daran, was es mir für einen Auftrieb gegeben hat,

als Tom meinte, dass die Truppe mich vermissen würde. Weil mit mir alles mehr Spaß macht.

»Hey, wie wär's, wenn ihr morgen Abend alle in die Kneipe kommt, wo ich arbeite. Dann feiern wir, dass wir die erste Woche hinter uns haben. Ihr kriegt billig was zu trinken. Aber du musst mir deinen Ausweis zeigen.«

Alex fängt an zu strahlen. »Das klingt toll. So was haben wir schon ewig nicht mehr gemacht. Tom lässt uns ziemlich schuften.«

Ich sehe es schon vor mir. Die Moral hebt sich, und das Team wächst zusammen. Gläser klirren, *Prost!* »Also, ich will, dass ihr dieses Projekt genießt.« Alles stabilisiert sich, und es ist vorbei. Ich stoße mich von der Wand ab. »Das heißt aber nicht, dass ich in dich verliebt bin. Alle sind eingeladen.«

»Das weiß ich«. Nach einer kurzen Pause schnappt Alex nach Luft und wird rot. »Das weiß ich.«

Ben entschließt sich dazu, sein Leben aufs Spiel zu setzen. »Ziemlich offensichtlich, in wen sie verliebt ist.« Ich tue so, als würde ich ihn mit meiner Brechstange schlagen, er tut so, als wäre er verletzt, und wir grinsen alle. Ich schalte das Radio ein, und wir verfallen in einen Rhythmus passend zur Musik. Ich habe keine Ahnung, was mit mir nicht stimmt, aber ich könnte das hier für immer machen.

Sie erzählen mir von ihrem letzten Job, einem großen Ferienhaus oben auf einer Klippe. Tom arbeitete die ganze Nacht, um ein paar Böden abzuschleifen, die nicht seinen Ansprüchen genügten. Sie erzählen mir, was ich schon längst weiß: Tom ist ein unermüdlicher Perfektionist. Ich denke, sie wollen mich warnen. Aber ich arbeite schon so hart und ordentlich, wie ich kann, fest entschlossen, es perfekt zu machen. Irgendwann werde ich fehlerlos sein.

»Vielleicht kannst du uns ja eine Sache beantworten«, setzt Alex an. Er ist wieder in der Lage, Augenkontakt herzustellen, nachdem ich ihn in Verlegenheit gebracht habe. »Was soll das mit dem Chihuahua? Wir steigen da immer noch nicht durch.« Er nimmt sich meine nächste volle Kiste mit Kacheln vor.

»Was meinst du?«

»Ein Typ wie er müsste einen großen Hund haben«, erläutert Alex mit einem Ächzen, als er die Kiste hochhievt. »Wir dachten irgendwie, der Hund gehört Megan.«

»Ein Typ wie er? Tom war dreizehn, als er Patty bekam, und es war ihm egal, ob er für alle Ewigkeit deswegen gepiesackt wird. Er hat sich den Rettungshund ausgesucht, der ihn am meisten liebte. Und ich habe ihr ihren Namen gegeben, lange bevor Tom Megan überhaupt begegnet ist.«

Die Prahlerei in meiner Stimme ist nicht zu überhören, aber ich kann nicht anders. Moment. Das war keine Prahlerei. Das klang nach Besitzanspruch.

»Hey«, ich fasse Alex am Ärmel, als er an mir vorbeigeht. Ich sehe nach Ben und Colin, sie sind beide beschäftigt. In sanftem Tonfall sage ich: »Ich bin vielen Männern begegnet, auf der ganzen Welt, und Tom ist der beste. Im Ernst, versuch ein Mann wie er zu werden.« Alex nickt und saugt Oma Darcys Weisheit auf.

»Ein Mann wie er«, wiederhole ich für mich, während ich die Arbeit wieder aufnehme. Ich will Alex zurückrufen, um ihm eine ganze Predigt über all die Gründe zu halten, weshalb Tom das Vorbild ist, dem er nacheifern sollte.

Tom hat gestern eine Einsatzbesprechung mit ein paar Typen gehalten, während Patty zwischen seinen Stiefeln saß. Ein Typ wie er ist auf eine Art stark, die tiefer geht als Muskeln und Knochen, weil er seine Weichheit nach außen trägt. Ich glaube, ich bin meinem idealen Mann begegnet, als ich acht war, und niemand konnte seitdem an ihn heranreichen.

»Ein Mann wie er.« Als ich mich diesmal an die Fliesen lehne, liegt es daran, dass ich auf eine Art über Tom nachdenke, die mir komplett den Atem raubt. Wenn er jetzt vorbeikommen und seinen Kopf hereinstecken würde, glaube ich nicht, dass ich ein neutrales Gesicht machen könnte.

In meinem ganzen Leben habe ich mich noch nie so gefühlt. Ich weiß nicht, was ich tun soll.

Also wende ich mich wieder meiner Aufgabe zu, mit heißem Gesicht. Die eine lachsfarbene Kachel ist an der Reihe. Die werde ich ganz vorsichtig lösen und als Untersetzer behalten. Plopp. Ich drehe sie herum, und finde darunter, unter einer Schicht Kleber, eine Tarot-Karte.

»Was!« Ich lache laut los. »Leute, seht mal. Meine Großmutter hat mir etwas hinterlassen.« Ben und Alex scharen sich um mich, als wäre ich auf Gold gestoßen.

»Was ist das denn?« Alex ist bewundernswert naiv in den meisten Dingen.

»Meine Grandma war Wahrsagerin. Das ist die Tarotkarte der Stärke.« Eine weiß gekleidete Frau stemmt den Kiefer eines Löwen auseinander. Das Motiv könnte eine Gewaltdarstellung sein, aber das ist nicht so. Stattdessen strahlt das Bild Geduld und Beharrlichkeit aus. Es sieht aus wie ich und Valeska.

»Was bedeutet sie?«

Ich versuche mich zu erinnern. Loretta hat versucht, mir beizubringen, wie man Karten liest, aber ich war immer zu beschäftigt. Zu müde. Zu verkatert. Zu verreist. »Ich glaube, sie steht für Durchhaltevermögen und Mut. Aber ich muss nachsehen.«

Ben sagt: »Vielleicht sind im Haus noch mehr Karten versteckt. Es ist ein Zeichen. Sag allen, dass sie darauf achten sollen«, fügt er an Alex gerichtet hinzu, und die Tatsache, dass er es nicht einfach als Mädchen-Quatsch abtut, lässt mich strahlen.

Bis zum Vormittag bin ich mit den Wandfliesen fertig, und auch wenn ich noch ein paar Herzstolperer habe, schlage ich mich wacker. Colin hat mich beobachtet wie ein Bussard, der nach einem Kadaver Ausschau hält. Ich vergesse, etwas zu Mittag zu essen oder zu trinken und habe keine Ahnung, wie spät es ist, als ich die letzte Reihe Bodenfliesen herausreiße und mir das verschwitzte Gesicht mit dem Saum meines Tops abtupfe.

»Wow«, sagt Tom von der Tür aus. »Nicht schlecht.« Er sieht sich im Raum um, als hätte er ihn noch nie gesehen.

Ich zittere wie verrückt. »Ich weiß nicht, wie lange ich dafür hätte brauchen sollen, deshalb kann ich nicht sagen, ob du wirklich beeindruckt bist.« Ich bin nervös, als seine Augen über die Wände gleiten, den Boden, meine Beine hinauf und in mein Gesicht.

»Du hast das ganz allein gemacht?« Er ist schockiert.

»Sie ist eine Maschine.« Ben grinst uns schief an und wendet sich dann wieder seiner eigenen Aufgabe zu.

Tom kommt näher und sieht mich prüfend an. »Hast du es auch nicht übertrieben?«

Er nimmt mich am Handgelenk und fühlt meinen Puls. Mit seiner anderen Hand streicht er mir die Haare aus dem Gesicht. Eigentlich sollte es mir nicht gefallen, dass er hier ein solches Aufheben um mich macht. Ich müsste mich seinen Händen entziehen. Aber vielleicht sollte ich auch mal versuchen, etwas Weichheit nach außen zu tragen. Ich schmiege mich in seine Berührung.

»Mir ging es bestens.« Ich sehe, wie Colin den Mund verzieht. Zumindest hat er mich nicht verpfiffen. »Sieh mal, Tom. Loretta hat uns etwas hinterlassen.« Ich zeige ihm die Tarot-Fliese.

Er lacht. Die Nachmittagssonne verwandelt die um uns herumtanzenden Staubpartikel in Glitzer und seine Augen in Whiskey. Ich werde ganz betrunken davon. Ein Mann wie er. Er ist der einzige, der je meinen Bauch zum Flattern gebracht hat.

»Sie machte die Dinge schon immer gern interessant.« Seine Arme schlingen sich um mich. Er drückt mich fest und sagt über meinem Kopf: »Das hast du gut gemacht. Ich bin sehr beeindruckt.«

Ich lege ihm die Arme um die Taille und atme ganze Lungenfüllungen von ihm ein, die Wange an seine Brust gelehnt. Der Stift in meiner Brustwarze zwickt auf lustvolle Weise. Jeden Moment vermassele ich es, also genieße ich es lieber, solange es anhält.

»Wo bleibt meine Umarmung, Boss?«, sagt Alex, als er wieder auftaucht. Ben und Colin lachen beide. Du meine Güte, was ist bloß mit mir los? Ich werde ganz high von diesem Gefühl, zum Team zu gehören.

Tom sagt: »Die hier erhält besondere Privilegien. Das wisst ihr.« Als ich mich zurücklehne, kann ich sehen, dass Tom ebenfalls lächelt. Er lässt mich los und betastet mit den Fußspitzen die alten Klebespuren auf dem Boden. »Hier drin sind wir dem Zeitplan voraus. Gute Arbeit, allesamt.«

Ich freue mich so, dass es mich wundert, dass ich nicht einen halben Meter über dem Boden schwebe. Tom stolz zu machen, ist wie einen Regenbogen auszuspeien. Es kann nicht lange währen. »Okay, dann gehst du jetzt besser.«

»Sie ist ziemlich gut darin«, Alex hebt meine letzte Kiste mit kaputten Fliesen hoch. »Und sie arbeitet in einer Kneipe. Freitagabend lassen wir's krachen.« Er stapft davon.

»Was meint er mit Freitagabend?« Tom blickt mir scharf in die Augen. »Was ist da?«

Ben und Colin murmeln irgendwas von »Toilette« respektive »Wasser« und verdrückten sich.

Und schon stehen meine Füße wieder auf dem Boden, und ich habe es mal wieder verkackt.

# 15. Kapitel

»Ich sagte gerade, dass ich Freitagabend in der Kneipe billige Getränke ausgebe.« Ich drehe mich weg, um den letzten Splitter einer Fliese von der Wand zu pulen, aber Tom legt mir die Hand auf den Ellbogen.

»Wen hast du gefragt?«

»Ich habe gerade Alex gesagt, dass er alle fragen soll, wer Interesse hat.« Ich nehme einen Schluck aus meiner Wasserflasche. »Tut mir leid, aber du kannst nicht mitkommen. Du bist der Chef. Niemand könnte sich entspannen, wenn du dabei bist.«

Mit seinem Stiefel tritt er die Tür hinter sich zu. »Du kannst es einfach nicht lassen.«

Alles in mir zuckt vor Angst zusammen. Ich weigere mich, die Hand auf mein verschrecktes Herz zu legen. Die Herzkarte auszuspielen, wäre geschummelt. »Na toll. Was habe ich jetzt wieder gemacht?«

Er scheint nur aus wütenden Augen und verschränkten Armen zu bestehen. »Ich muss alle hart antreiben, damit wir hier fertig werden. Wenn das geschafft ist, können sie sich besaufen. Aber bis dahin wird gearbeitet.«

»Aber was sie in ihrer Freizeit machen …«

»Ich will nicht, dass sie vom Darcy-Barrett-Tornado erfasst werden. Glaub mir, wenn man da erst mal drin ist, kommt man nicht mehr raus.« Sein Telefon summt, und er drückt den Anruf so gewaltsam weg, dass das Glas springt. »Das ist Woche eins, Darce. Du hättest mich erst fragen sollen.«

»Ich habe doch nur vorgeschlagen, dass …«

»Du hast den gesamten Baustellentrupp in eine Kneipe eingeladen, wo die *heiße* Hausbesitzerin …«, an dieser Stelle deutet er mit den Fingern Anführungszeichen an, auf eine Art, die sich irgendwie beleidigend anfühlt, »… billige Drinks spendiert. Sag das ab. Die Hälfte von ihnen muss Samstag früh arbeiten.«

»Sieht so aus, als hätte ich meinen *heißen* Bauunternehmer verärgert.« Ich male dieselben Anführungszeichen in die Luft. »Du kannst ihnen nicht vorschreiben, was sie in ihrer Freizeit tun. Sie sind schon groß. Und jemand hat mir gesagt, dass es mit mir hier Spaß macht.«

Er wusste, dass ich diesen Köder schlucken würde.

»Das hier ist mein Verantwortungsbereich.« Er macht eine Handbewegung, die das Haus und alles darin einschließt. »Ich bin der Chef von allen. Sogar deiner. Frag mich, bevor du das nächste Mal so dummes Zeug machst.« Er steckt den Kopf aus der Tür. »Freitag ist abgesagt.«

»Ach, Mann«, höre ich Alex sagen, als die Tür wieder geschlossen wird.

»Du benimmst dich wie ein Arsch. Das steht dir gar nicht.« Es nimmt ihm ein bisschen den Wind aus den Segeln, aber im nächsten Moment sammelt er sich schon wieder und senkt die Stimme.

»Wenn ich das hier nicht zusammenhalte, setze ich dieses ganze Projekt in den Sand. Ich muss für diese Jungs den knallharten Chef spielen. Und jetzt anscheinend auch für dich.«

»Na ja, wenn du jeden neuen Mitarbeiter so zusammenstauchst, nur weil er einen Fehler aus Unwissenheit gemacht hat, bist du kein besonders guter Chef.« Ich setze zum Tiefschlag an. »Bloß weil du kein Leben hast, heißt das nicht, dass der Rest von uns auch zu Hause bleiben muss.«

Er sieht mich ungläubig an. »Ich habe kein Leben, weil ich versuche, dein Haus zu verkaufen.«

»Du hast schon seit Längerem kein Leben. Wann bist du das letzte Mal ausgegangen? Was trinken, essen, zu einem Date? Wann bist du das letzte Mal schwimmen gegangen?«

»Dazu habe ich keine Zeit.«

»Das sagst du immer. Der Tom, den ich mal kannte, konnte ohne Chlor nicht leben.«

»Tja, die Darcy, die ich mal kannte, machte Fotos von echtem Zeug und das aus eigenem Willen. Tu nicht so, als wäre dein Leben so erfüllend.« Er fährt sich mit einer Hand durch die Haare. »Ich kann nicht klar denken mit dir hier drin.«

Er macht eine lange Pause, und in seinen Augen entdecke ich diesen vertrauten Blick. Ich habe ihn schon so oft gesehen, immer kurz bevor er sich auf Jamies Seite stellte. »Ich glaube, diese ganze Idee, dass du hier mitarbeitest, war ein Fehler.«

»Wage es ja nicht, mich auszuschließen. Du überreagierst total.«

»Du machst mich einfach so …« Tom schließt die Augen. Dann folgt dieses Schulterrollen. Als klettere er wieder ein Stück weit zurück in seinen Körper. »Betrachte es doch mal aus meiner Perspektive. Diese Typen hier wissen, ich bin der Boss. Du bist die Hauseigentümerin. Wir sind jetzt ein Team. Ich dachte, ich hätte dir das klargemacht.«

»Ja, aber das heißt nicht, dass wir nicht nett zu diesen Jungs sein können.«

Er lehnt sich an die Wand und macht sich die Schulter staubig. »Früher war ich jedermanns Kumpel, aber sie sind mir auf der Nase herumgetanzt. Das dürfte dir ja nicht neu sein.« Für einen Moment schimmert Verletzlichkeit durch, bevor er sie wegblinzelt. »Ich muss alles unter Kontrolle behalten.«

Colins Liste mit den Pflichten eines Firmengründers läuft im Hintergrund immer noch auf Endlosschleife. Ich will den Mund öffnen, um Tom zu fragen, ob alles klappt. Aber ich kann nicht. Er würde mich bloß anknurren.

Mein glühender Stolz ist komplett verschwunden. »Es hatte mir gerade richtig Spaß gemacht. Ich habe mich darauf gefreut, dass du gleich siehst, was ich geschafft habe. Und du kommst rein und sagst mir, dass ich nicht mal hier sein sollte? Echt nett.« Ich ziehe am Fenster, weil ich frische Luft brauche. Natürlich bewegt sich das Scheißding keinen Millimeter.

»Lass, ich mach das schon.« Für ihn wird das verdammte Ding wahrscheinlich hinaufgleiten wie Seide. Ich will nach dem Brecheisen auf dem Boden greifen, aber Tom stellt den Fuß darauf. »Ich sagte: ›Demolier den Raum‹. Nicht: ›Mach ihn dem Erdboden gleich.‹«

»Ach, und noch was, Tom. Sag den Leuten nicht, dass sie mich im Auge behalten sollen. Das ist wirklich beleidigend. Wissen sie alle von meinem …?« Ich klopfe mir auf die Brust.

»Nur die drei. Ich glaube nicht, dass meine Versicherung es abdeckt, wenn du mitarbeitest. Das ist das Risiko, das ich für dich eingehe. Und jetzt muss ich gehen und mir einen neuen Vertragspartner fürs Dach suchen.« Seine Augen verengen sich.

»Warum ist das meine Schuld?«

»Ich habe ihn gefeuert.« Tom könnte jetzt genauso gut einen Vorschlaghammer in der Faust schwingen.

Zumindest weiß ich nun, wer mich *in Anführungszeichen heiß* genannt hat. »Du hast wohl in zu viel Testosteron gebadet. Ich habe hier drin meine Arbeit erledigt.«

In seinen Augen blitzt es auf. »Und deshalb habe ich null Toleranz für Typen, die so über Frauen reden, die auf einer Baustelle arbeiten. Ich hätte ihn auch gefeuert, wenn er das über eine andere Frau gesagt hätte.«

Jedes Mal wenn Tom sich vorwagt und mir zeigt, wer er wirklich ist, ist es eine Erleichterung. Aldo hätte sich über diesen Vorfall einfach nur kaputtgelacht. Ich sehe aus dem Fenster. »Was genau hat er denn gesagt?«

»Ich erspare dir die Einzelheiten.«

Ich stemme die Hand in die Hüfte. »Also, muss ich ein Grab schaufeln oder nicht?«

Er lacht ziemlich humorlos. »Mach es aber richtig schön tief. Nein, aber im Ernst. Das Problem ist, dass dieser Typ nicht so leicht zu ersetzen sein wird. Einer der wenigen Dachdecker, die Aldo noch nicht auf seine Seite gezogen hatte. Wenn es so weitergeht, wird euer Haus kein Dach haben.«

Ich deute nach oben. »Ich bin sicher, dass das da oben es noch tut.«

»Ach, Darce. Wenn du wüsstest, was ich weiß, würdest du nicht mehr schlafen. Nicht mal in einem Bett wie deinem.«

Meine Matratze hat ihn ganz schön beeindruckt. Jetzt denkt er gerade an sie. Seine Pupillen weiten sich. Ich überlege angestrengt, mit welchem Eimer kaltem Wasser ich die aufgeheizte Atmosphäre in diesem Raum etwas abkühlen könnte.

»Megan muss es geliebt haben, wenn du so warst.«

»Sie hat nie einen Fuß auf meine Baustellen gesetzt. Nie eine Brechstange in die Hand genommen, geschweige denn geschwitzt.« Er attackiert seine Unterlippe mit den Zähnen. »Ich war früher nie *so* … angespannt.«

Jenes wilde Tier, das ich mir als Kind vorgestellt hatte und das mir auf Schritt und Tritt um den gesamten Erdball herum gefolgt ist, am Fuß meines Bettes schlief, während es anderen an die Kehle gehen würde, ist hier in diesem Raum, aber Angst habe ich nicht. Wenn ich ganz dicht vor ihn treten und meine Hand heben würde, würde er seine Wange in meine Handfläche drücken. Aber jetzt ist nicht der Zeitpunkt, um das Konzept Valeska zu erklären.

»Du warst schon immer so. Glaub mir.«

»Nur bei dir. Nie bei Megan.« Seine Augen bleiben fest auf meine gerichtet, bis der Gewissensbiss, den er offenbar gerade hatte, nachlässt. »Wie ich sehe, hörst du das gerne.«

Vielleicht habe ich selbst Wolfsaugen. »Natürlich. Ich bin ein eifersüchtiges Biest. Sie ist nie vorbeigekommen? Nicht ein einziges Mal in acht Jahren. Mit einem Kleid und einem Picknickkorb?« Er schüttelt den Kopf. »Verdammt. Wenn du …« Ich unterbreche mich.

Eine dunkle Augenbraue hebt sich. »Wenn ich dir gehören würde, was dann?«

Ich lache ungläubig auf. Er wird ja richtig dreist. So, wie er mich jetzt ansieht, leckt er mich gleich ab, nur um zu erfahren, wie ich schmecke.

Ich kneife. »Das willst du nicht wissen.«

»Das Problem ist«, sagt er nach reiflicher Überlegung, »ich will es wissen.«

»Benutze deine Fantasie.« Ich habe nichts vorzuweisen. Er hat mich ausgestochen, und er weiß es. Sein Blick wirkt belustigt, und er zeigt die scharfe Spitze seiner Fänge, als er einen Schritt zurück Richtung Tür macht.

»Das habe ich. Deswegen bin ich ja ein verdammtes Wrack.« Er öffnet die Tür, als würde uns das retten. Ein kleines bisschen Spannung entweicht in einer rosa Dampfwolke aus dem Raum, aber das reicht nicht. Wir könnten einander immer noch anspringen und den Kerlen im Flur ein Schauspiel bieten.

Er kommt wieder näher und schiebt mit einem Finger den Träger meines Tops zurück auf meine Schulter.

Mit einer Stimme, die so leise ist, dass ich sie kaum höre, sagt er: »Du machst mich wahnsinnig mit deiner Haut und deinem Schweiß.« Als er sieht, wie ich zurückzucke, erläutert er seine Aussage näher, und mir wird ganz flau im Magen. »Du hast wirklich keine Ahnung, wie sexy du bist, oder?«

»Nein«, bringe ich mühsam hervor. »Ich meine, es wurde mir schon mal gesagt …«

Seine Augen strahlen wie ein Brennstab.

»Aber nicht von dir. Von dir noch nie.«

»Das stimmt nicht«, widerspricht er. »Ich habe es dir auf jede Art gesagt, die mir möglich war. Selbst wenn ich es nicht hätte tun sollen. War bestimmt lustig, mich damit zu quälen, sobald wir mal dreißig Sekunden allein waren.«

Die acht endlosen Megan-Jahre dehnen sich hinter uns aus wie eine Straße in der Wüste. Denkt er etwa, das wäre lustig für mich gewesen? Neben einem Lagerfeuer zu stehen, während er mit Megan auf dem Schoß dasaß? Und dann zu trinken, bis die Messerspitze in mir langsam stumpf wurde?

»Muss lustig gewesen sein, dich zu verloben und auf mich und meine Haut zu pfeifen«, gebe ich zurück. »Weißt du, was, ich nehme mir heute Nachmittag frei.«

Ich schnappe mir die rosa Tarot-Kachel, ducke mich unter seinem Arm durch und marschiere den Flur entlang, wobei ich über Kabel und Männerstiefel steigen muss, hinaus in den Garten und in mein Studio. Pattys Pfoten tippeln auf dem Fußboden herum, aber ich bin zu entmutigt, um in ihr fröhliches Sonnenblumengesicht zu schauen.

Natürlich folgt er mir. »Ich brauche dich hier.«

»Du brauchst mich nicht. Ich bin ein Anfänger. Niemand nimmt mich ernst. Jedes Mal wenn ich ein Werkzeug in die Hand nehme, habe ich das Gefühl, alle denken: *Ach, wie niedlich!* Ich bin eine zweite Patty.«

»Du weißt, dass das nicht stimmt. Du hast richtig rangeklotzt.«

Ich lege die Tarotkarte auf meine Bank. »Ich stresse dich doch nur, sonst nichts. Ich bin eine Belastung. Du hast es selbst gesagt. Ich werde dir einen Gefallen tun und mich für eine Weile verdünnisieren.«

Tom lehnt im Türrahmen meines Schlafzimmers, aber er denkt gar nicht daran, auch nur einen Schritt hinein zu tun. Wahrscheinlich, weil das sicherer ist. »Jamie hat mit mir um hundert Mäuse gewettet, dass du in der ersten Woche hinschmeißt, aber ich habe dagegengehalten. Willst du ihm diesen Sieg etwa schenken?«

»Ich schmeiße nicht hin, ich … gehe einfach nur.« Ich deute hinüber zum Haus, wo sich ein Publikum bildet. »Sie warten alle auf den großen Boss.«

Er gibt auf. »Muss toll sein, einfach zu gehen, wenn es kompliziert wird. Nicht jeder kann sich diesen Luxus leisten.« Er marschiert zurück zum Haus, wo er sofort von Männern umringt ist, die alle etwas erledigt, beantwortet, unterschrieben haben wollen.

Ich spule meine Erinnerung zurück. *Billige Getränke. Kneipe. Projekt genießen.* Reicht das wirklich, um eine komplette Hausrenovierung entgleisen zu lassen? Ich dachte, ich tue etwas Gutes, jetzt brennt in mir die Scham, heiß und Übelkeit erregend.

Es überrollt alles. Selbst der Freudenrausch darüber, was ich für eine Wirkung auf ihn habe, ist verdorben. Er will das ja gar nicht. Und das Schlimmste daran ist, dass Jamie recht hatte. Ich störe Tom so sehr, dass er seinen Job nicht machen oder seine neue Herausforderung als Chef genießen kann. Es ist eine einzige Qual für ihn.

Ich nehme den Umschlag mit meinem Reisepassantrag in die Hand. Den werde ich jetzt abschicken und dann mein altes, vermodertes Herz ausführen, um mich am helllichten Tag zu betrinken. Wem wollte ich hier etwas vormachen? Ich bin der Arbeit in körperlicher Hinsicht nicht gewachsen. Und den Job eines Chefs packe ich in mentaler Hinsicht nicht.

Die einzigen fünf Kontakte in meinem neuen Handy sind: Mom, Dad, Tom, Jamie, Truly. Die einzigen fünf, die zählen, und wenn ich so weitermache, verliere ich Tom noch ganz. Mein idiotischer Daumen hält sich immer noch für einen Zwilling, denn er entscheidet sich als Erstes für Jamie. Ich scrolle erneut und wähle dann die Nummer von Truly. Sie nimmt nach dem ersten Klingeln ab.

»Könntest du kommen und mich abholen? Mein Auto ist von tausend Transportern eingeparkt.« Ich werfe einen Blick in den Spiegel. Ich sehe furchtbar aus. Mein erhitztes Gesicht glüht rosa, das Augen-Make-up ist verschmiert. Sexy? Tom war wohl ein bisschen zu lang auf jener berühmten einsamen Insel ausgesetzt.

Als Truly anfängt zu sprechen, weiß ich, dass sie Nähnadeln im Mund hat. »Klar, ich bin gleich bei dir. Was ist denn los?«

»Das Übliche. Mein Herz ist fast explodiert, und ich habe seit Tagen nicht richtig gegessen. Dafür habe ich die Truppe eingeladen, einen trinken zu gehen, und dann ist Tom an die Decke gegangen.« Vor Truly halte ich meine Herzgeschichten nicht geheim, weil sie mir deswegen keine Vorträge hält.

Am anderen Ende höre ich das Geräusch einer Nähmaschine. »Einen trinken? Jetzt schon? Sind sie nicht monatelang da?«

»Ja, aber ich wollte ein bisschen Spaß in die Sache bringen.«

Das Surren setzt aus und wieder ein. »Dann würdest du ihnen den Eindruck vermitteln, dass dieses Projekt eine Spaßveranstaltung ist, aber das ist es nicht. Sie würden es nicht ernst nehmen.«

»Ich will Team-Atmosphäre schaffen.«

»Vielleicht fällt dir ja eine Möglichkeit ein, damit alle froh sind, bei diesem Projekt dabei zu sein, ohne sie mit Drinks zu ködern. Das ist quasi deine Standardeinstellung.«

»Ich bin Barkeeperin.« Es läuft irgendwie nicht, wie ich dachte.

»Du brauchst nicht rund um die Uhr im Barkeeper-Modus zu sein, wenn du keine Schicht hast. Sei einfach mal … du selbst. Dein echtes Selbst. Weißt du, was ich mache, wenn mir beim Nähen ein Fehler unterlaufen ist?«

»Du bekommst einen totalen Nervenzusammenbruch? Ach nee, das bin ja ich.« Ich setze mich auf die Bettkante und seufze schwer. »Jamie würde es gefallen, wenn ich aufgebe.«

»Wenn ich einen Fehler mache, trenne ich ihn wieder auf

und nähe weiter. Und Darce? Du bist keine Barkeeperin. Du bist Fotografin. Ich wünschte, du würdest wieder daran glauben.«

Traurig sehe ich zu dem Flashmob hinüber, der sich um Tom gebildet hat. »Ich versuche ja zu helfen, aber es geht immer nach hinten los. Langsam denke ich, es ist das Beste, wenn ich mich so weit wie möglich von hier fernhalte.«

Truly seufzt. »Ich bin an deiner Seite. Und das werde ich immer sein. Aber hier geht es darum, dass du einmal eine wichtige Sache zu Ende bringst. Ich liebe dich, aber dafür bist du normalerweise nicht gerade bekannt.«

Ich bin getroffen. »Wie viele Jahre lang habe ich Hochzeiten gemacht? Ich bin immer dort erschienen.«

»Aber du musst lernen, das Gesamtbild zu sehen. Wo ist dein Geschäft jetzt? Du hast den Knopf gedrückt und es in die Luft gejagt, bloß weil du es einmal verbockt hast und diese Braut dich im Internet zur Schnecke gemacht hat.« Wieder Nähgeräusche. »Du hast dir damit selbst das Herz gebrochen. Höchste Zeit, dass du mal lernst, dir deine Fehler zu vergeben.«

Ich kaue auf meinem Daumennagel herum und sage trotzig gar nichts.

»Geh einfach und trenne deinen Fehler wieder auf, und dann näh weiter. Er schafft es nicht, Darce, das ist leider offensichtlich. Finde heraus, was du für ihn tun kannst, und dann mach es.«

Ich ziehe die Schiebetür auf, und die halbe Truppe dreht sich nach dem Geräusch um. Mist. Mal sehen, ob ich das wieder auftrennen kann.

»Hey, Leute, ich möchte kurz was sagen.« Ich versuche nicht zu bemerken, wie Tom die Arme verschränkt und sein Gesicht einen vorsichtigen, neutralen Ausdruck angenommen hat. Er erwartet jetzt einen glorreichen Moment.

»Ich habe wohl vorhin einen Frühstart hingelegt. Offenbar

steigt bei euch die Projekt-Abschluss-Party erst, wenn das Projekt ABGESCHLOSSEN ist.« Es gibt Gelächter. »Mein Fehler. Morgen bestelle ich für alle Pizza. Die wird hier gegessen, ohne jeglichen Alkohol. Und dann setzen wir uns alle wieder auf den Hosenboden. Das ist das Beste, was ich euch anbieten kann.«

Es gibt kein Gegrummel. Sie brechen sogar in zustimmendes Gejohle aus.

Weil Pizza eine wertvolle natürliche Ressource ist. Sie kann Müdigkeit, schlechte Laune, sinkende Moral und schwindenden Lebenswillen heilen. Pizza öffnet das Herzchakra. Sie bewirkt, dass Toms Arme sich lösen und seitlich herunterfallen. Sie kann seine Augen belustigt aufblitzen lassen. Lächelnd schüttelt er den Kopf.

Sie lässt ihn mich ansehen, als würde er mich wieder lieben, und deshalb ist Pizza das Größte.

»Okay. Pizza-Party am Freitag. Und jetzt macht euch wieder an die Arbeit. Das gilt auch für dich, Darcy.«

Am späten Nachmittag kommt Tom auf mich zu. Er ist müde und hat irgendwelche Papiere in der Hand. Sein Telefon hat den ganzen Nachmittag geheult wie ein Baby. »Ich gehe ins Fitness-Studio duschen.«

Für das Bild in meinem Kopf möchte ich ihm danken. »Im Fitness-Studio gibt es ein Schwimmbecken, oder?«

»Ich habe keine Zeit.«

»Geh ins Wasser. Und wenn es nur zehn Minuten sind. Das brauchst du.« Er braucht Zeit. Wie kann ich ihm mehr Zeit verschaffen? *Komm schon, Loretta. Gib mir ein Zeichen. Was kann ich tun? Wie kann ich ein bisschen Ruhe in sein Leben bringen?*

Sein Telefon fängt wieder an zu klingeln, und plötzlich ist es so offensichtlich, dass ich mich selbst ohrfeigen könnte. Ich lege ihm die Arme um die Taille und ziehe ihm das Handy aus der Gesäßtasche.

»Valeska Bau-Service. Hier spricht Darcy. Alles klar, ich rufe Sie dann zurück.« Ich hole einen Zettel aus meiner Gesäßtasche und schreibe »Farbe Dachziegel?« darauf. »Genau, morgen früh. Wiederhören.«

Er starrt mich an. Ich habe keine Ahnung, ob ich gleich wieder angeschrien werde.

Das Telefon klingelt erneut. »Ich kaufe mir wohl besser einen Notizblock. Valeska Bau-Service. Hier spricht Darcy. Was? Alex. Ich beantworte von jetzt an Toms Anrufe. Wenn du dein Handy hier vergessen hast, bleibt es eben bis morgen hier. Keine Ahnung! Sieh Fernsehen. Genau. Tschüs.« Ich lege auf. »Keine Nachricht nötig.«

»Du bist keine Sekretärin, du bist meine Kundin.« Tom greift danach, als es wieder klingelt. Ich strecke einen Finger in die Luft und gehe wieder dran.

»Sicher, aber das wird bis morgen früh warten müssen.« Ich schreibe »Bestätigung Mietausrüstung« auf. »Für heute hat er Feierabend. Wiederhören.«

Ich stecke sein Handy in meine Gesäßtasche, und es fühlt sich an, als gehöre es dorthin.

»Geh schon. Und wenn du zurückkommst und nicht nach Chlor riechst, bin ich stinksauer. Ich höre deine Mailbox ab und mache dir einen Fragenkatalog. Und dann rufe ich sie zurück. Das läuft schon.«

»Darce.« Seine Stimme ist kläglich vor lauter Dankbarkeit, und sein Körper sinkt vor Erschöpfung ein wenig in sich zusammen. Er sieht aus, als würde er gleich auf die Knie fallen und mir die Stiefelspitze küssen.

»Nicht weinen«, ich tätschele ihm die Schulter. »Es sind nur ein paar Nachrichten.«

# 16. Kapitel

Tom kommt ins Studio. »Hast du zufälligerweise Terry zurückgerufen?«

»Ja. Der Typ ist ein Arsch.«

Er setzt sich mit zerknirschter Miene an seinen Schreibtisch. »Ich weiß. Deswegen hasse ich es, ihn anzurufen.«

»Zum Glück ist er auf sein Gegenstück gestoßen. Ich war der Ober-Arsch.« Ich ziehe mein Notizbuch zurate. »Er sagte, er gibt uns einen Rabatt. Ich dachte, wir wären fertig mit dem Abriss?«

Ich streiche die Nachricht durch. Mein kleines System funktioniert gut.

»Es gibt ein paar spezielle Sachen, die wir nicht selbst machen können. Ja«, sagt er, als er sieht, wie ich mich mit geblähten Nüstern zu ihm umdrehe. »Ich bin wieder geschwommen. Ich weiß nicht, wie du das immer riechen kannst.« Er riecht selbst an seinem Unterarm. »Ich dusche danach, ehrlich.«

»Deshalb bist du also fast wieder du selbst. Ich sag's dir: Dein natürlicher Zustand ist triefend nass. Schon absurd, wenn man bedenkt, dass der kleine Tom, als er das erste Mal in unserem Haus aufkreuzte, nicht schwimmen konnte. Aber dann hat Jamie es dir beigebracht.«

Er erinnert sich daran. »Ich hab euren Pool gesehen und beschlossen, dass ich es am besten schnell lerne. Jamie hat mich zwar fünf Jahre deswegen gehänselt, aber egal.« Seine Mundwinkel heben sich zu einem Lächeln. »Eigentlich hast du es mir beigebracht.«

»Nein, Jamie.«

»Während er damit beschäftigt war, mit seinen Kopfsprüngen anzugeben, hast du mir gezeigt, was ich tun muss. Unter Wasser, sodass er es nicht sehen konnte, hast du mich an der Hand hinter dir her gezogen.« Er atmet heftig aus. »Scheiße, Darce, ich kenne dich schon so lang.«

Die Vergangenheit zieht an uns vorbei. Es gibt so viel zu verlieren, wenn wir aufhören, Freunde zu sein. Wenn ich es verkacke.

Er weiß, dass ich gern das Thema wechseln würde. »Apropos wieder du selbst: Ich habe mal einen Blick in deine Kamera geworfen.«

»Oh. Okay.« Der schuldbewusste Blick in seinen Augen gefällt mir nicht. »Ist schon in Ordnung. Es sind nur ein paar Schnappschüsse für Jamie, damit er weiß, wie wir vorankommen.«

»Das ist aber nicht alles. Du hast Fotos von Leuten gemacht. Das von Colin, wie er durch das Loch in der Wand schaut – verdammt, Darce. Du bist so gut.«

Ich atme tief durch. »Danke. Ich meine, die waren nur so zum Spaß. Es ist schräg, aber ich glaube, Colin ist meine Muse. Er ist so schroff wie ein Felsen.«

»Er ist der Letzte, den ich als deine Muse ausgewählt hätte. Ich war mir ganz sicher, dass das Alex sein würde.« Unsere Freundschaft geht Tom auf merkwürdige Weise auf die Nerven. Eifersucht kann es nicht sein, denn Alex ist quasi noch ein Kind.

»Das Gesicht von Alex hat keine Knochen.« Ich beobachte, wie Tom darüber nachdenkt. »Keine Knochen, keine Schatten, keine Inspiration für Darcy.«

»Aber du warst inspiriert. Das ist gut.«

Ich öffne einen Ordner auf meinem Computer. »Ich habe meine Kamera mit in die Kneipe genommen.«

In der halbstündigen Pause, die ich mir genommen habe, als es in meiner Schicht ruhiger wurde, habe ich eine interessante Serie von Biker-Bärten, Tattoos und ergrauten Blicken aufgenommen. Ich war erstaunt, wie schnell diese gefährlich aussehenden Männer meiner Anfrage nach einem Porträt zustimmten.

Ich spüre, wie Toms T-Shirt meinen Rücken berührt, als er sich das Porträt ansieht. »Ich höre bald dort auf, aber ich bin froh, dass mir klar geworden ist, dass ich das vorher noch tun sollte. Der da hat mir gesagt, dass noch nie jemand ein Foto von ihm machen wollte.«

Ich neige den Kopf nach oben und beobachte Tom, während er das furchterregende Gesicht auf dem Bildschirm betrachtet. Das ist der Teil meines Lebens, den er hasst. Der chaotische, schmutzige, Angst einflößende Teil. Der Beschützer in ihm will mich dem entreißen, aber er zwingt sich auszuatmen. Trotzdem klingt es wie ein Knurren.

»Ich bin sicher, dass die Polizei schon ein paar Porträts von ihm gemacht hat«, erwidert Tom und kratzt sich am Kinn. »Aber er schaut in die Kamera, als hätte ihn noch nie ein so hübsches Mädchen um ein Foto gebeten.«

Ich lächele über das Kompliment. »Das nächste Mal mache ich bei Sonnenuntergang ein paar Aufnahmen von den Typen, die auf dem Parkplatz rumgammeln. Wusstest du, dass ihre Aufnäher verschiedene Bedeutungen haben, wie eine Art Code? Die will ich fotografieren. Keine Ahnung, warum. Ich habe einfach Lust, sie zu … sammeln.«

»Sei vorsichtig, DB. Ich weiß, du kannst selbst auf dich aufpassen, aber …« Er unterbricht sich. »Ich muss dir das nicht sagen. Was könntest du mit diesen Fotos anfangen?«

»Eine Ausstellung machen, vielleicht.« Ich höre das Zögern in meiner Stimme. Den Rosburg-Preis zu gewinnen und dabei zuzusehen, wie Jamie durch den Raum stolzierte, hat mir den Spaß an solchen Veranstaltungen verdorben. Es ist erstaunlich, wie lebendig diese Erinnerung noch nach all den Jahren ist. Meinen Erfolg – womöglich der Höhepunkt meiner Karriere – habe ich nur dem Umstand zu verdanken, dass es meinen Bruder gibt. Ihn neben seinem eigenen Portrait posieren zu sehen, hat irgendwas in mir zerstört.

»Mir ist gerade klar geworden, dass diesen Preis zu gewinnen das Schlimmste war, was mir je passiert ist. Seitdem glaube ich, ohne Jamie nichts auf die Reihe zu kriegen.«

Tom beugt sich vor und greift nach einem von Trulys Underswears-Lookbooks. Die gedruckte Ausgabe ist wirklich gut geworden. Er legt es auf meine Tastatur. »Nun, wie wir wissen, stimmt das nicht. Wie wäre es mit einem Kunstband?«

Ich überlege. Tom ist so klug. »Ich könnte erst mal ein paar Fotos in den sozialen Medien posten und versuchen, Follower zu bekommen. Danach probiere ich dann, einen Verlagsvertrag an Land zu ziehen. Wie wär's, wenn ich in verschiedenen Clubs auf der ganzen Welt fotografiere?«

Sein Unterarm schlingt sich in einer Umarmung um mein Schlüsselbein. Es fühlt sich wie eine unfreiwillige Geste an, als müsste er es machen. »Oder du könntest dich auf diesen Club konzentrieren und schnell wieder im Bett sein, wo du hingehörst.«

»Keine Sorge, noch habe ich keinen Pass.« Ich berühre mit den Fingern den verschlossenen Umschlag. Ich lasse mich nach hinten gegen seinen Körper sinken. Nur ein klein wenig. Ich spüre, wie er vor Begehren schnurrt und sich die Vibration auf mich überträgt. Es ist unglaublich, was wir zusammen erschaffen können, wenn wir aufhören, es krampfhaft zu versuchen. Ich lege ihm die Hand auf den Unterarm und schließe die Augen. »Weißt du, dass das der längste Zeitraum ist, den ich seit meinem achtzehnten Geburtstag an einem Ort verbracht habe?«

»Das weiß ich. Und wie fühlt es sich an, ein Zuhause zu haben?«

»Ganz gut. Aber ich will es nicht zugeben.« Ich öffne die Augen. »Du hast auch an verschiedenen Orten gelebt, statt ein wirkliches Zuhause zu haben.«

»Ja. Und das wird sich so schnell wohl auch nicht ändern.« Abrupt wechselt er das Thema. »Morgen Abend arbeitest du nicht, oder? Ich wurde kürzlich darauf hingewiesen, dass ich kein Leben habe.«

»Ich habe auch kein Leben. Nimm keine Ratschläge von jemandem an, der keine zwei Treppen hochgehen kann oder frisches Gemüse essen, bevor es vergammelt.« In diesem Dämmerlicht kann ich die Wahrheit eingestehen. Ich stehe auf, um diesem peinlichen Geständnis zu entfliehen, vielleicht um in den Gartenteich zu springen und meinen hochroten Kopf abzukühlen, aber er drückt mich nur noch fester an seinen Körper.

»Ich bin krank vor Sorge um dein Garnröllchen. Krank.« Er flüstert es über meinem Kopf.

»Es geht mir gut«, sage ich zu seinem einwandfreien Herz, das unter meiner Wange so heftig schlägt. »Aber wenn sich das so gut anfühlt, sollte ich dich vielleicht öfter Aufhebens um mich machen lassen. Nur ein bisschen, manchmal, wenn es keiner sieht.«

»Wehe du nimmst mich auf den Arm.« Er zieht mich näher zu sich, lässt seinen Unterarm meinen Rücken hinaufwandern und umfasst meinen Hinterkopf. »Ich erkenne ein einmaliges Angebot, wenn ich es höre. Ich nehme es an.«

Ich flüstere: »Aber nur du darfst das. Sonst keiner.«

»Es wird schwer für mich, Aufhebens um dich zu machen, wenn du auf der anderen Erdhalbkugel bist.«

Ich denke an die Abflughalle, und dieser Gedanke löst nicht dasselbe Kribbeln wie sonst in mir aus. Bus-, Bahn- und Flugstrecken verzweigen sich in meiner Vorstellung von jedem internationalen Flughafen aus, an dem ich je angekommen bin. Alles, was ich fühle, ist Müdigkeit. »Willst du nirgendwo hin?«

»Ich bin nicht so mutig wie du, Darce. Wenn ich Urlaub mache, werde ich klein anfangen.« Er lächelt, als komme er sich blöd vor. »Der Strand vor dem Haus deiner Eltern war das, was für mich einem Urlaub bisher am nächsten kam. Und dabei bin ich noch nicht mal ins Wasser gegangen. Das klingt für jemanden wie dich bestimmt traurig.«

Er löst sich von mir. »Vielleicht können wir zusammen anfangen zu leben, bevor du abhaust.«

Damit hatte ich nicht gerechnet. »Was willst du machen?«

»Keine Ahnung. Ich habe das ewig nicht gemacht. Aber wer könnte es mir beibringen, wenn nicht du? Lass uns was trinken gehen. Ich muss mit dir über was Wichtiges reden.«

Ich versteife mich vor Schreck. »Oh, Scheiße. Sag's mir einfach jetzt.«

Er schüttelt den Kopf. »Vertrau mir einmal. Es ist nichts Schlimmes. Ich will einfach nur in einem Raum ohne Bett mit dir reden. Geht das?«

*Sicherer.* »Klar. Wenn es nichts Schlimmes ist.«

***

Es ist der Abend unseres Nicht-Dates. Tom will mit mir über irgendwas reden. Ich glaube, es ist etwas Wichtiges, das mit dem sexuellen Nebel zu tun hat, in dem wir herumstolpern. Noch nie war ich so nervös, während ich auf einen Mann gewartet habe.

Er spricht mit ein paar Typen neben dem Haus. Sie sehen alle zum Dach hinauf. Es ist schwer, sich an den Gedanken zu gewöhnen, dass mein Haus jetzt ein Gruppenprojekt ist. Einer von ihnen sagt etwas, das Tom den Kopf zu mir drehen lässt.

»Genau, das ist kein Mädchen, das man warten lässt«, höre ich ihn antworten. »Ruft mich an, wenn es irgendwelche Probleme gibt.«

»Muss ich dich da wegzerren?«, rufe ich ihm zu.

»Das würde sie glatt tun«, kommentiert er lachend. Sie

schütteln sich die Hände, und er kommt in seinen sauberen Ich-fange-an-zu-leben-Klamotten die Einfahrt entlang. Wie gut ihm das Erwachsensein steht, denke ich.

Als Teenager war er süß und direkt, ohne eine Ahnung von seiner eigenen Anziehungskraft zu haben, wenn er sich aus dem Schwimmbecken hievte und alle Mädchen – und ein paar Jungs – auf der Tribüne sich vorbeugten. Wenn ich jetzt so zurückdenke, war ich verrückt nach ihm.

Heutzutage hat er diese riesenhafte Gestalt, an die ich mich nicht gewöhnen kann, ordentlich in seinen Klamotten verstaut. Sein Bauch ist flach unter dem Bund seiner netten Jeans, und bei jedem Schritt spannt sich ihr Stoff über seinen Oberschenkeln. Und es sind eine Menge Schritte die Einfahrt entlang. Bis er bei mir ankommt, bin ich knapp davor, um einen Defibrillator zu bitten.

»Alles klar?«

»Ja. Alles bestens. Was machen die?« Ich sehe zu, wie an der Hauswand einige Leitern ausgeklappt werden. »Wieso arbeiten die denn am Samstag? Das ist ja komisch.«

Er schiebt mich weiter. »Sie nehmen nur noch mal alles unter die Lupe. Dazu müssen wir nicht hier sein.«

»Na, Gott sei Dank. Ich führe dich nämlich aus, damit wir anfangen zu leben.«

Es ist komisch, ich fühle mich fast, als wäre Loretta in diesem Moment hier. Wenn ich meinen Kopf in die richtige Richtung drehe, wird sie in der Haustür stehen und uns beobachten. Im nächsten Moment werde ich von aufwallender Wut überrascht. Sie hat mir gesagt, dass ich ihn gehen lassen soll. Sie hat mir ein Flugticket gekauft. Was war so schlimm an mir, dass ich entfernt werden musste?

»Lass uns ein Taxi nehmen. Ich glaube, ich habe dich noch nie ansatzweise betrunken gesehen.« Ich versuche mir vorzustellen, wie er wohl mit etwas weniger Selbstkontrolle wäre. Kann er tanzen? Kann er küssen?

»Ich muss morgen früh raus«, sagt er, wie an jedem Abend seines Lebens. Ich spüre seine Hände an meiner Taille, werde hochgehoben und auf den Beifahrersitz bugsiert, und als ich nach diesem Kontakt wieder zu Atem komme, fahren wir auch schon die Marlin Street entlang.

Er wirft mir einen Seitenblick zu. »Bitte sag nicht, dass wir in deine Kneipe gehen. Ich würde heute Abend gern am Leben bleiben.«

Ich zeige in eine Richtung, und er folgt dem Hinweis. »Wir gehen ins Sully's. Da können wir was trinken und mit ein paar Fremden flirten. Und dann kannst du meine Kaution bezahlen, damit ich aus dem Gefängnis rauskomme.« Er lacht darüber, und ich wechsele immer wieder den Radiosender, weil es in jedem Song um Herzen geht.

»Hast du heute was von meinem Bruder gehört?«

Tom seufzt. »Natürlich. Mehrmals. Deine Fotos sind das Einzige, was ihn davon abhält, in ein Flugzeug zu steigen.«

»Was machst du, wenn er auftaucht?« Ich drehe mich auf meinem Sitz um, damit ich sein Profil betrachten kann.

Wir stehen an einer Kreuzung, und ich beobachte, wie er darauf wartet, dass er losfahren kann, eine Hand am Schalthebel. Was für ein Luxus, die Augen schließen und das behutsame Wenden des Wagens zu spüren. Keine quietschenden Reifen oder Fingernägel-in-den-Sitz-Bohren.

»Wenn er auftaucht?« Tom denkt über die Frage nach. »Dann mach ich das, was ich schon immer gemacht habe. Mit ihm klarkommen.«

»Das habe ich nie fertiggebracht. Ich meine, ich weiß schon, dass er ganz witzig sein kann, wenn er in der richtigen Stimmung ist. Aber wie kann irgendwas den Stress wert sein, den er erzeugt? Wie konntest du all die Jahre mit ihm befreundet bleiben?«

Ich erwarte keine Antwort, und er gibt mir auch keine.

Seine Finger berühren meinen Rücken, als wir durch die

Menge gehen und zwei leere Hocker an der Bar finden. Eine Live-Band covert alte Songs aus den Achtzigern, und die Barkeeper müssen niemanden beschimpfen. Das Devil's End ist ein Aschenbecher im Vergleich zu diesem Club.

Ich versuche, mich auf die anstehende Aufgabe zu konzentrieren: Tom zu zeigen, wie man sein Leben genießt. Es ist schwer, denn ich bin nervös, und er starrt mich bloß an.

»Okay. Besorg dir ein Leben, Schritt eins: Besorg dir einen Drink.«

»Ich denke, diesen Teil beherrsche ich«, erklärt er und bestellt sich ein Bier und für mich ein Glas Wein. Die Barkeeperin blinzelt mehrmals hintereinander, als sie seine Pracht bemerkt, und wirft mir einen beglückwünschenden Blick zu.

»Ich bezahle«, beeile ich mich zu sagen, aber er gibt ihr bereits das Geld.

»Ich wette, du bezahlst oft für andere. Aber jetzt bin ich dran. Lass mich Darcy Barrett ein bisschen verwöhnen.« Er nimmt sein Wechselgeld. »Mal sehen, wie sich das anfühlt.«

Ich gebe nach und nehme mein Glas. Ich spüre, wie er ein außergewöhnliches, goldenes Glücksgefühl versprüht. Er sieht auf sein Telefon, tippt eine Nachricht und schaltet es stumm. Dann richtet er seine ganze Aufmerksamkeit auf mich.

»Siehst du: Es gibt tatsächlich ein Leben nach dem Feierabend.« Er lächelt mich an, und alles um mich herum tritt in den Hintergrund. »Ich kann nicht glauben, dass ich niemanden zurückrufen muss. Ist bei dir alles in Ordnung? Du wirkst nervös.«

Er ist der Hammer. Ich will ihn. Es ist schwer, eine höfliche Unterhaltung zu führen, wenn das die einzigen beiden Gedanken in deinem Gehirn sind. Aber mein dämliches Schweigen fällt ihm auf. Ich sollte mich etwas anstrengen. »Ich bin höllisch nervös. Du willst mit mir über irgendwas reden. Mit solchen geheimnisvollen Ansagen komme ich nicht gut klar.«

Ich fühle mich irgendwie total jung und überfordert. Schwach und benebelt vom Adrenalin in meinem Blut. Er dagegen bleibt ganz ruhig. Als würden wir so etwas ständig machen.

»Jamie hat mir das Selfie weitergeleitet, das deine Mom gemacht hat, nachdem du dir die Haare hast abschneiden lassen.« Er scrollt durch schätzungsweise eine Million Textnachrichten von Jamie. Das Foto zeigt Mom, der eine Träne über die Wange rollt. Ich lache, und der Spannungsknoten lockert sich etwas.

»Ich wünschte, sie hätte nie gelernt, wie man Selfies macht. Stell sie dir mal vor, wie sie versucht, absolut still zu halten, die Träne in Position, während sie an ihrem Handy herumfingert.« Ich schüttele den Kopf. »Heute Morgen hat sie eins geschickt, um mir ihr Make-up zu zeigen, aber sieh dir Dad im Hintergrund an. Dieses Bild bekomme ich nie mehr aus dem Kopf.«

Auf dem Foto ist Moms beeindruckendes Eyeliner-Kunstwerk im weißen, riesigen Badezimmer zu sehen, und im Hintergrund mein Dad auf der Toilette, die Hose heruntergelassen und sein Gesicht eine einzige Anklage.

»Dein Dad auf dem Thron.« Tom lacht. »Ich weiß gar nicht, wie ich den Weg in eine solch königliche Familie gefunden habe.«

Genüsslich strecke ich mich auf meinem Hocker und lasse die Stiefel baumeln. So glücklich war ich noch nie. Könnte so das Leben in den nächsten drei Monaten aussehen?

»Tiger sind sehr majestätische Tiere«, erinnere ich ihn. Der Spitzname, den mein Dad ihm gab, hat ihn teils verlegen, teils stolz gemacht. Sobald er ihn hörte, verengten sich seine Augen leicht, und er wandte den Kopf ab.

»Ich habe Glück«, ist alles, was er sagen kann, und er berührt mit den Fingern die gravierte Uhr, die er trägt. Ich weiß, dass er sich dringend einen Themenwechsel wünscht.

»Können wir das jetzt jeden Abend machen?« Er wirft mir aus dem Augenwinkel einen scharfen Blick zu, und ich muss lächeln. »Ja, ja. Einen Versuch war es wert.«

Ich spüre, wie mir zum zehnten Mal mein Träger von der Schulter rutscht, und mache mir nicht mehr die Mühe, ihn hochzuziehen. Für die echte Welt reicht der BH-Träger voll und ganz.

Er nimmt mein Handy und sieht sich noch mal das Bild meiner Eltern an. »Die beiden haben mir klargemacht, dass bei mir und Megan etwas nicht stimmte.«

»Was haben sie denn gesagt?«

»Gar nichts. Brauchten sie auch nicht. Du weißt doch, wie sie miteinander sind«, sagt er mit einem liebevollen Grinsen.

Allerdings. Als wir klein waren, lautete das inoffizielle Sonntagmorgen-Motto: *Tür zu? Ohren zu!* »Da gab es diesen Moment, während ich dort war, um ihre Terrasse zu machen. Deine Mom belegte mir ein Sandwich, und dein Dad trat hinter sie und, na ja … atmete den Duft ihres Nackens ein.« Er wird verlegen. »Ach, vergiss es.«

»Nein, sprich weiter«, sage ich.

»Offensichtlich liebt er den Duft ihrer Haut. Bei Megs und mir lief es schon länger nicht mehr gut. Ich meine, der Diamantring half eine Weile. Aber ich nahm mir vor, das nächste Mal, wenn ich zu Hause bin, hinter sie zu treten und an ihrem Nacken zu riechen. Und zu sehen, was passiert. Ich dachte, vielleicht würde es ja den Funken wieder entzünden.«

Wie gut das zu Valeska passt: anschleichen und beschnüffeln. »Und? Nein, warte. Ich bin nicht sicher, ob ich das hören will.«

»Sie roch falsch für mich. Nicht schlecht, einfach nur … falsch. Sie hat mich weggestoßen und gesagt, ich wäre verschwitzt. Da wurde mir klar, dass es nicht mehr funktioniert. Wir wären nie wie deine Eltern geworden. In Rente, aber immer noch verliebt. Ich habe Megs nie … elektrisiert, und das hätte sie verdient.« Dieses Geständnis fällt ihm eindeutig schwer. »Sie und ich redeten die ganze Nacht und waren uns einig. Am traurigsten war sie wegen des Rings.«

»Hat sie ihn zurückgegeben?« Jamie hat behauptet, sie hätte ihn behalten, aber Tom nickt. Jetzt weiß ich nicht, wem ich glauben soll. Normalerweise wäre das keine Frage, aber er weicht jetzt bewusst meinem Blick aus, sieht über meine Schulter hinweg auf die Menge.

»Du musst sie so vermissen. Ich weiß, wie es ist, jemanden zu verlieren, der so lange ein Teil von einem war. Ich meine, natürlich ist das nicht genau das Gleiche.« Ich zucke leicht zusammen. Ich war ihm wirklich keine besonders große Stütze. »Geht es dir denn einigermaßen gut, seit ihr euch getrennt habt? Du kannst mit mir reden, weißt du. Als Freund, jederzeit.«

»Du hast deinen Bruder nicht verloren. Und, ja, ich vermisse sie. Aber nur aus Gewohnheit.« Er denkt einen Moment nach. »Sie trifft sich schon mit einem anderen.«

»Was?« Ich sage es zu laut und zu erbost. Mein Kopf füllt sich mit wütenden Hornissen. Es gibt niemanden außer ihm, der es wert ist. Aber ich muss mich mäßigen. »Okay. Wie geht es dir damit?«

»Es geht mir … gut. Ich weiß, ich sollte etwas empfinden, wenn ich an sie und ihn denke, aber das tue ich nicht.«

Ich erinnere mich daran, wie er am ersten Tag der Renovierung an meiner Schulter inhaliert hat und nicht mehr loslassen wollte. Wie sein warmer Atem in mein Top hineinblies. Habe ich richtig gerochen? Ich beschließe, unseren Abend etwas voranzutreiben.

»Ich habe gesagt, dass wir heute Abend mit Fremden flirten, aber was ist los? Keiner will uns. Du bist so umwerfend, Tom.« Ich frage mich, ob ich den Mumm habe, ihn mit einer anderen Frau reden zu sehen. »Und dieser Haarschnitt war vielleicht wirklich ein Fehler.«

Es wimmelt von Typen, aber keiner hat mich auch nur eines zweiten Blickes gewürdigt. Ich prüfe unauffällig, ob mein Reißverschluss offen ist, als mir auffällt, dass Toms Sneaker auf der untersten Sprosse meines Hockers steht und sein Bein eine eindeutige Barriere nach außen bildet.

»Verrückt«, sagt er todernst. Während seine Heiterkeit verfliegt, macht sich eine neue Sorge in seinem Gesicht breit. »Mit Fremden flirten. Wie soll ich mich denn daran erinnern, wie das geht?«

»Improvisier einfach.« Ich stupse seinen Fuß weg. Ich muss das versuchen. Ihm die Chance geben, ein Gefühl dafür zu bekommen, wie das Leben nach Megan ist.

Wir wenden uns voneinander ab, bis sich die Menge wieder durchmischt, neue Gesichter auftauchen und ein Mädchen herüberschaut. Eine ganz Süße, Zierliche. Sie lächelt ihn an, und er lächelt versuchsweise zurück.

Nein. Ich habe den Mumm nicht. Ich stelle Blickkontakt zu dem lächelnden Mädchen her und forme mit den Lippen: *Verpiss dich.* Sie tut es.

»Stell deinen Fuß zurück«, weise ich ihn an, und er lacht als Antwort, und in seinem Gesicht blitzt es auf, als freue er sich maßlos.

»Du wilde Bestie«, sagt er in mein Ohr, und es klingt nicht, als wäre das was Schlechtes.

Ich gieße mir Wein in den Mund. »Übe das Flirten lieber bei mir, sonst ende ich noch in der Todeszelle.«

Tom entdeckt etwas oder jemanden. Er runzelt die Stirn, wendet sich dann wieder zu mir und hat offenbar eine Idee. Er fasst zwischen meine Beine und zieht den Hocker näher zu sich, bis ich von seinen gespreizten Jeans-Oberschenkeln eingerahmt werde. Es ist der beste Platz im ganzen Haus.

Die Wärme seiner Haut umgibt mich, und der Lärm des Raums tritt in den Hintergrund. Seine Hand umschließt mein Kinn, mein Gesicht wird nach oben geneigt, und er sagt mir ins Ohr: »Nicht hinsehen.«

# 17. Kapitel

Der Raum könnte voll von rotem Rauch oder Clowns sein, es wäre mir egal. Mein Kinn liegt in seiner Hand, und ich bewege es nicht. »Wo soll ich nicht hinsehen?«

»Vince ist hier. Mit einer anderen Frau. Blond, Anfang zwanzig. Er hat uns gesehen.« Nachdem er mit den Fingern meinen Hals hinuntergewandert ist, reicht er mir mein Weinglas. Es ist die gewandte Bewegung eines absoluten Frauenhelden. Deshalb weiß ich, dass es gespielt ist.

»Oh«, sage ich nach einem Augenblick. Ich bin enttäuscht, weil ich weiß, was Tom gerade macht. Er ist ein guter Freund, der durch sein beschützerisches Verhalten mein Ego ein bisschen aufpäppelt. »Ja, das ist seine Stammkneipe. Er ist fast jeden Abend hier.«

»Hast du mich deswegen hierhergebracht?«

»Entspann dich«, sage ich zu ihm, verschränke meine Finger mit seinen und drücke seine Hand. »Du bist nicht Teil eines Rachefeldzugs. Du bist der schöne, unersetzliche Tom Valeska, und ich bin die glücklichste Frau der Welt, weil ich zwischen deinen Oberschenkeln sitzen darf.« Als die Sorge in seinem Gesicht durch Belustigung vertrieben wird und er auf unsere Beine hinuntersieht, verspüre ich einen Anflug von Triumph. »Merkst du, wie du mich elektrisierst?«

Ich lege meine Hand auf seinen Bizeps und drücke. Wenn ich nicht aufpasse, rutscht sie weiter nach oben. Ups, zu spät. Ich sehe zu, wie ich ihm bis zur Schulter hinaufstreichele, die schwarzen Fingernägel hineinbohre und dann weitergleite bis zu seinem Schlüsselbein.

»Warum in aller Welt will er mit einer anderen zusammen

sein?« Er riskiert noch einen Blick zur Seite. »Ich meine, sie ist bestimmt nett, aber …« Mit einem heißen Blick sieht er wieder zu mir, und ich weiß, wie der Satz endet. Sie ist nichts gegen mich.

Ich zeige die Gleichgültigkeit, die er sich von mir erhofft. »Vince kann machen, was er will. Er gehört mir nicht.«

»Hat je irgendjemand dir gehört?« Seine Finger befinden sich an meiner Schulter, und mein Gehirn ist plötzlich leer. »Antworte nicht darauf.«

»Natürlich nicht.« Ich zittere am ganzen Körper. »Wenn irgendwann einer mir gehört, dann wird das für immer sein. Zu hundert Prozent. Du kennst mich doch.«

Er beugt sich hinunter, bis seine Lippen fast mein Ohr berühren, um die Musik zu übertönen. Er tut nichts, als für unser Publikum die Fassade aufrecht zu halten. »Wenn du jemanden hättest, würdest du nicht hier mit einem x-beliebigen Typ sitzen und dich begrapschen lassen.«

»Du bist kein x-beliebiger Typ.« Fast sage ich: Du bist *der* Typ. Aber glücklicherweise habe ich die *sicherer*-Demütigung noch gut in Erinnerung. »Ich würde hier mit meinem Typ sitzen und *ihn* begrapschen.«

Er weicht zurück, und unsere Nasen streifen sich, was einem Kuss quälend nah kommt. Seine Augenbraue hebt sich angesichts meines Gesichtsausdrucks – wie auch immer der aussehen mag. »Was, wenn er deine Wildheit nicht mag?«

Mein Selbstvertrauen lässt etwas nach. »Ich schätze … ich schätze, ich müsste einfach hoffen …« Alles rückt wieder ins richtige Licht. Wir sprechen hier über einen Mann, der nicht Tom sein wird. Ich versuche mich wieder zur Theke zu drehen, aber seine Knie halten mich gefangen.

»Hey«, sagt er und streichelt mit dem Daumen über meinen Wangenknochen. »Tut mir leid. Er wird sie lieben. Von deinen Händen wird er gar nicht genug kriegen können.« Er zögert, dann springt er ins kalte Wasser. »Die volle Aufmerksamkeit von Darcy Barrett zu haben, ist schon was, das sag ich dir. Es ist intensiv.«

»Ja, ich weiß. Küchen demolierend intensiv.« Ich greife nach meinem Wein. »Wer auch immer mal mir gehören wird, weiß hoffentlich vorher, in was er da hineingerät.«

In was er hineingerät? Warum nicht gleich, *in wen*? Ich muss diese Unterhaltung unbedingt in eine rhetorischere Richtung lenken. »Was für einen Typ würdest du denn passend finden? Für mich, meine ich.«

Das müsste eigentlich die perfekte Frage sein. Sie ist leicht, unverfänglich und deckt alles ab, was schon die ganze Zeit in mir herumschwirrt. Aber sie war wohl doch falsch. Sein ganzer Körper verkrampft sich. Die breiten Knie drücken sich zusammen, die Finger seiner Hand schließen sich, und sein Kiefer ist so angespannt, dass er das Wort kaum herausbringt: »Keinen.«

Das ergibt keinen Sinn. Selbst wenn er eifersüchtig ist, ist es zwecklos. Ich sehe mich in der Kneipe um. Da ist Vince mit einem blonden Mädchen. Ihr Gesicht ist blau erleuchtet vom Display ihres Handys. Ich nicke ihm zu, und er nickt mürrisch zurück.

»Haha, er hat den schlimmsten Abend seines Lebens.« In mir regt sich nicht die leiseste Emotion.

Sobald ich wieder zu Tom sehe, existiert niemand anderes mehr. Langsam glaube ich, dass das ein ganzes Leben so sein wird. »Nein, sag. Was für ein Typ?«

Tom antwortet, als würde ich seine Geduld auf die Probe stellen. »Es gibt niemanden auf der Welt, den ich für dich aussuchen würde. Sieht Vince immer noch her?« Er webt den Träger meines BHs zwischen seinen Fingern hindurch. »Du trägst ganz schön edle Teile auf meiner Baustelle.«

Der Spitzenstoff spannt sich, und ich habe das Gefühl, es überall zu spüren. »Nur oben. Untenrum trage ich nur schimpfliche, strapazierfähige Baumwolle.«

»Und was steht drauf? Im Moment?«

»Ach ja. Es steht drauf …« Ich beuge mich zu seinem Ohr. »Geht dich nichts an.«

»Deine Jeans ist so eng, dass ich es fast entziffern kann.« Seine Finger sind jetzt auf meiner Hüfte und gleiten in meine Gürtelschlaufen. Mit einem winzigen Ruck zieht er mich noch einen Zentimeter näher zu sich. Ich bin total angeturnt. Auf einem gottverdammten Barhocker, in aller Öffentlichkeit.

»Hey, du wirst ja ganz rot. Was für ein hübscher Farbton.« Er drückt mir einen Kuss auf den Wangenknochen, lehnt sich zurück und grinst in Vince' Richtung.

Mit jeder Sekunde wechselt das Licht auf den Flächen von Toms Gesicht, und er sieht mehr wie ein Fremder aus. Es ist mir so was von egal, dass Vince uns beobachtet. »Ich schwöre, wenn du mich bloß auf den Arm nimmst …«

In seinen Augen blitzt die Erinnerung auf, und er benutzt meine eigenen Worte. »Wie ist es denn, von mir auf den Arm genommen zu werden?«

»Du bist so gut darin, ich fange schon an zu schwitzen.« Ich atme heftig aus. »Im Ernst, wehe du versuchst das heute Abend bei einer anderen. Die kann was erleben.«

»Wenn ich wirklich gut darin wäre, würde ich dir erzählen, was ich mit dir mache, wenn ich dich nach Hause gebracht habe.« Er bringt sich sichtlich unter Kontrolle, setzt sich auf, greift nach seinem Bier. Während er trinkt, sieht er auf seine Uhr.

In der Zwischenzeit verarbeitet mein Körper, was er gerade gesagt hat, und es verlangt nach einer Antwort. »Komm wieder her. Mach weiter.«

Er legt mir die Hand auf die nackte Schulter, und ich spüre einen warmen Druck. Meine Brustwarzen stellen sich auf. Durch Spitze und Seide hindurch sieht er alles. Das weiß ich, weil seine bernsteinfarbenen Augen dunkel werden. »Und? Wie fühlt es sich an, wenn die Haut hungrig ist?«

»Ich fange gerade an, mich leer und einsam zu fühlen.« Meine Kehle ist so trocken, dass ich mein Weinglas nehmen und auf ex trinken muss. Seine Berührung verschafft mir Erleichterung, aber auch eine Ruhelosigkeit. Es sind zu viele Menschen in diesem Raum. Es ist ein Haufen lachender, saufender Idioten, die nicht wissen, dass sie raus müssen. Das hier ist mein Raum. Mein Kerl.

Als er mich berührt, betrachtet er seine eigene Hand. Es ist unerträglich sexy. »Der Gedanke, dass du so hungrig bist, gefällt mir nicht.«

Jemand rempelt mich an, und Toms scharfer Blick geht über meinen Kopf hinweg. Er sendet eine männliche Warnung aus: *Rühr sie nicht an*. Die Luft hinter mir kühlt sich rasch ab, seine Jeans-Knie drücken mich sanft, und er richtet seine Aufmerksamkeit wieder auf mich. Es ist berauschend, so sicher in dieser goldenen Blase zu stecken.

Ich muss aufpassen, dass ich bei diesem Gespräch nicht den Faden verliere. Wo waren wir? Ach ja, bei meinem Hunger. »Ich werde nur gereizt und ärgerlich. Überraschung! Ich weiß, das bin ich immer. Aber ich brauche bloß jemand anderen zu spüren ... Es nimmt mir die innere Schärfe. Es ist wirklich etwas Reales. Hauthunger. Ich habe eine Studie darüber gelesen.«

»Ich denke, das liegt daran, dass du ein Zwilling bist«, sagt Tom, und seine Hand löst sich von mir und hinterlässt Kälte. »Ihr wart so lange im Mutterleib aneinandergedrängt.« Ein winziges Hologramm von Jamie schwebt irgendwo zwischen uns.

»Nein, nein, komm wieder her.« Ich drücke seine Hand auf meine Haut, und obwohl sein Mund Anzeichen von Missbilligung zeigt, streichelt er mich auf eine Art, die sich wie ein Lob anfühlt.

»Wie ein Rosenblatt, DB.« Seine Fingerspitzen gleiten über mich, sanfter, als ich es für möglich gehalten hätte. Er denkt an meine zarte Haut, und das macht mich wahnsinnig. Er wird schüchtern, dann sieht er beiläufig zu Vince hinüber. Als er wieder zu mir schaut, hat sein Blick etwas Scharfes.

»Wenn du mir gehören würdest, würde ich behutsam mit dir umgehen. Ich wette, das hast du noch nicht oft erlebt.«

Mein Magen plumpst einen Aufzugschacht hinunter. Diese Worte, laut ausgesprochen, in seiner Stimme, knistern durch meine Synapsen, und ich war noch nie so lebendig wie in diesem Moment. Ich bestehe nur noch aus Herzschlag und halte den Atem an. *Wenn du mir gehören würdest.* Wie wunderbar, dass ihm dieser Gedanke gekommen ist, das hätte ich nie gedacht.

»Und was würdest du noch tun?« Ich habe diese raue Stimme, die er so mag.

Das Tier in ihm ist ehrlich. »Alles. Wenn du mir gehören würdest, würde ich alles tun.« Unsere goldene Blase schließt sich und wird zu einem kleinen Universum. Die Möglichkeiten sind unendlich.

»Ich habe viel Fantasie. Könntest du etwas genauer werden?« Ich berühre mit der Hand seinen Hals und streichele hinunter bis zu der harten Strebe seines Schlüsselbeins. Seine Haut fühlt sich an wie heißer Satin. Unter meinen Fingern pocht sein Puls.

Er soll mir gehören. Mir, mir, mir. Zu eintausend Prozent bis in alle Ewigkeit. Er sieht aus, als würde er zustimmen.

»Alles, was du wollen oder brauchen würdest, ich würde es tun.« Wahnsinn, dass bei ihm alles so sauber wirkt, sich aber so schmutzig anfühlt. So ist das bei guten Kerlen.

»Ich will und brauche vieles.«

Ein breites, strahlendes Lächeln. »Ich meine es ernst. Harte Arbeit ist kein Problem.«

Ich will jetzt von ihm hören, warum wir heute Abend hier sind. Worum es in dem Gespräch geht, das wir nicht in der Nähe eines Betts führen können. Wobei das eigentlich ja offensichtlich ist. Wir sind dabei, ein paar Grundregeln festzulegen, bevor wir nach Hause gehen und uns gegenseitig demolieren.

»Also, führen wir jetzt unser Gespräch?« Als er nichts sagt, mache ich mit dem Zeigefinger eine kreisrunde Bewegung. »Ich erkläre unsere Blase offiziell für geschlossen.«

Er schaut zur Seite, als könne er die Blase sehen. Das hat er schon immer getan – sich voll und ganz auf meine Fantasieszenarien eingelassen. Als sich unsere Blicke wieder begegnen, sieht er meine Zuneigung. Aber was ich gesagt habe, hat ihn aus dem Konzept gebracht, und er ringt um Worte.

Ich versuche ihm den Weg zu zeigen. »Es ist ziemlich klar, worüber wir reden müssen.«

Er richtet sich gerade auf und atmet aus. Seine Stirn ist sorgenvoll gerunzelt, und seine Hände sind ungeschickt, als er seinen Bierdeckel geraderückt. »Ich wollte mit dir darüber reden, die Wand zwischen der Küche und dem Wohnzimmer einzureißen.«

Es ist meine Spezialität, automatisch loszulachen, wenn ich enttäuscht bin, und genau das tue ich jetzt. Wahrscheinlich kennt er diese kleine Macke. Ich nehme mein Glas, und es ist leer. »Okay, um darüber zu reden hätten wir nicht ausgehen müssen. Die Antwort lautet: Nein.«

Irgendwann hat diese Scharade angefangen, sich so real anzufühlen, dass ich mir allen Ernstes eingebildet habe, wir hätten ein Date. Dass ich vielleicht ihm gehören könnte. Zum Glück sieht er mich jetzt nicht mehr an. Ich glühe, und es ist mir verdammt peinlich. Er hat einen Stift in der Hand und zeichnet etwas auf die Rückseite seines Bierdeckels. Es ist ein Grundriss des Cottages.

»Käufer wünschen sich offenes Wohnen. Diese älteren Cottages bestehen meist aus vielen kleinen Zimmern, weil die sich leichter heizen lassen. Aber die Wände hindern den Lichtfluss. Ich finde, diese Wand muss weg.« Er kritzelt über eine Linie, um es mir zu demonstrieren.

»Das ist der Kamin. Wo sollen denn die neuen Eigentümer ihre BHs aufhängen?«

»Auf der Wäscheleine. Diese Wand ist nicht tragend. Wenn wir sie entfernen, kommt das Licht von drei Seiten herein. Betreten die Käufer das Haus, können sie bis zur Hintertür schauen und halten das Cottage für großzügig geschnitten und hell.« Jetzt spricht Tom, der Profi.

»Ich weiß, was du sagen willst, aber nein. Dieser Kamin ist ein Verkaufsargument.« Ich sitze bei einem Geschäftstermin. Was hatte ich denn erwartet? »Ich kann nicht glauben, dass du mich das überhaupt fragst.«

»Selbst wenn ein Käufer sich einen Kamin wünscht – bei diesem gibt es ernsthafte Probleme. Die Mauersteine fallen nach innen. Ich habe den Kostenvoranschlag von dem Kaminfritzen. Es würde ein Vermögen kosten, ihn zu restaurieren. Wir müssten ihn abreißen und neu bauen.«

»Das könntest du doch tun. Da bin ich mir sicher. Es sind doch nur Mauersteine. Du hast doch gerade gesagt, du würdest alles tun, was ich will. Das will ich.«

»Dann müsste ich die Überdachung neu machen, ihn neu verputzen, anstreichen. Wenn ich ihn wegmache, löst das mehrere Probleme auf einmal.« Er sieht aus, als wenn er allmählich Panik bekommt. Mit mir kann man einfach nicht vernünftig reden.

»Was sagt Jamie?«

»Er sagt, dass er auf mein Urteil vertraut.« Tom mustert mein Gesicht. »Habe ich … deine Gefühle verletzt?«

Entweder bin ich ein offenes Buch, oder er ist extrem sensibel. Ich denke, ich weiß die Antwort, schließlich kennen wir uns schon unser ganzes Leben. Er kann diesen Kloß in meinem Hals praktisch spüren.

»Nein«, ich sehe ihn böse an, bis er teilweise überzeugt ist. »Ich bin nur überrascht, dass wir uns zu zwei Dritteln auf dem Weg zum Abriss einer Wand befinden, und du versuchst, mit mir zu flirten, damit ich zustimme.«

»Ich flirte doch nicht«, protestiert er mit einem schuldbewussten Rot auf den Wangenknochen. »Ich empfehle dir lediglich die beste Option für deinen Verkauf.« Er überlegt einen Moment, wie er es mir schmackhaft machen soll.

»Versuch dir vorzustellen, du wachst nach einem Nickerchen auf der Wohnzimmercouch auf. Es ist Sonntagnachmittag, und ich bin in der Küche und schneide Kartoffeln auf der Marmorarbeitsplatte. Darce ist nach dem Mittagsschläfchen motzig und braucht was zu essen.«

»Über Grundrisse zu sprechen, steht nicht gerade oben auf der Liste meiner sexuellen Vorlieben.« Ich blicke zur Decke empor. »Trotzdem … sprich weiter.«

Um seine Augen bilden sich Falten. »Du schlägst die Augen auf und kannst mich sehen. Keine Wand. Das Licht fließt durch den Raum hindurch, und auf einem Esstisch zwischen uns stehen Blumen. Pinkfarbene orientalische Lilien, die ich für dich gekauft habe. Einfach so.«

Ich kann es vor mir sehen. Die Jeans hängt am Hintern leicht herunter, und ein weißes T-Shirt spannt sich über seine Schultern, während er sich über die Küchenplatte beugt. Der Duft von Blütenstaub kitzelt meine Nase. Mädchen wie ich hüten das peinliche Geheimnis ihrer Lieblingsblumen, aber er kennt sie.

»Was hat dieser Fantasie-Grundriss sonst noch zu bieten?«

»Ich sehe zu dir und sage: ›Hey, du bist ja wach‹, und du räkelst dich und sagst: ›Tom, ich bin so froh, dass du diese Wand eingerissen hast. Ich hätte mir nie träumen lassen, wie sehr das die Raumaufteilung verbessert.‹« Er riskiert ein Grinsen.

»Ich bin mir ziemlich sicher, dass ich etwas anderes sagen würde. Mann, diese Jeans. Los, komm her!«

Ich stelle mir vor, wie ich neben mir auf die Couch klopfe. Mit einem schiefen Lächeln und einer Hand am Gürtel kommt er zu mir herüber, und vergessen ist das Gemüse. Es ist eine schöne Fantasie, die mich erst erkennen lässt, wie sehr ich das will. Ein Zuhause. Domestiziert zu werden. Sich Gedanken über das Abendessen zu machen. Einen Esstisch mit Blumen. Wer sollte das mit mir wollen?

»War das Jamies Idee? Mit der schwierigen Kundin was trinken gehen? Stell mir Fragen, die das Haus betreffen, das nächste Mal vor Ort. Das war unprofessionell.« Ich entwinde mich ihm und gebe der Barkeeperin ein Zeichen. »Ihren zweitschlechtesten Whiskey bitte.«

»Weißt du, was gerade passiert ist?« Er nimmt meine Hand in seine. »Ich sitze Darcy Barrett gegenüber, und sie sieht mich mit Fragezeichen in den Augen an. Und ich kenne die Frage. Ich kriege Panik und versaue es. Ich bin nicht so mutig wie du, Darce.«

»Ich habe es satt, die Mutige zu sein, denn es fühlt sich wirklich nicht toll an, allein an dieser Klippe zu hängen. Die nächste mutige Tat muss von dir kommen. Du bist hier nicht der Einzige, der was zu verlieren hat.«

»Deshalb arbeite ich so hart hieran.«

»Nicht das Haus. Ich werde dich verlieren. Ich werde es mir mit dir verscherzen.« Ich stütze die Ellbogen auf die Theke und lege das Gesicht in meine Hände. »Okay, das war jetzt wirklich die letzte mutige Aussage dir gegenüber.«

»Du kannst es dir mit mir nicht verscherzen.« Sagt er, als wären wir eine Familie und er müsste mir vergeben, egal, was ich tue.

Ich werfe ihm einen Seitenblick zu. »Freunde und Familie sind die Einzigen, bei denen ich eine Chance habe, sie für immer zu behalten. Und das will ich. Dich für immer behalten.«

Er nickt, als hätte ich nichts Krasses oder Merkwürdiges gesagt. »Das will ich auch.«

»Wir müssen mit achtzig zusammen auf einem Kreuzfahrtschiff abhängen und uns über diesen Tag heute einen Ast lachen. Hey, Tom, weißt du noch, als unsere jungen Körper versucht haben, alles zu vermasseln? Deine Frau wird auch da sein, und ich mag sie, denn ansonsten kann ich dich nicht für immer behalten.«

Ich verstumme und spüre es, direkt in meiner Brust. Das alte Tick-Tack. »Wenn ich überhaupt achtzig werde.«

Er ist entsetzt. »Natürlich.«

»Ich weiß, du hast das nicht gewollt, aber wenn du mir Sachen erzählst, die nie passieren werden – nicht in diesem Haus und nicht mit dir … Das tut weh. Ach, scheiß drauf. Wenn es dir so wichtig ist, reiß den gottverdammten Kamin ab.« Ich greife nach dem Whiskeyglas und verleibe mir den Inhalt ein.

Ich ertrage seinen Blick nicht, gehe auf die Toilette und verbringe ein paar Minuten damit, mich einfach nur im Spiegel anzustarren. Dann wische ich mir den Lippenstift ab und fahre mit den Fingern durch meine verbleibenden Haare. Ich lege Megans Folie über mein Gesicht, und meine Augen füllen sich mit Tränen. Am liebsten würde ich zur zweitletzten Kabine gehen und mein Herz das Klo runterspülen. Wenn sich Mutigsein so anfühlt, bin ich lieber für den Rest meines Lebens ein Hasenfuß.

Als ich mich wieder halbwegs gefasst habe, stürze ich mich wieder in die Musik und das Gelächter, und Vince nimmt mich am Ellbogen. »Hey.«

Ich schüttele ihn ab. »Ich bin mit Tom hier.«

»Hab ich gesehen«, sagt Vince. Er ist nicht eifersüchtig, weil das mit uns sowieso nur sinnlose Zeitverschwendung war. »Was habe ich dir gesagt von wegen, dass er sich in dich verliebt.«

»Das wird nicht passieren.« Ich kann die Resignation in meiner Stimme hören. »So einen kann ich einfach nicht haben.«

»Aber du könntest so einen wie mich haben«, erwidert Vince lächelnd. »Die Tussi, mit der ich hier bin, erzählt mir die ganze Zeit von den Wildkaninchen, die sie gerettet hat.

Lass uns abhauen. Schick ihm beim Rausgehen eine Nachricht. Rette mich davor, einen Arschtritt zu kriegen.«

»Das tue ich ihm nicht an.« Hält er mich ernsthaft für so einen Menschen? »Glaubst du wirklich, ich würde einfach hier verschwinden und ihn sitzen lassen?«

»Bei mir hast du das doch auch gemacht. Darcy, du bist heiß, aber du bist ein totales Miststück.« Er ist ziemlich direkt, was das angeht.

»Hey«, sagt Tom. Es ist ein scharfes, warnendes Bellen. Er betrachtet uns beide mit einem undurchdringlichen Blick. »Verpiss dich.«

»Kein Grund, ausfallend zu werden«, sagt Vince, aber seine Worte haben keine Kraft. Er läuft Gefahr, ausgedrückt zu werden wie eine Zigarette.

Tom tritt hinter mich und schlingt beide Arme um meinen Körper. Ich habe das Gefühl, fünfzehn Zentimeter tief in seinem Brustkorb zu versinken. Wir verschmelzen. Umhüllen einander. *Ich will dich in mir.*

»Komm nicht mehr vorbei, ruf nicht an. Lass sie in Ruhe«, sagt Tom über meinen Kopf hinweg. Es ist diese Alphastimme. Im halben Raum drehen sich die Köpfe zu uns um. »Kapiert? Oder willst du rausfinden, ob ich es ernst meine?«

»Sie wird eh abhauen, Kumpel.« Vince zuckt mit einer Schulter. »Bei mir hat sie schon sechsmal die Stadt verlassen. Mindestens.«

»Ja, sie wird abhauen«, sagt Tom, und seine Worte dröhnen durch meinen ganzen Körper. »Aber bis dahin halte ich sie, so lange ich kann.«

Er dreht unsere beiden Körper um, und wir gehen, seine Arme immer noch um mich geschlungen. Der innere Kompass, der uns leitet, zeigt in Richtung Bett. Vince wird von uns weggetrieben. Die Menge teilt sich für uns. Blicke gleiten von mir zu Tom, Frauen wirken eifersüchtig, Männer sehen weg.

Als wir anhalten, um eine Junggesellinnen-Polonäse aus Diademen und Federboas vorbeizulassen, neige ich den Kopf nach hinten. Wie kann ich mich so stark fühlen, umhüllt von seinen Muskeln? Weil sie jetzt mir gehören. »Du hast mir gar nicht gesagt, was du mit mir tust, wenn du mich nach Hause gebracht hast.«

»Das kann ich dir nicht sagen«, antwortet Tom, und als ich in der Menschenansammlung vor der Tür stolpere, presst sich sein Körper nur noch enger an meinen Rücken. Seine Hand findet den Saum meines Tops und gleitet darunter, eine flache Hand auf meinem Bauch. »Du weißt, dass ich dir das nicht sagen kann.«

»Gib mir nur einen Hinweis.« Viel zu schnell sind wir draußen auf dem Bürgersteig, und die Luft ist so kalt, dass sie auf meiner Haut brennt. Ich drehe mich in seinen Armen um, aber er löst sich bereits von mir, entzieht mir seine Wärme. Die Uhr, die mein Vater ihm geschenkt hat, tickt an seinem Handgelenk.

»Ich würde Gute Nacht sagen«, erklärt er mit sichtbarer Mühe. Er reißt sich am Riemen, und es tut weh, es mit anzusehen. Seine Lunge arbeitet heftig, und die Venen an den Innenseiten seiner Arme sind dick wie Kabel. »Und ich würde mich vergewissern, dass deine Tür abgeschlossen ist.«

»Das glaube ich nicht.« Dieses Gefühl, eine Küche demolieren zu wollen, ist zurück. »Ich würde dich sehr, sehr nett bitten, mir das zu geben, was ich will. Alles«, erinnere ich ihn.

Seine weißen Zähne beißen auf seine Unterlippe, und er sieht weg, die Straße entlang. Es spielen sich so viele Konflikte in seinen Augen ab. Endlich räumt er ein: »Wenn ich könnte, würde ich das wahrscheinlich.« Es kommt aus ihm heraus, rau und sanft, und seine schwarzen Pupillen sind von feuerfarbenen Ringen umgeben.

Ich kenne ihn schon fast mein ganzes Leben, aber jetzt ist dieser Mann jemand, den ich nicht kennen kann.

Nicht, bis wir nur noch Haut und Schweiß und Küsse sind. Nur das will ich von ihm. Ich will diese weißen perfekten Zähne. Ich will dieses besitzergreifende Zusammenkneifen der Augen, dieses »Rühr sie nicht an«, jene Barriere, die sein Körper schuf, um den Rest der Welt auszusperren. Seine Faust gelockert und seine vagabundierenden Fingerspitzen zart auf meiner Haut.

Ich will ihn provozieren und necken, bis er sich mir hingibt, grob und sanft zugleich.

Im Maison de Destin sind keine Möbel mehr übrig, also werden wohl die Wände, Fenstersimse und Bänke uns gehören. Bis in mein Bett würden wir es nicht schaffen. Es ist mir egal, ob uns das zerstört oder das Haus. Ich muss ihn spüren, tief in mir. Nie wieder will ich diesen Hunger spüren.

Ich will Tom Valeska küssen, bis alles auseinanderfällt.

Ich hätte das alles genauso gut laut sagen können, denn er schließt kurz die Augen, und als er sie wieder öffnet, sind sie wie Flammen.

# 18. Kapitel

Ich eile den kaputten Fußweg entlang, weil ich mal wieder kneife.

Auf der Heimfahrt war die Stimmung unglaublich angespannt. An jeder roten Ampel sahen wir uns an und mussten uns am Auto festhalten. Mir tut schon alles weh. Und jetzt stehe ich vielleicht kurz davor, mit meinem Sandkastenfreund rumzumachen? Dem einzigen Menschen, mit dem ich es mir noch nicht verscherzt habe? Und ich werde die erste Frau nach seiner achtjährigen Beziehung sein.

Ich werde die zweite Frau sein, mit der er schläft, wohingegen mein Körper rund um den Erdball Erfahrung gesammelt hat. Ich muss mal durchatmen. Muss an meinen Achseln riechen und mir die Zähne putzen. Ich bin gerade an der Eingangstür, als ich Toms Hand auf meinem Arm spüre.

»Komm, wir gehen ins Gartenhaus.« Er schaut zum Himmel. »Sieht nach Regen aus.« Aus seinem Mund klingt es nach einer richtig schlechten Nachricht.

»Ich will mich noch vom Kamin verabschieden.« Und das ist kein Scherz. Ich möchte dort sitzen, an Loretta denken und sie in Gedanken um Rat fragen.

»Drinnen ist es nicht sicher.« Er nimmt meinen Unterarm. »Es gibt keinen Strom mehr. Komm mit.« Es ist seltsam, auch wie hartnäckig er ist. Er zieht an mir, und ich habe einen Verdacht.

»Wieso?« Ich entwinde mich ihm, stecke den Schlüssel ins Schloss und sehe dann, warum er mich nicht hineingehen lassen wollte.

Mein Kamin ist weg.

Wer auch immer das war, er hat keine besonders kunstvolle Arbeit geleistet. Ein Stapel Steine ist noch da, in der Decke klafft ein Loch, das nur mit einer Plane abgedeckt ist. Am schlimmsten ist aber, dass Tom recht hatte. Das Haus wirkt nun riesig, es erstreckt sich bis zur Hintertür. Jetzt begreife ich.

»Hat Jamie dir gesagt, dass du es einfach tun und dich später dafür entschuldigen sollst?« Ich wende den Kopf nicht zu ihm. Ich kenne die Antwort. »Abbruchspezialist, wie?«

»Ich musste sofort handeln. Die Männer konnte ich nicht für weitere zwei Wochen buchen, also …« Er fasst mich an der Hüfte und dreht mich zu sich um. »Es tut mir leid. Ich hatte gehofft, dass du es erst morgen früh siehst. Ich wollte extra zeitig aufstehen …«

»Und mir erzählen, dass du vor Tagesanbruch schon irgendwelche Arbeiter hier hattest. Ich hätte gesagt: Wow, wie habt ihr das denn so schnell geschafft? Ich brauche nur mit den Fingern zu schnipsen«, ich mache es direkt vor seinem Gesicht, »und schon geht mein Wunsch in Erfüllung.«

Reumütig erwidert er: »Tja, so war mein Plan.« Sein Blick verfinstert sich leicht. »Das ist doch meine Rolle in eurer Familie, oder? Ich muss mich um alles kümmern, was ihr braucht, umgehend und perfekt. Oder ich gehöre nicht mehr dazu.«

»Was redest du da?« Was für eine merkwürdige Aussage. »Ich fasse es nicht, dass du mich aus dem Haus gelockt hast, während das hier gemacht wurde.« Ich versuche ihn abzuschütteln. »Du hast darauf vertraut, dass du mich dazu bringst, zu allem Ja und Amen zu sagen.« Wie unglaublich erniedrigend.

»Ich habe darauf gezählt, dass du vernünftig bist und mir vertraust, dass es so am besten ist.« Er hält mich fester, als ich versuche, mich ihm zu entziehen. »Hier liegt überall Zeug rum. Das ist eine Baustelle. Rede mit mir. Schrei mich an.«

Draußen rumpelt es, und für den Bruchteil einer Sekunde glaube ich, es könnte das Auto von Vince sein. Blitze zucken, ein Gewitter, das näher kommt. Wir schauen beide nach oben zu dem neuen Loch in der Decke. Die Plane flattert im Wind.

»Oh Mist«, Tom atmet schwer. »Das stand aber nicht im Wetterbericht.«

»Wird es reinregnen?« Ich löse mich aus seinem Griff. Irgendwas ist auf dem Boden. Ich brauche kein Licht, um zu erkennen, was: Noch eine von Lorettas blöden Tarotkarten liegt zwischen dem Bauschutt, aber ich bin nicht in der Stimmung für diesen Quatsch. Unbesehen stecke ich sie in meine Gesäßtasche.

»Wenn sie gut gearbeitet haben, sollte es nicht so schlimm werden«, sagt er, aber er wirft einen zweifelnden Blick auf die unfertigen Arbeiten, auf Steine und Staub. Er lässt mich los und sagt: »Ich gehe hoch, nachsehen.«

»Na klar, als ob ich dich nachts mitten im Regen aufs Dach klettern lasse. Damit musst du jetzt leben.« Ich verspüre eine kranke Genugtuung, als ich seinen Blick sehe. »Du hast gedacht, ich gebe dir im Nachhinein die Erlaubnis für etwas, das bereits passiert ist. Lass uns einfach mal abwarten, ob es reinregnet. Hoffentlich.«

»Das ergibt doch keinen Sinn. Das hier ist dein Haus.«

»Ich bin halt sehr unvernünftig. Ich kann nicht glauben, dass du mir noch nicht mal die Chance gegeben hast, mich davon zu verabschieden.« Eine Welle von Wut und Unglauben schnürt mir wieder die Kehle zu.

»Von einem Kamin?«

»Ja, von einem Kamin. Du weißt doch, wie sehr er mir am Herzen lag. Was er mir bedeutete. Du hast versprochen, dass wir ihn noch mal anmachen, bevor das Haus verkauft wird.«

»Du hast jahrelang immer wieder hier gewohnt. Da hättest du ihn oft genug anmachen können.« Er lehnt sich mit einer

Schulter an den Türrahmen und sieht herausfordernd zu mir hinab. »Typisch für dich. Du glaubst, du kannst dir was nehmen, es wieder weglegen, und wenn du zurückkommst, ist alles noch da.«

Mir dreht sich der Magen um, und ich brauche irgendetwas zu tun. »Abgesehen davon, dass du kein Rückgrat hast und wie immer nach Jamies Pfeife tanzt, warst du total unprofessionell.« Ich beuge mich nach unten und hebe zwei Steine auf. »Das weißt du selbst.«

»Ich hatte das Einverständnis eines Eigentümers«, erklärt er, während er beobachtet, wie ich hin und her gehe. »Was tust du da?«

»Ich mache einen schönen kleinen Haufen. Hier gibt's ja nichts mehr, was ich kaputt machen kann.« Ich gehe zurück, will zwei weitere Steine holen, doch er nimmt meine Hände, dreht sie nach oben und macht sie sauber. Prinzessinnenmodus aktiviert.

Ich bin entsetzt von dem Drang, ihn zu ohrfeigen.

»Das hätte ich nicht von dir erwartet. Wenn ich die Haustür aufgemacht hätte und der Kamin noch da gewesen wäre, hätte das gezeigt, dass ich deine gleichberechtigte Geschäftspartnerin bin. Aber offensichtlich bin ich nur ein Teil der Bürokratie, mit der du dich rumschlagen musst. Du wirst dich immer für Jamie entscheiden. Immer.«

Als er etwas sagen will, schüttele ich den Kopf.

»Du hast gesagt, wir wären ein Team. Also warten wir jetzt hier gemeinsam, als Team.« Ein Regenschauer geht auf die Veranda nieder, ein Windstoß fegt durchs Haus, als käme er direkt vom offenen Meer. »Schauen wir mal, wie schlimm es uns erwischt. Scheiße. Ich werde nie an erster Stelle bei dir kommen.«

Heute Abend, in der Bar, als ich in seiner Aufmerksamkeit und Liebe schwamm, war das ein Einblick in das, was ich niemals bekommen werde.

Die Muskeln in seinem Kiefer spannen sich wieder an. »Ich habe doch gesagt, dass es mir leidtut. Ich wollte dem Zeitplan voraus sein, und ich wusste, dass das für die Renovierungsmaßnahmen richtig ist. Wenn das erledigt ist, kann man den Bodenbelag früher angehen. Ich bin das nicht gewohnt, dass dem Haus, in dem ich arbeite, solche Gefühle entgegengebracht werden. Und auch nicht, dass ich bei den Besitzern nachfragen muss.«

»Entschuldige, dass ich dich mit meinen Gefühlen belästige.« Ich beuge mich nach unten, hebe noch ein paar Steine auf und lege sie auf meinen Haufen. »Muss echt hart für dich sein, hier zu arbeiten, mit mir und den nervigen Erinnerungen an meine Großmutter.« Mir fällt auf, dass die Dielen vor dem Kamin ganz schön abgenutzt sind. Dort standen wir so oft. Und jetzt ist der Kamin weg. »Tom, du hattest kein Recht, ihn abzureißen.«

»Es ist für mich schwer nachvollziehbar, wie man so an einem Kamin hängen kann. Ich werde nie irgendwas erben. Mom ist pleite, und mein Dad, na ja …« Er gibt eine Art Lachen von sich. Es klingt verbittert. »Nach dem Schwangerschaftstest blieb er noch ganze drei Monate. Du kannst dich glücklich schätzen, dass du überhaupt mal einen Kamin hattest.« Ich will ihn unterbrechen, aber er lässt mich nicht zu Wort kommen. Es scheint, als müsste er jetzt dringend loswerden, was sich über lange Zeit in ihm angestaut hat. »All diese Gefühle und Erinnerungen schwirren in mir herum, aber ich habe kein Recht auf sie.« Das ist das erste Mal, dass Tom sich auch nur ansatzweise über seine Lebenssituation beklagt. »Ich werde dafür bezahlt, dass ich das hier mache. Denk mal darüber nach, wie sich das für mich anfühlt.«

Ich hebe einen weiteren Mauerstein auf. »Wenn du uns fragst, war sie auch deine Großmutter.«

»Alles, was ich habe, um das zu beweisen, ist ein alter Garfield-Schlüsselanhänger.« Die Wahrheit dieser Aussage tut weh. Ihm hat Loretta überhaupt nichts vermacht. Er merkt, wie sich das gerade angehört hat, und fügt schnell hinzu: »Aber ich habe auch nichts erwartet. Schließlich bin ich ja kein Barrett.«

Er schiebt mich bis zur Tür zurück, in den sicheren, sauberen Bereich, der von der Straßenlaterne erleuchtet wird. »Hör auf damit.«

Ich schlage mir gegen die Brust.

»Ich war immer nur lästig, schon mein ganzes Leben lang. Erinnerst du dich, als Jamie unbedingt Disneyland besuchen wollte, aber ich einfach nicht gesund wurde?«

»Ja«, sagt Tom mitfühlend.

»Ich lag im Bett und war sauer auf mein eigenes Herz. Wenn es doch nur kooperieren würde, dachte ich, dann wäre alles einfacher. Dann wäre Jamie glücklich, und wir hätten alle einen tollen Urlaub. Du bist der Einzige, der mir nie dieses Gefühl gegeben hat.« Meine feste Stimme wird brüchig.

»Darcy, es war doch nicht gegen dich gerichtet. Es war wegen mir und meinem bekloppten Perfektionismus. Ich wollte unbedingt dem Zeitplan voraus sein, das Budget einhalten.«

»Ich erwarte doch keinen Perfektionismus«, sage ich, aber er lacht nur bitter.

»Was hast du als Erstes zu mir gesagt, als du hier ankamst und mich gesehen hast? Hey, Tom Valeska, bist du immer noch der perfekteste Mann der Welt?« Er zeigt zur Decke. »Die Antwort lautet: Nein. Bin ich nicht. Du hast Erwartungen an mich, die zu hoch sind. Ich kann sie nicht erfüllen. Obwohl ich es jahrelang versucht habe, das kannst du mir glauben.«

»Du bist perfekt. Du musst es gar nicht versuchen.«

Er schüttelt den Kopf. »Du hast ein Loch im Dach und Tränen in den Augen. Das ist nicht perfekt. Das ist eher so, wie ich bin: Knapp daneben ist auch vorbei.«

»Wie bitte, du? Du bist doch der Liebling aller. Du hast noch nie danebengelegen. Bis jetzt«, gebe ich zu, und zwischen uns pfeift der Wind hindurch und rüttelt an der Hintertür.

»Wenn du quasi auf der Straße aufwächst und aufgenommen wirst wie ein Hund, tust du alles, wofür man dich gebrauchen kann. Und jetzt stehe ich auf eurer Gehaltsliste und hab's verbockt. Wirklich, Darcy. Ich habe mich bei den Zahlen vertan.«

Als ich in sein fahles Gesicht sehe, wird mir ganz anders. »Vertan? Wie denn?«

»Ich hab den Jungs gesagt, dass ich sie zu besseren Konditionen bei mir anstelle. Aber ich habe bei meiner Kalkulation einen Fehler gemacht. Den Anfängerfehler schlechthin. Ich muss ihnen den Lohn zahlen, den ich versprochen habe, aber auch das Motelzimmer, also liege ich über dem Budget. Unterm Strich arbeite ich für umsonst.« Er seufzt resigniert.

Die Glucke in mir gewinnt die Oberhand. Wut und Verrat landen nur auf Platz zwei und drei. »Ich ...«

»Sag nicht, dass du das für mich regelst. Das ist mein Problem, um das kümmere ich mich selbst. Wenn Jamie das spitzkriegt, bin ich erledigt. Das wird er mir niemals verzeihen.«

Wir stehen so nah beieinander, dass ich seinen Mund sehe. Nur kurz, nur für einen Augenblick. Ein weiterer Windstoß fährt mir unter die Kleidung, und seine Hände umschließen mich fester.

»Warum ist es dir wichtig, was mein Bruder über dich denkt?«

Er verzieht den Mund. »Dein Zwillingsbruder.«

»Danke, dass du mich daran erinnerst. Vergiss ihn einfach. Vergiss jeden, außer mir. Sag ehrlich: Willst du mich?«

Ein Blitz. »Ich wollte dich schon mein ganzes Leben.«

»Dann nimm mich. Entscheide dich für mich.«

Er unternimmt einen letzten Versuch, mich abzuschrecken. »Ich hab's verbockt. Ich entspreche nicht deinen Erwartungen.«

»Macht nichts.«

Seine unvergleichlichen Augen sind das Letzte, das ich sehe, bevor er mich auf die Zehenspitzen zieht und mich küsst. Über uns ein Donner, dann verstummt die Welt.

In einem Paralleluniversum waren wir immer genau hier, an dieser Tür. Seit jener Nacht, als die achtzehnjährige Idiotin »Ich weiß« geantwortet hat. Er hat seinen Kummer hinuntergeschluckt und beschlossen, noch ein einziges Mal geduldig zu sein. Er hat an die Tür des Schicksals geklopft, mich geküsst und nie wieder damit aufgehört.

In dieser alternativen Wirklichkeit haben wir überlebt, Gewitter und Sommertage sind an uns vorbeigezogen. Feuerwerksraketen haben unsere Gesichter erleuchtet. Dort zogen Jahre ins Land, Dunkelheit und Tageslicht. Meine Haare wuchsen bis zum Boden. Laub sammelte sich zu unseren Knöcheln, und um uns herum wechselten die Jahreszeiten wie in einem Kaleidoskop.

Wir mussten keine Berührungen von anderen ertragen, wir waren nie getrennt. An diesem Ort schlug mein Herz immer, gleichmäßig und perfekt, dort war es in Sicherheit, weil es bei ihm war.

Und jetzt beugen wir uns durch das hauchdünne Netz in diese Welt und versinken in unseren älteren Körpern. Jeder andere Kuss, den ich in meinem Leben bekam, war falsch. Ich habe es immer gewusst.

Deshalb bleibe ich nie bei anderen Männern, übernachte nie dort, liebe sie nie.

Als er sich von meinen Lippen gelöst hat, fragt er ungläubig: »So küsst du?«

Bevor mir eine Antwort einfällt, schiebt er ein Knie zwischen meine Oberschenkel und drückt mich ein wenig höher. Mit einem im Hals stecken gebliebenen Stöhnen widmet er sich wieder meinen Lippen. Jetzt habe ich etwas gefunden, das ich besser finde als Zucker, und ich bin auf der Stelle süchtig geworden. Schlimmer noch, richtig abhängig. Mein Leben lang musste ich mich mit kurzen Blicken von ihm begnügen, und nun habe ich seinen Mund auf meinem? Er sollte Angst bekommen. Er weiß nicht, wie weit ich gehen würde, um ihn zu halten.

Bei der ersten Berührung seiner Zunge werden meine Knie weich, und ich bin froh, dass er mich festhält. Ich zittere beim Ausatmen. Er atmet mich ein, verändert unsere Position und atmet zu mir zurück. Aus seinen Lungen schmeckt die Luft besser. Das Leben ist schöner mit seinem Kuss.

Das Wort »mein« muss ich ihm nun unbedingt beibringen.

Die zweite Berührung seiner Zunge fühlt sich an, als würde er in mich hineingleiten, aber nicht, um mich zu verführen. Er leckt mich, nimmt meinen Geschmack in sich auf. Ich spüre seine Zähne, seine Bartstoppeln an meinem Kinn. Ein kurzes Zögern, dann fühle ich, wie sein ganzer Körper Freude ausströmt, ich sauge sie mit meiner Haut auf. Ich wurde probiert und habe gefallen.

Ich glaube, dass in einer vernebelten Region seines Gehirns der gute Junge auftaucht: *Für einen ersten Kuss war das zu feucht, zu gierig, zu animalisch, sieh nach, ob es ihr gut geht* – und er versucht, diesen Kuss zu beenden, während er sanft meine Taille drückt.

»Untersteh dich«, warne ich ihn. »Fass mich bloß nicht mit Samthandschuhen an.«

Er gehorcht sofort und kehrt mit einem Hauch Erleichterung zu mir zurück. Ohne Scheu drückt er seine Hüften gegen mich, und ich muss nach Luft schnappen, weil er mich so sehr will. Heute Nacht wird er mich nicht mit Samthandschuhen anfassen. Nach dieser Nacht nehme ich nicht Reißaus.

*Wild*, kommt es mir in den Sinn. *Wir sind wild aufeinander.*

»Dich wird nie wieder jemand anderes küssen«, sagt er in die Stille hinein, ohne von mir zu lassen. »Dein Mund gehört mir.« Diesen Gedanken kann er kaum ertragen; wir nesteln gegenseitig an unseren Klamotten, während der Kuss ein nonverbales Gespräch ist, das lauter und lauter wird und sagen will: *Hör mir zu. Nein, du hörst mir zu.*

Und gleichzeitig: *Wer dich anfasst, wird das nicht überleben.*

Wir verändern den Himmel und beeinflussen die Luft. Ich bemerke es kaum, als die Wolke direkt über uns bricht und ein Regenschauer niedergeht. Feiner Dunst legt sich auf unsere Kleidung.

Ich atme, als hätte ich wirklich null Kondition, aber das ist in Ordnung – der, den ich küsse, wird auf mich achtgeben.

*Lass mich jetzt nicht hängen, Herz.*

Dieser Gedanke bringt mich aus dem Takt. Tom gleitet mit seinen Fingerspitzen in meinen Nacken und bringt uns in einen langsameren Rhythmus. Sanfter. Ruhig genug, dass mein Körper und mein Herzschlag sich wiederfinden können. Wieder höre ich etwas; jetzt regnet es richtig, es prasselt auf das dünne Vordach.

Das Donnergrollen über uns ist ohrenbetäubend, doch es ist ein dünnes wolfsähnliches Heulen, das uns auseinanderfahren lässt. Wir sehen uns an und sagen gleichzeitig: »Patty.«

Das Geröll ist uns egal, denn es ist der kürzeste Weg, und so hasten wir im Dunkeln durch das kaputte Haus. Sobald ich stolpere, zieht mich seine Hand wieder hoch. Wie miese Egoisten halten wir an der Hintertür an, um uns erneut zu küssen, damit wir gewappnet sind, um unter der übervollen Dachrinne hindurchzulaufen. Seine Zunge verspricht mir mehr, wenn ich es bis ins Studio schaffe. Ich würde sogar durch den Ärmelkanal schwimmen, wenn es sein müsste.

Als wir die Schuhe abstreifen und hinter uns die Glastür schließen, sind wir bis auf die Knochen nass. Es gibt keinen Strom, das Display meines Weckers ist schwarz, und von Patty keine Spur. Vom Schrank aus starrt Diana auf uns hinab, bevor sie sich wieder in ihrer Obstkiste verkriecht.

Tom ist in Sorge. »Patty, komm raus.« Wir sehen ihr Gesicht unter dem Bett hervorlugen. »Ich habe so ein schlechtes Gewissen.«

»Das konntest du doch nicht ahnen. Das war noch nicht mal vorhergesagt.« Wir versuchen es weiter, bis sie sich auf dem Bauch herausschiebt und in ihr Körbchen bewegt. Ich lege eine Decke eng um sie. Während wir etwas Ordnung schaffen, erhascht er während eines Blitzes einen Blick auf mich. Ich sehe, wie sein nasses Hemd am Körper klebt. Wir blinzeln beide lustvoll und atmen gleichzeitig aus, während es wieder dunkel wird. Dann müssen wir beide lachen.

»Die ganze Zeit gab es in dir so einen Kuss?« Er widmet sich den Knöpfen an seinem Hemd, schnell und ohne nachzudenken, als würde er gleich in den Pool springen. Etwa die Hälfte hat er geschafft, als er aufgibt und näher zu mir kommt. Er kann nicht einmal wenige Sekunden ohne mich an seinem Körper ertragen. »Schätze, ich sollte meine Lebensversicherung erhöhen.«

»Ruf lieber gleich an.« Ich spüre sein Lachen in meinem Mund, weil wir uns erneut küssen. An meinen Schulterblättern spüre ich etwas Ebenes; ich lehne an der Wand. Nur meine Zehenspitzen haben noch Kontakt zum Boden. Die goldene Blase spannt sich hauteng um uns. Als ich meinen Kopf zur Seite neige und seine Lippen meinem Hals näher kommen, sehe ich, wie Dampf von seinen feuchten Schultern aufsteigt. Die Maschine in seiner Brust arbeitet auf Hochtouren.

Jahrelang habe ich Toms Mund beim Sprechen beobachtet und mir vorgestellt, wie er küsst. Jetzt weiß ich es. Mit jeder köstlichen Berührung will er lernen, was ich mag – aber er begreift, dass ich alles mag, egal, was er macht. Sanft, langsam, mit Zähnen und Zunge. Schnell und stürmisch. Extrapunkte, weil er seine Hand an meinen Hals legt. Ich zittere, als er meinen Hintern knetet; die Nähte meiner Klamotten stechen mir scharf wie Messer in die Haut. Aber er kennt keine Gnade, sondern widmet sich hingebungsvoll meinem ganzen Körper. Als er meine Brust in die Hand nimmt, spürt er mein Piercing in seiner Handfläche.

»Bett«, sagt er mit seiner Alphastimme und meine Underswears verlieren ihren Halt. Genau das habe ich auch zu ihm gesagt. Hat er sich auch so gefühlt?

»Du holst auf.« Ohne Gegenwehr werde ich rückwärts manövriert. Unter den Fußsohlen merke ich Kabel, aber ich bleibe nicht hängen. Er hält mich. »Ich habe ein Zimmer demoliert und dir gesagt, du sollst in mein Bett kommen, und du …«

Sanft wirft er mich aufs Bett.

»Das mache ich wieder gut, versprochen«, sagt er mit einem Lächeln.

# 19. Kapitel

Seine Knie sinken in die Matratze, erst eins, dann das andere, rechts und links neben meinen Waden. Er ragt über mir empor, ein riesenhafter Umriss in der Dunkelheit. Die Hände rechts und links von meinem Kopf, erst die eine, dann die andere. Dann kommt sein Körper meinem entgegen, und ich spüre, wie er seitlich an meinem Hals atmet.

Ich stoße hervor: »Sag, dass ich richtig rieche.«

Er spürt die Unsicherheit, die meinem scharfen Befehl zugrunde liegt. »Du riechst wie die einzig Wahre.«

Ich atme aus. »Gott sei Dank.« Als ich die Arme über den Kopf strecke, streift er mir das Top ab.

»Deine Vorliebe für Spitze hat mir den Verstand geraubt. Weißt du eigentlich, dass man deinen BH immer sieht, egal, was du anhast? Es ist, als wollten deine Klamotten deinen Körper gar nicht bedecken.« Er gibt mir einen Kuss auf den Hals, der einem Saugen und Beißen weicht. »Du bist wie eine sich selbst schälende Banane.«

Ich fange an zu lachen. »So fühle ich mich auch in deiner Gegenwart.«

»Es macht mich fertig, wenn andere Typen auf die Spitze auf deiner Haut schauen.« Der Gedanke lässt ihn zu meinen Lippen zurückkehren, und die Eifersucht schmeckt wie ein Gewürz in seinem Mund.

Ich weiß, wie er sich fühlt. Genau aus diesem Grund werde ich meine Hände jetzt auch für immer auf dieser Haut, auf diesem Körper lassen. Damit kein Zweifel besteht, wem er gehört.

Er positioniert mich unter einem schmalen Lichtstreifen, der durch einen Spalt zwischen den Vorhängen fällt. Meine

Spitze wird bewundert, erhält Komplimente und darf sich an seiner Wange reiben, bevor sie in eine Ecke des Raums geschleudert wird. Er lässt seine robusten, hart arbeitenden Hände über meinen ganzen Körper wandern.

Das Brustwarzen-Piercing ist eine Markierung, die ihn sehr interessiert. Er lässt sich von seinem Ellbogen hinunter, um es genauestens zu untersuchen, und mir wird erstmals klar, wie viel Potenzial ein Metallstift an so einer empfindlichen Körperstelle eigentlich hat. Andere Männer haben versucht, daran zu drehen wie an einem Radio, aber Tom weiß, was zu tun ist. Ich zittere und bebe, als er meine Reaktionen austestet.

Ich frage mich, ob es ihm gefällt. »Du stehst also auf gepiercte, knallharte Bräute?«

»Oh ja«, erwidert er mit dem Teil im Mund. »Wie kann Metall bloß so süß schmecken?« Er berührt es beim Sprechen mit der Zunge, und ich hebe ein Stück von der Matratze ab. Er lacht befriedigt und macht weiter.

»Jedes Mal wenn ich an dieses mysteriöse Piercing gedacht habe, habe ich fast den Verstand verloren. Streck dich«, sagt er mit genau dem richtigen Grad an Dominanz. Sein Unterarm gleitet unter mich, mein Oberkörper wird hochgehoben, und er spielt mit mir, bis ich meine Hand auf den Knopf meiner Jeans lege.

Er lässt von mir ab, um etwas zu sagen. »Passiert das wirklich gerade? Oder habe ich tatsächlich den Verstand verloren?«

»Ja, es ist endlich real.« Ich löse die verbleibenden Knöpfe an seinem Hemd. Es fällt auseinander, und ich fahre mit den Händen seinen Oberkörper hinauf. Seine Ellbogen beugen und strecken sich. Sein Becken bewegt sich rhythmisch vor und zurück.

Seine engen T-Shirts haben nicht gelogen. Was für ein Körper. Er ist die aufregendste Kombination aus flach und kurvig, die ich je gesehen habe. Muskeln, die für Tage reichen. Linien und Erhebungen und so viele Stunden körperlicher Arbeit, dass es mir fast mit wehtut. Warum muss er so hart schuften? Sein Körper liebt meine Hände.

»Das hier passiert wirklich, es sei denn, ich habe mal wieder einen sehr lebhaften Tom-Valeska-Sextraum. Wenn das so ist, werde ich dir morgen nicht in die Augen sehen können.«

Er reagiert mit Belustigung. »Das wirst du wahrscheinlich sowieso nicht können, nach allem, was ich mit dir machen werde.« Er spürt den Druck meiner Oberschenkel und küsst mich wieder. Er liebt meine Lippen. »DB, heute Nacht werde ich dich kennenlernen.«

»Du kennst mich schon sehr gut«, bringe ich zitternd hervor, aber er schüttelt den Kopf.

»Nicht so, wie ich es gern würde.« Er merkt, wie ich als Antwort meine Hüften anhebe, und reißt mir mit einer Hand die Jeans bis zu den Knien hinunter. Die Welt scheint stillzustehen. Als er spricht, versucht er sich zu beherrschen. »Aber jetzt ist ein guter Zeitpunkt, um dich zu fragen, ob du weitermachen willst. Wenn nicht, ist das absolut in Ordnung.«

Mein Herz schwillt vor lauter Liebe an. Er ist der bestmögliche Kerl. Der perfekte Mann. Und ich bin mit ihm im Bett. Ich habe so ein Glück, dass ich heulen könnte. Beim Versuch, mich aufzurichten, sinke ich zurück auf die Matratze. Mein Körper spart sich seine Kräfte auf.

»Bitte, bitte. Enthusiastisches Ja. Jämmerliches Flehen und so weiter. Das ist kein Witz. Erlöse mich von meinem Elend.«

»Darcy Barrett fleht mich im Bett an. Ich habe einen meiner Fieberträume.« Er lacht sanft, und ich spüre, wie seine Hand sich um mein Handgelenk legt. Dann werde ich auf den Bauch gerollt. Als er mein Becken hochzieht, zucke ich innerlich überrascht zusammen. Für eine Sekunde spüre ich das schmerzhafte Ziehen elastischen Stoffs und einen unerwarteten Druck. Hände, die fest meine Hüften umklammern.

Ich fühle mich zurückversetzt in schlechte Sex-Erlebnisse und zittere.

»Kontroll-Freak«, sagt er. Da kapiere ich es. Er liest bloß meine Underswears. Ich liebe ihn so sehr, dass ich nur lachen und die Hände vors Gesicht schlagen kann.

Jetzt reibt er mit seinem stoppeligen Kinn meinen Rücken hinauf. Ich spüre, wie sich seine Stirnknochen in meine Schulter drücken.

»Deine Haut hat so einen silbrigen Schimmer, ich würde am liebsten …« Er zeigt mir, was er meint. Es hat mit seiner Zunge und seinen Zähnen zu tun. Mein Stöhnen wird von der Matratze gedämpft. Mit einer Hand dreht er mich um. Er verwöhnt mich, beruhigt mich und will mich kennenlernen. Ich merke, wie er jedes Wimpernzittern und jedes heftige Ausatmen registriert und innerlich abheftet.

Mit den Fingerspitzen streicht er über mich, jagt und erzeugt Gänsehaut.

»Du und deine schöne Haut, ihr verfolgt mich schon seit Jahren. Einmal an Weihnachten habe ich dich zur Begrüßung auf die Wange geküsst. Es hat mich … überwältigt. Ich musste rausgehen und mich in mein Auto setzen.« Er schüttelt den Kopf, als könne er es nicht glauben. »Es war das beste Geschenk.« Immer wieder drückt er sich an meinen Wangenknochen. »Danke.«

Er ist so süß und offen. Wie kann ich je hoffen, ihm ebenbürtig zu sein? Ich habe keine Erfahrung damit, im Bett ehrlich oder sanft zu sein, aber ich muss es versuchen.

»Du bist so liebenswert.« Ich fahre mit meinen Fingern in sein Haar. »Also, ich hab jedes Weihnachten nur auf die Abschiedsumarmung gewartet. Genau«, seufze ich, als er mich an sich drückt. »Oh Mann, das ist ja noch besser, wenn wir in der Horizontalen sind.«

»Du hast jedes Weihnachten darauf gewartet, dich von mir zu verabschieden?« In seiner Stimme klingt sein gebrochenes

Herz an, selbst als er mir die Unterhose auszieht. »DB, das muss ich wiedergutmachen.«

»Keine Angst, dafür sorge ich schon.« Ich spüre sein Zögern. Er ist plötzlich schüchtern geworden. Ich beiße mir auf die Lippe, um mein Lächeln zu unterdrücken, nehme seine Hand und lasse sie mein Bein hinaufgleiten. »Du kannst gleich damit anfangen.«

Er schnappt nach Luft, als er merkt, wie bereit ich bin, und schon sind wir wieder bei wild angelangt.

Er beißt mir ins Ohrläppchen, damit ich stillhalte, während er testet und spielt, seine Finger behutsam und sicher. Ja, dieser Mann ist gut darin, Probleme zu lösen. Mein Körper bebt im Käfig seines Körpers, und sein Atem in meinem Ohr klingt alles andere als menschlich. Ich verkrampfe mich, und er spannt sich an. Ich entspanne mich, und er belohnt mich. Er will mich biegsam und weich. Er will mich fließend und seidig.

»Mach langsamer, oder ich komme gleich«, platze ich heraus und lache ungläubig. »Das habe ich buchstäblich noch nie zuvor gesagt.« Ich greife verzweifelt nach meiner Nachttischschublade. »Was für ein Glück, dass ich mit dem härtesten Arbeiter der Welt im Bett bin.«

»Ich schone dich lieber ein bisschen.«

»Warum?« Das Licht reicht kaum, um das Funkeln in seinen Augen zu erkennen, als er das quadratische Päckchen aufbeißt wie eine Tüte Süßigkeiten. Dann bekomme ich Zugang zum Tresorraum meiner Erinnerungen und lache. »Ach ja. Ich habe deinen Schwanz vergessen.«

»So, ihn vergessen?« Er lacht und gibt mir einen Klaps auf den Po. »Na vielen Dank, DB.«

»Nein, natürlich nicht. Wie könnte ich?« Seine Hand befindet sich wieder zwischen meinen Beinen und lässt mich seinen Daumen spüren, gütig und zärtlich. »Alles an dir ist großartig. Mein ganzer Körper schmerzt, so sehr will ich dich. Tom Valeska, ich will dich in mir.«

Er gibt mir alles, worum ich ihn bitte.

Ich kann den Mund nicht zumachen, um mein Stöhnen zu unterdrücken. »Oh, fuck. Du fühlst dich an wie der perfekteste Mann der Welt.«

Er lacht, während aus seinem unendlich sanften Vordringen ein leichtes Vor und Zurück wird. Er ist mächtiger als jeder Mann, mit dem ich bisher Sex hatte. Ich hasse diesen Gedanken – wie kann mein Gehirn es wagen, auch nur an einen von den anderen zu denken? Aber dieser Gedanke ist gepaart mit der Erkenntnis, dass Tom auf mich aufpasst, und das ist das Heißeste überhaupt.

»Danke«, sagt er voller Zuneigung. »Und du fühlst dich an wie ein wahr gewordener Traum.«

Mein Körper ist vor Lust hell erleuchtet. Seine Bewegungen haben etwas Zurückhaltendes. Wenn ich Tom Valeska dazu bringen kann, meinetwegen den Verstand zu verlieren, kann ich glücklich sterben. »Auf keinen Fall. Schone mich nicht.«

»Lass mich nur … vorsichtig sein.«

»Ich will kein Vorsichtig. Ich will Ehrlichkeit.« Endlich, das erste Entgleiten seiner Kontrolle. »Vorsicht kann ich jeden Tag haben. Tiefer. Tom, ich will dich härter.« Wie automatisch wandert meine Hand zwischen uns. Um meinen Orgasmus muss ich mich selbst kümmern. Aber offensichtlich nicht.

»Das ist doch meine Aufgabe, Dummchen«, tadelt er mich zwischen Freistilstößen und Atemzügen. Er kitzelt mich mit seinen Fingerspitzen, hält sich aber noch zurück. »Geht es deinem Herz gut?«

Es ist das erste Mal, dass jemand mich das im Bett fragt, weil es bisher nie jemand wusste. Ich schlucke das übliche »Ja, klar« hinunter und horche in mich hinein. Mein Herzschlag ist ein schwaches, nachlässiges Pochen in meinen Ohren.

»Es geht mir gut, aber wenn ich zu sehr überhitze oder du mich runterdrückst, wird mir schwindelig und ich bekomme Klaustrophobie. Dann fängt mein Herz an zu hämmern und …« Den Rest kann ich nicht aussprechen. Meine weiblichen Teile machen dicht, und ich werde mich von diesem quälenden Verlangen nicht erlösen können.

Er zieht sich aus mir zurück. Langsam und genüsslich.

Ich scharre mit den Füßen. »Gib ihn mir zurück. Habe ich jetzt die Stimmung kaputtgemacht?«

»Nein, natürlich nicht. Wie wär's«, sagt er in nachdenklichem Ton, »damit?«

»Du brauchst überhaupt nichts zu ändern«, flehe ich, aber er rollt mich auf die Seite und legt sich gekrümmt hinter mich. Es ist ganz angenehm, um so zu schlafen, einfach zwei platonische, nackte Löffelchen. Die Decken werden weggezogen, und kühle Luft streift meine Haut. Einen furchtbaren Moment lang denke ich, er hat mich aufgegeben.

Aber da liege ich falsch. Wie immer hat er eine Lösung gefunden. Er küsst meinen Nacken, während er erneut in meinen Körper eindringt. Jetzt bewegt er sich vor und zurück, eine Hand an meiner Hüfte.

»Du brauchst dir um nichts Sorgen zu machen«, sagt er, und seine Hand gleitet nach unten. »Entspann dich einfach und atme.«

Ich hätte nie gedacht, dass Fürsorge sexy sein kann. Ich spreche in die Dunkelheit. »Kann ich dir was beichten?« Ich spüre, wie er an meiner Schulter nickt, und die seidige Reibung lässt nach. »Wenn ich komme, entfesselt das manchmal mein Herz. Und das kann ziemlich heftig werden. Also, wenn das passiert, nimm es nicht persönlich.«

»Ich werde versuchen, deine Sicherungen nicht komplett durchbrennen zu lassen.« Er stöhnt, als ich ihn in mir fest umschließe. »Du willst mich auf die Probe stellen, sehen, wie ich mich mache?«

Habe ich jemals ein so verlockendes Angebot bekommen? Toms Stimme klingt mehr wie ein Knurren.

»Ich will dich richtig in mir spüren.« Ich presse meine Wange an seinen Bizeps, um mich zu verankern, als seine Berührung mich immer mehr an den Rand treibt. »Tiefer. Härter. Nicht, als würde ich dir leidtun oder als würdest du dir Sorgen um mich machen. Ich will, dass du in mich stößt, als würden wir das täglich machen, von jetzt an. Für den Rest unseres Lebens.«

Das Blut kribbelt heiß unter meiner Haut, aber ich bin bereit, mit allem klarzukommen, was geschieht. Er tut genau, was ich ihm gesagt habe.

Der Orgasmus trifft mich, als wäre ich mit dem Gesicht voran gegen eine Backsteinmauer gelaufen.

Ich spüre, wie meine Muskeln sich anspannen, höre mein eigenes Einatmen. Alles pulsiert, und ich atme aus. Bin im freien Fall. Und während ich kaum noch etwas höre außer dem Lärm in meiner Brust werde ich sicher in diesen Armen gehalten, von jemandem, der mich in- und auswendig kennt.

Ich brauche nicht so zu tun, als wäre ich normal. Gerade als ich daran denke, wie schön das ist, stößt er so hart in mich, dass mich wahre Nachbeben erschüttern, und klinge, als würde ich weinen. Aber er ist klug und lässt nicht nach. Jetzt verkrampfe ich mich wie ausgewrungen, Tränen laufen mir über die Wangen, und ich gebe sinnloses Zeug von mir wie: *Mehr, oh ja, mehr*. Er muss mich mit den Armen an sich drücken, sonst würde er mich durch das halbe Bett schieben.

»Jetzt, jetzt«, befehle ich, und er gehorcht mir.

Tom teilt jenen geheimen Teil von sich. Ich werde gebissen, gespreizt, gepackt und wurde noch nie so intensiv begehrt. Er wird für mich töten, leben und sterben. Was er empfindet, ist groß. Alles, was ich weiß, ist, dass ich jetzt ihm gehöre. Ich lege ihm eine Hand in den Nacken, und er drückt mir einen Kuss auf die Schulter.

»Darauf habe ich gewartet«, sagt er, nachdem er mehrere Minuten lang um Atem gerungen hat. »Scheint so, als hätten Lorettas Bücher in mir doch keine unrealistischen Erwartungen geweckt.« Mit Mühe zieht er sich aus mir zurück. In der Dunkelheit sagt er: »So fühlt es sich also mit dir an. Einfach … elektrisierend.« Ich spüre, wie er sich im Bett aufstützt.

Hände streicheln über mich. Ich bin nicht ansatzweise müde. Ich brauche noch einen Kuss. Ich brauche seine Haut auf meiner, damit ich nie wieder Hunger leiden muss. Ich höre das Geräusch von Pappe in der Dunkelheit und ein sanftes Kratzen. Stellt er die Schachtel mit den Kondomen weg?

»Vorhin in der Kneipe habe ich zu dir gesagt, dass es ein intensives Gefühl ist, die volle Aufmerksamkeit von Darcy Barrett zu haben. Aber, mal ehrlich, ich hatte keine Ahnung, wovon ich da rede. *Das* war intensiv. Okay, vier Stück sind noch da«, sagt Tom und meint die Kondome. Ich spüre eine Erregung, die durch Mark und Bein geht. »Sollen wir sehen, wie weit wir kommen?«

Ich kann nicht widerstehen. »Musst du nicht früh raus?«

»Klugscheißer. Dann mache ich mich mal besser an die Arbeit.« Sein Mund berührt meinen, wir holen Luft und fangen wieder von vorn an.

***

Ich werde von einem Chihuahua geweckt, der an der Tür zum Studio kratzt. Tom ist weg, draußen ist es noch fast dunkel, und die Laken sind kalt. Ich wickele mich in einen Morgenmantel aus schwarzer Seide, und auf meinem neu gestarteten Wecker blinkt immer wieder Mitternacht auf. Ich weiß nur, dass der Strom an und es unglaublich früh ist. »Ja, ja«, sage ich zu Patty. »Wo ist denn Daddy?«

Ich bin enttäuscht. Ich bin noch nie mit einem Mann aufgewacht und hatte mich auf ein weiteres erstes Mal gefreut.

Mit jedem Schritt, den ich auf die Tür zu mache, spüre ich den Nachhall dessen, was Tom mir gegeben hat. Ich bin ausgelaugt, auf wunderbare Art. Die letzte Nacht war ein harter, sanfter spielerischer Kampf.

*Lass mich Darcy Barrett ein bisschen verwöhnen. Mal sehen, wie sich das anfühlt.*

Es war die beste Nacht meines Lebens. Ich frage mich, ob er befremdet wäre, wenn er das wüsste. Ich habe endlich den einen Menschen gefunden, bei dem ich nicht so tun muss, als wäre ich entspannt. Wenn ich ihm das sagen würde, würde er lächeln. Dann würde er mit dieser herrischen Stimme, die ich so mag, sagen: *Zieh diesen Morgenmantel aus.*

Ich schiebe die Tür auf. »Tom?«, rufe ich. Statt zu ihrem gewohnten Rasenstück zu gehen, startet Patty entschlossenen Schrittes durch. Sie läuft zur Seite des Hauses und hat nichts im Sinn, als ihr Herrchen zu finden. »Patty, komm zurück.«

Die nächstbesten Schuhe sind welche mit hohen Absätzen, die ich an der Wand stehen gelassen hatte. Ich schlüpfe hinein. Innerlich erschaudere ich, als ich mit den Sohlen auf dem Matsch ausrutsche und das abscheuliche Knirschen eines Schneckenhauses vernehme. Meine Oberschenkelmuskeln dehnen und verkrampfen sich so plötzlich und schmerzhaft, dass ich aufheule.

Wie sich herausstellt, können Chihuahuas ein olympisches Tempo vorlegen. Sie ist nur noch ein Schwanz, der um die Hausecke verschwindet. Sie prescht die Einfahrt entlang, als ein Auto einbiegt. Patty hat den Überlebensinstinkt eines Lemmings. Mir bleibt schier das Herz stehen. Ich blinzele, und meine Augen spielen mir einen Streich: Ich glaube, sie unter den Rädern zu sehen. Als ich erneut blinzele, sehe ich, dass es ihr gut geht. Ihr Schwanz wedelt zur Begrüßung.

»Vorsicht«, rufe ich außer Atem und winke, um Aufmerksamkeit zu erregen, und als der Transporter bremst, sehe ich, dass es Tom ist. Wo war er so früh? Die Sonne ist noch nicht mal aufgegangen.

Ich stütze meine Hände auf die Knie. Wenn ich doch bloß zu Atem käme … Schnauf, schnauf, schnauf. So unfit bin ich bestimmt nicht. Mein Herz hämmert merkwürdig, immer schneller, bis ich weiß, was los ist. Ich habe das Gefühl, ich könnte die Hand auf meine Brust legen und es herausnehmen wie einen Hamster. Ich presse meine Hand darauf und befehle ihm, langsamer zu werden. Die Fahrertür öffnet sich, ich blicke auf, und Tom ist total entsetzt.

Auch die Beifahrertür öffnet sich, und ein blonder Haarschopf taucht auf, der meinem verdächtig ähnelt. Ich schließe die Augen und versuche, mich zusammenzureißen, denn das hier ist der unmöglichste Moment hierfür.

Den Geruch meines Bruders würde ich überall erkennen. Teure Kleidung und ein versnobter italienischer Duft, der riecht, als hätte man Fensterreiniger mit Zitronenabrieb vermischt. Er soll auf Frauen attraktiv wirken und tut das auch meistens. Jamie fasst mich an einem Ellbogen und Tom am anderen, und beide reden gleichzeitig. Tom ist außer sich. Finger drücken auf mein Handgelenk, und als Tom weggeht, drehe ich mich um und will ihm folgen.

»Er holt deine Tabletten«, sagt Jamie zu mir, und ich sacke an ihm zusammen. Mein Herz denkt immer noch, es wäre ein Zwilling, denn es hängt sich an meinen Bruder wie ein Magnet, bis Tom mir eine Tablette in die Hand drückt, eine Flasche Wasser, und ich schlucke.

Alles ist grau. Alles ist schiefgegangen.

»Es geht mir gut«, bringe ich hervor, aber ich schaffe es nicht, mich von Jamie zu lösen. Meine Hände klammern sich an ihn, ich sehe Sternchen und bin kurz davor, umzukippen, als Jamies stählerne Stimme mich wieder aufrichtet.

»Wage es ja nicht, Darcy.«

»Soll ich anrufen?« Tom hält sein Telefon hoch. »Jamie, soll ich anrufen?« Er ist verzweifelt. Ich schüttele heftig den Kopf. Auch Jamie schüttelt den Kopf. Er ist überzeugt, qualifizierter zu sein als ein Sanitäter.

»Du bist zu wichtig«, flüstert Jamie mir zu, als wäre das unser Geheimnis, das nicht einmal Tom hören darf. »Du bist mir viel zu wichtig. Jetzt komm, atme einfach und lass dein Herz sich beruhigen.«

Er umarmt mich auf eine Art, wie nur er es kann. Ich habe ihn so schrecklich vermisst, dass ich zittere. Verdammter Mist. Ich habe es so sehr versucht, aber ich bin seine Zwillingsschwester, jetzt mehr denn je. Bis einer von uns stirbt, sind wir aneinandergekettet.

Es dauert noch ein oder zwei Minuten, bis das Herzrasen sich verlangsamt. Toms Hände liegen auf meinen Schultern, und ich schaffe es, den Tornado in meiner Brust zum Stillstand zu bringen. Ich versuche, mich von Jamie wegzustoßen, falle aber rückwärts gegen Tom.

»Herzlichen Glückwunsch, deinetwegen hätte ich fast einen Herzinfarkt bekommen«, sagt Jamie, und jetzt weiß ich, dass es mir wieder gut geht. »Wir hätten uns ein Grab teilen können, um Kosten zu sparen.«

»Ist für mich da auch noch Platz?«, sagt Tom mit schwacher Stimme über meinem Kopf.

»Patty war draußen und ist weggerannt«, sage ich, und Tom schlingt fest die Arme um meine Körpermitte. Ich spüre die Spannung in seinem Körper, die in Wellen entweicht. »Ich dachte, sie wird überfahren.«

»Und genau deswegen bin ich hier. Ich wusste es.« Jamie ist sauer. Ich bin sicher, wir sind aufgeflogen – ich lehne mich im Morgenmantel an Tom, und er hält mich im Arm. Aber dann fügt er hinzu: »Sie kann nicht mal mehr einen Chihuahua jagen. Eine Woche Arbeit hier auf der Baustelle, und sie ist halb tot.«

»Tut mir leid«, Tom zuckt hinter mir zusammen, als wäre

er persönlich dafür verantwortlich. »Sie sagte, es würde ihr gut gehen …«

»Sie hat gelogen.« Jamie nimmt mich an den Schultern, zieht mich von Tom weg und stellt uns nebeneinander wie Barbie und Ken. »Sieh sie dir an. Ich habe es doch geahnt. Da war dieses ungute Gefühl, das ich die ganze Zeit hatte!« Er geht ein paar Schritte aufs Auto zu und wirbelt dann wieder zu uns herum. »Du bist der einzige Mensch, dem ich sie anvertraue. Und du hast versagt.«

Wenn mein Bruder wütend ist, ist das ziemlich spektakulär, auf eine furchteinflößende Art, die einem das Blut in den Adern gefrieren lässt. Er weckt in mir den Wunsch, meine Kamera zu zücken, nur um ihm zu zeigen, wie er aussieht.

Tom seufzt, streitet es aber nicht ab.

»Er hat überhaupt nicht versagt. Er ist doch gerade erst angekommen! Meine Gesundheit ist meine Angelegenheit.«

Jamie ist völlig entnervt. »Du weißt, dass das nicht wahr ist. Du bist unsere Sache. Geh dir was anziehen. Wann kommen denn die Arbeiter? Ein Morgenmantel und hochhackige Schuhe.« Ein weiterer Blick zu Tom, als wäre das auch seine Schuld.

»Jetzt beruhigen wir uns alle erst mal«, sagt Tom in seinem typischen Tonfall, und die Worte und der Takt sind immer genau gleich. Ich weiß nicht, warum, aber bei den Barrett-Zwillingen funktioniert das immer, schon all die Jahre lang. Wir atmen synchron wütend aus, und dann fängt Jamie an zu lachen.

»Fast wäre ich alleiniger Eigentümer dieses Hauses gewesen«, sagt Jamie grinsend. Er ist erleichtert – aber er ist auch ein Blödmann.

Tom wirft ihm einen finsteren Blick zu. »Ist wirklich wieder alles in Ordnung, Darce?«

Ich ziehe an meinem Schuh, der im Matsch versinkt. »Ja, ich hatte mich bloß erschreckt, das hat alles ausgelöst. Und ja, für dich gibt es auch noch Platz auf unserer Grabstelle. Du bist herzlich eingeladen.«

»Du Kobold, du bringst noch meine Schwester um«, sagt Jamie zu Patty, und sie stellt sich auf die Hinterbeine und legt ihre schmutzigen Pfoten an seine teure Hose. Insgeheim liebt er sie. Er krault sie hinter dem Ohr, und ihre Zunge hängt heraus. Dann fällt ihm die Hose ein. »Runter.«

»Du bist extra hierhergekommen, bloß weil du ein Gefühl hattest?«

»Ja, meine Zwillingsantennen haben ausgeschlagen. Du hattest recht«, fügt Jamie hinzu, und ich glaube wirklich nicht, dass er das jemals zu mir gesagt hat. »Durch ein Fenster zu spähen, macht keinen Spaß.«

Ich ziehe meinen Morgenmantel zu, aber immer wenn ich ihn irgendwo festzurre, lockert er sich irgendwo anders. Oberschenkel, Hals, immer wieder. Tom hat es erfasst. Meine Klamotten wollen meinen Körper nicht wirklich bedecken. Die Erinnerung an letzte Nacht durchzuckt mich, und zum ersten Mal sehen wir uns richtig in die Augen.

Sein zerzaustes Haar, rosa Lippen und geweitete Pupillen verraten ihn. Er sieht aus, als wäre er von mir im Bett herumgewälzt worden. Als wäre er von mir geleckt, geküsst und an den Rand des Wahnsinns getrieben worden, immer wieder, minuten-, stundenlang, Keuchen und Stöhnen, *bitte, bitte.* Wer weiß, wie ich aussehe. Wahrscheinlich ziemlich ähnlich.

Toms Aufmerksamkeit wird von meinem Hals eingefangen, dann starrt er mit grimmiger Konzentration zum Dach hinauf.

»Los, zieh dich an. Ich will das Haus sehen.« Jamie geht zum Auto und holt eine kleine Reisetasche heraus. »Danke fürs Abholen.«

»Wusstest du etwa, dass er kommt?«

Tom nimmt Patty hoch. »Ich habe es dir doch vorhin gesagt.« Er ist so unglaublich cool in Anbetracht der Umstände.

»Gestern Nacht bin ich noch mal aufgestanden, um mir den Wasserschaden anzusehen. Und dabei habe ich die Nachricht von Mister Impulsiv entdeckt. Du nimmst gern die Nachtflüge, oder?«

»Billig«, entgegnet Jamie knapp.

»Ist das der Titel deiner Autobiografie?« Ich grinse, als seine grauen Augen mich scharf ansehen.

»Leg dich bloß nicht mit mir an. Was hast du überhaupt letzte Nacht gemacht?« Jamie fährt mir mit den Händen in die Haare und wuschelt sie mit geübten Fingern hindurch. Ich bin erbärmlich, denn es fühlt sich wunderbar an. »Ich habe das Gefühl, meine kleine Schwester hat sich horizontal verausgabt, nach diesem Knutschfleck zu urteilen. Bist du sicher, dass du nicht einen Kerl am Haus entlang gejagt hast?«

»Haha«, antworte ich.

Jamie sieht Tom an. »Das war auch deine Aufgabe. Die Typen loszuwerden, bis ich die Ehemann-Option für sie gefunden habe. Ich nehme an, du warst gestern Nacht nicht auf deinem Wachposten. Ich mache dir keinen Vorwurf.« Er meint das Zelt und den Regen. Jetzt sieht er auf den Matsch an meinen Schuhen. »Im Ernst, geh dir was anziehen. Dieser Morgenmantel ist abscheulich.« Jamie nimmt seine Tasche, geht zur Haustür und kramt nach seinem Schlüssel.

Ich schaffe es halb am Haus vorbei, bis meine Schuhe komplett versinken. »Ich glaube, ich bin gestrandet.«

Tom hebt mich mit einem Arm um meine Taille hoch und trägt mich die letzten paar Meter bis zu meinem ganz persönlichen Badezimmer. Als es geliefert wurde, malte er mit einem wasserfesten Stift ein weibliches Strichmännchen darauf. Dafür liebe ich ihn. Er stellt mich auf die Metalltreppe, und Patty sitzt immer noch auf seinem anderen Unterarm. Das ist wirklich die einzig wahre Art zu reisen!

Seine Haut riecht anders und wunderbar.

»Danke«, sage ich. Der Morgenmantel ist unanständig aufgeflogen, und Tom versucht ihn mit einer Hand und wenig Erfolg zusammenzuhalten. Durch die Treppe bin ich mit ihm auf Augenhöhe. Auf Lippenhöhe. Ich beuge mich vor, aber er weicht mir aus.

Er gibt den Versuch auf, meinen Körper sittsam zu bedecken. »Kann ich dir bitte einen neuen Morgenmantel kaufen?«

»Das wäre eine sehr romantische Geste. Nimm irgendwas Kurzes, Seidiges.« Ich grinse über sein verärgertes Gesicht.

»Noch kürzer und seidiger? Bitte lauf hier nicht so rum, es könnte ja sein, dass die Leute schon früher kommen.«

»Es war ein Notfall, das weißt du genau. Sag mir nicht dauernd, was ich tragen soll. Ich mag das nicht.« Ich lehne mich an die Tür hinter mir und beiße mir auf die Lippe. »Hey. Wir riechen nach einander.«

Verzweifelt bedeutet er mir, leise zu sein. Ich überkreuze meine nackten Füße und betrachte seinen Körper, den Kopf voll dankbarer Gedanken und erotischer Erinnerungen, bis er Worte findet.

»Du musst aufhören, mich so anzusehen. Hör mal, ich habe dich wirklich geweckt, um dir zu erzählen, dass ich zum Flughafen fahre. Wir hatten eine komplette Unterhaltung darüber. Wobei ich mir nicht sicher war, ob du nicht doch noch im Land der Träume bist.« Er lächelt trotz seiner Stresssituation. »Du hast ein paar seltsame Dinge gesagt. Zum Beispiel: *Los, Valeska! Hol's dir!*«

Wir hören, wie Jamies Stimme in den leeren Räumen widerhallt. Vermutlich telefoniert er. Wobei es genauso gut sein könnte, dass er laut mit sich selbst redet.

»Ich schwör dir, er hat sogar im Mutterleib gelabert. Tom, ich kann kaum laufen. Bei jedem Schritt spüre ich dich. Mein Körper ist total … ausgepresst. Jetzt, wo du in mir warst, fühle ich mich nur noch hohl.«

Seine Wimpern flattern, und er schluckt. »Wenn er ein Taxi genommen hätte …«

»Würden wir uns jetzt gerade auf Wolke sieben küssen. Ist schon gut. Wir reden einfach mit ihm.«

»Was, jetzt?« Sein Blick wird panisch.

Ich gehe in mein Bad. »Ja, natürlich jetzt. Glaubst du, ich verzichte noch auf irgendwas von dem, was ich letzte Nacht bekommen habe, bloß wegen meines Bruders? Ich bin selbst überrascht, wie ruhig ich bin.«

Ich betätige die Spülung, wasche mir die Hände und trockne sie an einem von Lorettas Handtüchern ab. Meine Kosmetiktasche ist hier, aber ich schaue in den trüben Spiegel und brauche sie nicht. Ich habe Smokey-Eyes, rosa Marshmallow-Lippen und einen knallroten Fleck am Hals. Jungenfrisur und Mädchenkörper. Ich bin sexy ohne Ende.

»Das ist ein toller Look für mich. Könntest du bitte jeden Morgen mein Make-up durcheinanderbringen?«

Er sagt nichts. Ich hoffe, er ist noch da.

»Da hast du mich aber schön markiert.« Ich öffne die Tür und zeige auf meinen Hals. Ich hebe die Hand, um seine Haare etwas zu ordnen, aber er zieht sich aus meiner Reichweite zurück.

»Wir können es ihm nicht sagen. Auf gar keinen Fall.«

»Du bist doch ein großer Junge«, entgegne ich in scharfem Ton, obwohl mein Selbstvertrauen langsam einknickt. »Ich bin ein großes Mädchen. Wir sind beide keine acht mehr. Lass es uns durchziehen und es ihm einfach sagen.« Ich sehe zum Haus hinauf. »Vielleicht ist er ja froh. Er hat an meiner Auswahl sonst immer was auszusetzen. Du bist so was wie die beste Option.«

Mein Gehirn ahmt Jamie so laut nach, dass ich zusammenzucke. *Die Ehemann-Option.*

»Hör mir zu«, sagt Tom mit einer Stimme wie Stahl. »Er wird nicht froh sein. Er wird mir den Schwanz abschneiden.«

»Ich werde dich beschützen. Ich liebe deinen Schwanz über alles. Habe ich das letzte Nacht nicht deutlich genug gemacht?«

Sein Gesichtsausdruck sagt: Ja. »Wenn wir es ihm sagen, wird die Renovierung garantiert in einem Desaster enden.« Er sieht wieder zum Haus hinauf. Die ersten rosa Sonnenstrahlen bedeuten, dass die Truppe bald hier sein wird. Tom hat noch andere Sachen zu tun. So viele Dinge, an die er denken muss. Mitarbeiter und Rechnungen, die bezahlt werden wollen. Das Erbe anderer Leute, alte Häuser, die er erhalten muss.

»Ich helfe dir doch jetzt, Dummerchen. Wir sind ein Team.«

»Wenn wir es Jamie sagen, wird er wütend und verletzt sein. Er denkt immer, er wüsste alles, aber das hat er nicht kommen sehen.«

Ich bin erbarmungslos. »Damit kommt er schon klar.«

»Er arbeitet jetzt schon eine ganze Weile in der Stadt, und er verdächtigt jeden, ihm in den Rücken zu fallen. Jeden, außer mir. Ich bin einer der wenigen Menschen, denen er vertraut. Genauso wie du mir vertraust. Blind und bedingungslos.« Er wird etwas weicher. »Du weißt gar nicht, was das für ein Gefühl ist, so eine Verantwortung zu tragen.«

»Vielleicht ist er ein heimlicher Romantiker«, versuche ich es, aber der Gedanke ist lächerlich.

»Er wird sich so verraten fühlen, dass er uns schon aus Prinzip Steine in den Weg legen wird, wo es nur geht. Wenn wir das Haus blau streichen wollen, wird er darauf bestehen, dass es rosa wird. Er wird diese Wand wieder aufgebaut haben wollen. Ich werde alles stornieren müssen, was ich je bestellt habe. Diese eine Person wird mir das Leben zur Hölle machen.«

»Vielleicht bin ich die zweite«, ich werfe ihm einen ärgerlichen Blick zu. »Ich gehe mich mal besser anziehen, damit ich dich durch diese seelische und berufliche Krise begleiten kann.«

»Nimm das ernst. Dir wird wie immer alles vergeben werden, Prinzessin.« Toms Blick ist jetzt böse. »Das ist bei mir nicht der Fall.«

Tom setzt Patty runter und hakt seine Arme unter mich. Ich werde mit Leichtigkeit hochgehoben und wie ein kleiner Hund über den matschigen Boden getragen. Es ist ihm keinerlei Anstrengung anzumerken, als wir um die Hausecke biegen, den Gartenteich passieren und den Weg zu meiner Tür einschlagen.

»Du weißt doch, wie er ist. Bitte, Darce, wir müssen das geheim halten, bis das Haus fertig ist. Wenn wir es nicht gut verkauft bekommen …« Er schluckt den Rest runter.

Gleich darauf stellt er mich auf der Türschwelle des Studios ab, sieht auf meinen Morgenmantel, und ich habe noch nie ein menschliches Wesen gesehen, das mehr von Konflikten geplagt wurde. Er muss den Tag verfluchen, an dem er von den Barretts gefunden wurde. Meine Füße sind prinzessinnensauber. Patty kommt hinter mir herein, matschig und leicht angesäuert.

»Du brauchtest dir nie Gedanken um Geld zu machen. Ich schon.«

»Natürlich. Was meinst du, warum ich in der Kneipe arbeite?«

Er gibt ein beleidigendes Schnauben von sich. »Das deckt doch nicht mal deinen Weinkonsum ab.«

»Es deckt meine Krankenversicherung ab«, schleudere ich wütend zurück. »Hältst du mich wirklich für eine faule kleine Prinzessin, die sich von ihren Eltern aushalten lässt? Ich nehme keinen Cent von ihnen an.«

»Aber wenn du sie bräuchtest, würden sie dir alles geben. Das ist nichts Schlechtes«, sagt er sanfter. »Das lässt mich ruhiger schlafen. Um dich wird sich immer jemand kümmern.«

Das stimmt. Unter mir sind diverse Sicherheitsnetze gespannt. Wenn ich hier alles verlieren würde, würde ich einfach in eins der vielen leeren Zimmer im Haus meiner Eltern ziehen. Mom würde mir vermutlich das Frühstück ans Bett bringen und die Glastüren öffnen, damit ich das Meer sehen kann.

»Und du erbst demnächst was. Deine finanzielle Situation ist rosig. Ich dagegen brauche Kohle, jetzt.« Der Geist eines Lächelns umspielt seinen Mund. »Denkst du, ich schufte mich fünfzig Wochen im Jahr auf Baustellen ab, nur weil es mir Spaß macht? Ich arbeite auf etwas Großes hin.«

Ich versuche ihn mir in einem Sportwagen vorzustellen. »Auf was denn?«

»Ich kaufe meiner Mom ein Haus. Das hier ist …« Er blickt auf unsere Gartenhütte. »Ein unerwarteter Abstecher. Wenn Jamie nicht noch alles sprengt.« Er atmet schwer aus. »Ich glaube nicht, dass ich es verkrafte, wenn mein Geschäft scheitert, bevor es richtig begonnen hat.«

Ich zucke vor Mitgefühl zusammen. Auf keinen Fall will ich, dass er mit der schrecklichen Mischung aus Versagen und Scham leben muss, die ich jedes Mal verspüre, wenn ich die leeren Schraubenlöcher neben meiner Haustür sehe. Dann denke ich daran, dass bei den letzten drei Malen, als ich impulsiv war, nichts Gutes dabei herauskam. Als ich das Kaufangebot des Bauunternehmers abgelehnt habe, als ich versucht habe, Jamie den Ring abzukaufen.

Der *Ich-will-dich-in-mir*-Vorfall, keine Minute nachdem ich erfahren hatte, dass Tom Single ist.

»Okay, okay. Ich bin bereit zu warten und mir zusammen mit dir eine Strategie auszudenken. Du weißt, dass ich alles tun würde, um dir zu helfen. Dieser blöde Jamie.« Ich schiele in den Ausschnitt des Morgenmantels auf mein Piercing. Tom hat es zum Leben erweckt. Das Scheuern des Seidenmorgenmantels auf meiner Haut ist unerträglich. »Er nimmt buchstäblich nie Urlaub.«

»Er ist hier, und es ist deine Chance, wieder sein bester Freund zu werden.«

»Das bist doch du«, korrigiere ich ihn, aber Tom schüttelt den Kopf.

»Warum denkst du das immer? Du bist seine beste Freundin, und es ging ihm miserabel ohne dich. Wenn ihr das jetzt nicht erkennt und diesen kleinen, lächerlichen Streit beilegt, ist es vielleicht für euch beide zu spät. Wirf das nicht meinetwegen weg. Ihr seid Zwillinge. Ich bin nur der Streuner von gegenüber.«

»Das bist du nicht!« Jetzt kann ich das ganze Ausmaß erkennen, was er hier versucht: die Renovierung unserer Zwillingsbeziehung. »Das sieht dir so ähnlich. Dich opfern, alles reparieren und in den Hintergrund treten. Aber nicht mit mir.«

»Wo seid ihr denn?« Jamie erscheint an der Hintertür. »Tom, was ist denn mit der Decke in der Küche los?«

»In der Küche?« Tom erschrickt. »Bin gleich da. Bitte, Darce«, schließt er im Flüsterton ab. »Bitte, hilf mir, alles zusammenzuhalten.«

»Dann gib mir dein Telefon«, sage ich, und er lässt es in die lächerlich kleine Tasche meines Morgenmantels gleiten. »Wo ist denn eigentlich dieser Chris? Der sollte doch längst hier sein. Soll ich ihn anrufen und ihm in den Hintern treten?«

»Dafür wäre ich dir sehr dankbar«, sagt Tom und geht ein paar Schritte, als die Hintertür knallend auffliegt. Ich habe eine Art Déjà-Vu. Ich glaube, wir haben schon immer etwas zu dicht beieinander gestanden.

»Hör auf, seine Zeit zu verschwenden«, bellt Jamie mich an, während er die Treppe hinunterpoltert. »Wir haben zu tun. Ich hoffe, du reparierst diese Treppe, Tom.«

Wir beobachten, wie Jamie zu den Dixie-Klos geht und das für Männer öffnet. »Ach du Scheiße.« Er geht in meins.

»Das ist mein Badezimmer. Jetzt muss ich aber heulen.« Ich atme aus und lege mir die Hände auf die Augen.

Ich zwinge mich, Tom zu vertrauen und es aus seiner Perspektive zu betrachten. Ich sehe alles, was er zu verlieren hat, deutlicher als meine eigenen potenziellen Verluste. Er wird mich immer tragen. Niemals stolpern oder mich fallenlassen.

Aber ich kann nichts dagegen tun. Ich habe mich schon so oft gefühlt wie jetzt. Mein unsicheres, empfindliches Ich sagt: »Letzte Nacht war also ein einmaliger Ausrutscher.«

»Natürlich nicht. Aber solange er hier ist, darf ich dich nicht berühren. Du darfst mich nicht ansehen. Wir sind nicht … irgendwas.«

»Aha, dann sind wir also nichts«, staune ich mit einem Bühnenflüstern, als die Verletztheit durchzuschimmern beginnt. »Komisch, es hat sich gar nicht wie nichts angefühlt. Ich fühle mich, als hätte ich letzte Nacht jeden prachtvollen Zentimeter von Tom Valeska besessen. Und zwar mehr als einmal. Und er hat mich öfter zum Kommen gebracht, als ich es je zuvor erlebt habe.«

Meine Worte verursachen eine Kettenreaktion. Mein Körper verändert die Position, genauso wie seiner, und wir sehen zum Bett. Es ist ein heilloses Durcheinander. Wir wollen flach darin liegen oder uns darüber beugen. Jede mögliche Variante, wir wollen uns bewegen, ineinander versinken.

Ich würde auch auf einer Bleistiftskizze dieses Betts Sex mit ihm haben.

Ich stelle mich auf die Zehenspitzen, packe ihn am Genick und ziehe ihn herunter, sodass sein Mund auf der Höhe von meinem ist. Es passiert in Sekundenbruchteilen. Er gibt mir alles, was er hat, eine Intensität, die so stark ist, dass ich nur noch schwarz-weiß sehe. Gleich darauf werde ich nach hinten geschoben und spüre eine Fläche unter meinem Hinterteil. Ich sitze auf der Kante meiner Arbeitsbank, und er ist zwischen meinen Beinen. Zehn Sekunden. Ich schwöre, es würde nur weitere zehn Sekunden dauern, und er wäre wieder in mir. Ich reiße an seinem Ledergürtel und löse die Schnalle.

»Los, in mich«, befehle ich, als er den Winkel unseres Kusses verändert. Ein Zittern durchfährt meinen Körper. Die letzte Nacht hat es zwischen uns keineswegs leichter gemacht, sondern schlimmer. So viel schlimmer.

Jetzt wendet er das Gesicht von mir ab, und seine Schultern heben und senken sich.

»Mist«, flucht er. »Siehst du, was ich meine? Wir können das nicht die ganze Zeit auf der Baustelle machen.«

»Ja, Mist.« Ich fasse mir an die Kehle, wo mein Herz hüpft wie ein Frosch. »Wenn wir nicht aufpassen, bin ich im dritten Monat schwanger mit deinen Riesen-Drillingen, bis wir das Verkauft-Schild anbringen.«

Seine Schultern zittern und rollen sich. Er dreht sich auf dem Fußballen um, und ich bin sicher, dass er wieder zurückkommt und wir beenden, womit wir gerade begonnen haben. Hart. Alles an ihm ist angespannt. Mein Gott, seine Augen. Wild ist gar kein Ausdruck. Für eine Sekunde bekomme ich Angst. Ich habe etwas herausgefordert, dem ich vielleicht nicht gewachsen bin.

Doch er hat die Willenskraft, die mir fehlt, und ich sehe zu, wie er alles wieder einpackt.

Also schlage ich die Beine übereinander und versuche ebenfalls, meinen Morgenmantel enger zu ziehen. Leider vergeblich. »Und du glaubst, du kannst für die nächsten drei Monate damit aufhören? Meinst du, wir können einfach so tun, als wäre nichts?«

Sein Körper sagt Nein, aber er antwortet: »Ich tue schon seit unserer Pubertät so, als wäre nichts. Ich kann das auch noch ein paar Monate länger. Sieh mal, ich dachte, wir haben Zeit, und letzte Nacht habe ich nicht viel dazu gesagt.« Er ist reumütig. »DB, du weißt, dass du etwas ganz Besonderes für mich bist, oder?«

»Ich weiß, dass du mich liebst«, erwidere ich ohne nachzudenken. Er hat letzte Nacht meine Welt auf den Kopf gestellt.

Seine Liebe hat sich in meine Haut gepresst und in meine Zellen geküsst. »Wie könntest du auch anders?«

Als Antwort bricht er in Gelächter aus. »Das ist das Barrett'sche Selbstvertrauen, das ich so liebe.« Er geht ein Risiko ein, tritt näher und drückt mir einen behutsamen Kuss auf die Wange. »Ja. Das tue ich. Aber du weißt nicht, wie sehr.«

Ich lege ihm die Hand ans Kinn und küsse ihn gleichfalls auf die Wange. »Keine Sorge. Ich weiß es. Du hast es mir schon immer gesagt, auf die eine oder andere Weise.«

Jamie trocknet sich wahrscheinlich gerade die Hände ab oder schnüffelt in meiner Kosmetiktasche herum. Vielleicht tupft er sich etwas Concealer unter die Augen. Zutrauen würde ich es ihm.

»Du weißt es nicht wirklich. Prinzessin, du bist das eine Mädchen, von dem ich in einer Million Jahre nicht gedacht hätte, dass ich es bekomme.« Er gibt mir einen Kuss auf die Schläfe. »Gedulde dich noch ein bisschen. Bitte.«

Wir hören Jamies Stimme: *TOM!* Die Tür schiebt sich hinter dem Mann meines Herzens zu, und er ist weg.

Ich lasse mich auf seinen Bürostuhl plumpsen. Was für eine schöne, komplizierte Sache wir letzte Nacht entfesselt haben. Vielleicht ist es doch keine Blase, in der wir uns befinden. Es ist ein seidener Heißluftballon. Er schimmert in allen Farben, kann schweben und uns überallhin bringen, aber eine einzige lockere Naht könnte allem ein Ende bereiten.

Trotzdem. Ich muss lernen, optimistisch zu sein. Schließlich hat Tom das mit mir nicht einfach beendet. Er hat mich gebeten, auf ihn zu warten. Er liebt mich. Ich räkele mich genüsslich in dem Wissen, dass er mir gehört, dass er für immer mir gehören wird, bis er stirbt.

Im Geist gehe ich den letzten Teil unseres Gesprächs noch mal durch, und als mir etwas auffällt, wird mir schlecht.

Ich habe denselben Fehler gemacht wie mit achtzehn. Er liebt mich? *Ich weiß.*

Ich kann immer nur nehmen, nehmen, nehmen. Ich rede nie über Gefühle mit einem Mann, mit dem ich Sex hatte. Mein Gehirn macht einfach diesen logischen Schritt nicht – Gleiches mit Gleichem zu vergelten.

»Verdammter Mist«, sage ich laut. Patty hört die Verzweiflung in meiner Stimme und legt den Kopf schief. »Ich habe ihm nicht gesagt, dass ich ihn auch liebe.«

# 20. Kapitel

Ich lausche, während ich lautlos den hinteren Flur betrete mit zwei dampfenden Kaffeebechern in der Hand und Patty, die vor mir her rennt, ohne sich bewusst zu sein, was für einen Ärger sie mir heute Morgen beschert hat.

»Und? Ist sie ausgeflippt?«, sagt Jamie. Dank Toms Entscheidung als Bauleiter hallt es im Raum nach.

»Ja. Noch mal mache ich so was nicht«, antwortet Tom, und man hört, wie Mauersteine bewegt werden. »Sie hat mich fertig gemacht. Im Ernst, warum hab ich überhaupt auf dich gehört?«

Jamie antwortet, als wäre das eine dumme Frage. »Weil du ihr alles gibst, was sie will. Wenn du sie erst gefragt hättest, hätte sie dich mit ihren großen Augen angesehen, und du würdest jetzt einen Kamin wieder aufbauen, von dem du weißt, dass er uns im Verkauf Geld kostet. Komm schon, der Raum sieht riesig aus. Sie wird drüber hinwegkommen.«

»Ja, ich weiß, welchen Blick du meinst. Sie ist gut darin.« Wieder das Geräusch von Mauersteinen, ein Ächzen. »Ich denke ja auch, dass es das Beste für die Renovierung war, die Wand einzureißen. Aber sie ist nicht gerade leicht umzustimmen.«

»Klar ist sie das. Siehst du doch«, sagt Jamie, bösartig wie immer.

Tom antwortet knurrend: »Sie ist Miteigentümerin. Ich mache das nicht noch mal. Komm, Patty.«

»Okay«, stimmt Jamie nach einer kurzen Pause zu. »Dann sag ihr das mit dem Esszimmer lieber gleich.«

»Ich sage es ihr nicht, ich frage sie.« Verzweiflung in seiner Stimme.

»Was willst du mich fragen?« Ich komme herein, als hätte ich ein unfehlbares Timing. »Also? Was? Chris ist in einer Viertelstunde hier. Wie sehe ich aus, Boss?« Ich lächele Tom breit an. »Ich trage endlich eine Uniform.«

»Ein bisschen groß«, sagt Jamie wegwerfend.

Ich strafe ihn mit einem finsteren Blick. »Truly wird es für mich ändern.«

Tom starrt auf mein Valeska Bau-Service-Shirt, und ich habe das Gefühl, ihm platzt gleich ein Blutgefäß. Oder er erstickt. Irgendwas Plötzliches und Schmerzhaftes. Es ist ein riesiges neonfarbenes Poloshirt in einem Mischgewebe. Die obersten Knöpfe sind geöffnet, und der Rand meines BHs guckt oben raus. Dieser BH ist eine zehn auf der Richter-Skala. Ich bin ein böses Mädchen. Während er zusieht, nehme ich den Stoff am Saum zusammen und knote ihn über meiner Hüfte.

»Sieht gut aus«, sagt Tom roboterhaft, aber ich bin ehrlich überrascht, dass er nicht einfach rüberkommt, mich über die Schulter wirft und rausträgt.

»Wer ist Chris?«, Jamie hasst es, nicht informiert zu sein. »Warum kommt er in einer Viertelstunde?«

Ich reiche den zweiten Kaffeebecher in meiner Hand Tom. »Er verstärkt das Fundament auf der unteren Hangseite. Und er verspätet sich. Ich habe ihm gesagt, er soll Donuts mitbringen, um sich für sein schlechtes Zeitmanagement zu entschuldigen.«

»Ich brauche den so dringend«, sagt Jamie mit einem leichten Beben in der Stimme zu Tom. Er streckt zwei Finger nach dem Kaffeebecher aus. »Gib her.«

Zucker ist meine Droge, Koffein die von Jamie. Es ist der Krückstock, der ihn aufrecht und am Funktionieren hält. Tom nimmt als Antwort lediglich einen Schluck. Sehr gut.

Jamie schnaubt. »Wo hast du den her?«

»Sie hat eine Kaffeemaschine in ihrem Schlafzimmer«, sagt Tom und erstarrt dann, als hätte er sich verraten.

»Okay, dreißig Sekunden.« Jamie steuert auf die Hintertür zu. »Wehe, es gibt keine dritte Tasse.«

»Konntest du den nicht mit Make-up abdecken?« Tom schaut auf den Knutschfleck an meinem Hals. »Ich muss mich mit Kerlen rumschlagen, die den ganzen Tag darauf starren und über dich nachdenken werden.« Eine Erinnerung lässt seine Augen schwarz werden. Er presst seinen Daumen auf den Fleck und fühlt zweifellos meinen Puls. »Nur ich darf darauf starren.«

Ich kann nicht anders, als mich auf die Zehenspitzen zu stellen und ihm einen Kuss aufs Kinn zu geben. Seine Stoppeln fühlen sich an wie Zuckerkristalle auf meinen Lippen. Er hat meinen Bruder vergessen. Er hat jeden Menschen außer mir vergessen.

»Lass sie doch starren. Ich weiß, von wem ich den habe.«

»Sie werden es auch wissen. Die sind ja nicht blöd.« Er wirft einen Blick zur Hintertür, und was er jetzt sagt, ist kaum zu hören. »Ich kann nicht glauben, dass Jamie nichts mitkriegt. Deine Kleider fallen in meiner Gegenwart von dir herunter.« Mit dem Fingernagel fährt er über die Firmenstickerei. »Bin ich ein absolutes Tier, weil ich meinen Namen auf deiner Brust liebe?«

»Du warst schon immer animalisch, Valeska. Irgendwann erkläre ich es dir mal.« Ich recke mich zu seinem Ohr empor. »Wenn ich das trage und sonst nichts.«

Ich verschwende Zeit. Ich habe nur eine Minute. Ich habe noch nie einem Mann gesagt, dass ich ihn liebe, und er ist der Einzige, dem ich es je sagen werde. Wie mache ich es richtig?

»Hey, was du vorhin gesagt hast …« Wie drücke ich das jetzt aus? Ich habe Angst, dass ich den Mund aufmache und es ihm ins Gesicht schreie. Ich schlucke und atme geräuschvoll aus. »Ich wollte dir sagen, dass …«

»Ich weiß.« Er schneidet mir einfach das Wort ab, und ich sinke wieder auf die Füße. Er weiß es? Oder will er es nicht hören? Er weiß wohl eher, dass ich emotional unterentwickelt bin, und will es mir ersparen. Wie peinlich, dass ich an seine Sanftheit und Tiefgründigkeit nicht heranreichen kann.

Er lässt eine Hand meinen Kragen hinunterwandern, um ihn zu glätten, aber es endet darin, dass er mich zu sich zieht. Er beugt sich hinunter, um an meinem Hals tief einzuatmen. »Ich hoffe, Alex hat dieses Hemd vorher gewaschen.«

»Ich glaube schon.« Damit gibt es zwischen uns keine Probleme. Mit der Chemie und dem Verlangen.

Der Gedanke an den Duft eines anderen Mannes erweckt all seine ursprünglichen Instinkte. Es ist greifbar, die Luft knistert elektrisch, und ich will unbedingt seine Hände auf meiner Haut spüren. Ich fühle, wie hart er ist. Wenn wir allein wären, würde ich im nächsten Augenblick gegen eine Wand gestoßen werden, und er wäre in mir.

Wir hören die nörgelnde Stimme meines Bruders, und Tom geht sofort auf Abstand.

»Ich weiß nicht, wie du körperlich dazu in der Lage bist.« Ich schaue auf die Vorderseite seiner Hose. »Was muss denn passieren, damit bei dir die Luft raus ist?«

Er sieht immer noch auf seinen Namen, der quer über meiner Brust prangt. »Ist wahrscheinlich unmöglich.«

Eins meiner Knie knickt bei dem Gedanken ein. »Was ist hier überhaupt los? Kein Tropfen aus dem riesigen Loch in der Decke, aber die Küche hat einen Wasserpickel?« Ich zeige auf die schwere braune Blase an der Küchendecke.

Tom zuckt unbeeindruckt mit den Schultern. »Willkommen in meiner Welt.«

»Ich zähle vier Kondompäckchen auf dem Boden. Ich bin beeindruckt, Darce.« Jamie posaunt es so laut heraus, dass ich das Flügelschlagen von Tauben auf dem Dach hören kann, und Patty kläfft.

Tom versinkt schier zwischen den Holzdielen.

»Es wären fast fünf gewesen«, flüstere ich Tom zu. »Aber ... Prioritäten.« Ich denke daran, wie er in meine Haare gegriffen, an meiner Kopfhaut gezogen und mich angefleht hat, *Darce, Darce, nein, also gut, ja.*

Fast habe ich ein schlechtes Gewissen, weil ich ihn quäle. Sein Kaffee läuft in einem dünnen Rinnsal auf seinen Stiefel. Schritte poltern die hintere Treppe herauf, schwerer als meine, aber im selben Rhythmus. Die Fliegengittertür fliegt auf, und Jamie ist wieder da.

»Gütiger Himmel, nicht mal ich bin so produktiv. Ich würde ihm High five geben, wenn ich ihn nicht verprügeln würde. Kein Wunder, dass du kurz vor einem totalen Herzversagen warst.« Jamie kommt mit einem Kaffee in der Hand hereingetrottet. »Lass sie sich heute Morgen lieber etwas erholen, Tom.«

»Ja, Tom. Vielleicht solltest du mich ein bisschen schonen.« Ich nippe an meinem absolut passenden Kaffeebecher.

Ich weiß, dass die ganze Situation todernst ist, aber ich muss mich so sehr beherrschen, nicht zu lachen, dass es wehtut. »Der Zug der Jungfräulichkeit ist schon vor langer Zeit abgefahren. Ich kapiere nicht, warum du immer noch einen auf Macho und großer Bruder machst. Das beeindruckt Tom nicht.«

»Hey, ich kann diesen geheimnisvollen Typ hier nirgendwo sehen, oder?« Jamie sieht mich an, und wie durch ein Wunder muss ich nicht unter seinem Blick losprusten. »Jeder, der nach einer solchen Leistung einfach geht und dich zurücklässt, ist ein Drecksack. Kannst du nicht jemanden finden, der am nächsten Tag Waffeln mit dir essen geht?«

»Das würde er definitiv machen. Er ist bloß ... sehr beschäftigt. Warte mal, machst du das eigentlich?« Ich habe noch kein einziges Mal ein Mädchen in dieser Küche frühstücken sehen. Aber vielleicht ist Jamie ja zum Romantiker geworden, seit er in die Stadt gezogen ist.

Jamie stemmt sich eine Hand in die Hüfte. »Aber hallo. Und ich bin sicher, Tom würde eine Frau auch besser behandeln. Was würdest du tun, wenn du irgendeinen Typ in aller Herrgottsfrühe aus ihrem Zimmer kommen sehen würdest?«

Tom schaut in seine Kaffeetasse und denkt nach. Den Test von Jamie besteht er mit links. Seine Augen begegnen meinen, und aus ihnen spricht brutale Ehrlichkeit. »Ich würde ihm die Fresse polieren.«

Ich werfe ihm einen vernichtenden Blick zu.

Zufrieden nickt Jamie Tom zu. »Sieh einfach zu, dass du jemand Anständigen kriegst, Darce. Tom und ich wollen uns auf deiner Hochzeit besaufen und uns an deine Brautjungfern heranmachen.« Er fängt an zu tanzen, langsam und sinnlich, wobei er seinen Becher vor sich hält. Er kam schon mit fünf dahinter, dass Frauen es mögen, wenn ein Kerl tanzen kann, was ihm sehr zugutekam.

»Seht euch meinen neuesten Dance-Move an.«

Er hat es wirklich drauf. Verschüttet nicht mal seinen Kaffee. Tom und ich müssen lachen, was ihn nur noch mehr anspornt. Das passiert immer auf Partys. Jamie schlägt total über die Stränge, um ihn herum bildet sich eine applaudierende Menschentraube, und am Ende knutscht er an einer Wand in der Nähe der Toiletten mit einem Mädchen herum.

Ich schüttele den Kopf. »Wenn du mich bei meiner Hochzeit mit einer Tanzchoreografie überraschst, bringe ich dich um, Jamie.«

»Das würde er bringen«, stimmt Tom mit verklärtem Blick zu. Er liebt meinen lächerlichen Bruder.

Jamie grinst. »Ich werde ein Tänzchen mit deiner heißesten Freundin hinlegen. Wer ist das?«

»Weißt du doch.« Ich warte und warte und muss dann tatsächlich hinzufügen: »Truly Nicholson aus der High-School. Sie ist wundervoll. Wenn ich der männliche Zwilling wäre oder lesbisch, ich würde sie heiraten.«

Jamie hustet feucht. Ich glaube, er bevorzugt spärlichere Frauen. Jetzt ist der Spaß verflogen.

»Also, wir wollten dir sagen … Nein, warte. Tom, mach du das. Du bist gut darin, sie Sachen zu fragen.« Jamie betrachtet mich nachdenklich. »Ich wette, sie würde zu allem Ja sagen, was du sie fragst.«

»Ich würde sagen, du hast recht«, erklärt mein Mund ohne meine Erlaubnis. Meine Zehen krümmen sich in den Stiefeln zusammen.

Tom fährt bei einem langen Schluck Kaffee seinen Computer hoch.

»Jetzt, wo die weg ist«, sagt er und meint die Wand, »finde ich, wir sollten das Esszimmer in ein drittes Schlafzimmer umfunktionieren. Im Moment ist es ein Cottage mit zwei Schlafzimmern, was für einen Käufer mit Familie nicht so attraktiv ist. Wenn wir wollen, können wir das Hauptschlafzimmer daraus machen und ein kleines Extrazimmer anfügen. Mit Extrabadezimmer.«

Jamie führt den Gedanken zu Ende. »Bedeutet Extrakohle. Viel Extrakohle.«

»Klar«, sage ich und trinke meinen Kaffee in einem heißen Zug leer.

»Moment, was? Du stimmst einfach so zu?« Jamie läuft mir hinterher, als ich in die Küche gehe.

»Warum denn nicht? Ich kann durchaus vernünftig sein, wenn man mich ordentlich fragt.« Ich strafe Tom mit einem Blick, und er zuckt schuldbewusst zusammen.

Wo die Bank in der Küche stand, sind immer noch Fliesen an der Wand. Ich nehme das Brecheisen und löse sie mit kleinen, sauberen Bewegungen, weil ich eine Angeberin bin.

Ich sage zu Tom: »Es ist eine gute Idee. Aber wenn du alle Sträucher abschneidest, scheinen die ganze Nacht die Autoscheinwerfer in dieses Zimmer. Da brauchen wir gute Jalousien. Und der Kamin darin soll erhalten bleiben, und sei es nur als Deko.«

»Okay«, sagt Tom mit einem ungläubigen Unterton.

»Moment, Moment. Wir sind uns alle einig? Das Zimmer ist in Nullkommanichts fertig.« Jamie sieht auf mein Brecheisen. »Lass mich mal probieren.«

»Nein.« Ich versuche, es festzuhalten, aber es ist sinnlos. Mein Bruder ist die wesentlich größere, muskulösere Version von mir. Mit zwei Fingern reißt er es mir aus der Hand. Ich schaue über uns. »Dieser Wasserschaden sieht übel aus.«

»Tom repariert das«, sagt Jamie ohne nachzudenken. Jedes Mal wenn wir solche Sachen mit dieser Zuversicht sagen, wird der Druck auf Tom größer.

»Wir reparieren es alle zusammen.« Ich lege meine Hand auf sein Telefon in meiner Tasche und frage mich, was Jamie und ich noch tun könnten, damit er etwas durchatmen kann.

»Du arbeitest nicht mehr«, sagt Jamie zu mir. »Vor einer halben Stunde sahst du noch aus wie ein Geist. Außerdem warst du die halbe Nacht wach. Du bist gefeuert.«

»Ich habe meine Tabletten genommen. Tom, sag ihm, dass es mir gut geht.«

Jamie klopft mit der Brechstange in seine Handfläche. »Nein, erzähl du ihm, wie dir neulich im Bad schwindelig wurde und du nach einem Tag ohne Essen fast kollabiert bist. Du warst kreidebleich durch den Unterzucker. Mein Maulwurf hat mich informiert.«

»Stimmt doch gar nicht.« Ich schaue zwischen den beiden hin und her. »Tom, das war gar nichts.« Toms Blick verändert sich, als mein kleiner Betrug in Herzgröße zu ihm durchsickert.

»Selbst wenn ich nicht hier bin, weiß ich, wenn was Wichtiges passiert.« Jamie drängt mich mit der Schulter zur Seite und fängt an, Fliesen zu zerdeppern. Er lässt große Scherben an der Wand zurück, statt sie sauber abzulösen. »Ich schütze meine Investitionen.«

Mit einem Lächeln im Gesicht liefert mein Bruder eine schlampige Arbeit ab. Warum sollte er irgendwas vorsichtig oder perfekt machen? Er ist ja als Mann geboren. »Vitamin B plus Zwillingsantennen ergibt summa summarum: Jamie weiß alles. Und ich weiß, dass ihr beiden ziemlich eng miteinander seid.«

Ich zucke mit keiner Wimper. »Lass es mich weiter versuchen.«

»Nein.« Tom ist sauer, weil ich ihn angelogen habe. »Keine körperliche Arbeit mehr.« Patty, die in dem Dreieck seines Arms balanciert, sieht mich noch durchbohrender an als sonst.

»Toll. Mein Bruder ist noch keine Stunde hier, und ich werde schon aus meinem eigenen Projekt geschmissen.«

Tom schaut auf seine Uhr. »In einer oder zwei Minuten fängt dieses Telefon an zu klingeln und wird nicht mehr aufhören, glaub mir. Ich muss massenweise Geräte mieten und warte noch auf diverse Kostenvoranschläge. Du weißt, dass ich dich dafür brauche.«

»Ja, und sie hat eine Kaffeemaschine«, sagt Jamie.

»Du bist nicht gefeuert«, fährt Tom mit einem bösen Funkeln in Richtung von Jamies Rücken fort. »Du wirst neu eingeteilt. Konzentrier dich auf das ›Verkauft‹-Schild, nicht auf eine Kiste mit kaputten Kacheln. Kümmere dich mit mir um das große Ganze, DB.«

Ich muss einen Schritt zurück machen und das größere Bild betrachten. Dieses wunderschöne Bild, auf dem ich Tom Valeska in jeder Minute des Tages küsse. Es hat keinen Sinn, Tapete abzukratzen, wenn ich danach zu tot bin, um mit ihm zusammen zu sein, sobald der Verkaufsscheck eingelöst ist.

Tom redet, als wäre Jamie gar nicht da. »Ich habe noch nie meine eigene Firma geleitet, aber du schon. Dabei brauche ich Hilfe. Valeska Bau-Service kann nicht ohne dich funktionieren.«

Mein Tom-Valeska-Helfersyndrom macht es mir unmöglich abzulehnen. »Bekomme ich auch eine Stellenbezeichnung?«

»Stellvertretende Bauleiterin?« In seinen Augen funkelt es, als sein Blick wieder auf das Poloshirt wandert, das bei ihm eine größere Wirkung hat als Reizwäsche mit Strapsen. »Ja, das passt zu dir.«

»Hast du gehört, Jamie? Ich bin gerade befördert worden.« Ich frage mich, ob ich mich hochgeschlafen habe.

»Er hat ja auch eine Riesenschwäche für dich«, grummelt Jamie. »Und du nutzt das aus, Stellvertreterin Darcy.«

Vermutlich verzieht sich mein Mund zu einem Lächeln, denn Tom wirft mir einen warnenden Blick zu.

»Was ist dein nächstes Projekt?« Jamie wartet gar nicht erst Toms Antwort ab. »Ich kaufe dieses Haus. Es ist nur eine Straße weit von dem meiner Eltern entfernt. Nicht direkt am Strand, aber trotzdem noch eine super Lage, und so billig. Ziemlich heruntergekommen. Du musst es wieder bewohnbar machen.«

»Mal sehen«, sagt Tom ausweichend. Ich weiß, dass er an seine Budget-Fehlplanung denkt.

»Nach der Sache hier macht Tom keine Gefälligkeiten mehr für uns.« Ich versuche, die Brechstange wieder an mich zu nehmen. »Er ist ein freier Mann.«

Jamie veranstaltet ein heilloses Chaos mit den Fliesen. Er scheint für sich zu beschließen, dass er Tom schon noch überreden wird, und wechselt das Thema. »Ich muss mal nachsehen, ob ich mir zu deinem Herztermin freinehmen kann. Gib mir mal das Datum.«

»Wie kannst du dir so was überhaupt merken? Das brauchst du nicht.«

»Weihnachten, Ostern, Darcys Herz. Ich war bei jedem einzelnen Termin dabei, seit wir auf der Welt sind«, sagt Jamie und schwingt das Brecheisen an seiner Seite, als denke er darüber nach, mir damit den Schädel einzuschlagen. »Du hast jetzt schon zwei Jahre ausgesetzt. Das verdammte Ding gibt wahrscheinlich bald den Geist auf. Auch wenn wir genau genommen im Moment nicht miteinander sprechen, komme ich mit.«

Er würde zu meinem Arzttermin extra herfliegen? »Warum das denn?«

»Ich bin dein wandelnder Organspender. Allzeit bereit.«

»Du hast nur ein Herz, du Idiot.«

»Ich weiß«, sagt Jamie. »Ich halte es für dich warm.«

Er liebt mich. Mein idiotischer Zwilling liebt mich immer noch. Ich kann nicht anders: Ich lege die Arme um ihn und drücke ihn, bis ich seine Rippen knacken höre. Er erwidert die Umarmung, und wir sind in einer klassischen Barrett-Umklammerung gefangen. Immer enger und enger.

»Au, au«, jammere ich, als meine Füße sich vom Boden lösen und Jamie mich herumschlenkert wie eine Stoffpuppe. »Es reicht, Jamie, runter.« Patty springt unter meinen Zehen herum, bellt und zwickt. Ich höre Tom lachen. Das Leben ist schön. Ich werde für immer leben.

»Schick mir die Termine«, wiederholt Jamie, als er mich wieder absetzt. Er hat rote Wangen und lächelt. Ich bin sicher, bei mir ist es genauso.

»Was, wenn ich noch jemanden mitnehmen will?« Vielleicht würde Toms Anwesenheit bei dem Termin das verdammte Ding endlich mal vernünftig schlagen lassen.

»Wen denn? Mr. Knutschfleck? Stell ihn mir vor, und ich denke darüber nach.« Jamie grinst hinüber zu Tom, um ihn dazu zu bringen, bei dem Wir-provozieren-Darcy-Spiel mitzumachen. Er stößt mich aus unserer Umarmung, aber nicht auf bösartige Weise. »Ich wusste nicht, dass du endlich mal einen Kerl in deine Herzgeschichten eingeweiht hast. Muss ja was Ernstes sein.«

»Vielleicht stelle ich euch mal vor. Du wirst ihn mögen.«

»Das bezweifle ich. Hast du diesen Typ gesehen, Tom? Lass mich raten. Er ist für immer siebzehn mit einer improvisierten Stichwaffe in der Tasche.«

Tom kann nicht an sich halten und lacht laut los. Jamie ist dankbar und fängt an, auf die verbleibenden Fliesenstücke an der Wand einzuhacken.

»Ich stelle dir einen vor, mit dem ich arbeite. Einen richtigen erwachsenen Mann. Das wird für dich neu sein, Darce.« Jamie grinst Tom an, um zu sehen, ob er darüber auch lacht. »Sein Name ist Tyler.«

»Hör auf. Das klingt ja abscheulich.«

»Es ist ja nicht seine Schuld, dass seine Eltern ihn so genannt haben. Er ist groß, geht gern spazieren, mag Tiere und alles, was Frauen auch mögen. Er hat ein Motorrad und sieht gut aus.« Er dreht sich zu mir, um dieses wichtige Verkaufsargument zu unterstreichen. »Ein Motorrad.«

Hinter ihm verschränkt Tom die Arme.

»Er ist nächstes Wochenende wegen einer Konferenz hier in der Gegend. Ich habe ihm die Adresse gegeben. Er holt dich ab, und ihr könnt einen Ausflug machen. Auf seinem Motorrad.« Jamie zwinkert Tom verschwörerisch zu. »Einer meiner idiotensicheren Pläne.« Er ist berüchtigt für seine Pläne.

Ich trete meinem Bruder ans Schienbein. »Nein. Wenn er hier aufkreuzt, werfe ich den Gartenschlauch an und spritze ihn ab. Hör auf, dich in mein Liebesleben einzumischen.«

»Liebesleben? Liebe?«, gluckst Jamie. »Das Wort hast du noch nie in deinem Leben in den Mund genommen. *Liebesleben?* Du meinst wohl eher dein Sexleben.« Er streckt die Hand nach meinem Hals aus, um auf meinen Knutschfleck zu klopfen, ohne zu merken, wie Tom sich hinter ihm aufrichtet. »Hoffentlich verschwindet der Fleck, bis Tyler kommt.«

»Vergiss das mit diesem Tyler«, rät Tom meinem Bruder, und seine Stimme sinkt in jene Tiefen ab, die meine Eierstöcke lieben. »Was habe ich gerade gesagt? Ich würde ihm die Fresse polieren.«

»Nicht nötig.« Ich lenke das Gespräch schnell wieder auf meinen Bruder. »Bist du immer noch mit diesem großen Windhund zusammen?«

»Rachel? Mit der hab ich Schluss gemacht. Die hat mich ständig an Juwelier-Schaufenstern vorbeigezerrt. Ich hab auf jemand anderes ein Auge geworfen.« Jamie hat irgendeine Erkenntnis, und ihm fällt die Kinnlade herunter. Ich hoffe, so sehe ich aus, wenn ich lächele. »Wahrscheinlich wäre ich in diesem Fall derjenige, der sie vor Juwelierschaufenster zerren würde.«

Für einen Moment leuchtet er wie ein Buntglasfenster, und seine Augen erstrahlen in Kornblumenblau. Ich wünschte, ich hätte meine Kamera. Dann fällt ihm etwas ein, und er fängt wieder an, halbherzig an der Wand herumzumeißeln.

Ich atme aus. »Tja, ich bin froh, dass sie nicht Lorettas Saphir bekommt. Gott sei Dank. Ich schätze nicht …«

»Nein. Sie hat ihn mir hinterlassen. Er ist für meine Braut.« Jamie spricht *meine Braut* in einer albernen Fistelstimme aus. Gott behüte diese arme Frau, für die er sich letztendlich entscheiden wird.

»Lass ihn mich wenigstens tragen. Oder mal einen Blick drauf werfen.«

Laut Loretta war der Saphir schwarz geworden, weil er während des Kriegs in einem Blumentopf vergraben war. Welcher Krieg, weiß ich nicht genau. Und auch nicht, ob es überhaupt stimmt. Aber jetzt fristet mein geliebter Ring ein Dasein an einem Ort, der weitaus schlimmer ist als ein Blumentopf: in Jamies Safe.

»Nenn mir deinen Preis.« Ich kann einfach meinen Mund nicht halten. »Ich schätze mal, locker eine Milliarde?«

Er wird niemals darauf eingehen. »Ich brauche den Ring eines Tages. Wir werden nicht jünger, Darce. Zeit, uns Opfer zu suchen, die sich für den Rest ihres Lebens mit unserem Mist rumschlagen müssen.«

»Ich bin sicher, *deine Braut* wird etwas von Tiffany's bevorzugen. Lass mir den Ring, bitte. Ich … ich bin vielleicht nicht mehr lange da.« Ich lasse meine Stimme schwach klingen, während ich die Herz-Karte ausspiele, und Jamie durchschaut mich sofort. Selbst Tom muss ein bisschen lachen, und sein besitzergreifendes Aufplustern lässt etwas nach.

Seufzend gebe ich auf. »Sorg dafür, dass sie jemand ist, den ich nicht hassen werde. Das wäre vorteilhaft, wenn wir mit achtzig alle zusammen eine Kreuzfahrt machen, bei der sie dasitzt und meinen Ring trägt. Im Idealfall angelst du dir eine, die vor dem Mittagessen mit mir Old-Fashioned trinken geht und mich den Ring vielleicht mal anprobieren lässt.«

Wenn Tom dann eine Frau haben sollte, die nicht ich bin, werde ich sie nachts aus seiner Kabine locken und ihre alten Knochen über Bord befördern. Meine Fresse. Bei dem Gedanken verschlucke ich mich fast an meinem Kaffee.

»Wir machen mit achtzig zusammen eine Kreuzfahrt? Ich kann es kaum erwarten. Dann werde ich so stinkreich sein«, feixt Jamie und wird richtig romantisch, wenn er an sein zukünftiges Bankkonto denkt. Dann fällt ihm etwas ein. »Mach dir keine Hoffnungen. Sie hält mich für einen Albtraum. Aber sie würde definitiv am helllichten Tag auf einem Kreuzfahrtschiff mit dir einen trinken.«

Es ist ein wunder Punkt, und ich will darauf herumreiten, denn Jamie sollte tatsächlich mal einer Frau den Hof machen. Ich liebe sie schon jetzt, wer immer sie ist. »Scheint so, als hätte sie dich durchschaut. Wie heißt sie?«

»Keine Chance.« Er hat ganz rote Ohren. Der Frust packt

mich an der Kehle. Aber aufgrund seiner Körpersprache und der Brechstange in seiner Hand belasse ich es lieber dabei. Früher wusste ich mal jede Einzelheit über meinen Bruder. Wie kann ich je dorthin zurückkehren, wenn er mich immer ausschließt?

Ich frage mich, ob Tom es weiß. Er schüttelt mit einem Achselzucken den Kopf.

»Ich kann's kaum erwarten, mit dir und deinem ältlichen Ehemann Tyler auf Kreuzfahrt zu gehen«, versucht Jamie es erneut, aber ich bringe ihn mit einer Handbewegung und einem finsteren Blick zum Schweigen.

»Also, sind wir uns einig, dass das hier ein Schlafzimmer wird?« Tom steht im Eingang zum Esszimmer und durchlebt seine persönliche Hölle. Ich weiß, was er über Tyler im Dunkeln flüstern würde, während er rhythmisch die Luft aus mir herauspumpt. Der Mistkerl kriegt mich nicht.

Er schnallt sich irgendwas um die Taille, langsam, als wolle er sich auf diese Weise an mir rächen. Es ist ein waschechter Werkzeuggürtel. Auf einer Seite hängt ein Hammer, tief an seiner Hüfte, und ich kann nicht mehr.

Alles kocht in mir hoch, der Boden vibriert unter meinen Füßen, meine Knochen schlottern, mein Herz hämmert. Die Nähte meines T-Shirts trennen sich auf, mein Garnrollen-Herz wickelt sich ab, und ich halte es keine zehn Sekunden mehr aus, ohne ihn zu küssen. Ich lege die Hand auf meinen Knutschfleck und beiße mir auf die Lippe.

Er hat mich vergangene Nacht davon überzeugt, dass ich schön bin. Und nach seinem Blick zu urteilen, habe ich ihn überzeugt, dass er ein sexuelles Genie ist. Ein kaum wahrnehmbares Grinsen huscht über seine Lippen. »Darce? Du willst ein Schlafzimmer, oder?«

Ich muss husten. »Mach ein Schlafgemach draus, das einer Prinzessin würdig ist. Tapete, Kamin und Himmelbett. Sorg dafür, dass jemand sich in dieses Zimmer verliebt.«

»Klar, als wäre das so einfach«, antwortet Jamie mir abfällig. »Er ist nicht dein Sklave.«

»Stimmt, weil er nämlich dein Sklave ist. Ich weiß, dass du ihm gesagt hast, er soll meinen Kamin abreißen.« Toms Handy vibriert. »Tom, es ist deine Mom.« Ich reiche ihm das Telefon. Dann attackiere ich wieder meinen Bruder. Es ist ein beruhigendes Gefühl. Ein Ritual. Eine Barrett-Schlacht.

»Ich habe Tom gesagt, dass ich ihm vertraue. Tust du das nicht auch?« Jamie pflanzt sich genau an die Stelle, wo der Kamin war, und streckt die Arme aus. »Der Raum ist riesig. Jetzt besteht eine Chance, ihn modern aussehen zu lassen.«

Tom spricht am Telefon in beschwichtigendem Ton und schlüpft zur Haustür hinaus. »Er wird zusammenbrechen«, sage ich, als ich ihm hinterherschaue. »Wie viel soll er noch schultern? Ich versuche ihm zu helfen.«

»Du wirst ihm nicht helfen können, niemals. Du bist für ihn ein Klotz am Bein.« Jamie hofft, dass mir das wehtut. Als das nicht der Fall ist, versucht er es noch mal: »Er ist nur hier, weil ich ihn darum gebeten habe.«

»Er ist nur hier, weil ich hier bin.« Jetzt habe ich das Falsche hinausposaunt, und diesmal versteht Jamie es richtig. Lachend mustert er mich von oben bis unten, als wäre ich nichts Besonderes.

»Für wen hältst du dich?« Er fragt das ganz scheinheilig. Es sind dieselben Worte, die er bei unserem großen Streit benutzt hat. Die Worte, die in meinem Kopf nachhallen, wann immer ich in der Kneipe den Müll rausbringe oder einen Karton mit fünfzig neuen Kaffeebechern öffne. »Er könnte jede Frau haben. Er könnte Megan zurückbekommen, indem er einfach nur hingeht und an ihrer Tür klopft. Und du glaubst, du hast eine Chance.«

Und jetzt geht mein Temperament mit mir durch. »Ich habe eine Chance!« Ich zeige auf meinen Hals. »Der ist von ihm! Er gehört jetzt mir.«

Es ist so befriedigend, die Luft aus Jamies Körper entweichen zu sehen. Ein unglaubliches Gefühl. Ich habe gewonnen. »Er gehört mir. Er liebt mich. Ich behalte ihn.«

»Ihn behalten«, spuckt Jamie aus. »Ihn behalten. Du vögelst mit Tom? Darcy, worüber haben wir gerade gesprochen?«

»Du kannst es nicht ertragen, mich glücklich zu sehen.«

»Ach, und Tom sieht ja auch so wahnsinnig glücklich aus«, kontert Jamie. »Hast du es diesmal wenigstens richtig gemacht? Hast du ihm deutlich gesagt, wie wichtig er für dich ist?« Er nimmt mein kurzes Zögern wahr und stößt zu. »Also nein. Du hast nur getan, was du immer tust. Du verdrehst ihm den Kopf, und wenn du anfängst, dich zu langweilen, haust du ab.«

»Nein, diesmal nicht.«

»Bloß weil du keinen Reisepass hast. Oder hast du ihn gefunden?«

»Gib. Ihn. Zurück.«

»Ich habe ihn nicht«, sagt Jamie, und es klingt wie die Wahrheit. Geistesabwesend sieht er aus dem Fenster. »Im Ernst, Darce, warum musstest du dir ausgerechnet Tom aussuchen? Er ist viel zu gut für dich.«

»Er sieht das anders.«

»Er ist so eine treue Seele und unserer Familie so dankbar, er würde alles tun, worum ihn einer von uns bittet.«

»Tja, ich habe ihn letzte Nacht um eine Menge gebeten.«

»Siehst du? Vergleich dich selbst doch mal mit ihm. Er ist nichts als gut und ehrlich und verdient ein *Sie lebten glücklich bis ans Ende ihrer Tage*. Du bist einfach nur …« Jamie denkt angestrengt nach. »Du bist menschliches Treibgut, weißt du das?«

Der Ausdruck hängt in der Luft wie ein Gongschlag. Plötzlich begreife ich.

»Wie hast du mich gerade genannt?«

Jamie entgegnet schnell: »Du reichst nicht an ihn ran. Das war es, was ich meinte.«

»Nein. Wie hast du mich davor genannt?« Ich fühle mich, als würden sich meine Venen mit heißem Wasser füllen. »Du hast mich ›menschliches Treibgut‹ genannt. Menschliches Treibgut.« Drohend gehe ich auf ihn zu, und er weicht zurück. Ich sehe Truly vor mir. Die Nachrichten, die ständig auf ihrem Handy aufleuchten. Plötzlich ergibt das alles Sinn. Ihr Erröten. Ihr ausweichender Blick. Wie sie unweigerlich das Thema wechselt, wenn es um Jamie geht. »Wie? Wie bist du an sie herangekommen? Truly ist dein Maulwurf?«

Ich nehme einen Mauerstein in die Hand und werfe ihn nach ihm. Er trifft die Wand und schlägt eine Ecke raus. Jamie bückt sich seinerseits nach einem Stein. Jetzt ist er in vollem Gange. Der Vierte Weltkrieg, mit Mauersteinen statt einem Essservice.

»Ich kann reden, mit wem ich will«, brüllt er zurück und schleudert den Stein dicht an meiner Hüfte vorbei. »Ich muss dir verdammt noch mal nicht antworten.«

»Sie gehört mir. Sie ist meine Freundin. Meine beste Freundin.«

»Und er gehört mir.« Wütend umkreisen wir uns. Zwischen uns tröpfelt etwas Wasser, aber ich registriere es kaum. Alles, was ich sehen kann, ist das zornige Gesicht meines Bruders, seine knallroten Ohren und den Schweißfilm auf seiner Stirn.

Ich schreie frustriert. »Wie? Sag mir, wie du sie rumgekriegt hast. Erklär es mir.« Ich hebe einen weiteren Stein auf und wiege ihn in meiner Hand. Ich stelle mir sehr lebhaft vor, wie ich ihn Jamie ins Gesicht schleudere. »Konntest du diesen einen Menschen nicht einfach in Ruhe lassen? Den einzigen Menschen, den ich ganz für mich allein haben wollte.«

»Sie ist meine Freundin!«, brüllt Jamie. »Sie ist einfach meine Freundin!«

»Nein, ist sie nicht!« Ich werfe den Backstein, und er schlägt ein verheerendes Loch in den Holzboden. »Bloß weil du denkst, du bist Gottes Geschenk an die Frauen, heißt das nicht, dass sie darauf hereinfällt.«

Das nimmt uns etwas den Wind aus den Segeln. Mir fällt ein, was er gesagt hat: *Sie hält mich für einen Albtraum.* »Doch. Sie ist einer meiner besten Freunde. Wir schreiben uns E-Mails.« Ich lache spöttisch darüber, aber Jamie bringt mich zum Schweigen. »Seit Jahren.«

»Seit Jahren?« Ich gehe mit ausgestreckten Armen auf ihn zu. Ich bringe ihn um. Und sie. Alle. »Jamie, du …«

»Hört auf«, sagt Tom von der offenen Tür aus. Er hat sein Telefon in der Hand und einen Ausdruck totaler Erschöpfung im Gesicht. »Hört auf, alle beide.« Er sieht nach oben und stöhnt. Die Plane, mit der das Loch im Dach abgedeckt wurde, ist undicht. »Ich verlasse für zwei Minuten den Raum, und dann das.« Er bemerkt die Schäden, die wir gerade angerichtet haben, und den Mauerstein in meiner Hand. »Scheiße, ihr beiden habt es geschafft.«

»Tom, er weiß es. Das mit uns beiden. Dass wir zusammen sind. Dass du für den Rest deines Lebens jede Nacht in meinem Bett verbringst. Dass du mir gehörst, zu einhundert Prozent.«

»Toll«, sagt Jamie zu Tom, voller Sarkasmus. »Wirklich toll. Du vögelst also mit meiner Schwester, ja?«

»Rede nicht mit ihm«, zische ich, aber Tom kommt einfach zu mir und nimmt mir den nächsten Stein aus der Hand. Er hält sich die Hände vor die Augen und sagt gar nichts.

»Also?«, keift Jamie. »Also?«

»Ich kann das nicht mehr«, sagt Tom mit schwacher Stimme, und in mir beginnt etwas einzustürzen.

»Du kannst das. Sag ihm einfach, dass du mich liebst, dass wir zusammen sind. Und dann gehen wir da rauf, reparieren die Plane und stapeln die Steine. Tom, sag's ihm.« Ich lege ihm meine Hände auf die Unterarme und schüttele ihn sanft. »Was ist passiert?«

»Das ist passiert. Die Barrett-Zwillinge sind mir passiert. Und ich kann das einfach nicht mehr. Ich kann es nicht zusammenhalten.« Er atmet schwer aus und schließt die Augen. »Die Wohnung meiner Mom wird in diesem Moment zwangsgeräumt, und sie ist … hysterisch.«

Es ist so frustrierend, dass er meine Hände auf seinem Körper gar nicht zu bemerken scheint. »So früh morgens, an einem Sonntag?«

»Ihr Vermieter ist ein Arsch. Ich muss da jetzt hin.« Sein Ärger legt sich, und zurück bleibt eine beängstigende Abgestumpftheit.

»Hör mal«, sagt Jamie und wirft mir einen alarmierten Blick zu. »Wir haben uns vergessen, wie immer, aber wir bringen das wieder in Ordnung …«

»Wir fahren hin«, unterbreche ich Jamie und sehe Tom eindringlich an. »Wir fahren alle hin und …«

»Ich kann keine Hilfe mehr von eurer Familie annehmen. Und ich kann nicht mehr lügen.« Tom schaut zum Loch in der Decke. »Ich kann es einfach nicht mehr. Ich muss euch beiden etwas sagen, und das wird das Ende von allem sein. Also …« Er stemmt eine Hand in die Hüfte. »Jamie, ich hab das Budget überzogen.«

»Überzogen? Wie?« Jamies Augen verengen sich zu Schlitzen. Geld ist seine Achillesferse, und die zwickt gewaltig. »Um wie viel?«

»Wahrscheinlich um meine gesamten fünf Prozent. Ich habe eine alte Tabellenkalkulation benutzt und sie nicht an den neuen Lohn angeglichen, den ich meinem Team versprochen habe. Dafür, dass sie zu mir wechseln. Dazu noch die Motelkosten für die drei Stammarbeiter. Ich hab's … einfach vergeigt.« Er hebt die Arme und lässt sie wieder sinken. »Ein ganz blöder, unnötiger Fehler, und ich war zu abgelenkt, um ihn zu bemerken. Jetzt haben wir den Salat.«

»Ich will die Tabellenkalkulation sehen«, verlangt Jamie. »Und wir haben einen Vertrag …«

»Das ist mir klar.« Tom richtet seinen Blick auf mich, und es liegt etwas Nüchternes darin. »Und ich habe dich bei einer Sache angelogen.«

»Ist mir egal.« Ich werde nicht zusammenbrechen, egal, was es ist. »Mir egal, ob sie immer noch ihren Ring hat. Ob ihr jetzt doch heiratet. Oder schon geheiratet habt. Es ist mir egal, Tom, und es wird mich nicht davon abbringen, dich zu lieben.«

Er schneidet mir das Wort ab. »Ich habe deinen Reisepass.«

Alles entweicht aus mir, meine Achillessehne wird von einer Lanze durchbohrt. »Was?«

»Ich habe ihn in der Nacht gefunden, als ich ankam. Er lag auf dem Kühlschrank. Oberhalb deiner Augenhöhe.« Ein Hauch von einem Lächeln liegt auf seinem Gesicht. »Ich habe ihn in meine Tasche gesteckt und behalten. Also …«, sagt er wieder, während er mit Patty auf den Fersen zur Hintertür geht. »Ich bin nicht der perfekte Mensch, für den ihr mich gehalten habt. Das war's dann wohl.«

Die Fliegengittertür schlägt zu. Ich will ihm nachlaufen, aber Jamie ist noch nicht fertig mit mir.

»Sieh dir an, was du angerichtet hast«, zischt er mir zu. Ich zische genau dieselben Worte zurück. »Lass ihn sich erst mal beruhigen«, bestimmt Jamie. Fahrig reibt er sich mit der Hand über das Gesicht. »Ich fasse es nicht.« Er schaut zur Hintertür.

»So habe ich ihn noch nie gesehen«, sage ich halblaut. Verdammt. Wieder will ich auf die Tür zugehen, aber Jamie schlingt den Arm um meine Taille.

»Lass ihn einfach. Sieht er aus, als wollte er jetzt mit uns reden?« Jamie bemerkt etwas draußen vor dem Fenster. »Der

Fundament-Typ ist da. Mit Donuts.« Er macht ihm die Tür auf. »Ja, kommen Sie rein. Wir sind zwar gerade mitten in einer Krise, aber …«

Toms Transporter setzt aus der Einfahrt zurück. Ich dränge mich an meinem Bruder vorbei und renne los, aber ich bin nicht schnell genug. Ich versuche es trotzdem, jage ihm bis zur Ecke Simons Street hinterher, wo mir endgültig die Puste ausgeht. Wenn er in seinen Rückspiegel blicken würde, würde er mich vornübergebeugt sehen, während ich mein Herz verfluche. Und mich selbst.

Aber ich habe das Gefühl, diesmal wird er nicht mehr zurückblicken.

***

Nach zwei Tagen ohne Tom bin ich ein verdammtes Wrack.

»Der ist morgen wieder da«, hat Jamie zu mir gesagt, aber sein Tonfall klang nicht ganz so zuversichtlich wie sonst. Jetzt reicht er mir eine Tasse grünen Tee. »Trink das.«

»Ich kann nicht.« Ich drehe mich auf der Vordertreppe um und stelle sie schwappend ab. »Ich kann nicht.« Der Sonnenuntergang taucht alles in nervig hübsche Farben.

»Du musst was essen oder trinken. Und irgendwann mal schlafen. Wenn du so weitermachst, kriegst du noch graue Haare.« Jamie drückt mir das Fläschchen mit meinen Tabletten in die Hand. »Nimm die.« Mit einem Stöhnen setzt er sich neben mich. Er ist müde, nachdem er zwei Tage lang Toms Leben geführt hat. »Nicht zu fassen, mit wie viel Mist er sich rumschlagen muss.«

Nachdem er mich vorgestern vom Bürgersteig aufgesammelt hatte und meine Pumpe wieder angelaufen war, schaltete Jamie in den Wiederherstellungsmodus. Er musste mich quasi nach drinnen tragen, setzte mich auf den geschlossenen Toilettendeckel und kommandierte Colin ab, sobald er eintraf.

»Ich verdoppele deinen Tagessatz, wenn du die Bauleitung übernimmst. Tom hat einen Notfall.«

»Alles klar«, sagte Colin. Keine Spur von *Ich hab's euch ja gesagt* in seinen Augen, sondern nichts als Sorge. »Okay, Jungs, baut auf, und ich instruiere Chris. Punkt neun wird der Strom abgestellt.« Mit Colins Erfahrung, Jamies Willenskraft und meinen Fähigkeiten als Telefonistin ging die Renovierung weiter, aber auch nur gerade so.

»Wir brauchen ihn zurück«, stöhne ich verzweifelt und drücke mir die Handflächen auf die geschlossenen Augen. »Wir haben ihn kaputt gemacht.« Ich höre ein Auto, setze mich auf. Es fährt vorbei, und ich atme aus und lege wieder den Kopf in meine Hände. »Hast du Mom und Dad angerufen?«

Jamie hat mir jetzt die Arme um die Schultern gelegt.

»Tom war gestern dort. Er hat seine Mutter um die Abendessenszeit abgesetzt. Sie wohnt im Gästezimmer, dem schönen mit Blick auf den Ozean. Es geht ihr gut. Überall laufen identisch aussehende Katzen herum.« Jamie holt sein Handy hervor und zeigt mir ein Foto, das Mom geschickt hat. Die Katzen sitzen auf der Bank, den Sofas, den Fensterbänken und dem Kühlschrank.

Auf einer zweiten Aufnahme winkt Toms Mom, Fiona, in die Kamera. Ihr Lächeln reicht nicht bis zu ihren Augen. Es erinnert mich daran, wie wir ihr vor vielen, vielen Jahren unseren Willkommenskorb überreicht haben.

»Die Katzen interessieren mich nicht. Wo ist er hin?«

»Mom weiß es nicht. Sie sagt, er hätte kaum etwas gesagt, als er dort war, nur, dass er wieder los müsse. Er ist nicht über Nacht geblieben. Sie hat versucht, ihn zu überreden, aber er ist einfach wieder in seinen Transporter gestiegen.« Irgendwas verschweigt mir Jamie.

»Da ist doch noch was.«

»Er hat Patty dort gelassen.« Er schlingt seinen Arm enger

um mich, bis wir Hüfte an Hüfte sitzen. Zusammen erschaudern wir vor all diesen Szenarien. »Er schämt sich unglaublich, Darce.«

»Mir ist egal, was er gemacht hat.« Nachdem Tom weg war, habe ich den Pass vorgestern auf meinem Kopfkissen gefunden. Ich würde das Ding jederzeit in den Toaster stecken, wenn ich dadurch Tom zurückbekommen würde. »Er glaubt wirklich, dass wir ihm niemals verzeihen. Wegen Geld und einem Reisepass!«

»So abwegig wäre das gar nicht«, räumt Jamie ein. »Wir drehen beide ziemlich schnell durch, wenn es um …«

»Geld und Freiheit geht. Ich weiß. Ich weiß. Ich hasse uns.« Ich lasse den Kopf zwischen meine Knie sinken. »Ich halte das nicht aus. Er ist einfach vom Radar verschwunden.«

»Ganz schön ätzend, oder?«, sagt Jamie zärtlich, ohne jeden Vorwurf in der Stimme. »Deswegen tut es uns so weh, wenn du das machst.«

»Ich mache es nicht mehr.« Ich schlucke einen Riesenkloß in meinem Hals hinunter. »Ich will nicht mehr weg. Wenn ihr es mit mir aushaltet …«

»Ja. Du bleibst.« Jamie tätschelt meine Hand und nimmt mir dann Toms Handy ab. »Du weißt, dass wir es bei Megan versuchen müssen.« Er sagt das in einem entschuldigenden Tonfall, den ich noch nie bei ihm gehört habe. »Wir müssen, Darce. Ich bin bei dir.« Er lässt seinen Arm um mich gelegt, während er wählt.

»Darcy?«, sagt Megan, als sie drangeht.

»Darcy und Jamie«, sagt Jamie, als ich keinen Ton herausbringe. »Ist Tom da?«

»Okay, er hat mir gesagt, was ich sagen soll, wenn ihr anruft. Erstens: Keine Panik. Das war ein Rat für mich. Zweitens: Sag Darcy, dass wir nicht wieder zusammen sind.« Megan atmet nervös aus. »Hörst du, Darcy? Wir sind nicht wieder zusammen.«

»Ich hab's gehört«, krächze ich. »Geht es ihm gut?«

»Ja. Er sagt, er braucht Zeit zum Nachdenken. Er sagte, dass er Fehler gemacht hat und dass er euch beide verärgert hat.«

»Das hat er nicht«, antworten Jamie und ich im Zwillingseinklang.

»Das habe ich ihm auch gesagt«, erwidert Megan. »Jeder weiß, wie sehr ihr beiden ihn liebt. Aber ihr wisst ja, wie er ist. So hart zu sich selbst, wenn er nicht …«

»Perfekt ist.« Das schreckliche Wort klingt wie ein Fluch aus meinem Mund. »Ja, das wissen wir.«

»Er hat in letzter Zeit unter einem Riesendruck gestanden, und es ist ihm einfach zu viel geworden.«

»Kann ich mit ihm reden?« Mir wird plötzlich ganz schlecht vor Nervosität.

»Er wohnt nicht bei mir. Er ist nur vorbeigekommen, um …« Sie macht eine Pause.

»Den Ring zu holen«, sagt Jamie, taktlos wie er ist.

»Ja«, antwortet sie sanft und traurig. »Er sagte, er braucht ihn für etwas Wichtiges.«

»Megan, es tut mir leid, dass ich dich an Weihnachten immer so angestarrt habe«, platze ich heraus. »Es tut mir leid. Ich wollte nie, dass ihr euch trennt, und ich finde, du hast eine phänomenale Haut.«

Sie lacht. Jetzt erst höre ich Kinder im Hintergrund, als wäre sie draußen. »Du hast mich wirklich oft angestarrt.« Sie ist nicht nachtragend. »Aber ich dich auch.«

Wie absurd. »Mich? Warum solltest du?«

Megan legt die Hand auf den Hörer und sagt etwas wie: »Gleich, mein Schatz.« Dann fährt sie fort: »Weil ich immer wusste, wie sehr er dich liebt.«

»Wir sind zusammen aufgewachsen«, sage ich unbeholfen. »Natürlich liebt er mich. Wir sind eine Familie.«

»An Weihnachten ist er immer zum Leben erwacht«, sagt sie. »Es hat Jahre gedauert, bis ich es mir eingestanden habe, aber wenn du da warst, ist er erstrahlt. Und wenn du auf Reisen warst, ist er erloschen. Es ist okay«, versichert sie mir rasch, als ich widersprechen will. »Ich weiß, dass ich nur die zweite Wahl war.«

»Es tut mir leid«, meldet Jamie sich verzweifelt zu Wort. »Ich dachte einfach, wenn ich euch einander vorstelle, würdest du ihm aus seiner Depression helfen. Nachdem du abgehauen bist, ging es ihm ziemlich schlecht«, fügt Jamie an mich gerichtet entschuldigend hinzu. »Megan ist quasi perfekt für ihn.«

»Nein, bin ich nicht«, sagt Megan, und der Freudenschrei eines Kindes macht uns fast taub. »Aber Darcy ist es. Tut mir leid, ich muss Schluss machen.«

»Wie hast du denn so schnell ein Kind bekommen?« Ich bin froh, dass sie als Antwort nur lacht.

»Ich treffe mich mit einem Mann, der eine Dreijährige hat. Ich bin gerade im Park und sehe ihnen beim Spielen zu. Es kam ziemlich unerwartet.« Megan macht eine Pause. »Könnt ihr mich wissen lassen, wenn er zurückkommt? Bitte seid nicht so hart zu ihm.«

»Mir ist etwas klar geworden. Tom hat uns nie um irgendwas gebeten. Wusstest du das?« Jamie sieht mich an. Ich überlege angestrengt. Es stimmt. »Nie. Nicht einmal um ein Glas Wasser, wenn es heiß war. Nicht um Geld, um Hilfe, um nichts. Er kann das einfach nicht: um etwas bitten.«

»Damit hatte ich auch ein Problem«, sagt Megan.

»Das ist doch ganz einfach«, korrigiere ich beide. »Er kann nicht darum bitten. Also zwingt man ihm die Dinge einfach auf. Dann seufzt er und sagt ›okay‹.«

»Ich glaube, das funktioniert nur bei dir«, wendet Jamie ein. »Und, ja, Megan, wir werden nicht hart zu ihm sein. Nichts, was er tut, kann uns davon abbringen …« Jamie kann den Satz nicht beenden. Seine Stimme versagt.

»Ihn zu lieben«, helfe ich ihm mit fester Stimme. »Er hat

ein paar Sachen verbockt, aber die sind kaum der Rede wert. Wir lieben ihn. Wir wollen ihn einfach nur zurück. Und dieses Mal sorgen wir dafür, dass wir ihn auch verdienen.«

Wir legen auf und starren zusammen auf die Straße. Als sich das nächste Auto nähert, richten Jamie und ich uns gemeinsam auf. Sacken gemeinsam wieder zusammen. Zum ersten Mal seit unserer Kindheit lehnen wir uns aneinander.

»Du hast recht, Darce«, sagt Jamie, nachdem eine endlos lange Zeit vergangen ist und wir von Gänsehaut und Mückenstichen übersät sind. Diese Worte hat er so gut wie nie zu mir gesagt. »Wir müssen uns überlegen, wie wir zu Menschen werden, die Tom Valeska verdienen. Wenn er zurückkommt, müssen wir bereit sein, es ihm zu beweisen.«

Ich hake mich bei meinem Bruder ein. »Wie stellen wir das an? Er ist so …« Das Wort ›perfekt‹ ist nicht mehr erlaubt. Ich blicke zum Himmel hinauf, und über uns taucht eine Sternschnuppe auf, fällt zu uns herunter und verliert sich.

Loretta ist hier. Ich spüre sie und halte meine Tränen nicht mehr zurück. »Ich vermisse ihn. Ich vermisse sie.«

Jamie weiß genau, was ich meine. »Wir haben keinen von beiden verloren. Nicht wirklich. Sie sind beide bloß … im Urlaub. Es ist okay«, sagt er mit seiner Stimme, die mir versichert, dass wir das hinkriegen.

»Aber er hat Patty zurückgelassen.« Ich wundere mich, dass mein Herz so langsam und gleichmäßig weiterschlägt, auch als ich mein Gesicht an Jamies Schulter verberge und weine.

***

»Ich habe ihm den Termin gemailt«, sagt Jamie zu mir, als wir im Wartezimmer meines Kardiologen Platz nehmen. »Er wird es schaffen. Das weiß ich. Heute ist der Tag.« Mit stärkerer Stimme versichert er mir, »Er hat es dir versprochen.«

Ich antworte nicht. In letzter Zeit benutze ich meine Stimme nicht so oft. Ich verwelke, bin nur noch ein halber Mensch, der davon am Leben gehalten wird, dass Truly mich mit Süßigkeiten füttert und Jamie mir Wasser einflößt. Es ist merkwürdig, sie beide im selben Raum zu sehen. Sie wuseln herum, streiten, drängeln und beschwatzen mich. Jamie hat recht. Sie hält ihn für einen Albtraum. Einen ziemlich gut aussehenden Albtraum.

Ein Glück, dass er das noch nicht gemerkt hat.

»Es tut mir leid, so leid«, war es aus Truly hervorgebrochen, als sie hereinkam und sich auf meine Bettkante setzte, aber ich schüttelte bloß schwach den Kopf. Ist doch egal. Ich weiß, wie mein Bruder ist. Wer könnte schon widerstehen, auf eine seiner frechen, lustigen E-Mails zu antworten? Niemand. Kein Mensch auf der Welt, der ihn kennengelernt hat, könnte ihn ignorieren. Ich sollte keine Dinge von meinen Freunden verlangen, die sie nicht einhalten können.

Ich streckte die Arme aus, und sie umarmte mich, bis der Himmel schwarz wurde und Jamie eine Pizza bestellte. Wenn mein Herz nicht so gebrochen gewesen wäre, hätte ich ein bisschen in ihrer Beziehung herumgewühlt, aber ich kann nichts tun, außer Toms Handy festzuhalten und mich jedes Mal zu korrigieren, wenn ich ins Zweifeln gerate.

*Er wird zu dir zurückkommen. Ganz bestimmt.*

Ich sehe zu, wie Jamie eine Zeitschrift für mich aussucht. »Golf Digest«, sagt er, um mich zum Lachen zu bringen, und schlägt auf meinen Knien einen Artikel in dem Monatsmagazin für Golfer auf. »Na komm, Darce. Du solltest mal an deinem Rückschwung arbeiten.«

»Schön. Aber du solltest dich auch weiterbilden.« Ich wähle eine Zeitschrift für ihn aus. »Zum Beispiel lernen, wie man einen glasierten Schinken brät.« Das ist im Moment das Thema bei uns. Wir sind fest entschlossen, bessere Menschen aus uns zu machen. Wir konzentrieren uns beide auf unsere zugewiesene Lektüre, bis Toms Telefon vibriert. Wie immer zucken wir zusammen und wühlen danach.

Es ist eine Nachricht von der Immobilienmaklerin. »Margie kommt um drei«, sage ich zu Jamie. »Sind wir bis dahin zurück?«

»Ja, und wenn nicht, kann Colin sie rumführen.« Es ist jetzt zwei Monate her und kaum zu glauben, dass wir ein halbwegs vorzeigbares Haus haben. Die Maklerin will einen Schlachtplan entwickeln. Die Nachfrage nach Grundstücken in unserer Gegend ist enorm gestiegen.

»Zwei Monate«, sage ich zu Jamie, und er weiß genau, was ich meine.

Eine Weile sitzen wir stumm da und starren auf den Empfangstresen. Ich drehe mit Mühe den Kopf, um meinen Bruder anzusehen. Meinen Spiegel. Er sieht genauso schlimm aus wie ich.

»Ja, wir sehen beschissen aus«, sagt er, als er sein Gesicht zu mir dreht. Wir sind nur noch zwei blonde Leichen. »Es ist so was von lächerlich, oder?«

»Was?«

»Dass wir nicht ohne ihn leben können.«

»Ja. Und ich habe eine Scheißangst, dass sie mir genau das bei diesem Termin sagen werden. Ich bin dem Tod geweiht, Jamie.« Ich stöhne vor Müdigkeit und gleite in einen unruhigen Halbschlaf. Jede verstreichende Minute sagt mir, dass ich es jetzt mal langsam akzeptieren sollte. Er kommt nicht zurück zu mir und meinem blöden Herz.

Irgendwann richte ich mich auf und schaue auf das Telefon in meiner Hand. Ich würde am liebsten eine Nachricht aus ihm herauspressen. Nur ein einziges Wort, dass es ihm gut geht, damit ich mich wieder fangen kann und sie einen Herzschlag finden.

Der Name, der unsere beiden Köpfe herumfahren lässt, wird aufgerufen. »Barrett?«

»Wir müssen noch kurz warten«, redet Jamie höflich auf die Sprechstundenhilfe des Kardiologen ein. »Wir warten noch auf unseren Freund. Der wollte bei dem Termin dabei sein.«

»Ich schicke ihn rein, wenn er kommt«, sagt die Frau zu uns. »Wir müssen uns an unseren Zeitplan halten.« Besiegt schleichen die Barrett-Zwillinge den langen weißen Gang entlang. Ich habe Angst. Mein Herz ist ein vertrockneter Aprikosenkern. Sie werden mich wohl an Jamie annähen müssen, um mir seins zu leihen, und wir werden als siamesische Zwillinge enden.

Jamies Hand schließt sich um meine, und ich hatte noch nie solche Angst um mich selbst. Es wird zu einer Operation kommen. Ich weiß es. »Was soll ich bloß machen?«, flüstere ich ihm zu, als uns Plätze zugewiesen werden. »Was?«

»Ich weiß es nicht«, flüstert er zurück. »Aber das wird schon. Ich bin bei dir.«

»Darcy Barrett«, sagt Dr. Galdon mit einer überschwänglichen Geste. Er kennt mich seit Jahren. »Ich habe Ihr Gesicht sehr lange nicht gesehen.« Sein Lächeln erstirbt, als die schlagfertige Erwiderung, die er erwartet, ausbleibt. Vom einen wie vom anderen Zwilling. »Was ist los?«

»Nur ein gebrochenes Herz«, sage ich teilnahmslos. »Es fühlt sich nicht gut an da drin.«

»Hmm«, macht Dr. Galdon, und ich versuche, nicht zu viel in seine Miene hineinzudeuten, als er meinen Blutdruck misst. Ich weiß, dass ich total furchtbar aussehe. Meine Wangenknochen stechen hervor, und meine Augäpfel sind permanent gerötet. Tom dachte immer, meine Klamotten fielen von mir ab? Ich sehe aus wie ein Wischmopp, der in schwarzen Stoff gewickelt wurde.

»Dann schließen wir Sie mal an.« Dr. Galdon hilft mir auf die Kante der Behandlungsliege und rollt den Herzmonitor zu mir herüber.

»Sie isst nichts, vergisst, ihre Tabletten zu nehmen. Sie sind abgelaufen«, petzt Jamie, wie immer. »Trinkt zu viel. Keinerlei Sport. Und Zucker, meine Herren, der Zucker.«

»Schon gut, schon gut«, sagt Dr. Galdon, während er mir die Plättchen auf die Brust klebt. »Ärgern Sie Ihre Schwester nicht.« Er war schon häufiger Zeuge unserer kleinen Zweikämpfe. Wieder verfällt er in Schweigen, als ich nichts erwidere.

Woher soll er auch wissen, dass die Barrett-Zwillinge aufgehört haben zu kämpfen.

Es kostet zu viel Mühe. Außerdem müssen wir uns aneinanderklammern, um nicht unterzugehen. Ohne unseren für uns so perfekten Puffer, um uns auszugleichen. Ich höre einen aufsteigenden Piepton, und wir sehen alle zu, wie mein Herz – der Fluch meiner Existenz – anfängt, sich auf dem Bildschirm herumzuschlängeln und zu pulsieren, mit der ganzen Kraft einer sterbenden Kaulquappe.

»Entschuldigung«, sagt Dr. Galdon mit einem Blick auf eine Nachricht auf seinem Handy. »Ich muss kurz weg. Ein Notfall. Bleiben Sie einfach so sitzen.« Er verlässt den Raum, und ich starre auf die Linien auf dem Monitor.

*Piep-blub. Piep-blub.*

»Der Notar hat die Unterlagen geschickt«, sagt Jamie, um das Schweigen zu brechen. »Sie kamen mit einem Kurier. Er wird uns umbringen.« Diesen letzten Teil fügt er heiter hinzu, als könnte er nicht abwarten, Tom über das, was wir gemacht haben, den Kopf schütteln zu sehen.

»Ja«, seufze ich schwer. »Ich kann ihn schon hören. Ich brauche eure Hilfe nicht …«

Jamie fällt mir ins Wort und ahmt Tom nach. »Ich brauche kein Drittel des Erlöses.«

»Ich habe es nicht verdient«, fahre ich in Toms Tonfall fort. »Ich bin kein Barrett. Es ist euer Erbe, nicht meins.« Ich reibe mir die Arme und versuche, nicht auf den Monitor zu schauen. »Aber das hat er. Und er bekommt es. Danke, Jamie. Es ist die perfekte Art, ihm zu zeigen, dass er wichtig ist und auf gleicher Stufe wie ein Barrett. Und dass wir ihn für immer lieben werden.«

»Er hat gar nichts geerbt, und ich habe nicht mal darüber nachgedacht.« Jamie hat sich deswegen ganz schön gequält. »Ich habe nur an mein Geld gedacht. Nicht an ihn. Er war quasi ihr dritter Enkel und hat nichts bekommen. Was wir tun, ist einfach nur eine Richtigstellung.«

Wir reden immer noch stur so, als würden wir ihn wiedersehen. »Aber bringst du ihn auch zum Unterschreiben? Er ist so stolz.«

»Wenn ich ihn finde«, sagt Jamie mit absoluter Zuversicht, »bringe ich ihn zu allem. Selbst dazu, dieses Dokument zu unterschreiben.«

»Wenn du ihn findest.« Ich atme aus, Jamie atmet aus, und der Raum versinkt wieder in Stille. Es ist unmöglich, jemanden zu finden, der verletzt ist und sich versteckt. Wer wüsste das besser als ich. Ich habe es jahrelang so gemacht. Wer weiß, wo auf dieser Welt Tom jetzt ist.

»Sobald ich reisen darf, werde ich nach ihm suchen gehen«, platzte ich heraus.

Jamie verbietet es weder, noch sagt er, dass das eine blöde Idee ist. Alles, was er sagt, ist: »Wo wirst du als Erstes suchen?«

»Weiß nicht genau. Ich nehme die nördliche Halbkugel.«

»Dann mache ich die südliche.« Jamie lächelt mich an. »Wir werden ihn finden.« Er versucht mich ebenfalls zum Lächeln zu bringen, aber ich werde von einem Gefühl abgelenkt.

Ich spüre ein Vibrieren in meinen Knochen, ein Zittern unter meinen Fußsohlen und ein Tröpfeln in meinen Adern. Auf dem Monitor steigt meine Herzfrequenz an. Mir wird warm. Bekomme ich eine Panikattacke?

»Gott, bist du kurz vorm Explodieren, oder was?« Jamie steht auf, sieht auf den Bildschirm und schneidet eine Grimasse. Er drückt mir einen Daumen an den Hals. »Was ist denn los? Ich hole …«

Die Tür geht auf.

»Hier hinein«, sagt die Sprechstundenhilfe, und Darcy und Jamie Barrett haben einen Zwillings-Herzinfarkt.

Tom Valeska kommt immer genau dann, wenn man ihn am nötigsten braucht.

Er steht in der Tür, die Stirn faltig und das T-Shirt zu locker an seinem Körper. Einen Fuß nach hinten versetzt, als sei er jederzeit bereit zu fliehen. »Danke«, sagt er mit seiner automatischen Höflichkeit zu der Frau. Seine Augen schnellen verzweifelt zwischen mir und Jamie hin und her. Sein Gesicht ist rot, und er schwitzt. Er ist der schönste Mensch, den ich je gesehen habe.

»Hi«, sage ich, von meinem Herz am Platz festgehalten. »Du bist gekommen.«

Jamie schüttelt seine Überraschung ab und tut, was ich nicht kann. Er geht auf Tom zu, legt die Arme um ihn und drückt ihn. »Du bist gekommen«, echot er und will die Umarmung gar nicht enden lassen.

»Natürlich. Geht es dir gut, Darce?« Toms Blick fällt auf den Apparat neben mir und die Kabel, die aus meiner Brust kommen. Ich versuche sie abzureißen, aber sie kleben fest auf meiner Haut.

»Ja«, sage ich mit dem letzten bisschen Luft, das ich habe. Es piept wie verrückt. »Komm her. Bitte komm her.« Meine Augen füllen sich mit Tränen.

Jamie lässt ihn los, und Tom tritt zwischen meine Knie. Die Welt um uns herum verschwindet. Er fährt mit den Fingerspitzen in mein leicht zerzaustes Haar, und ich drehe das Gesicht nach oben.

»Was ist denn hier passiert?«, brummt er mit rauer Stimme.

»Du siehst furchtbar aus, schöne Darcy Barrett.«

Ich presse mein Gesicht in seinen Solarplexus und spüre seine warmen Hände in meinem Nacken. Er fädelt seinen freien Arm zwischen den Kabeln hindurch um meinen Rücken, und dieses Gefühl, wie er mich drückt, werde ich für den Rest meines Lebens mit mir tragen.

»Geht es dir gut?«

»Ja«, sagt Tom. »Es tut mir leid, ihr beiden«, fängt er an, aber wir bringen ihn sofort zum Schweigen. Jamie fühlt sich ausgeschlossen und quetscht sich neben mich auf die Liege. Wir sind nichts als zwei blonde Vögelchen, die zu Tom aufblicken, als bräuchten wir ihn, um zu überleben. Ach ja, tun wir ja auch.

»Aber ich hab komplett …«, setzt er erneut an, doch wir schütteln nur die Köpfe. »Ich habe einfach total …«

»Es ist uns egal«, schneidet Jamie ihm das Wort ab. »Es ist egal. Du bist zurück. Nur das zählt. Bitte mach, dass meine Schwester am Leben bleibt. Mit allen Mitteln, die nötig sind.«

Toms Blick ist warm, als er sich wieder mir zuwendet. »Lass mal sehen. Was braucht sie, um am Leben zu bleiben?«

»Dich«, sagt Jamie schlicht. Es ist ein Wort, aber ein verdammt starkes. Tom sieht ihn scharf an, als könnte er nicht glauben, was er gerade gehört hat.

»Dich«, wiederhole ich. »Wo in aller Welt warst du?«

»Ich hatte mir überlegt, dass ich lieber mal lerne, wie man richtig reist«, sagt Tom in entschuldigendem Tonfall. »Seit Jahren habe ich keine Auszeit mehr genommen. Ich dachte, ich hätte es so verbockt, dass ihr mir unmöglich vergeben könnt. Also bin ich einfach drauflosgefahren.«

»Du hast Patty zurückgelassen«, sagt Jamie in leicht anklagendem Ton. »Wir dachten, du hast dich und deinen sagenhaften Hintern in den nächsten Canyon gestürzt.«

Tom lacht, während er mich streichelt, um das Entsetzen zu besänftigen, das den Herzmonitor penetrant quieken lässt.

»Patty brauchte mal einen Strandurlaub. Das alte Mädchen sah ganz erschöpft aus.«

»Dito«, stöhne ich, als seine Fingernägel mit sanften Kreisen meinen Nacken kraulen. »Tom, ich wäre fast gestorben ohne dich. Dr. Galdon wird es dir gleich bestätigen.«

»Ja, wo bleibt der denn überhaupt? Ich gehe mal nach ihm sehen.« Jamie geht mit gerunzelter Stirn hinaus und schließt die Tür hinter sich. Ich fasse es nicht. Er hat gerade einen Raum verlassen, damit wir allein sein können. Mein Herz hämmert so stark, dass Tom besorgt auf den Monitor schaut.

»Beruhige mein Garnröllchen mal ein bisschen.« Seine warmen Handflächen halten mein Kinn, und er saugt mein Gesicht mit Blicken in sich auf. Dann senkt sich sein Kopf, und ein perfekter Kuss wird auf meinen Mund gedrückt. Er ist weich und liebevoll, wie ein Freund. »Ich bin auch fast gestorben ohne dich.«

»Wir haben so viel gearbeitet«, sage ich und versuche ihn für einen längeren Kuss wieder nach unten zu ziehen. Obwohl ich keine Ahnung habe, wie er meine blauen aufgesprungenen Lippen überhaupt küssen konnte.

»Ich kann dir gar nicht sagen, wie leid es mir tut«, sagt er bekümmert. »Ich bringe alles wieder in Ordnung. Ich werde nicht schlafen, bis es perfekt ist.«

»Ich meine nicht das Haus. Das ist okay. Colin war der Bauleiter und ich seine Stellvertreterin. Jamie hat ein paar Kosten gesenkt, und wir sind wieder im Budget. Dummerchen«, tadele ich ihn sanft und reibe seinen Arm. »Wir können alles für dich in Ordnung bringen.«

»Das versucht ihr doch immer«, stöhnt er schuldbewusst.

»Was ich meinte, war, dass Jamie und ich an uns selbst gearbeitet haben. Wir haben hier drin renoviert.« Ich nehme seine Hand und drücke sie an mein Herz, auf die Elektroden. »Und wir werden noch lange an uns arbeiten. Um sicherzugehen, dass wir dich nie wieder dazu bringen wegzulaufen.«

»Aber dein Reisepass ...«

»Egal.« Ich schaffe es, eine Hand in seinen Nacken zu schieben und Tom herunterzuziehen. Mein Herz stülpt sich fast um, als wir uns küssen, unsere Münder sich öffnen und wir einander wieder schmecken. Er ist süßer als Zucker, leckerer als alles, was ich je probiert habe. Die Erfüllung all meiner Geburtstagskerzenwünsche.

»Aber es ist unverzeihlich«, widerspricht er, als er seinen Kopf leicht anhebt und mich schließlich auf köstlichste Weise in meine Unterlippe beißt. »Es war ein kontrollierendes Verhalten und die schlimmste Lüge, die ich dir ...«

»Nein, war es nicht. Als du gesagt hast, dass du das nicht mehr kannst, das war die schlimmste Lüge. Das war doch eine Lüge, oder?« Ich schnappe nach Luft, als seine Hände meinen Hals mit noch mehr Wärme umschließen, noch enger, und der nächste Kuss ist elektrisierend. Ich bin überrascht, dass ich nicht den Monitor sprenge. Ich, unsere Zungen, unsere Bisse, unser Atem und unser Verlangen. So starkes Verlangen.

»Willst du mich noch?«, fragt er, als er den Kopf hebt und dieses düstere, gefährliche Funkeln in den Augen hat, das nur ich erkennen kann. Jeder andere sieht einen sanftmütigen Menschen. Aber hier und jetzt, in diesem Moment unter uns, ist er Valeska. Der Beschützer, den ich schon immer an meiner Seite gebraucht hatte, bei jedem meiner Schritte.

»Einhundertprozent mein«, hauche ich mit einem Nicken. Er denkt darüber nach, dann fällt ihm wahrscheinlich die verzweifelte Umarmung meines Bruders wieder ein. Er deutet mit dem Kopf Richtung Tür.

»Lass ihm besser ein Prozent von mir«, lächelt er, und ich lache.

»Na gut. Neunundneunzig Prozent mein. Das klingt doch sehr schön. Sag nicht, dass man mit mir nicht verhandeln kann. So, und jetzt zeige ich dir genau, wie sehr ich dich liebe.«

»Das weiß ich doch längst.«

»Du kannst es gar nicht wissen, weil ich es dir nie gesagt habe.«

»Du hast es mich immer spüren lassen. Immer.« Seine Augen brennen vor Verlangen. »Deshalb kann ich es ertragen, wenn du gut aussehende Lieferboten anlächelst. Kein Fremder wird zwei Minuten mit dir reden und dich mir wegnehmen. Das würdest du nicht zulassen.«

Er suhlt sich nicht in männlichem, arrogantem Stolz. Er macht das, was er am besten kann: die Wahrheit sagen.

»Deshalb hast du mich all die Jahre behandelt, als sei es dein Job, mich zu beschützen. Und das hat außer dir noch nie jemand versucht, weil alle anderen immer denken, ich komme bestens klar. Aber du hast immer gewusst, dass ich dich brauche, in jeder Hinsicht. Du hast es gespürt.«

Ich nicke, und mir stockt der Atem.

»Du bist nie mit jemandem ausgegangen, den du lieben konntest, weil du nicht wolltest, dass irgendjemand deine Gefühle für mich bedroht. Am Weihnachtstisch hast du immer allein gesessen und mich und Megan angesehen, als würdest du darauf warten, dass ich es endlich merke. Hast allein draußen auf der Treppe hinter dem Haus gehockt, in die Sterne geschaut und auf mich gewartet.«

Er berührt mich jetzt, langsam und sacht, als wäre ich ein Tier, das er aufscheuchen könnte. »Du hast Todesangst, weil ein Mensch wie du nur einmal liebt. Und du liebst mich.«

Seine Worte durchfahren mich wie ein Schock. Ich habe noch nie etwas gehört, das so mit mir im Einklang war, so klar und echt. Seine Hände liegen an meiner Taille, und er drückt mich, um eine Antwort zu erwirken. »Habe ich recht?«

»Natürlich hast du recht. Und jetzt küss mich.« Diesmal ist es süß und zärtlich.

Nach einer Weile löst er uns voneinander. »Ich habe dir nie gesagt, wie sehr ich dich liebe. Du kannst dich immer in die anderen hineinversetzen. Deine speziellen Zwillingskräfte benutzen. Was meinst du, fühle ich? Sag's mir.« Bei den letzten Worten klingt der Alpha-Bass an.

Ich habe keine Erfahrung damit, Gefühle auszudrücken, schon gar nicht diese Art von Gefühlen, aber ich muss es versuchen. So hat sich Loretta vermutlich gefühlt, wenn sie die erste Tarotkarte umdrehte. *Benutze deine Intuition*, sagte sie immer. *Fühle die Wahrheit.* Ich fühle seinen Herzschlag in meiner Handfläche und seine Finger, die in mein Haar gleiten.

»Du hast in einem Etagenbett in Jamies Zimmer geschlafen. Das gehört zu den Dingen, die du meinetwegen auf dich genommen hast. Dich mit meinem Bruder herumgeschlagen, nur um Wand an Wand mit mir schlafen und deine Zahnbürste neben meine stellen zu können.«

Ich spüre, wie er nickt.

»Du zeltest auf dem Rasen vor meinem Fenster, nur um in meiner Nähe zu sein.«

»Mehr.«

»Wenn wir uns an Weihnachten umarmen, atmest du mich ein und hältst die Luft an. Was immer du an meiner Haut magst, es sitzt tief im Höhlenmensch-Areal deines Gehirns.«

Ich habe keine Ahnung, wo dieses merkwürdige Wissen herkommt, aber ich liege richtig. Er lässt den Kopf auf meine Schultern sinken, und ich spüre, wie er die Luft einsaugt.

»Noch mehr.« Er sagt es, während er ausatmet und die heiße Luft meinen Hals entlang in meinen Ausschnitt bläst. Wir sind beide total überhitzt. Ich brauche gar nicht zu überlegen, was ich sagen soll. Diese Worte liegen mir schon mein ganzes Leben auf der Zunge.

»Den Diamanten eines anderen Manns an meiner Hand zu sehen, ist dein schlimmster Albtraum, und jahrelang hast du dich deswegen schlaflos herumgewälzt.« Ich spüre, wie ein Zittern durch seinen Körper geht. Was jetzt kommt, ist am schwersten auszusprechen.

»Einer anderen Frau einen Diamanten anzustecken hat dir Übelkeit verursacht. Aber weil du ein netter Kerl bist, konntest du es dir nicht eingestehen, geschweige denn ihr. Also hast du weitergemacht, bis überall weiße Spitze auftauchte und du meine wahnsinnig ineinander verliebten Eltern gesehen hast.«

»Noch mehr als das.«

»Du würdest für mich töten. Du würdest ein Grab für mich schaufeln.«

Er lacht. »Ja. So langsam kommst du der Sache näher.« Wir küssen uns, als die Tür wieder aufgeht.

»Alles klärchen«, verkündet Dr. Galdon, während er hereinmarschiert. Er hüstelt, und wir lösen uns hastig voneinander. »Dann wollen wir doch mal sehen, wie es Ihnen geht, Miss Barrett.« Er schüttelt Tom die Hand, und Jamie und Tom setzen sich nebeneinander und schauen mich voll Interesse und Zuneigung an. Ich habe noch nie etwas Entzückenderes gesehen: meine beiden Lieblingsmenschen, Seite an Seite, und sie lieben mich.

»Sieh sie dir an«, bemerkt Jamie und stößt Tom den Ellbogen in die Seite. »Du hast ja wieder Farbe im Gesicht, Darce.«

»Das wollte ich auch gerade bemerken«, sagt Dr. Galdon lachend. Er studiert den Monitor. »Das ist die schnellste Heilung eines gebrochenen Herzens, die ich je gesehen habe. Eine einhundertprozentige Verbesserung gegenüber dem Zustand vor fünf Minuten.« Sein Lächeln verschwindet, als er etwas auf meine Karte schreibt. »Aber wir müssen über Ihre Medikation reden und ein EKG machen. Es gibt Unregelmäßigkeiten, die mir bisher nicht aufgefallen sind.«

»Ist schon okay, entspannt euch«, sagt Tom zu mir und Jamie in jenem Tonfall, dem wir nichts entgegensetzen können. »Wir kriegen dich wieder hin, Darce. Du wirst so gut wie neu sein. Wir haben eine Kreuzfahrt anzutreten, wenn wir achtzig sind«, erklärt er dem Arzt. »Dazu brauchen wir sie.«

»Ich denke, das lässt sich einrichten«, sagt Dr. Galdon lachend. »Solange sie jemanden hat, der sich bis dahin um sie kümmert.«

»Das wird sie«, sagen Jamie und Tom wie aus einem Mund. Wie Zwillinge.

Ich habe so ein Glück, dass sich der ganze Raum damit füllt. *Piep-piep-piep*, mein Herz schlägt, als würde es für immer leben. Das muss es auch. So lang wird es dauern, Tom zu zeigen, dass ich ihn verdiene.

# 21. Kapitel

Ich bin an meinem ganz persönlichen Zen-Ort: Mit meinem Reisepass in der Hand verlasse ich das Land.

Ich liebe diesen Moment: in einem Meer aus Fremden treiben, sie in Gedanken für ihre Pashminaschals und Riesenkopfkissen verspotten. Denken sie, dass es da, wo sie hinwollen, keine Kopfkissen gibt? Manche Menschen reisen, als würden sie ernsthaft denken, dass sie den Planeten Erde verlassen. Auf dem Mars kann man keine Socken oder Zahnpasta kaufen.

Ich ermahne mich. Ich urteile über Menschen und bin gemein. So will ich nicht sein. Ich will dafür sorgen, dass ich den bösen grauen Blick und die Stirnfalten verliere.

Ich lehne mich an die Säule neben den deckenhohen Fenstern und versuche, den Lärm auszublenden. Immer mehr Gruppen finden zueinander, kreischen vor Aufregung, machen vor der Abreise noch Fotos zusammen.

Ich sehe auf die Uhr. Bald ist es Zeit, an Bord zu gehen.

»Hey«, sagt Tom, und als ich ihn anschaue, geht mir das Herz auf. Es gibt kein besseres Wort dafür. Es ist wie eine Zeitrafferaufnahme von einer sich öffnenden Rose, jedes Mal wenn ich ihn anblicke und mir wieder einfällt, dass er mir gehört.

»Alles in Ordnung?« Ich zupfe das T-Shirt an seinem Oberkörper gerade. Eine Frau neben uns denkt sich: *Hat die ein Glück.* Sie ist über siebzig. Es ist die Wirkung, die dieses Gesicht und dieser Körper haben. Und die Frau hat ja auch völlig recht.

»Alles gut«, sagt Tom, aber er schwitzt und ist nervös. »Ich hatte nur eine Überraschung für dich geplant, aber vielleicht klappt es nicht.«

»Hey, ich brauche keine Überraschung.« Ich lege ihm den Arm um die Taille. »Ist schon gut.« Ich spüre einen Anflug von Selbstgefälligkeit, als er den Kopf sinken lässt und seine Stirn an meine drückt. Wie habe ich es bloß geschafft, diesen atemberaubenden Mann einzufangen? Ich küsse ihn auf den Mund, und seine Hand gleitet meinen Rücken hinab. Da wir praktischerweise hinter einer Säule stehen, pfeift er auf den braven Jungen in ihm, umfasst meinen Po und drückt, bis ich quiekend auf die Zehenspitzen gehe.

Ich komme nicht dahinter, warum er so nervös ist.

»Es ist alles perfekt organisiert. Die Küche wurde geliefert, und die Jungs haben heute früh angefangen.« Ich überwache Toms Team aus der Ferne, während sie das Haus am Strand renovieren, das Jamie gekauft hat, in derselben Straße, in der Mom und Dad wohnen. »Er besteht stur auf diesem Außengehege für die Katzen.«

»Habe ich dir das nicht erzählt? Ich habe ihn dazu gebracht zuzustimmen, dass sich immer jeweils eine Katze drinnen aufhalten darf.« Tom lacht in Richtung Decke, und seine Hände ziehen mich noch dichter an seinen Körper. So sind wir immer. Und wir werden immer, immer so sein. *Ich will dich in mir.*

»Wow. Das ist ja ein Riesenzugeständnis. Darauf kannst du stolz sein.« Ich streiche mit der Hand seinen Rücken hinauf und spüre seine Muskeln. »Wenn wir wieder zu Hause sind, hilfst du ihr zum allerletzten Mal beim Umzug.« Jamie hat Mrs. Valeska einen unbefristeten Mietvertrag gegeben.

»Und du hast auch alles organisiert«, entgegnet Tom. »Du hast deine Überarbeitungen eingereicht. Schon was gehört?«

»Meine Agentin meinte, dass sie noch überlegen, welches Bild auf das Cover kommt.« Mein unerwartetes Buch-Baby kam vor ein paar Monaten schreiend und strampelnd zur

Welt. Wie sich herausstellte, waren meine Fotos gut. Mehr als gut. Mein erster Foto-Kunstband *Devil's End* kommt in etwa sechs Monaten raus. Genug Zeit, um mit meinem nächsten Buchprojekt, *Maison de Destin*, zu beginnen, das die Entwicklung von Lorettas Cottage dokumentiert. Ich will es meinen Eltern zum Hochzeitstag schenken. Wer hätte gedacht, dass es meinem Herz so gut tut, ein Ziel zu haben?

Schon beim Gedanken an mein Herz fasse ich mir an die Leiste, wo der Herzkatheter eingeschoben wurde. Tom merkt es natürlich. »Alles gut?«

»Alles gut. So gut wie verheilt.« Die Operationsnarbe ist mittlerweile zu einem zartrosa Streifen verblasst. Tom hat mir sehr viele heilende Küsse darauf gegeben. »Hoffentlich sieht die Narbe nicht zu hässlich aus, wenn sie unter meinem Bikini hervorschaut.«

»Ist dein Bikini so klein?« Tom stöhnt auf und drängt mich gegen die Säule, bis ich deren Kälte zwischen meinen Schulterblättern spüre. Ich spüre, wie die Leute uns anstarren. Langsam gewöhne ich mich daran. Wir sind einfach so verdammt heiß, dass ich darüber lachen muss und ihnen am liebsten eine Show bieten würde. Seht mal, was ich habe. Seht mal, das gehört alles mir.

Wir reißen uns voneinander los, als es anfängt sozial unangemessen zu werden. »Die Leute hier sind alle so alt«, sagt Tom zwischen zwei Atemzügen. »Wir wollen doch nicht, dass einer von ihnen einen Herzinfarkt bekommt.« Er legt mir zwei Finger auf die Brust. »Ich bin so froh, dass wir dich wieder hingekriegt haben.«

»Kein Grund mehr zur Sorge«, bestätigte ich. »Und diese Leute sind wirklich alt«, stimme ich zu. Ich frage mich, ob Tom schon auf sein Bankkonto gesehen hat. So langsam bekomme ich Bammel. Ich hasse es, Geheimnisse vor ihm zu haben, aber bei diesem konnte ich einfach nicht widerstehen, und mein Bruder war viel zu clever.

»Tja, war ja zu erwarten, bei einer Reise wie dieser.«

Mir fällt etwas ein. »Ich habe was für dich. Etwas ganz Besonderes, um auf den Hausverkauf anzustoßen.« Ich wühle in meinem Rucksack. »Du hast ja keine Ahnung, wie hart ich darum gekämpft habe. Irgend so ein Arsch wollte mich noch bis zur letzten Sekunde überbieten.« Ich hole die Flasche hervor und präsentiere sie ihm.

»Du hast mir eine Flasche Kwench besorgt.« Lachend betrachtet er das Etikett.

»Die ist mehr wert als eine Flasche richtig teurer Champagner. Wehe, es prickelt nicht mehr, dann werde ich echt sauer!«

»Weißt du eigentlich, warum ich Kwench so liebte? Es war das Getränk, das ich von deinen Eltern bekam, als ich das erste Mal bei euch zu Abend gegessen habe. Ich hoffe, es war nicht zu teuer.«

»Ich bin jetzt reich, schon vergessen?«

Die Gleichgültigkeit in meiner Stimme bringt ihn zum Lachen. »Heute kommt das Geld, stimmt's? Es müsste jetzt auf deinem Konto sein. Gutes Timing.«

Er meint: rechtzeitig zu unserer Reise.

»Ja.« Für einen Moment werden wir von einer Ansage abgelenkt. Das Boarding beginnt gleich. Es macht ihn noch nervöser, seine Hände drücken zu. Was macht ihn so verdammt nervös?

Er konzentriert sich wieder auf mich. Er ist gut darin, mir das Gefühl zu geben, die Einzige zu sein. »Bist du traurig, dass das Cottage verkauft wurde?«

»Nein. Es war perfekt. Ich kann immer noch nicht glauben, dass die Höchstbietenden eine Familie mit Zwillingen waren. Es war unser letztes Zeichen von Loretta. Du hast einen Wahnsinnsjob gemacht. Es ist wirklich …« Ich benutze das Wort »perfekt« nicht mehr. »… schön geworden. Ich bin stolz auf dich.« Ich klicke mich durch meine Konto-App. »Es ist eingegangen.«

Tom schaut auf den Betrag auf meinem Konto, und, wie ich schon vorher wusste, er runzelt die Stirn. »Das stimmt aber nicht.«

»Doch. Ist deins schon eingegangen?« Ich verziehe keine Miene, als er sein eigenes Handy zückt und sich in sein Konto einloggt. Dann sehe ich sein Gesicht. Er hält sein Telefon neben meins, wir haben denselben Zahlungseingang. Bis auf den letzten Cent.

»Was habt ihr gemacht?«, setzt er an, aber ich lache nur und küsse ihn.

»Du solltest dir wirklich vorher durchlesen, was du unterschreibst«, rate ich ihm. »Das ist wichtig als Unternehmer.«

»Nein, Darce«, brummt er. »Das ist nicht richtig.«

»Es ist nicht nur richtig«, ich beschließe, noch einmal eine Ausnahme zu machen und jenes verbotene Wort zu benutzen. »Es ist *perfekt*. Es ist ein großer Kuchen in drei Teile geschnitten. Du hast es verdient. Du gehörst zur Familie. Du bist meine Familie.«

»Du weißt gar nicht, was das bedeutet«, stöhnt er und legt sich eine Hand auf die Stirn. Ich weiß sehr wohl, was es bedeutet. Nämlich, dass Tom Valeska sich nicht mehr abplagen muss, dass seine Mom versorgt ist und er wählerisch sein kann bei seinem nächsten Projekt. Es bedeutet, dass Tom Valeska jetzt ein Leben voller Möglichkeiten hat, wie es die Barrett-Zwillinge ohne jedes Zutun schon immer genießen.

Er will gerade anfangen, mit mir zu schimpfen, als er abgelenkt wird.

»Oh, warte mal, da kommt endlich deine Überraschung. Aber im Ernst, Darce. Das war gemein.«

»Ich bin eben ein böses Mädchen«, sage ich achselzuckend, folge seinem Blick, und wir sehen, wie sich jemand einen Weg durch die Menge bahnt. Für einen Moment traue ich meinen Augen nicht. Mit gerunzelter Stirn sehe ich zu Tom auf.

»Eigentlich sind es zwei Überraschungen. Bei der einen bin ich nicht sicher, ob du dich freuen wirst.«

Ich sehe, was er meint.

Jamie zieht seinen Koffer durch die Menge. »Entschuldigung«, sagt er laut zu einem plaudernden Pärchen, und sie springen überrascht auseinander. Er pflügt sich zu uns durch, kommt zum Stehen und schaut auf seine Uhr. »Dieser verdammte Taxifahrer hatte keine Ahnung. Hallo, Darcy.« Er sieht mich an, als hätte er Angst.

»Wir dachten nur, es wäre noch lustiger, wenn wir die Kreuzfahrt jetzt schon zusammen machen und nicht erst mit achtzig«, sagt Tom vorsichtig. Bei unserem Bettgeflüster waren es immer nur wir beide. Wir zwei, die sich in der Sonne küssen. Wir, die im Ozean schwimmen.

»Ich werde euch nicht stören. Ich habe natürlich meine eigene Kabine«, Jamie zieht eine Grimasse, als ihm der Gedanke durch den Kopf geht. »Wenn ihr beiden rumliegen und knutschen wollt, sitze ich allein herum. Also, ich sitze die ganze Zeit allein rum. Ihr werdet mich gar nicht zu Gesicht bekommen …«

Er hört auf zu reden, als ich meine Arme um ihn schlinge und ihn drücke.

Ich spüre, wie die Spannung von ihm abfällt. Er ist eine Hälfte von mir. Und ich liebe Tom so sehr dafür, dass er diesen schwierigen, schönen Menschen eingeladen hat, mit uns zu kommen. Um ihm zu zeigen, dass er nicht aus unserem Leben ausgeschlossen ist, dass er immer bei uns sein und im gleichen Pool schwimmen wird – wie damals, als wir Kinder waren.

»Danke, Darce«, sagt Jamie über meinem Kopf, und ich spüre seine Emotion. »Moment, ist das nicht …«

»Die zweite Überraschung.« Tom streicht mir die Haare hinters Ohr. Meine Haare hören gar nicht mehr auf zu wachsen. Sie sind jetzt wie Federn, und er liebt sie.

»Heiliger Strohsack«, lacht Jamie. »Tom Valeska hat uns schon wieder angelogen. Reingelegt, reingelegt«, fügt er schuldbewusst hinzu. »Das wird klasse! Hier ist die Frau, die vor dem Mittagessen Cocktails mit dir trinken wird«, setzt er an mich gerichtet hinzu.

»Während ich ihren Ring anprobiere?«, sage ich, um klugzuscheißen, aber Jamie wird knallrot.

In der Menge erkenne ich noch jemanden. Mein zweites Geschenk. Es ist Truly, und sie hat einen Koffer dabei, der groß genug ist, um eine Leiche darin zu verstecken. Auf ihrem Kopf sitzt eine herzförmige Sonnenbrille. Sie kommt im Gewühl nicht voran, daher stellt sie sich auf die Zehenspitzen, winkt und macht ein frustriertes Gesicht.

»Tom«, ich fange an zu weinen.

Jamie schiebt mich in Toms Arme. »Dann werde ich ihr mal behilflich sein.« Er schiebt sich energisch durch die Menge und nimmt Truly den Koffer aus der Hand. Prompt nimmt Truly ihm den Koffer wieder ab. Sie streiten sich, bis Jamie all seinen Charme spielen lässt, um sie in eine bessere Stimmung zu bringen. Die Leute beobachten sie. Die Chemie zwischen ihnen ist so stark, dass rosa Wölkchen aufsteigen.

»Nicht schlecht«, sagt Tom amüsiert. »Ich bin wirklich ein schlauer Kerl.«

Jamie und Truly stellen sich neben uns auf, und wieder spüre ich etwas von ihrer Verletzlichkeit, als sie beide auf Toms Arm starren, der sich um mich legt. Sie fühlen sich wie Eindringlinge.

»Meine beste Freundin ist hier«, ich lehne mich an Truly. »Und ich kann glücklich sterben.«

»Du kannst glücklich leben«, korrigiert Tom mich. »Hey, Jamie, hast du Du-weißt-schon-was dabei?«

»Willst du das etwa hier machen?«

»Warum es aufschieben?« Er zieht eine samtene Schmuckdose hervor, und mein Herz rutscht mir bis zu den Füßen.

Aber ehe ich das verarbeiten kann, tut Jamie dasselbe. Sie tauschen die Dosen. Die, die sich jetzt in Toms Hand befindet, erkenne ich.

»Ist das …«, ich greife danach wie ein kleines Kind. Es ist Lorettas Saphir. Ich weiß es. Die Patina auf der alten Lederdose ist mir so vertraut wie die Haut an meinen Händen. »Tom, gib her.« Ich bin so darauf fixiert, dass ich eine Minute lang hüpfe, bis ich merke, dass er sie über seinen Kopf hält. Er ist fast zwei Meter groß und streckt sich unendlich in die Höhe.

»Beruhige dich, du Wilde«, tadelt er mich.

»Du hast ihn gegen Megans Ring getauscht? Oh, wie hübsch.« Truly schaut in die Dose, die Jamie für sie aufgeklappt hat. »Das ist aber schäbig von dir«, fügt sie an meinen Bruder gerichtet hinzu.

»Schäbig? Wieso das denn? Ich habe einen guten Deal gemacht«, protestiert Jamie. »Die Klarheit und der Schliff bei dem hier sind phänomenal. Tom hat einen guten Geschmack«, schließt er mit gewohnter Taktlosigkeit.

»Aber dieser hat einer anderen gehört, und sie hat ihn geliebt«, rügt Truly ihn sanft. »Die Frau, die du mal heiraten wirst, wird den Ring einer anderen am Finger tragen.«

»Du musst das mal von der pragmatischen Seite betrachten«, erwidert Jamie. »Darce, hör auf so herumzuhüpfen, sonst streikt wieder dein … oh.« Ihm fällt ein, dass bei mir jetzt alles okay ist. Ein ordentlicher Herzschlag, dank des süßesten kleinen Schrittmachers, den man sich vorstellen kann. Der Schrittmacher, der jetzt in meiner Brust vor sich hin tickt. »Ich hab ganz vergessen, dass du jetzt Robo-Darce bist. Mach weiter.« Er stopft sich Megans Ring in die Hosentasche. »Jetzt hast du mich verunsichert«, sagt er mürrisch zu Truly. »Tom, vielleicht will ich lieber wieder zurücktauschen.«

»Tut mir leid, Deal ist Deal.« Tom bleibt stur. Er hat mich wieder gegen die Säule gedrängt, um mich ruhigzustellen. »Hey, komm wieder runter«, sagt er an meiner Wange. Vor meinem geistigen Auge sehe ich jedes Mal einen Saphir, wenn ich blinzele. Einen schwarzen Saphir. Geheimnisvoll und brillant. Ich will ihn. Ich brauche ihn.

Ich will so unbedingt Darcy Valeska werden, dass ich schreien könnte, und wie er mich ansieht, weiß er das auch.

»Oh, wir müssen«, sagt Jamie, als das Boarding ausgerufen wird. »Gehen wir und werden zusammen in der Sonne alt.« Er sammelt Trulys Koffer auf und fängt an, sie auf die Gangway zuzuschieben.

»Ich will ihn«, ich berühre mit den Fingern die rechteckige Beule in seiner Hosentasche. Seine Augen leuchten amüsiert, während die Leute anfangen, an uns vorbeizuströmen. Das Geräusch von Tausenden Kofferrollen ist ohrenbetäubend. »Also, bist du sicher, dass du mit mir in einem Zelt leben willst?«

»Ganz sicher. Schließlich bin ich stellvertretende Bauleiterin. Ich muss zur Verfügung stehen.«

Er kann das immer noch nicht glauben. In seiner Vorstellung schlafen Prinzessinnen nicht auf dem Boden. »Denn sobald wir ein Haus finden, das du behalten willst, mache ich es zu deinem Zuhause. Mit allem, was du dir wünschst. Es wird ein Fotostudio haben und …«

»Jetzt kommt endlich, das könnt ihr auf dem Schiff bereden!« Jamie dreht sich zu uns um und ruft uns zu: »Wir gehen schon mal.«

»Ich will ihn«, wiederhole ich und klinge vermutlich wie eine kleine Göre. Ich meine das Haus, den Ring und ihn. Die Zukunft. »Ich liebe dich, und ich will ihn.«

Tom beugt sich hinunter, um meinen Schmollmund zu küssen. »Hast du diesen Schatz denn verdient?«

Ich gerate ins Schwanken. Automatisch schüttele ich den Kopf. »Wie könnte ich dich je verdienen?«

Er nimmt mir das zweifelnde Zittern, wie nur er es kann. »Du verdienst mich jeden Tag. Komm. Du weißt, dass ich dir alles gebe, was du willst.« Gekonnt öffnet er meine Lippen mit einem Kuss, und seine Zunge streicht über meine, weil er weiß, dass ich es genauso liebe.

»Entspann dich einfach. Lass mich Darcy Barrett ein bisschen verwöhnen, und zwar für den Rest ihres Lebens. Lass mich einen Vorgeschmack auf dieses Gefühl bekommen.«

Alles, was ich sagen kann, ist, dass es süß schmeckt.

# *Verliebt in Mr. Perfect*
# Epilog: Noch 1 Prozent

In der Morgendämmerung ziehe ich mich allein an. Meine Shorts von gestern sind noch nicht so dreckig, also schlüpfe ich hinein und streife mein Valeska-Bau-Service-Shirt über. Es ist so voller Farb- und Mörtelspritzer, dass es vermutlich bald ausgedient hat. In der Enge des Zelts zwänge ich die Füße in meine Stiefel, nehme die Haare zu einem kurzen Pferdeschwanz zusammen und schreite durch eine Parfümwolke, die ich in die Luft gesprüht habe.

In letzter Zeit schlafe ich wie eine Tote und wache auf, als würde ich ewig leben.

Wir sind im Moment in einer hübschen Gegend. Wie immer haben wir das schlechteste Haus in der besten Straße. Ich gehe durch das leere Schlafzimmer in mein Lieblingsbad. Es muss das schönste sein, das Tom je gemacht hat. Für die Beleuchtung, die er ausgewählt hat, liebe ich ihn gleich noch mehr. Das Licht schmeichelt meiner Haut so, dass sie zu schimmern scheint. Meine Wangen sind bonbonrosa und meine Lippen rot vom Küssen. Eine Nacht mit Tom Valeska ist die Art von Kosmetik, die sich nicht in Flaschen füllen lässt.

Ich bin schöner als je zuvor in meinem Leben. Ich weiß das, weil Tom es mir sagt, und weil sich die Leute auf Schritt und Tritt in mich verlieben. Ich schwebe auf einer Wolke aus Sex und Glückseligkeit, leuchte innerlich und offenbar auch äußerlich. Das hat sogar Colin gesagt.

Jeder Zweite, der irgendwas liefert, fragt mich, ob ich

abends schon was vorhabe. Dann lache ich und sage: »Du machst wohl Witze. Vergiss es. Heute Abend bin ich beschäftigt.« Tom hört das mit an und schmunzelt. Später sagt er mir so was ins Ohr wie: »DB, heute Abend habe ich vor, extrem beschäftigt zu sein.« Dann geht er raus, sein Handy vibriert in meiner Hosentasche, und ich kämpfe mit meiner blühenden Fantasie. Wenn die Jungs abends zusammenpacken, grinsen sie Tom frech an.

»Einen schönen Abend, Chef.«

Wir haben eine erstaunliche Wirkung auf unser Umfeld. Alle können die Mischung aus Pheromonen und Chlor auf Toms Haut riechen – sein Testosteron und seine Leidenschaft. Egal, wo wir sind und was für neue Teams wir für unsere Häuser zusammenstellen, Tom stellt auf ruhige und unterschwellige Weise seinen Besitzanspruch auf mich klar. Dafür bin ich schamlos und presse ihn bei jeder Gelegenheit gegen die Wand. Wir lassen auf den Baustellen alles beschlagen, ohne dass wir uns auch nur anzusehen brauchen.

Und diese Wolke, in der ich eingehüllt bin, inspiriert mich. Alles ist schön. Meine Kamera hat mir bei den Jungs einen Spitznamen eingebracht – Paparazza. Tom hat ihnen bei einem unserer Pizza-Freitage erzählt, dass ich nicht mehr so war, seit ich sechzehn gewesen bin, und das stimmt. Ich liebe Tom, aber ich habe mich auch wieder neu in meine Kamera verliebt, und diesmal ist es für immer.

Tom fügt sich meiner Besessenheit von seinem Gesicht. Wenn die Sonne untergeht, sitzen wir, Knie an Knie, im Garten des Hauses, hinter dem wir gerade wohnen. Ich benutze meine Lieblingslinse und mache Fotos von seinem perfekten Gesicht. Seine Augen verändern sich mit jedem Lidschlag. Diese Fotos liebe ich am meisten, es ist fast wie ein Zwang, sie zu machen.

Er will mich. Er braucht mich. Er atmet für mich. All das fange ich ein.

Ich sehe mich im Bad um. Es ist wirklich perfekt. Wer immer dieses Haus kauft, wird die Armaturen lieben, die er ausgewählt hat. Dieses Waschbecken habe ich, soweit ich weiß, mal in einem Ausstellungsraum bewundert, ohne mir viel dabei zu denken: »Das ist aber schön!« Das nächste, woran ich mich erinnere, ist, wie es installiert wurde. Ich poliere meine Fingerabdrücke vom Wasserhahn. Tom übertrifft sich wirklich bei jedem Haus selbst. Ich weiß, was er vorhat: meine Traumkombination aus Farbe, Armaturen, Fußboden und Wohngegend herauszufinden.

Oh Mann, das Licht hier drin ist so was von toll. Egal, wer dieses Haus kaufen wird, ich hasse ihn schon jetzt.

Auf der Küchenarbeitsfläche steht ein dampfender Kaffeebecher mit der Aufschrift WELTBESTES ARSCHLOCH. Daneben steht Toms Laptop, und ich mache mich daran, unsere E-Mails durchzugehen. Eine davon ist von einem Spediteur, mit dem wir zusammenarbeiten.

»Sie fordern jetzt bei der Versicherung Ersatz für den Fensterrahmen«, sage ich, ohne die Stimme zu erheben. Ich kann ihn zwar nicht sehen, aber er muss in der Nähe sein, denn Patty schläft hier im hereinfallenden Sonnenlicht. Sie ist nie weiter als ein paar Meter von ihm entfernt. »Anscheinend war er schon kaputt, als er geliefert wurde.«

»Mmm-hmm.« Wo immer er ist, er ist nicht besonders glücklich darüber. »Kannst du den Lieferanten anrufen und …«

»Sagen, dass sie dort vielmals um Entschuldigung bitten und uns für unseren nächsten Auftrag einen Teilkredit geben sollen? Hab ich schon.« Ich schlürfe meinen Kaffee.

»Wow, du bist echt gut. Was ist mit dem Parkett? Ich dachte, das soll am Freitag abgeschliffen werden.«

»Eigentlich schon, aber vielleicht bestellen wir die Schleifmaschine lieber für Montag, sonst muss ich es machen, bevor ich ins Studio gehe. Ich glaube nicht, dass ich ein ganzes Haus an einem Morgen schaffe. Es sei denn, Alex kann helfen.«

»Der ist auf …«

»Ach ja.« Wir unterhalten uns mehr und mehr in Kürzeln miteinander. Alex wird am Freitag auf dem Dach stehen und die Solarzellen installieren. Im Geiste versuche ich, das restliche Team aufzustellen, aber ich kriege es nicht zusammen.

Ich würde ja anbieten, meine Studio-Zeit anders zu legen, aber ich weiß, dass Tom das nicht will. Außerdem habe ich eine sehr interessante alte Dame dafür gewonnen, mir für ein Porträt Modell zu sitzen. Sie ist eine Tarot-Leserin, die ich mithilfe eines alten Adressbuchs meiner Großmutter ausfindig gemacht habe. Es handelt sich um eine weitere Serie, an der ich arbeite: lauter Porträts von Wahrsagerinnen. Dieses Jahr trete ich bei demselben Porträt-Wettbewerb an, den ich vor so vielen Jahren gewonnen habe. Ich will sehen, ob ich wieder an meine Karriere anknüpfen kann.

»Die Böden laufen ja nicht weg«, sagt Tom, als könnte er meine Gedanken besser als jede Wahrsagerin lesen. »Das Abschleifen hat Zeit. Du willst nach wie vor die Original-Böden behalten, richtig?«

»Ja, ich liebe sie.« Ich habe keine Ahnung, was das für Dielen sind, aber sie fühlen sich genau richtig an, wenn ich barfuß darüber laufe. Wahrscheinlich stammt das Holz aus einem Zauberwald.

Ich öffne und schließe ein paarmal den nächstbesten Küchenschrank – leise und stabil. Es dürfte unmöglich sein, die Schranktüren im Feuer der Leidenschaft abzureißen. Der Griff liegt perfekt in meiner Hand. Und plötzlich habe ich ein merkwürdiges Déjà-vu.

Dieses Haus ist perfekter als jedes andere, das wir zusammen renoviert haben. »Wie sollen wir das denn noch toppen? Noch besser als dieses Haus kriegen wir es niemals hin.« Er antwortet nicht, aber ich spüre sein Vergnügen über diese Bemerkung durch die Wand hindurch.

Ich trinke einen Schluck Kaffee und ändere ein paar Preise von Lieferanten in unserer Tabellenkalkulation. Es ist schon traurig, dass ich jedes Mal einen kleinen Adrenalinrausch bekomme, wenn ein Preis runtergeht. Ich bin eben doch die Schwester meines Bruders. Einen weiteren Rausch verschafft es mir, dass ich gut hierin bin. So viel besser, als es mein Zwilling wäre.

Ich klicke auf Speichern. »Ist es zu glauben, dass dieser Typ mir so einen großen Rabatt auf die Sandsteinplatten gegeben hat?«

»Allerdings«, sagt Tom mit einem Unterton, der mich dazu bringt, auf die Suche nach ihm zu gehen. Ich gehe ins Wohnzimmer und finde ihn oben auf der Leiter. In der einen Hand hat er einen Schraubendreher und in der anderen die Grundplatte des hässlichen Beleuchtungskörpers, die er auf den Boden fallen lässt. Die kann weg. »Du warst ja auch sehr charmant.«

Ich nehme noch einen Schluck Kaffee. Ich weiß, ich sollte es lassen, aber ich liebe dieses Spiel. »Ich bin halt ein charmantes Mädchen.«

»Er hätte sie dir wahrscheinlich auch umsonst gegeben, wenn ich euch noch fünf Minuten Zeit gelassen hätte.« Er wirft mir einen Blick zu, der zu gleichen Teilen aus Belustigung und Verärgerung besteht, bevor er sich streckt, um mit dem Daumen auf die bröckelnden Schraubenlöcher zu drücken. Die spachtelt er später zu und schleift sie ab. Im Moment würde man es nicht für möglich halten, aber mit etwas weißer Farbe wird die Decke perfekt sein.

»Ich glaube, es macht dich an, in meiner Gegenwart mit anderen zu flirten«, fügt er wie nebenbei hinzu.

Mein Blick wandert seinen Körper hinauf. Ich habe ihn schon auf jeder Sprosse dieser Leiter stehen sehen, aber es wird immer dieselbe Wirkung auf mich haben: ein Brennen in der Kehle und Pudding in den Beinen. Als er sich streckt, kann ich einen schmalen Streifen vom Bund seiner Underswears sehen. Dieser schmale Streifen reicht mir nicht.

Eine Erinnerung an letzte Nacht fällt durch meinen Körper wie eine Münze in einen Automaten. In meinem Bauch breiten sich wohlige Wellen aus.

»Es war sehr schön gestern Abend.« Wir haben nichts Besonderes gemacht. Gegessen, die Marmor-Arbeitsplatten abgewischt, den Reißverschluss unseres Zeltes geöffnet und uns gegenseitig ausgezogen.

Meine Erklärung bringt ihn zum Lachen. »Ich weiß. Ich war dabei.« Seine Augen verdunkeln sich, als er auf mich herabblickt. Ich frage mich, woran er sich gerade erinnert hat. Und ist mein Muskelkater von letzter Nacht oder von der davor? Die Nächte reihen sich endlos aneinander und verschmelzen auf die köstlichste Art zu einer.

Ich zucke die Achseln. »Und ob du dabei warst, genauer gesagt unter mir. Auf mir. Hinter mir. Deswegen brauchst du nicht eifersüchtig auf Typen zu sein, die Steinplatten verkaufen.«

»Eifersüchtig?« Etwas in meinem Inneren reagiert zuverlässig auf diesen Basston in seiner Stimme. Die Wellen in mir schlagen noch höher. Ich habe ein Problem – oder großes Glück. Je nachdem. Ich sehe auf die Uhr. Die Truppe müsste bald da sein.

Er kommt die Leiter herunter, umfasst meine Taille, hebt mich hoch und geht mit mir zurück, bis meine Füße sicher auf der untersten Sprosse der Trittleiter stehen. Jetzt bin ich fast auf Höhe seines Mundes. Ich merke, wie behutsam er mit mir umgeht, auch wenn seine Augen einen bedrohlichen Ausdruck annehmen. »Du denkst, ich wäre eifersüchtig? DB, die sind alle eifersüchtig auf mich.«

Er nimmt meine Hand, dreht meinen Saphir-Verlobungsring gerade und drückt seine Lippen auf meine.

Meine Welt wird zu Gold.

Mein ganzes Leben war Tom immer da, wenn ich ihn brauchte, und kniff die Augen ernst und nachdenklich zusammen, während er überlegte, wie er mir helfen könnte. Man kann das auf unser Sexleben ummünzen. Bei anderen Männern konnte ich nie meine physischen Grenzen austesten, aber dieser kennt mich in- und auswendig. Im Moment hat er einen Schraubendreher in der Hand, und ich kann ihn an meinem Rücken spüren. Es bringt mich zum Lächeln.

Er ist unglaublich geschickt, weiß genau, was er mit seinen Händen tut. Und das ist so was von heiß.

Manchmal, wenn er besonders erfindungsreich ist, kommt mein Herz nicht mehr mit. Dann nimmt er das Tempo raus, unsere Bewegungen werden langsam und träge, bis mein System wieder hochgefahren ist und wir wieder Fahrt aufnehmen können. Und wir nehmen ganz schön Fahrt auf. Er bringt mich fast um, und das ist in Ordnung. Ich überlebe es.

Manchmal bringe ich ihn fast um. Das ist meine Lieblingsbeschäftigung.

Er löst seine Lippen von meinen, um zu fragen: »Wann holen wir denn dein Bett aus dem Lager?«

Ich zucke mit den Schultern, und als Antwort knabbert er an meiner Unterlippe, bis er merkt, wie ich am ganzen Körper zittere. Es ist eine kleine Rüge dafür, dass ich die Entscheidung nun schon so lange vor mir herschiebe.

Wir drehen eine weitere Schraube in diese Lust. Eine Hand gleitet meinen Rücken hinauf und verweilt ein paar aufregende Sekunden am Verschluss meines BHs.

»Die meisten Mädchen hätten schon längst die Nase voll davon, in einem Zelt zu schlafen. Aber nicht du.«

»Tja, warum wohl?« Ich balanciere auf den Fußballen, um mich auf den Zehenspitzen noch etwas höher zu recken. Meine Hand fährt in seine Nackenhaare und ermutigt ihn, näher zu kommen. »Sex im Zelt ist einfach das Beste. Wer braucht da noch ein Bett?«

»Ich meine es ernst«, seufzt er, als ich ihn zu Atem kommen lasse. Dann versinken wir wieder ineinander, die Zungen miteinander verschlungen. Er versucht, das Tempo zu verlangsamen. »Wird das hier unser Haus? Du hast gerade gesagt, dass es perfekt ist.«

Ich beende den Kuss und sehe mich um, als würde ich darüber nachdenken. »Es wird ganz nett werden«, sage ich nur und überspiele die Angst, die mich beschleicht. Das Leben im Zelt gefällt mir. Bin ich jemand, der ein Haus für immer besitzen kann? Wie würde sich das anfühlen? Als ich das Haus von Loretta erbte, hatte es ein eingebautes Verfallsdatum.

Seit dem Tag, an dem Tom mir diesen Ring angesteckt hat, fordert er mich heraus, mich dieser Angst vor einem *Für immer* zu stellen. Mein Herz ist in einem so stabilen Zustand, dass ich allmählich denke, ich kann es.

»Meinst du, ich schaffe das? An einem Ort zu leben?«

»Ja.« Er zieht mich zu sich heran. »Ich denke, wir können beide voneinander lernen.« Erst jetzt fällt mir ein, dass es für ihn genauso neu und erschreckend sein muss. Seit Jahren zieht er herum und arbeitet an Häusern. Ich spüre, wie er den Schraubendreher in die Gesäßtasche meiner eng sitzenden Shorts zwängt. Und dann drückt er zu. Fest. Ich liebe das Stöhnen, das ihm dabei entfährt.

Ich will mich erklären. »Es ist meine Reiselust. Wahrscheinlich habe ich in meinem früheren Leben bei einem Zirkus gearbeitet. Ich liebe es, dieses Zelt immer wieder woanders aufzuschlagen.«

»Das kann man wohl kaum als Reisen bezeichnen.« Seine Augen nehmen jenen besorgten Ausdruck an. Er hat Panik, dass er meine Lust auf Reisen in ferne Länder erstickt, aber er versteht es nicht. Ich habe schon jede Ecke, jede Kneipe und jede Gasse gesehen. Diese Mikro-Reisen von Haus zu Haus sind für mich erfrischend neu.

Eines Tages nehme ich Tom an all meine Lieblingsorte

mit. Die Auswahl zusammenzustellen, ist Inhalt meiner Tagträume. Es ist kein Problem, dass wir vorher noch ein paar Häuser umkrempeln müssen.

Er küsst mich auf die Wange. »Jedes Mal wenn wir ein Haus kaufen, denke ich: ›Das ist es. Das wird sie lieben. Das ist unser Haus.‹ Und dann verkaufst du es.« Jetzt wird er melancholisch. »Beim vorletzten Haus hättest du ein Studio mit dabei gehabt. Ich habe dein Gesicht gesehen, als du auf diesem italienischen Teppich gestanden hast. Und dann … verkauft.« Er seufzt.

»Das ist unser Geschäft: Wir kaufen Häuser, renovieren sie und verkaufen sie wieder.« Ich glätte seine Haare, indem ich mit den Fingernägeln über seine Kopfhaut fahre. »Du hast mich angesteckt. Ich will nicht damit aufhören.«

»Du glaubst, dass wir irgendwann damit aufhören?«

»Du gehst zu deinem nächsten Projekt und schläfst ohne mich im Zelt.«

»Du weißt doch, dass ich das ohne dich gar nicht kann. Wir suchen uns Projekte in der Nähe aus und kommen jeden Abend nach Hause.« Geduldig klopft er jede meiner Sorgen flach. »Such dir ein Haus aus.«

»Warum?« Ich spiele nur weiter mit. Ich weiß längst, warum.

»Damit ich es in dein Traumhaus verwandeln kann.«

»Ich glaube, das Zelt da draußen ist alles, was ich je wollte«, entgegne ich. Wir starren einander in die Augen, und der Raum um uns herum scheint zu versinken. »Ich hatte einmal einen verrückten Gedanken. Ich habe beschlossen, wenn du mir gehören würdest …« Ich schlucke meine Worte hinunter, als er mein Kinn zur Seite dreht und anfängt, meinen Hals zu küssen. Das ist unfair. Er weiß, dass das bei mir einen Kurzschluss auslöst.

»Wenn ich dir gehören würde …«, bohrt er nach, und ich kann hören, dass er lächelt.

»Ich habe beschlossen, wenn du mir gehören würdest«, versuche ich es erneut, und meine Stimme ist ein rauer, heiserer Atemhauch, der seinen Körper hart werden und mich seine Zähne auf der Haut spüren lässt, »würde ich mit dir in einem Zelt schlafen, die ganze Nacht, während es draußen regnet und stürmt. Um bei dir zu sein, würde ich für den Rest meines Lebens auf dem Boden schlafen.«

»Und ich habe mir gesagt, dass ich der Prinzessin ein Schloss bauen würde.« Er kommt noch näher, und die Trittleiter wackelt gefährlich unter mir, aber Angst habe ich überhaupt nicht. Er würde mich niemals fallen lassen. »Das habe ich mir geschworen.«

»Ich brauche das nicht«, wende ich ein, aber er will davon nichts hören.

»Ich habe mir das schon als Kind geschworen. Schon damals, als ich noch nichts konnte, außer einen Hammer benutzen, beschloss ich, dass Darcy Barrett eines Tages ein Haus betreten wird, das ich gebaut habe, und sie würde mich ansehen wie …« Er verstummt, und sein Gesicht nimmt einen verschmitzten und zugleich wehmütigen Ausdruck an. »Genauso wie du mich jetzt ansiehst.«

»Als ob ich alles habe, weil ich dich habe.« Ich sorge dafür, dass er es auch wirklich versteht. »Ich liebe dich so sehr.«

Er gibt keine Ruhe, will mich unbedingt überzeugen. »Es ist so schwer, jemanden zu verwöhnen, der nicht verwöhnt werden will.«

»Du verwöhnst mich jede Nacht.«

Ich lege die Finger auf seine Gürtelschnalle. Vor Überraschung öffnet sich leicht seine Unterlippe, und ich beiße sacht hinein. Seine Hand versucht einzugreifen und umfasst meine enger, aber ich fahre schonungslos mit dem Fingernagel über das Metall. Es scheint für ihn eine direkte Verbindung zu einem Ort unbändiger Lust zu sein, denn er hält es immer kaum aus.

»Du willst wirklich, dass ich mir ein Haus aussuche.«

»Ja, bitte.« Er klingt völlig verzweifelt. Ich blicke mich im Raum um. Er wartet immer noch darauf, dass eine Wand umgesetzt wird, und das Gesims ist scheußlich, aber das Licht fällt so wunderbar hinein, und die Lavendelhecke, in der es von Bienen nur so brummt, ist wundervoll.

Ich denke daran, wie sehr ich ihn liebe, und an diese weitere großartige Möglichkeit, wie ich es ihm beweisen kann.

»Dieses Haus«, gestatte ich mir schließlich zu sagen. Das sind die Worte, die ich seit Wochen zurückgehalten habe. Die Entscheidung fühlt sich an wie ein Schlüssel, der sich in einem Schloss herumdreht. »Das ist unser Haus.« Meine Hand liegt an seinem Kinn und zieht sein Gesicht nach oben, um seinen überraschten Ausdruck auszukosten. »Lage, Größe, die Beleuchtung im Bad. Nimm mich mit in dieses Schlafzimmer und lass mich nie wieder raus.«

»Das ist es? Bist du sicher?« Er hält kurz inne, und ein neuer Gedanke bereitet ihm Vergnügen. »Das hier ist die Schwelle, über die ich dich tragen werde?« In seinen Augen flackert es auf, jenes Tier in ihm will nichts anderes, als mir einen zweiten Ring anzustecken.

»Ja«, versichere ich ihm und wappne mich für den Kuss, von dem ich weiß, dass er jetzt kommt. Er wird intensiv werden, und Tom wird sein ganzes Herz und all seine Erregung hineinlegen. Endlich kann er aufhören, jener kleine Junge zu sein, der ausgesperrt in der Dunkelheit darauf harrt, gefunden zu werden. Wenn er wieder anfängt zu arbeiten, wird das eine ganz neue Erfahrung für ihn sein. Es wird etwas sein, das er noch nie zuvor erlebt hat, und ich bin so froh, dass ich ihm das schenken durfte.

Dieses Haus ist Tom Valeskas Haus. Es ist Darcy Barretts Haus.

Heiliger Strohsack, ich lebe meinen Traum!

Jetzt hebt er mich mit beiden Händen hoch, ohne die zuschlagenden Autotüren und sich nähernden Schritte draußen zu beachten. Sie werden uns beim Küssen erwischen, aber das ist schon unzählige Male vorgekommen, außerdem ist das hier monumental. Professionalität hin oder her: Darcy Barrett und Tom Valeska haben jetzt ein Zuhause. Er schiebt meinen Kopf nach hinten, bereit, mir zu zeigen, wie glücklich er ist.

»Du weißt: Ich werde dich auch lieben, wenn du mich zwingst, den Rest meines Lebens in einem Zelt zu wohnen. Bist du dir wirklich sicher?«

»Hundert Prozent sicher.« Ich schließe die Augen, sein Mund landet auf meinem, und wir sind glücklich. So einfach ist das.

# Danksagung

Ich danke den folgenden Menschen, dass sie mich nicht erschlagen haben, während ich an diesem Buch gearbeitet habe.

Wenn ich mal wieder herumgejammert habe, dass ich es nicht hinkriege, hat mein Mann Roland gesagt: »Du schaffst das.« Danke, dass du recht hattest und mich unterstützt hast, als das Schreiben ganz unerwartet mein Leben veränderte.

Meine Mutter Sue ist mein größter Fan. Mein Mops Delia mein zweitgrößter. Ich danke euch beiden.

Taylor Haggerty von Root Literary ist meine Agentin und mein Licht am Horizont. Sie wurde nicht müde, mich mit ihrem Optimismus anzufeuern. HarperCollins wartete geduldig, bis ich nach dem unerwarteten Erfolg meines Debütromans allmählich wieder Fuß gefasst hatte. Das ruhige Vertrauen meiner Verlegerin Carrie Feron hat mir so viel bedeutet. Danke!

Ich danke meinen Freunden, aber ganz besonders Tina Gephart, die mir jeden Nachmittag eine Nachricht geschickt und gefragt hat, ob ich einen guten Schreibtag habe. Unter uns: Hatte ich meistens nicht, aber dennoch fragte Tina am nächsten Tag wieder nach. Danke, dass du mir eine Freundin und Mentorin warst. Danke, Christina Hobbs, für jenes lange Gespräch auf Skype. Ich habe mich vom Boden aufgerafft und es geschafft, das hier zu schreiben.

Die »Flamethrowers« sind eine Gruppe wunderbarer Leser, die The Hating Game (Deutsch: Küss mich, Mistkerl!) für sich entdeckt haben und wie verrückt lieben. Danke! Dieses Buch habe ich für euch alle geschrieben.

# Epilog: *Küss mich, Mistkerl!*

Heute ist ein Tag für ein rotes Kleid.

Es ist Freitagnachmittag. Ich sitze in meinem Büro im Verlagshaus von Bexley & Gamin. In dem Fenster vor mir, das vom Boden bis zur Decke reicht, kann ich mein Spiegelbild sehen. Nach außen hin wirke ich bemerkenswert professionell, aber innerlich werde ich wohl immer eine unreife kleine Spinnerin bleiben. Ich schlage die Beine übereinander und fange an, das Spiegel-Spiel mit mir selbst zu spielen. Das Anstarr-Spiel. Sogar ein Wie-geht-es-dir-Spiel im Flüsterton. Aber ohne meinen Gegner ist es einfach nicht dasselbe.

Es war ein beschissener Tag. Den Nachmittag habe ich damit zugebracht, einen heldenhaften Kampf gegen Mr. Bexley wegen der Autorenbeteiligung bei E-Books zu führen. Und dann merkte ich, dass unsere neuste E-Bibliotheks-App einen Programmierfehler hat. Ich bin so müde, dass ich mein eigenes Skelett spüre. Am liebsten würde ich mich jetzt auf meiner perfekten Couch ausstrecken, aber da wird heute nichts draus. Es ist so still, dass ich die Neonröhren summen höre.

Die Fahrstuhlklingel ertönt.

Wer auch immer gerade im zehnten Stock angekommen ist, soll sich bloß von meinem Büro fernhalten, damit ich endlich hier abhauen kann. Scott, einer unserer Geschäftsführer, ist ein ziemlich guter Türsteher. Ich höre eine gedämpfte Unterhaltung, und dann klopft es an der Tür. Es gibt nur einen Menschen auf der Welt, der so viel Liebe in ein einziges kurzes Klopfen stecken kann.

»Herein«, sage ich. Die Tür fliegt auf, und da steht er.

Joshua Templeman ist ganz in Schwarz gekleidet. Alles

von seiner Unterhose über seine Manschettenknöpfe bis hin zu seiner Krawatte ist kohlrabenschwarz. Er genießt die Dramatik, die es mit sich bringt, an einem Freitag wie ein Fürst der Finsternis in den Büros von Menschen aufzutauchen, die sich gerade ihre Krawatten lockern und anfangen, ans Wochenende zu denken. Fehlen nur noch ein paar Hörner und ein Dreizack, dann wäre er der perfekte Teufel. Ich verspüre einen Anflug von Mitleid für die Leute in seiner Firma, die es heute mit ihm zu tun bekommen haben.

Er lehnt sich an den Türrahmen, und für eine Minute spielen wir das Anstarr-Spiel, bis seine tintenblauen Augen Funken sprühen. »Shortcake«, haucht er, als könne er nicht glauben, dass ich echt bin. »Ich habe dich so vermisst.«

Mein. Herz. Platzt.

Ich stehe auf und gehe zu ihm. Er hebt mich mühelos hoch, küsst mein Kinn, meine Wangen und streichelt mit den Fingern meinen Nacken. Dann beginnt er, sich mit mir im Kreis zu drehen, und ich überkreuze grazil die Knöchel. Die Müdigkeit gleitet meine Füße hinunter und löst sich in Luft auf.

Er ist hier, und ich strahle. Es ist die Art Licht, die nie erlischt.

Die Leute im Gebäude gegenüber können uns womöglich sehen. Die Autofahrer an der Ampel unter uns können vermutlich den Umriss eines lächerlich großen Mannes ausmachen, der eine lächerlich kleine Frau herumwirbelt. Während einer langsamen Drehung erhasche ich einen Blick auf Helene und Mr. Bexley, die an Scotts Schreibtisch stehen. Sie alle sehen uns an, als wären wir das umwerfendste bescheuerte Pärchen auf der Welt. Und das trifft es genau.

Helene wirft Mr. Bexley einen leicht ironischen Blick zu, und ich schwöre, ich erkenne einen kleinen Moment der Verbindung zwischen ihnen. Diesen Verdacht hatte ich ja schon länger. Ich erkenne eine Hassliebe, wenn ich sie sehe.

Meine Lippen bewegen sich an Joshs Hals. »Ich hasse es,

nicht den ganzen Tag in dein hübsches Gesicht starren zu können.«

Ich atme seinen süchtig machenden, perfekten Duft ein. Laub abwerfende Bäume in der Sonne. Kiefern im Schnee. Ein frisch gespitzter Bleistift, der sich in blütenweißes Papier drückt.

»Es verstößt gegen die Personalvorschriften, den ganzen Tag seinen unternehmerischen Konkurrenten anzustarren.«

Ich umarme ihn noch fester. »Gegen wessen Personalvorschriften?«

»Gegen eine von beiden Firmen, da bin ich mir sicher. Ich werde nachsehen.« Josh setzt mich wieder ab und küsst mich erneut auf die Wange. Wenn er einmal anfängt, kann er nicht mehr aufhören.

Nachher, im Fahrstuhl, werde ich mir meinen Flammenwerfer-Lippenstift abwischen, damit ich endlich meinen richtigen Begrüßungskuss kriege. Wenn ich Glück habe, drückt er auf den Notstopp-Knopf, obwohl wir die Wachleute mit dieser Aktion damals ganz schön verärgert haben.

Ich gönne mir ein enges Umschlingen seines Oberkörpers, bis mir wieder einfällt, dass die Tür offen steht. »Und? Wen hast du heute alles zum Weinen gebracht, Overlord?« Bei der Sanderson-Weihnachtsfeier habe ich zufällig seinen neuen Spitznamen aufgeschnappt und musste lachen. Er hat ihn verdient.

»Niemanden«, sagt er mit bewundernswerter Aufrichtigkeit und einem Augenzwinkern. »Nicht eine Person. Ich bin ein anderer Mensch.«

Ich versuche ihm beizubringen, zugänglicher zu werden. Verständnisvoller. Mehr wie ich.

Bei der ersten Sanderson-Weihnachtsfeier stand ich zwei Minuten ein bisschen unbeholfen in der Gegend herum und wurde prompt das Ziel wilder Spekulationen. Ich hatte das Gefühl, dass das Wort »wie« ziemlich oft vorkam. Ihr hochfrequentes, betrunkenes Flüstern war unüberhörbar. »Sie sieht ganz normal aus. Süß. Und so klein! Wie kommt sie bloß mit diesem … Untier zurecht? Wie erträgt sie das bloß? Wir sollten sie retten. Vielleicht hält er sie ja in Ketten gelegt in seinem Keller fest.«

Ich winkte wie eine Blöde, um zu demonstrieren, dass ich keine Fesseln trug und aus freiem Willen da war. Sie schreckten zurück und verstummten total, als ihr Finanzchef, alias Overlord, mit einem Glas Wein auf mich zukam. Seine Augen waren sanft und zärtlich, und mein Herz hörte auf zu schlagen, bis er es mit einem Kuss wieder zum Leben erweckte. Der Overlord zog mich sanft an seine Seite, und wir passten perfekt zusammen. Hart und weich. Dunkelheit und Licht. Guter Bulle, böser Bulle.

Ich bemerkte, wie ein Mund nach dem anderen offen stehen blieb. »Er lächelt!«

Er ist der Overlord, und er nennt sie seine Untertanen, aber ich kann Anzeichen erkennen, dass er sich bessert. In vielen Bereichen.

»Hast du an das Geschenk für deinen Vater gedacht?«

»Jepp. Wenn wir es noch rechtzeitig zur Party schaffen wollen, sollten wir langsam los. Mindy und Patrick haben mich mit Nachrichten bombardiert: Komm ja nicht zu spät, komm ja nicht zu spät!« Er ist sarkastisch, aber ich weiß, wie viel ihm das bedeutet.

Ich streichele und drücke leicht seinen Arm. »Wir kommen nicht zu spät.«

Heute Abend kann ich mich nicht auf die Couch legen, weil ich in Port Worth gebraucht werde. Ich bin Joshs kleiner Glücksbringer. Wenn ich dabei bin, streiten er und sein Vater sich nicht. Zum Glück für die beiden bin ich jetzt immer dabei.

»Du hast ja schon eine ganz schöne Sammlung, Shortcake«, sagt Josh und schaut auf die aufgereihten Matchbox-Autos im Regal hinter mir. Er vergisst, dass wir in Eile sind, holt einen roten VW Käfer aus seiner Hosentasche und stellt ihn in eine der Lücken.

»Meine Spielsachen haben mir den Ruf verschafft, ein wenig irre, aber aufgeschlossen zu sein.«

»Es würde wohl auch niemand darauf kommen, dass sich hinter diesem erdbeersüßen Äußeren eine knallharte Braut verbirgt.«

»Ich habe vom Meister persönlich gelernt.«

»Mmm. Erzähl mir mehr.« Er liebt es, an meinem Schreibtisch zu sitzen und sich alles anzusehen, womit ich mich umgebe. Jetzt lässt er sich auf meinem Stuhl nieder, als wäre es ein Melkschemel. In seinen Augen blitzen die Erinnerungen auf, als er den Bücherwall an der Wand betrachtet und den Schlumpf, der sich in einer der Zinnen versteckt. Er findet meine Parfümfläschchen und schnuppert am Deckel, während er meine Computermaus streichelt.

»Hier warst du die ganze Zeit«, sagt er in rügendem Tonfall zu der Strickjacke, die um meine Stuhllehne geschlungen ist, und faltet sie auf seinem Schoß zu einem Rechteck.

Ich habe ihn in einen Irren verwandelt.

Aber ich bin noch viel schlimmer, wenn ich ihn in seinem Büro besuche. Einmal drückte ich bei seinem Telefon auf die Kurzwahltaste mit der Aufschrift SHORTCAKE, nur um mein Handy klingeln zu hören. Und dann war ich eifersüchtig auf mich selbst. Dieses Gefühl habe ich in letzter Zeit oft.

Wie kann es sein, dass ich dieses Leben führe? Wie kam es dazu, dass ich so viel gewonnen habe?

Als könnte er meine Gedanken lesen, nimmt Josh das gerahmte Foto auf meinem Schreibtisch in die Hand. Es zeigt uns zusammen in den Erdbeerfeldern. Aus unseren Augen strahlt der Sommer, und ich sitze zwischen seinen Beinen und lehne mich an ihn. Um uns herum erstreckt sich ein grüner Teppich mit kleinen roten Tupfen. Das Bild ist ein bisschen schief, weil mein Dad so aufgeregt wegen des Geheimnisses war, das er hüten musste.

Fünf Minuten nachdem dieses Foto gemacht wurde und

mein Dad zurück ins Haus gegangen war, sagte Josh: »Guck mal, da liegt ja ein alter Schlumpf im Dreck.«

Er wusste, nichts würde mich schneller dazu bringen, auf dem Boden herumzukriechen. Wie wild scharrte ich zwischen den Blättern herum. »Wo denn? Wo denn?« Was ich in den Ranken von *Sky Diamonds Strawberries* fand, war eine kleine Tiffany-blaue Box. Dann merkte ich, dass er sich auch hinkniete.

Lucy-Blau. Wahre-Liebe-Blau.

Noch während er die Box öffnete und anfing zu sprechen, hörte ich vom Haus Jubel herüberdringen. Meine Eltern beobachteten uns heimlich vom Fenster ihres Büros aus.

Nachdem ich ihm die zerquetschten Früchte vom Rücken seines T-Shirts gestreift hatte, erfuhr ich, dass Josh mittlerweile Experte für Diamanten war. Karat, Schliff, Farbe, Reinheit. Er bebte vor Freude, als er beschrieb, wie er durch eine Lupe Unvollkommenheiten betrachtet hatte. Ich konnte mir genau vorstellen, wie er mit seinem Laserblick Steine zu Asche zerfallen ließ. So wie er es erzählt, hatte er sich durch einen Haufen wertloser Kieselsteine gewühlt, bis er etwas fand, das es wert war, an meinem Finger zu prangen. Ich sagte ihm, dass er so groß war, zu viel, zu perfekt. Aber er lachte nur und sagte: »Ich weiß.« Und plötzlich war ich mir nicht mehr sicher, ob wir überhaupt noch über den Diamant sprachen.

Ich glaube, meine Wangen laufen jetzt rot an. Als er mir in die Augen sieht, lächelt er. Er kann eindeutig Gedanken lesen.

»Wir brauchen Urlaub«, beschließt er, während seine Finger die Terracotta-Fliese geraderücken, die ich als Untersetzer benutze. Ich habe sie aus der Toskana. »Und dich nehme ich wieder mit dorthin. Käse und Wein und in der Sonne dösen.« Seine Augen folgen der Linie meines Kleides meinen Körper hinunter. »Rote Kleider, Champagner und Kohlenhydrate.« Kurze Pause, und sein Gesicht nimmt einen verletzlichen

Ausdruck an. »Ich bin nicht verrückt geworden und habe alles nur geträumt, oder?«

»Ich versichere dir doch dauernd, dass ich echt bin.« Ich nehme seine Hand in meine und kneife mir damit in den Arm. »Ich war jede unglaubliche Sekunde davon bei dir. Und werde es immer sein. Und jetzt hör auf, von Kohlenhydraten zu sprechen, die machen mich ganz heiß.«

Er lacht. »Dann gehen wir mal besser.« Er schnappt sich meinen Mantel und geht raus, um mit Helene und Mr. Bexley zu plaudern.

Nachdem ich mich ausgeloggt habe, schließe ich den Stapel unverlangt eingeschickter Manuskripte weg, die ich gelesen habe. Ich schließe die Tür und sehe sein Spiegelbild, das von den glatten, glänzenden Oberflächen zurückgeworfen wird, aus denen der zehnte Stock besteht. Es gibt nur eine Sache, die noch besser ist, als einen Josh zu sehen: Hunderte davon zu erblicken.

Beim Abschließen betrachte ich das Schild an meiner Bürotür. Darauf steht: »Chief Operating Officer«, und normalerweise lässt es mich grinsen wie ein Honigkuchenpferd. Aber im Moment lächele ich über etwas anderes. Der Goldring an Joshua Templemans linker Hand hat in diesem Würfel aus Glas, Chrom und schwarz glänzenden Fliesen einen Regen aus Feuerwerksfunken ausgelöst. Jedes Mal wenn ich mich auf ein bestimmtes Spiegelbild konzentriere, bricht es und verdoppelt sich, und ich bin umgeben von einem Kaleidoskop seiner Liebe. Da sind Hunderte von Goldringen. Tausende. Aber es reicht immer noch nicht. Ich würde mich am liebsten um mich selbst drehen, während sie um mich kreisen wie Glühwürmchen. Das ist das Gefühl, das er mir an jedem Tag unseres Lebens gibt.

Es ist wunderbar. Ursprünglich. Nichts weniger als ein Wunder.

Mein Name ist Lucy Templeman.